für Günther „Brüderchen" Berlacher

Peter Max Roese, 1944 in Erlangen geboren, landete als junger Mechaniker zunächst im Fliegerhorst Kaufbeuren. Nach der dortigen Dienstzeit und einer Fortbildung zum Techniker arbeitete er viele Jahre als Projektleiter und Entwickler für öffentliche und Industrieunternehmen u. a. in Nigeria und im Iran, im Nahen und Mittleren Osten in den Bereichen Consulting, Produktion und Marketing von Medizinalgeräten sowie in Deutschland in der Entwicklung und Herstellung von Desinfektionsprodukten. Neben zwei Kriminalromanen (Nigeria Connection, 2006; AFN Tehran, 2007) verfasste Roese zahlreiche Beiträge in Fachzeitschriften zum Thema Afrikanistik. Derzeit lebt und arbeitet der weitgereiste Schriftsteller in Lautertal/Odenwald.

Peter M. Roese

Allgäu Sixties

Die 60er in Kaufbeuren und am Fliegerhorst

Lindemanns Bibliothek

Sonntagsvergnügen eines Hauptdödels

Es ist ein strahlender Sonntagmorgen im Frühsommer, kurz vor sieben Uhr. Zwei Stockbetten stehen in der Stube, von denen nur das vorderste unten belegt ist. Dort ruht in Morpheus' Armen, sanft mit regelmäßigen Atemzügen vor sich hinschnorchelnd, eine Gestalt und betreibt Matratzenhorchdienst. Da, auf einmal ertönt ein gedämpftes, angenehmes Brummen – jenem einer entfernt vorbeifliegenden alten C-47 Skytain nicht unähnlich. Sssmmmm ... sssmmm ...

Dann bricht es ab, und es herrscht wieder Ruhe. Rossner öffnet verwundert die Augen. So was. Direkt vor seiner Nase krabbelt eine dicke Hummel auf der weiß-blau karierten Bettdecke. Hat sie etwa den stoppelbärtigen, zerknitterten Vaterlandsverteidiger mit einer bunten Blume verwechselt? Das kann doch wohl nicht sein! Fasziniert betrachtet Rossner das pelzige Insekt, wie es sich hingebungsvoll putzt. Vorsichtig lüftet er die Bettdecke und schält sich aus seinem Nachtlager. An sich ist der notorische Langschläfer der Hummel nicht einmal böse für die Störung, denn gerade im Frühjahr und Sommer hat er es schon mehr als einmal bedauert, dass er an freien Tagen meist bis in die Puppen schläft, anstatt sich einen Sonnenaufgang anzusehen oder zumindest die morgendliche Stimmung und die frische Luft zu genießen. Er begibt sich gähnend zum Fenster. Dabei fällt sein Blick auf die Gardinenstange, wo gut ein Dutzend geräucherter Bauernseufzer hängen. Eine Spezialität aus Rossners fränkischer Heimat, diese geräucherten Würste.

Dann beugt er sich aus dem geöffneten Fenster und schaut auf den saftig grünen Rasen unter den hohen Bäumen. Vereinzelte Sonnenstrahlen stehlen sich durch das dichte Laubdach und zaubern geheimnisvolle Muster auf den grünen Teppich. Die sonntägliche Stille wird nur durch gelegentliches Vogelgezwitscher unterbrochen.

Ja, ja, an den Wochenenden ist jene Ecke des Fliegerhorstes, die die FKGrp 13 einnimmt, eine Oase der Ruhe. Dann glaubt man kaum, dass hier Soldaten hausen. Von den etwa einhundert Spezialisten der Versorgungsstaffel sind nämlich gerade mal vielleicht zehn bis zwanzig da. Verständlich, viele kommen aus der Umgebung und eilen nur allzu gerne zu ihren Bräuten oder Mutters Fleischtöpfen.

Rossner streckt sich, atmet tief ein und lässt seinen Blick schweifen. Es ist ein Bild des Friedens, das sich dem Betrachter darbietet ... Ein Bild des Friedens? In einer Bundeswehrkaserne? Es ist tatsächlich so! Das Gebäude, aus dem Rossner schaut, steht, wie gesagt, auf dem Fliegerhorst Kaufbeuren. Mit der Bezeichnung „Fliegerhorst", Abkürzung FlgH, hatten die sonst wirklich nicht zu poetischen Ergüssen neigenden Militärs das richtige Wort getroffen, denn wie ein Adlerhorst thront die Kaserne mit der Start- und Landebahn über dem alten Städtchen zu seinen Füßen. Von der Rollbahn des Militärflughafens kann man sich mit etwas Fantasie wie auf Adlerschwingen in die Lüfte erheben. Und was erblickt das Adlerauge vor sich? Das atemberaubende Panorama der Alpen – schönes Wetter vorausgesetzt. Rechter und linker Hand erstrecken sich die sanften, grünen Hügel des Voralpenlandes. Zweifellos verdient diese militärische Einrichtung das Prädikat „schönster Fliegerhorst der Bundesrepublik".

Im Gegensatz zu vielen anderen Etablissements dieser Art, die weitab jeglicher Zivilisation liegen, gelangt der tatendurstige Krieger vom hiesigen Fliegerhorst über den steilen Obergefreitenschnellweg binnen weniger Minuten hinab in die Stadt. Der Rückweg kann sich allerdings, vor allem in der Dunkelheit, für einen nicht mehr nüchternen Kameraden schwierig gestalten, da ist schon mancher auf allen Vieren hinaufgekrabbelt.

Urplötzlich zerreißt der schrille Klang einer Trillerpfeife die morgendliche Stille. Rossner schreckt auf. Eine sonore Stimme schallt durch die Flure: „Staaaffel aaaufstehen!" Was soll das denn? Sind etwa die Russen im Anmarsch? Rossner reißt die Tür auf. Und wieder ertönt das penetrante Trillern der Pfeife, gefolgt von dem Ruf: „Staaaffel aaaufstehen!" Das ist der UvD, der Unteroffizier vom Dienst. Der Verursacher des Krawalls steht, die Hände in die Hüften gestemmt, in makelloser Uniform und glänzenden Knobelbechern, pardon, Kampfstiefeln, breitbeinig draußen auf dem Flur. Es ist der schneidige Supersoldat, der ehemalige Angehörige des Heeres, der erst kürzlich bei ihnen eintrudelte. Gerade setzt er an, um nochmals zu trillern und zu rufen. Doch dazu kommt es nicht mehr. Das Wort bleibt ihm buchstäblich im Hals stecken, und die Trillerpfeife fällt ihm aus der Hand. Unvermittelt sieht er sich von einem halben Dutzend halbbekleideter, mordlüstern dreinblickender Männer umringt. Ein unverheirateter Oberfeldwebel, der in der Kaserne wohnt, packt den Ruhestörer unsanft am Kragen und befördert ihn ins UvD-Zimmer.

„Lass dich bloß nicht mehr blicken, du Blödmann, sonst gibt's gewaltigen Ärger", droht er und schließt die Tür von außen ab.

„Jawohl, sperr's Pfeiferl ei", kräht der blonde Stuffz aus München. Er ist ausnahmsweise am Wochenende hier, weil er Zoff mit seiner Braut hat.

„Das ist doch dieser Supermilitär", bemerkt ein anderer, „der sich vom Heer zu uns hat versetzen lassen, weil ihm die Luftwaffenuniform besser gefällt."

Da taucht der GvD auf. Das ist der Gefreite vom Dienst, sozusagen der Adjutant des UvD. Er gehört zu den alten Hasen und steht kurz vor der Rückkehr ins Zivilleben. Sicherheitshalber hatte er sich auf die Toilette verdrückt, nachdem er den UvD vergeblich darum gebeten hatte, von dem unziemlichen frühmorgendlichen Weckruf abzusehen. Er schaut lustig aus, der GvD, mit dem Stahlhelm, der auf seinem dicken, runden Klößer thront.

„I hens dem Uffz gsagt, dass er ruhig sei soll", beteuert der kleine dicke Schwabe schwitzend und angstschlotternd, „aber der het ja net auf mi ghört, des müsset ihr mir glaube."

Die Anwesenden zeigen tatsächlich vollstes Verständnis, denn einem Gefreiten, zumal einem Wehrpflichtigen kurz vor dem Abgang, nimmt man unbesehen ab, dass er nicht dienstgeil ist. Dem würde es auch niemals im Traum einfallen, müde Krieger, die ihren „beauty sleep" dringend benötigen, am Wochenende frühzeitig oder überhaupt zu wecken.

„Gefreiter Häberle, nehmen Sie sich einen Stuhl und postieren Sie sich vor dem UvD-Zimmer", empfiehlt der Oberfeld. „Schließlich ist Dienst Dienst und Schnaps Schnaps."

Dann wird es langsam ruhig auf dem Flur.

Rossner kehrt zurück in seine Stube und macht sich genussvoll ans Frühstücken. An den Wochenenden erlaubt er sich den Luxus, auf den Fraß in der Kantine zu verzichten. Deshalb hat er sich am Samstag unten in der Stadt mit Brot, Butter, Wurst und eingemachten Gurken eingedeckt. Die leckeren Mixed Pickles der Mutter sind leider schon ausgegangen. Und natürlich sind da auch die Bauernseufzer ... Er holt sich im Waschraum Wasser, um sich mit dem Tauchsieder einen schönen, starken Kaffee zu kochen.

Den Kaffee, ein Brettchen und Geschirr holt er aus dem Spind. Er muss plötzlich grinsen. Was wurde doch während der Grundausbildung streng auf die Spindordnung geachtet!, kommt es ihm in den Sinn. Da geht es jetzt wesentlich legerer zu. Alles, was nicht dringend notwendig ist, befindet sich im Seesack oder im Rucksack. Außerdem hat er sich eine große Kiste gezimmert, in die er bei Alarm seine Privatsachen einfach hineinkippt. Auf der Kiste steht in großen Lettern: „Im Falle meines Todes an folgende Adresse schicken: ..." Das finden einige Leute dann doch etwas makaber. Aber die Idee mit der Kiste hat mancher gerne kopiert.

Nun steigt Rossner auf einen Stuhl, angelt sich ein Paar Bauernseufzer von der Gardinenstange und stellt mit Bedauern fest, dass der Vorrat langsam abnimmt.

Während er die geräucherten Würste akribisch in dünne Scheiben schneidet und auf das Butterbrot legt, denkt er schon an später: „Ich kann mir eigentlich Zeit lassen, wir treffen uns ja erst um zwei am Ringcafé. Vielleicht wandern wir heute zum Bärensee?"

Der Bärensee – ein Lächeln huscht über sein Gesicht. Der Bärensee mit seinen Wäldern und Büschen ist nicht nur ein beliebtes Badeziel, sondern hat sich im Laufe der Jahre und Jahrzehnte auch zu einer Art Spielwiese für Liebespärchen entwickelt. Man könnte dieses herrliche Fleckchen Erde mit Fug und Recht „Liebesgrund" taufen. Möglicherweise hatte die Stadt die rasante Bevölkerungszunahme nicht nur den Flüchtlingen zu verdanken, sondern auch den Aktivitäten der Soldaten im „Liebesgrund"? Das wäre doch mal ein lohnendes Thema für Heimatforscher.

Vor allem an Wochenenden, im Frühjahr und Sommer sind die lauschigen Plätzchen heiß begehrt. Der Besuch des „Liebesgrundes" bereitet aber langfristig nicht unbedingt ausschließlich Freuden, von ungewollten Schwangerschaften einmal abgesehen. Zum Beispiel der Gefreite Schäfer. Der hatte sich vergangenes Jahr im Hochsommer mit seiner Flamme aus dem Schwesternheim in die Büsche verdrückt und beide waren nach allerlei Liebesübungen erschöpft eingeschlafen. Bei all der Hektik hatten sie vergessen, sich mit Sonnencreme einzureiben. Er lag auf dem Bauch, die Sonne brannte unbarmherzig vom Himmel herab. Drei Stunden nach dem Schäferstündchen wachte Schäfer wieder auf – und hatte einen mordsmäßigen Sonnenbrand auf seinem Rücken und vor allem auf seinem normalerweise lichtscheuen Allerwertesten. Die höllischen Schmerzen trieben ihn am Montag darauf sogar ins Krankenrevier.

„Rot wie ein Pavianhintern", stellte der behandelnde Oberstabsarzt fest. „Es scheint also doch zu stimmen, dass der Mensch vom Affen abstammt."

Dann machte er doch glatt den Vorschlag, den angekokelten Gefreiten Schäfer als Demonstrationsobjekt für den ABC-Unterricht bei den Einheiten am Fliegerhorst herumzureichen, damit jeder drastisch sehen konnte, wie Leute nach einem Atombombenangriff aussehen. Zumindest von hinten.

Der Geschädigte wehrte sich jedoch vehement gegen diese Ehre. Selbst ein, zwei Tage Sonderurlaub konnten ihn nicht umstimmen.

Das Übelste für Schäfer war, dass er mehrere Tage nicht auf seinem Allerwertesten sitzen konnte. Seine Flamme ließ sich angeblich ihren versengten Busen vom Hausarzt behandeln. Die Frage stellt sich, was wohl unangenehmer war? Oder besser noch, was wäre wohl passiert, wenn Schäfer auf dem Rücken gelegen hätte? Da wäre es sicher für einige Zeit mit den Liebesfreuden ganz vorbei gewesen ...

Immer noch schmunzelnd schnappt sich Rossner seinen olivgrünen Kulturbeutel und das ebenfalls olivgrüne Handtuch und schlendert zum Waschraum. Dort herrscht gähnende Leere: Die anderen werden wohl wieder in ihre Betten gekrochen sein. Während er seinen Stoppelbart abkratzt, kommen ihm nochmals die Badegelegenheiten in den Sinn. Es gibt noch andere populäre Badeseen in der Umgebung, wie zum Beispiel der Ettwieser Weiher und der Kuhstallweiher.

Rossner schüttelt den Kopf. Was für ein Name! Während am Ettwieser Weiher einige Umkleidekabinen und weitere Einrichtungen vorhanden sind, hat der Kuhstallweiher außer zwei Holzstegen, von denen aus man ins Wasser springen kann, keinerlei weiteren Komfort zu bieten, von der lieblichen Landschaft abgesehen. Bemerkenswert ist der Kuhstallweiher deshalb, weil er in einem Moorgebiet liegt. Da kann man herrliche Schlammschlachten veranstalten oder Moorpackungen nehmen. Für die Jungs war es ein lustiger Zeitvertreib, die Mädels mit schwarzem Schlamm zu bewerfen. Da ging schon mal die ein oder andere toll gestylte Frisur flöten. Es folgten Gezeter und böse Worte, und als Ergebnis ging manche Liebschaft zu Bruch. Das Wasser war im Grunde genommen nichts weiter als eine dunkle Brühe. Als Karin einmal in einem schneeweißen Bikini, auf den sie besonders stolz war, ins Wasser ging, traf sie anschließend fast der Schlag, denn das schicke – und knappe – Kleidungsstück hatte eine braune Färbung angenommen, die nie wieder herausging. Da war die kurz zuvor so stolze Trägerin natürlich stocksauer!

„Menschenskind“, murmelt Rossner, „was habe ich doch für einen Dusel gehabt, ausgerechnet in dieser herrlichen Ecke der Republik zu landen. Das hätte ich nie erwartet.“

Recht hat er, denn wird das Allgäu erwähnt, denkt man dabei wohl selten an die Luftwaffe. Da kommen einem eher sanfte Hügel mit sattgrünen Weiden in den Sinn, auf denen sich braune Kühe tummeln, deren Glocken melodisch bimmeln. Gesteigert werden die Eindrücke noch durch Berge, Wälder, Seen, Flüsse und Bäche und heimelige Dörfer, die sich vertrauensvoll um teils mächtige Gotteshäuser scharen, an verstreut liegende rustikale Bauernhöfe mit üppiger Blumenpracht auf den Balkonen und immer mal wieder eine Kapelle oder hier und dort ein Marterl. Aber um wieder auf die Luftwaffe zurückzukommen ... Hand aufs Herz, es müsste doch einfach berauschend für einen Piloten sein, im Tiefflug über diese herrliche Landschaft zu donnern! Nur ist das leider nicht erlaubt ...

Nach Frühstück und körperlicher Reinigung beschließt Rossner, im Moospflänzchen ein wenig Ordnung zu machen und Mao und Lumumba mit neuen Kupplungsscheiben und Panzerplatten zu versorgen. Das ist sozusagen deren Leib- und Magenspeise.

Wie bitte? Ach so, ganz einfach: Mao und Lumumba sind Mäuse. Die possierlichen Tierchen fressen gerne das runde Vollkornbrot in der Dose, eben die Kupplungsscheiben, und diese harten Biskuits, deswegen Panzerplatten, die fürchterlich aufquellen, wenn man sie in Wasser legt. Diese beiden Lebensmittel sind sozusagen der eiserne Grundstock der Eisernen Ration, die den Soldaten im Feld vor dem Verhungern bewahren soll. Da kann man nur sagen: Guten Appetit! Und wo wohnen die beiden Mäuse? Natürlich im Moospflänzchen! Das ist ein betagter VW-Bus.

Rossner verlässt die gute Stube, geht den breiten Flur entlang und tritt aus dem Gebäude in den hellen Sonnenschein. Der eingesperrte UvD blickt melancholisch hinter ihm her. Der scheint so in sich gekehrt, amüsiert sich Rossner. Ob der wohl darüber nachdenkt, dass seine Tage hier bei der Versorgungsstaffel höchstwahrscheinlich gezählt sind? Der wäre wohl bei der Sicherungsstaffel besser aufgehoben. Rossner muss erneut schmunzeln. Wie nennen sie die Sicherungsstaffel, diese Pseudo-Infanteristen? Ach ja, „Bau, Steine, Erden“, nach der Gewerkschaft der Bauarbeiter, die buddeln nämlich auch immer herum. Während er so in Gedanken versunken ist, wendet er seine Schritte automatisch der Nebenwache zu. Der verschlafen gähnende Wachtposten winkt ihn ganz unzeremoniell durch. Sie kennen sich ...

„Halt!", ertönt da eine Stimme im schneidigen Kasernenhofton. „Haben Sie überhaupt einen Passierschein, um den Fliegerhorst zu verlassen?"

Rossner dreht sich überrascht um. Da steht mit grinsendem Gesicht der Unteroffizier Larsen an der offenen Türe zum Wachlokal.

„Du willst mich wohl auf den Arm nehmen?", fragt Rossner, ebenfalls grinsend.

„Hat doch geklappt. Wie gehts übrigens Mao und Lumumba ... noch kein Nachwuchs in Sicht?"

„Nein."

„Seltsam! Dann müssen das wohl 175er oder Lesben sein."

Aus dem Wachlokal ertönt wieherndes Gelächter ...

„Grüß' mir auf jeden Fall die Freunde, du gehst doch sicher in die Stadt?"

„Selbstverständlich! Aber erst muss ich mich um die Mäuse kümmern und ein wenig Ordnung im Bus machen."

Rossner überquert die Hohe Buchleuthe und da sieht er auch schon das Moospflänzchen in all seiner Pracht stehen. Schmunzelnd betrachtet er die Blumen und Sprüche, die mehr oder weniger künstlerisch gelungen auf dem schon stumpfen beigen Lack aufgemalt sind. „MAKE LOVE NOT WAR" ist der prominenteste. Dann fällt ihm ein, wie er zum Motorpool fuhr, kurz nachdem er den Bus gekauft hatte, und nachdem die Freunde darauf herumgemalt hatten.

Der Hauptfeldwebel, der die Privatfahrzeuge der Soldaten vor der Vergabe von Parkplätzen auf dem Fliegerhorst inspizierte, bekam vor Staunen den Mund nicht mehr zu, als er des Moospflänzchens ansichtig wurde. So etwas war ihm während seiner ganzen Dienstzeit nicht untergekommen! Nachdem er sich wieder einigermaßen gefasst hatte, fragte er mit hochgezogenen Augenbrauen: „Glauben Sie allen Ernstes, Sie könnten diese Hippie-Rostlaube hier auf dem Gelände des Fliegerhorstes parken?"

„Warum nicht, sieht doch gut aus, oder?"

Die Umstehenden feixten ...

Da wurde der Hauptfeld streng dienstlich: „Hauptgefreiter, machen Sie bloß, dass Sie mit Ihrem provozierenden Schrotthaufen schleunigst von hier verschwinden, sonst melde ich Sie noch bei der Verkehrspolizei!"

„Das ist unfair", maulte Rossner, während er einstieg.

Nun brach ein Gewieher und Gelächter los. Der Hauptfeld drehte sich um, betrat sein Büro und warf wütend die Türe hinter sich zu. Seitdem steht der Hippie-Bus vor der Nebenwache oder gar vor der Hauptwache. Wenn Rossner ab und zu nach Schwabing fuhr und den Bus abstellte, bildete sich jedes Mal rasch eine Menschentraube um das Fahrzeug. Der Bulli dürfte einer der ersten seiner Art in der Bundesrepublik gewesen sein. Die jungen Leute fanden das jedenfalls toll! Rossners Mutter jedoch war nicht unbedingt begeistert. Als er neulich wieder einmal zuhaus im Frankenland weilte, fuhr er seine Mutter ins benachbarte Velden zur Apotheke. Da musste er den Bus versteckt hinter einer alten Hütte parken, während seine Mutter auf Umwegen in die Apotheke schlich, damit nur ja niemand sie mit dem Hippie-Fahrzeug in Verbindung bringen konnte!

In Erinnerungen schwelgend öffnet Rossner erst einmal die Türen des Busses, um frische Luft hineinzulassen, denn im Fahrzeuginneren herrschten saunaartige Zustände. Während er dasteht, blickt er durch den Maschendrahtzaun hinüber zur Start- und Landebahn. An deren südlichem Ende kann er tatsächlich die Silhouette der Alpen ausmachen. Er seufzt: „Was für ein herrlicher Anblick! Da geht einem immer wieder das Herz auf." Er streicht sich durch sein für Bundeswehrverhältnisse relativ langes dunkelbraunes Haar. Dann begibt er sich zur Fahrerseite, klettert hinein und schaltet das Radio ein. Und was ertönt da aus dem Lautsprecher? Die Bee Gees mit dieser herrlichen Schnulze „It's a Holiday". „Das passt doch haarscharf zu diesem traumhaften Wetter", murmelt Rossner verzückt.

Während er den Klängen lauscht und hin und wieder mitbrummt, lässt er sich auf der hinteren Sitzbank nieder und dreht sich halb zu dem massiven Käfig herum, der auf der Motorabdeckung befestigt ist. „Guten Morgen, ihr zwei Langschläfer", ruft er halblaut, „wünsche wohl geruht zu haben." Da taucht auch schon der Kopf von Mao auf. Erstaunt blicken die roten Äuglein durch das Drahtgitter auf den Störenfried. Rossner öffnet den Deckel und legt eine Kupplungsscheibe und zwei Panzerplatten in die eine Ecke des Käfigs. Einige Weintrauben folgen. Da kommt auch schon Lumumba angeflitzt und stürzt sich auf die Köstlichkeiten. Mao folgt ihm auf dem Fuß.

Er blickt sich um. „Mein Gott!", entfährt es ihm, „das sieht ja hier aus wie auf einer mittelprächtigen Müllhalde. Da muss unbedingt was geschehen." Dann sammelt er erst einmal Zeitungen, Papier, Plastikbeutel, halb vertrocknete Blumen und anderen Kram auf und stopft alles in eine Tüte. Dann noch hier und da mit dem Lappen gewischt, mehr schlecht als recht. Er blickt auf die Uhr. „Wie die Zeit vergeht", murmelt er erstaunt, „schon ein Uhr! Da kann ich mich ja langsam auf den Weg machen."

Aber da erklingt aus dem Lautsprecher der dumpfe, unverkennbare Beat von „Gimme some lovin" der Spencer Davies Group. Rossner hört noch kurz zu, dann gibt er sich einen Ruck. „Macht's gut, ihr Racker, passt schön auf das Moospflänzchen auf", ruft er nach hinten den Mäusen zu, bevor er die Türen zuschlägt und den Bus abschließt. Er geht den Weg ein Stück zurück und biegt in den Obergefreitenschnellweg ein. Zügig voranschreitend, an Büschen und Bäumen vorbei, ist er in wenigen Minuten unten in der Stadt. Dann braucht er nur noch die Schraderstraße in Richtung Ringcafé entlangzugehen.

Schon von weitem sieht Rossner den langen, schlaksigen Manuel stehen und neben ihm auf der Mauer sitzend Karin, Brüderchen und die anderen. Zwischen der Eisdiele „Portofino" und dem Denkmal „Nackter Mann" überquert er die Ganghoferstraße. Das Begrüßungszeremoniell ist kurz, denn sie haben sich ja größtenteils am Abend vorher schon in der Ranchbar getroffen. Die Mädels haben sich in Schale geworfen, die Haare gestylt und sehen entzückend aus wie immer!

Hin und wieder flanieren Passanten im Sonntagsstaat vorbei, es sind meist Familien. Die dazugehörigen halbwüchsigen Spröss, linge schauen verlangend zu dem munteren Völkchen auf der Mauer hinüber, das da zwanglos fröhlich plaudernd scherzt und lacht. Hand aufs Herz, da würden sie auch zu gerne mitmachen! Die Eltern blicken konsterniert, Sorgenfalten auf den Stirnen, auf das muntere Treiben und beschleunigen ihre Schritte. Ist das etwa eine Vorhut jener nichtsnutzigen Gammler, über die man dieser Tage die schrecklichsten Geschichten hört? Die hier sind ja doch ganz normal angezogen. Aber man kann nie wissen, vielleicht ist das alles nur Tarnung? Die Haare der jungen Männer sind jedenfalls verdächtig lang, ähnlich wie bei diesen krakeelenden Pilzköpfen aus Liverpool ...

Rossner hat die Blicke sehr wohl bemerkt und kann sich einen Reim darauf machen, was in den Köpfen vorgeht. „Die halten uns garantiert für Gammler", stellt er fest. „Aber na ja, gegen Ewiggestrige ist man halt nicht gefeit."

„Bei uns an der Schule springen auch noch so verdammte alte Nazis herum", ereifert sich Edmond.

Durch das geöffnete Fenster eines langsam vorbeirollenden Käfers erklingt das Lied „No milk today" von Hermans Hermits.

„Das könnte man doch glatt zum Allgäulied nominieren", ruft Rossner lachend und intoniert: „No milk today, my cow has run away, that's all I gonna say ..."

„Das Lied ist ohne weiteres noch ausbaufähig", versichert er ernsthaft und erntet großes Gelächter.

„Das nennen unsere Alten Hottentottenmusik", erklärt Manuel trocken, immer noch ein wenig nach Luft ringend.

„Bei uns in Franken", sagt Rossner, „ist das schlicht und ergreifend Neechermusig."

Da geht das Gelächter weiter.

„Was machen wir heute?", fragt Brüderchen, als sich alle wieder beruhigt haben.

„Gehen wir doch erst mal zu den Jordananlagen rüber und von dort vielleicht Richtung Bärensee", schlägt Karin vor. „Das herrliche Wetter müssen wir ausnutzen."

Gegenstimmen liegen keine vor, und so zieht die fröhliche Schar plaudernd die Ganghoferstraße entlang und biegt in die Jordananlagen ein. In das Kneippbecken will heute niemand. Das ist normalerweise nach Kneipenbesuchen der mitternächtlichen Gaudi im Hochsommer vorbehalten. Dafür geht es im Gänsemarsch oder vielmehr im Seemannsgang – ein Fuß auf der Bordsteinkante, ein Fuß auf dem Weg – weiter. Am Bahnhof vorbei schlendern sie Richtung Hirschzell.

Wie üblich entwickeln sich heiße Diskussionen. Gesprächsstoff gibt es genug. Alles scheint im Umbruch, gegen die Eltern, die bürgerlichen Werte, Schulen, Unis, die Amis mit ihrem Vietnamkrieg, die bundesdeutsche Gesellschaft überhaupt, eben das ganze System. Manche versteigen sich und wollen gar die ganze Welt aus den Angeln heben. Der verdammte Kapitalismus hat zu verschwinden, er muss durch eine andere Gesellschaftsordnung abgelöst werden. Also sucht man nach einem neuen gesellschaftlichen Ideal. So und ähnlich klingt es. Die Mädels mucken ebenfalls auf. Sie hoffen auf die Befreiung vom Frauenklischee des Heimchens im Heim und am Herd. Sie wollen die Zwänge abschütteln, berufliche Karriere machen genau wie die Männer und selbst bestimmen, wo's lang geht.

„Sagt mal“, setzt Rossner zu einem weiteren heißen Eisen an. „Der Besuch des Schahs von Persien vor ein paar Tagen ...

„Das war der Hammer, da muss ja was los gewesen sein! Dieser Juni 1967 wird in die Geschichte eingehen“, unterbricht ihn Brüderchen.

„Klar, immerhin haben der Schah und seine Farah Diba, die Lieblinge der Boulevardpresse, eine Studentenrevolte ausgelöst. Der SDS ...“

„Diese Namen ...“, unterbricht ihn Karins Schwester, verzückt die Augen verdrehend, „ ... Farah Diba ...“

„ ... und Soraya ...“, ergänzt Edmond spöttisch.

„Seht ihr, da haben wir schon die typische Leserin von Frauenzeitschriften!“, ruft Manuel aus, mit dem rechten Zeigefinger strafend auf Gitta deutend.

„Diese Zeitschriften liegen doch bei jedem Friseur aus“, stellt Karin klar. „Überhaupt, Friseusen sind wandelnde Nachrichtenbörsen ...“

„Was ich sagen wollte – während der Demonstrationen haben sie ja auch den Benno Ohnesorg erschossen. Da muss völliges Chaos geherrscht haben, vor allem durch die ‚Jubelperser', die der Geheimdienst SAVAK des Schahs ganz offensichtlich steuerte. Diese Burschen, die den Schah in den Himmel hoben und auf die Demonstranten mit Zaunlatten einschlugen. Das ist dann kein Thema mehr für die Hochglanzblätter ..."

Sie kommen auf Twiggy zu sprechen, diese spindeldürre Ikone mit den großen Augen, dem Bubikopf und dem Mini.

„Also, mal ganz ehrlich, mit der Twiggy könnt ihr mir gestohlen bleiben", versichert Edmond, während sein Blick wohlwollend über die anwesende geballte Weiblichkeit schweift. „Wenn ich mir euch so dagegen ansehe ...", er lässt offen, was er noch sagen will.

Martha scheint hier der einzige Fan von Twiggy zu sein. „Die sieht doch süß aus, und außerdem hat sie den Minirock erfunden ..."

„Von wegen, den Mini hat sie nicht erfunden, das war die Mary Quandt", stellt Karin richtig.

„Wenn ich im Minirock nach Hause käme, wäre die Hölle los", jammert Martha. „Ich bin ja schon froh, wenn ich den Beat-Club am Samstagnachmittag anschauen darf. Mein Vater verlässt dann unter Protest das Glotzenzimmer."

„Ihr habt vielleicht Probleme", wundert sich Rossner.

„Also hör mal, bei solchen Sachen kannst du nicht mitreden, du nimmst ja sozusagen eine Sonderstellung bei uns ein. Du bist der Älteste in unserem Verein und bist schon seit du 15 bist von zu Hause weg", weist Karin ihn zurecht.

„Vorsicht, Vorsicht! Lasst euch bloß nicht einwickeln, Mädels", warnt Edmond beschwörend. „Das ist doch nur wieder so eine Masche des Großkapitals, um die Frauen zum Konsumrausch anzustiften. Die sind ja so clever, diese Marketingfritzen. Mit der entsprechenden Werbung drehen die euch alles an. Was glaubt ihr, was die Twiggy absahnt."

„Willst du sie nackt rumlaufen lassen?", fragt Rossner, anzüglich grinsend „Wir haben eh schon genug Nackerte."

Das gibt wieder ein Gelächter!

„Verrückte Welt ... vor zehn Jahren war man in Deutschland froh, dass die Unterernährten von den Straßen verschwanden", meint die dunkelhaarige Inge.

Ein liebes Mädchen, die Inge, denkt Rossner verträumt. Als ich sie gestern Abend nach Hause brachte, haben wir uns im schummrigen Hausflur geküsst. Ach, wie herrlich romantisch war das ... Und jetzt schaut sie mich auch schon wieder so an ...

Dagegen ist die schlanke Irmtraut mit den langen, glatten schwarzen Haaren so ein richtiger Kumpel. Mit der kann man Pferde stehlen, wie man so sagt. Da haben sie doch neulich nachts, als sie mit bleichen Gesichtern aus dem Bier- und Weindunst einer Kellerkneipe auftauchten, tatsächlich auf einem Kinderspielplatz auf den Schaukeln gesessen und bis in die Morgendämmerung hinein über Gott und die Welt diskutiert. Es ist schon ein eigenartiges Gefühl, sonntags so in aller Herrgottsfrühe durch die leeren Straßen zu gehen. Komisch, die Irmtraut scheint von daheim her große Freiheiten zu genießen. Na ja, die Eltern machen Nachtschicht.

Die aparte Karin ist unter den Mädels eine der ältesten, sozusagen die Mutter der Nation, eine Rolle, in der sie von den andern tatsächlich auch akzeptiert wird. Und das genießt sie – wer mag es ihr verdenken? Sie ist vielseitig interessiert, man kann mit ihr über fast alles quatschen. Ihre jüngere Schwester, die Gitta, ist genau das Gegenteil: zwar ein liebes Mädchen, aber recht oberflächlich. Na ja, das mag vielleicht an ihrer Jugend liegen.

Rossner schmunzelt vor sich hin. Was für ein ständig wiederkehrendes Ritual, amüsiert er sich, wenn ich die beiden Küken bei Papa und Mama jedes Mal loseisen muss, damit sie wenigstens bis elf Uhr abends weg dürfen. Papa stellt mit ernster Miene immer die seltsamsten Fragen stellt: Er will genau wissen, wo es hingeht, wer dabei ist. Und um Himmelswillen, ja nicht in den Ringkeller! Das ist kein Ort für anständige Mädchen! Da muss ich heilige Eide schwören, die beiden Hübschen unbeschädigt wieder zu Hause abzuliefern! Aber ansonsten sind die Eltern ja ganz in Ordnung, sie sind halt besorgt um ihren Nachwuchs, das kann man ihnen nicht verübeln.

In Gedanken versunken, verlangsamt Rossner seine Schritte und fällt zurück. Die anderen sind schon ein Stück entfernt. Karin wartet auf ihn. „Was schmunzelst du so?“, will sie wissen. Sie hat den Gesichtsausdruck Rossners sehr wohl bemerkt.

„Ich musste gerade daran denken, wie ich bei euch zu Hause an den Wochenenden immer antrete, damit ihr abends ein paar Stunden weg könnt“, sagt er. In verschwörerischem Tonfall fügt er hinzu: „Aber das muss ja nicht jeder wissen.“

„Danke!“, lächelt Karin erleichtert.

Sie beschleunigen ihre Schritte und hören gerade noch, wie Brüderchen ausruft, wie spannend die Zeit doch sei, in der sie lebten.

„Es ist eine Zeit des Aufbruchs“, schwärmt Karin mit verklärten Augen, „ ... unsere Clique, diese Musik ... Beatles, Spencer Davies, Stones, Kinks, Bob Dylan ... einfach umwerfend!“

„Boys and Beat heißt das Motto“, wirft Brüderchen grinsend ein.

„Minirock und Pille“, kräht Eduard, „die ergänzen sich doch wundervoll. Und der Minirock gewährt noch dazu reizvolle Perspektiven.“ Er verdreht verzückt die Augen.

„Da sind nur jene Mädels zu bedauern, die keine langen, schlanken Beine haben“, stellt Manuel fest.

„Die haben jetzt tatsächlich schlechte Karten“, stimmt Rossner ihm zu. „Aber zum Glück sind Hosen bei Frauen jetzt auch ‚in‘. Lustig finde ich nur, dass man bei Arbeiterfamilien auf Ablehnung der Blue Jeans stößt, dabei wurden die Nietenhosen doch gerade für die Werktätigen kreiert.“

„Ihr elenden Machos“, ruft Irmtraut auf einmal provozierend den Jungs zu, „eure Köpfe sind doch angefüllt mit Sex und noch mal Sex. Sicher schaut ihr euch die Werbebilder im Reader's Digest an, wo die hübschen Fotomodelle im BH, Hüfthalter oder Miederhöschen posieren. An Modezeitschriften traut ihr euch nur selten ran, es könnte euch ja jemand dabei ertappen.“

Das sitzt! Da schauen die Herren der Schöpfung zunächst betreten drein. Dann geht es verbal wieder für eine Weile rund ...

„So, ich denke wir haben uns genug ausgelüftet“, stellt Edmond abrupt fest. „Deshalb schlage ich vor, wir gehen jetzt zum Italiener, ins Cortina.“

Da ertönen zustimmende Rufe von allen Seiten, als ob jeder auf dieses Stichwort nur gewartet hätte.

Edmond und Brüderchen eilen voraus, um im Cortina Plätze zu sichern, denn bei diesem herrlichen Wetter wird in der Eisdiele viel los sein. Sie haben Glück und können einen größeren Tisch in Beschlag nehmen. Der richtige Betrieb geht erst los, wenn die Leute ihre Spaziergänge hinter sich gebracht haben.

Die übliche Gaudi fängt damit an, dass einer nach dem anderen, möglichst unauffällig, die Hüllen der Strohhalme an die Decke schießt, wo sie wunderbarerweise hängen bleiben. Jedes Mal, wenn die Türe geöffnet wird, wiegen sich die Hüllen wie Seetang im bewegten Meer. Es war Rossners Idee, das mit den Hüllen der Strohhalme. Man muss die Hüllen unten öffnen, etwas hochschieben, ein kleines Stück des oberen Endes zusammenknüllen und mit Spucke befeuchten, Trinkhalm an den Mund führen, tief Luft holen, Ziel anvisieren, Luft ausstoßen ... „pffffft" ... und schon schießt die Hülle wie eine Rakete nach oben und klebt an der Decke. Unterdrücktes Gewieher kommt auf. Außenstehende wissen natürlich nicht, was los ist.

„Welch ein Glück", lässt sich auf einmal Karin, die völlig in Gedanken versunken ist, unvermittelt vernehmen, „dass der Charly den Manuel an der Bassgitarre unterrichtet hat. Und die Irmtraut wohnt in dem gleichen Haus, wo der Manuel bei seiner Oma untergekommen ist. Dann hat die Irmtraut auch noch den Terry angeschleift, da war sozusagen der Grundstein für die Band gelegt. Hinzu kommt noch, dass der Vater von Terry beim Bund ist und den Übungsraum oben am Fliegerhorst hinter dem Offizierscasino organisiert hat. Ach ja, und dann kam zum Schluss noch der Winterling am Schlagzeug hinzu."

„Halt!", ertönt Manuels Zwischenruf, „ganz so war das nicht. Charly, Winterling und ich haben schon vorher ein bisschen geübt und davon geträumt, eine eigene Band zu gründen. Aber die Irmtraut hat da schon eine Rolle gespielt, das ist richtig."

„Irmtraut lebe hoch", ruft Edmond enthusiastisch aus.

„Jawohl, lasst uns die Gläser heben", pflichtet Brüderchen bei, den Eisbecher über den Köpfen der Anwesenden schwenkend.

„Spinner!“, kommentiert die Gelobte mit ihrer tiefen Stimme.

„Ja, unsere Band“, sagt Rossner stolz, „die Jungs von der Caddy Group haben echt was drauf. Wenn man sich überlegt, wie schnell wir die zusammenhatten, nachdem du, Karin, diese Vision hattest, dass wir unsere eigenen Beatles haben sollten. Wahnsinn.“

Da stimmen sie alle zu.

„Jetzt müssen unsere Mädels aber aufpassen, dass die Groupies uns nicht vernaschen“, sagt Brüderchen anzüglich. „Ihr werdet doch wohl nicht eifersüchtig?“ Er blickt vielsagend grinsend in die Runde.

Au weia, das hätte er nicht sagen dürfen! Wie die Furien fallen sie über ihn her.

„Was redest du da? Eifersüchtig auf diese Sorte Weiber?“ Martha ist empört.

„Aufgedonnerte, hirnlose Schlampen, jawohl!“, pflichtet Inge ihr bei.

„Also das war doch wirklich nichts Tolles bisher. Aber ich bin ja kein Mann.“ Karin lässt offen, was ein Mann wohl dazu meinen könnte.

„Schaut euch doch die Gitte und den Rex an. Die Gitte war doch auch dem sexy Rexy sein Groupie“, stellt Brüderchen fest.

„Sind hier irgendwo Gitte-und-Rex-Fans?“, fragt Edmond hinterhältig, über die Versammlung blickend.

„Das ist doch doof. Dieser langweilige Schmachtfetzen, da hätte die Gitte doch lieber einen Cowboy als Mann nehmen sollen“, lacht Inge schelmisch.

Die anderen Mädels nicken amüsiert. Lediglich Gitta scheint, ihrem verklärten Gesichtsausdruck nach zu urteilen, etwas für den Rex übrig zu haben. Wohlweislich hält sie sich aber mit einem Kommentar zurück. Na ja, denkt Rossner, sie ist ja auch die Jüngste unter uns, und mit siebzehn kann man noch träumen ... Halt! Die liebreizende Gitta mit dem Pferdeschwanz ist ja noch nicht einmal siebzehn, fällt ihm ein.

„Warum in die Ferne schweifen“, fährt Edmond fort, „einen gestandenen Cowboy, äh ... Kuhhirten oder Senner hätte die Gitte auch im Allgäu bekommen können. Aber ich fürchte, die käme bei denen nicht an, die wollen was Handfestes mit möglichst viel Holz vor der Hüttn." Er stößt einen gedämpften Jodler aus.

„Damit die Kühe erstrebenswerte Vorbilder erhalten und möglichst viel Milch geben, was?", fragt Brüderchen.

„Auf der Alm, da gibt's koa Sünd'", intoniert Edmond.

„Elende Machos, elende!", knurrt Irmtraut verächtlich. „Typisch, ihr wollt immer nur Weiber mit Mordsdingern ..."

„ ... und nichts im Hirn", ergänzt Karin schnippisch.

Herrlich! Jetzt ist die Diskussion so richtig in Schwung gekommen, da fliegen die Fetzen, da üben die zukünftigen Emanzen den Schlagabtausch mit den Machos ... Erneutes Gelächter brandet auf.

„Der Rex Gildo ist ja anscheinend bei unseren Ladies kein Renner", vermutet Beatle.

„Ja, ja, die Beatles, deine Namensvettern", lenkt Edmond ab, „da hat die Karin mit ihrer Vision gar nicht so unrecht, denn diese Jungs haben ihre Karriere ja schließlich in der Bundesrepublik begonnen. In Hamburg war's, ‚Love me do', ‚Twist and shout', ‚Kansas City'."

„I'm goin' to Kansas City, Kansas City, here I come ...", fällt Brüderchen ein. Die anderen Gäste werden aufmerksam und blicken hinüber zum Tisch der ausgelassenen Schar. Es sind nicht nur freundliche Blicke, vor allem nicht von den Älteren ... Da schüttelt mancher mit bedenklicher Miene das Haupt, als würde der Untergang des Abendlandes eingeläutet!

„Kansas City gefällt mir ganz gut", schwärmt der sonst eher verschlossene Beatle, „na, aber den Mädels gefällt sicher so was Getrageneres, wie ‚Love me do', nehme ich doch stark an."

„Wo denkst du hin", protestiert Irmtraut, „mir kann es nicht rockig genug sein."

„Jedenfalls ist die Zeit der Umtata-Musik vorbei", fährt Edmond fort.

„Mit solchen Äußerungen wäre ich vorsichtig", warnt Rossner, „ich war neulich bei meinen Eltern in Franken, in der tiefsten Provinz. Da steht die Dorfmusik bei Jung und Alt noch hoch im Kurs. „Aber stellt euch vor, die würden alle unsere Musik hören, da hätten wir doch nichts mehr zu lästern. Meine Mutter ist immerhin so weit, dass sie Pat Boone hört. Sie nennt die schwarze Scheibe von ihm ihre Putzplatte, denn die legt sie nur zum Hausputz auf. Da schwenkt sie dann im Takt den Staubwedel ..."

„Putzplatte ... herrlich", japst Beatle, mit Tränen in den Augen, mühsam nach Luft ringend. „Putzplatte!"

Weitere Worte gehen im Gelächter unter. Da tut sich besonders Karin hervor, die beim Lachen ein eigentümlich schnorchelndes Geräusch von sich gibt, während ihr die Tränen über die Wangen herabkullern. Solcherart untermalt bekommt das Gelächter eine ungeahnte Eigendynamik ...

Sichtlich erschöpft vom Lachen machen sie sich über ihre Getränke her. Fast findet die Lachparade eine Fortsetzung, als Manuel schlürfend mit dem Strohhalm bis zum Bodensatz seines Eisbechers vorstößt. Erschrocken hält er inne, doch da ist es schon zu spät. Da aber alle, wie gesagt, noch erschöpft sind, tritt bald danach Ruhe ein.

„Wo wir schon bei den Beatles waren", fängt Edmond wieder an, „sollten wir die Stones nicht vergessen."

„Au ja! Der Mick Jagger, der Junge ist ja so süß!", ruft Gitta ganz aufgeregt.

„Jetzt werd' bloß nicht hysterisch, so wie die Weiber Anfang April in Dortmund", versucht Brüderchen sie auf den Teppich zu holen. „Ich hab da neulich Filmaufnahmen gesehen. Als die Stones auftraten, brodelte und kochte es im Saal! Da sprangen die Mädels auf die Stühle und kreischten sich die Lunge aus dem Leib. Wenn der Mick auf der Bühne rumtänzelte, bekamen sie Schreikrämpfe. Na ja, das war schon eine heiße Show! Es war ein Hexenkessel. Dann versuchten die Mädels die Bühne zu stürmen, aber die Polizei hatte vorgesorgt ..."

„Also, ich mach' mir da nicht ins Hemd", unterbricht Irmtraut kühl, „aber die Musik ist schon klasse: ‚The last time', ‚Satisfaction', ‚Paint it black' und so."

„Ja, und ‚Lady Jane' ist doch super", wirft Brüderchen ein.

Rossner stellt fest: „Hier in der Provinz sind sie noch die bad boys, die man allenfalls im Ringkeller hört."

Da stimmen ihm alle geräuschvoll zu.

„Weißt du noch, Karin, hier im Cortina haben wir uns auch kennengelernt“, sagt Rossner, nachdem es wieder ruhiger geworden ist. „Du erinnerst dich doch sicher?“

„Ja, richtig!“

„Ich habe einen Platz gesucht, und bei euch war noch einer frei, da habe ich mich höflich selbst eingeladen.“

„Schüchtern warst du wohl noch nie“, stellt Irmtraut fest.

„Stimmt! Ich habe schließlich schon ein gewisses Quantum sittliche Reife intus.“

„Ja, ja, das Cortina ist für uns sozusagen der Nabel der Welt“, wirft Brüderchen grinsend ein.

„Provinzler“, erwidert Edmond verächtlich.

Karin blickt auf ihre Armbanduhr. „Was, schon sechs Uhr?“ Sie wendet sich an ihre Schwester. „Wir sollten nicht übertreiben und uns auf den Heimweg machen.“

„Sonntagabend gehört Mama und Papa“, seufzt Martha. „Ich gehe auch.“

Sie quatschen und blödeln noch ein wenig herum, dann gehen sie langsam auseinander. Auch die Jungs brechen nach und nach auf. Jeder scheint noch etwas zu tun zu haben.

„Wir treffen uns nächsten Samstag um sechs am Mäuerchen, dann gehen wir in die Ranch“, ruft Karin abschließend, bevor sie entschwindet.

Schließlich sitzen nur noch Edmond und Rossner am Tisch. Jeder hängt für eine Weile seinen Gedanken nach.

„So, jetzt sind wir alleine“, bricht Edmond das Schweigen, während er sich kurz in der Eisdiele umsieht, „nun kann ich dir endlich erzählen, was ich neulich oben im Übungsraum mitbekommen hab. Aber bitte, behalt das für dich. Es wäre meiner Ansicht nach unfair, das weiterzuerzählen und breitzutreten.“

Rossner blickt ihn mit hochgezogenen Augenbrauen an.

„Schau mich nicht so strafend an, ich weiß, du bist keine Plaudertasche. Also, während die Band übte, hörte ich Karin schwärmen, wie toll es doch wäre, wenn die Jungs mit ihrer Musik berühmt würden, etwa so wie die Beatles.“

„Tatsächlich, wie die Beatles, hat sie gesagt? Was für eine skurrile Idee!"

„Ja! Aber skurrile Idee ... beobachte das ruhig mal eine Weile."

Rossner überlegt für einen Moment. „Vielleicht hast du gar nicht so unrecht." Er schlägt sich mit der flachen Hand an die Stirn. „Richtig! Jetzt fällt es mir wie Schuppen von den Augen, die wollen sich ihre Traumboys schaffen!"

„Na, ist der Groschen endlich gefallen?", stellt Edmond befriedigt fest. „Traumboys ... das scheint mir genau das richtige Wort zu sein! Aber weiter, dann haben die anderen geschwärmt, wie es wäre, wenn von dem Glorienschein etwas auf sie abfallen würde. Modelkarriere oder was Ähnliches."

„Jetzt kommt es mir, warum andere Mädels auf die, die bei der Band oder in der Clique rumhängen, eifersüchtig sind. Die würden da auch liebend gerne mitmachen, sich ihren Traumboy angeln, aber unsere Mädels wissen ihre Pfründe sehr wohl zu verteidigen."

„Den Eindruck habe ich auch!", erwidert Edmund lachend.

„Aufeinander eifersüchtig sein ist bei unserer holden Weiblichkeit sicher auch drin."

„Das ist ja wohl ein typisch menschliches Verhalten", bestätigt Edmond. „Übrigens, dass die Jungs von der Band noch keine Groupies haben, liegt sicher daran, dass sie noch zu harmlos sind."

„Ist wohl richtig!"

„Ach ja", fährt Edmund fort, „und dann hat die Karin noch etwas gesagt, was mir als einheimischem Platzhirsch natürlich aufstößt". Er verfällt ein wenig resigniert in seinen herrlichen Allgäuer Dialekt: „Aber da kascht halt nix macha."

„Was hat die Karin denn gesagt?"

„Sie meinte, für die jungen Damen sei das toll, dass die Bundeswehr hier am Ort sei, sozusagen Männerüberschuss hoch drei. Da brauchten die Mädels nur auf der Kaiser-Max-Straße zu flanieren, und schon sei irgendwo ein Bundeswehrler, der ihr nachguckt. Andernorts gestalte sich das Boys-Auflauern schon schwieriger."

„Ja, ja, hier am Ort findet sich für jedes Töpfchen ein Deckelchen", lästert Rossner. „Da kommt selbst manches Mauerblümchen an den Mann." Beide müssen lachen.

Die „Lehrzeit" beim Bund und seltsame Bräuche daselbst

An dieser Stelle stellt sich die Frage: Wie kam Rossner eigentlich auf den Fliegerhorst Kaufbeuren im schönen Allgäu? Ganz einfach: Der schlanke, hochgewachsene junge Mann mit den dunkelbraunen Haaren hatte sich entschlossen, für einige Zeit freiwillig zum Bund zu gehen. Zwar hätte er sowieso seinen Wehrdienst ableisten müssen, aber es gab auch seitens seiner Vorfahren keinerlei militärische Tradition, da wäre es doch an der Zeit gewesen, endlich einmal damit anzufangen! Nun ja, alles unausgegorene Hirngespinste eines jungen Mannes mit viel Fantasie. Vielleicht wollte er auch nur weg von jenem Ort, der zumindest für einige Jahre zur Horrorvision geworden war. Aber Schwamm drüber – auf zum großen Tapetenwechsel! Außerdem erhielten Längerdienende erheblich mehr Kohle, der Führerschein war fast sicher, und lernen sollte man angeblich auch etwas, vorausgesetzt, man landete bei einer technischen Einheit. Da hatte ein Freiwilliger auf jeden Fall gute Chancen.

Der Einstieg in die militärische Karriere beginnt normalerweise mit der Einladung ... Quatsch, Vorladung zur Musterung. Rossner fährt nach Eschenbach in der Oberpfalz an die malerisch gelegenen Rußweiher. Wie, was ... Eschenbach in der Oberpfalz? Er wohnt zwar in Erlangen, mit Hauptwohnsitz ist er jedoch in Neuhaus an der Pegnitz gemeldet, wo seine Eltern Anfang der 60er Jahre hingezogen sind. – Aber zurück nach Eschenbach, wo er antreten muß. Dort wird er von Uniformierten gewogen, gemessen und von einem Arzt untersucht. Das Ergebnis: Man befindet ihn geistig und körperlich für würdig, dem Vaterland zu dienen. Als Freiwilliger kann er wenigstens Einfluss darauf nehmen, bei welcher Waffengattung er schließlich landen wird. Zu den Stoppelhopsern, Mulitreibern, Panzerkutschern, U-Boot-Schnorchlern oder Blauen Jungs über Wasser fühlt er sich nicht wirklich hingezogen. Statt dessen entschließt er sich für die Luftwaffe, um dort eine technische Laufbahn einzuschlagen. Ein Eignungstest erfolgt in München, den er ohne Schwierigkeiten besteht. Dann hört er für einige Zeit nichts mehr und glaubt fast, man habe ihn vergessen. Das wäre allerdings untypisch für die Bundeswehr, denn die vergisst niemanden so leicht.

Dann, im Frühsommer 1964, ist es schließlich so weit: Rossner erhält seine Einberufung, zusammen mit einer Eisenbahnfahrkarte zweiter Klasse und weiteren Instruktionen. Ziel ist Mengen. Mengen? Von dem Ort habe ich noch nie gehört!, wundert er sich. Nachdem er den alten Schulatlas zu Rate zieht, findet er Mengen. Es handelt sich um ein kleines Städtchen bei Sigmaringen im Württembergischen, nicht weit vom Schwäbischen Meer, dem Bodensee, entfernt, wo die Luftwaffe eine ihrer Niederlassungen hat. Die Einheit, bei der er sich melden soll, führt den einprägsamen Namen Luftwaffenausbildungsregiment 4.

Während der Fahrt lernt Rossner drei ganz nette Typen kennen, die, wie es der Zufall will, ebenfalls nach Mengen zu „den Fahnen eilen“, wie man früher so schön sagte. Es sind dies der schlagfertige lange Lulatsch Schumann, der Schober, genannt „der Dicke“, aus Bamberg und der lustige Lorenz, genannt „Lenzi“. Letzterer ist ein bayerisches Urviech. In den vergangenen Jahren hatte er in der Diaspora, in der Pfalz, gelebt, wohin es seine Eltern verschlagen hatte.

„Dös woar gar net so schlecht“, versichert er, „denn die Pfalz woar ja amal Boarisch, da hab i mi fast wia dahoam gfuilt. Nur der Dialekt und des Bier woarn anders.“

Schumann gibt als Herkunftsort nur vage Niedersachsen an. Erst später kommt dann heraus, dass er aus einem kleinen Ort namens Pinkler bei Dassensen, in der Nähe von Einbeck, stammt.

Der arme Kerl, da hat er seinen Spitznamen weg. Aber es scheint ihm nichts auszumachen.

„Das haftet mir seit meiner Kindheit an", sagt er achselzuckend, „da muss man drüberstehen."

Es entwickelt sich eine angeregte Diskussion über die Bundeswehr. Dabei stellt es sich heraus, dass alle Anwesenden Freiwillige sind. Einige wollen von zu Hause raus, etwas erleben, kostenlos den Führerschein machen und so weiter. Allerdings will keiner der Anwesenden Berufssoldat werden – ganz so weit reicht die Vaterlandsliebe denn doch nicht!

„Wenn ich scho da hi muss, möchert ich a awengala was verdina", betont Schobert in seinem herrlichen ‚Bambercher' Dialekt mit Nachdruck.

„Ich will für einen Opel Kadett sparen", erklärt Schumann, „der kostet neu etwas über fünftausend D-Mark."

„Also ich steh' da eher auf am Ford 12 M", erklärt Schober, „den mit dera 1,5 Liter Maschina und 50 PS."

In Ulm stößt ein weiterer Bundeswehr-Aspirant namens Gröner zu der Gruppe. Er ist ein etwas aufschneiderischer, unsympathischer Typ, mit bleichem, leicht schwammigem Gesicht, blonden Haaren und unstetem Blick. Er kommt, wie er betont, gerade von seinem „Verhältnis", einer verheirateten Frau in den Vierzigern, deren Mann oft auf Montage im Ausland ist. Er muss gleich seine amourösen Eskapaden loswerden: „Das ist vielleicht ein Luder, die macht alles mit, zum Beispiel ..."

„Entschuldige, dass ich dich unterbreche", wirft Rossner ein, „aber ich finde das der Frau gegenüber unfair, mag sie auch noch so ein Flittchen sein, wenn du hier eure intimsten Bettgeschichten erzählst. Du kannst das doch dabei belassen, wenn du zum Beispiel sagst: ‚Das ist vielleicht ein heißer Feger', oder so ähnlich. Das reicht."

Die anderen stimmen Rossner zu, was dieser als recht angenehm empfindet. Gröner zieht sich schmollend zurück.

„Dämlack", murmelt Schumann verächtlich.

Rossner muss automatisch an Erna denken, seine derzeitige Flamme aus Behringersdorf im schönen Pegnitztal. Die Erna ...

Ja, ja, die ist auch mehr als freigebig mit ihren Liebesbezeugungen, durchfährt es ihn mit einem wohligen Schauer. Aber das muss ich ja nicht an die große Glocke hängen. Das geht nur uns beide etwas an!

Der Zug fährt in den Bahnhof Mengen ein und der erste Eindruck ist positiv, denn was die zukünftigen Staatsbürger in Uniform so sehen, als sie erwartungsvoll aus den geöffneten Fenstern blicken, sieht alles recht nett und adrett aus. Ein paar ältere Schulmädchen stehen an der Bahnsteigkante.

„Hier gibt's sogar Mädels", ruft Schumann begeistert aus, „man glaubt es kaum." Dabei winkt er den Girls zu, zwei winken zurück, die anderen kichern ...

Die Reisenden verlassen das Bahnhofsgebäude, und die meisten der jüngeren Männer, von denen es hier auf einmal nur so wimmelt, steuern mit ihrem Gepäck zielstrebig auf die bereitstehenden Omnibusse zu. Diese kann man schon allein wegen ihrer auffälligen olivgrünen Lackierung gar nicht verfehlen. Außerdem stehen einige Uniformierte herum, die eifrig Namenslisten abhaken. Da erübrigen sich irgendwelche Hinweisschilder. Die Fahrt zum Fliegerhorst macht allen Beteiligten schnell klar, dass die Feierabendvergnügungen nicht in greifbarer Nähe liegen. Das trübt den ersten positiven Eindruck erheblich, da keiner der Busreisenden über ein eigenes Fahrzeug verfügt. Wen wundert es da, dass es lange Gesichter gibt und so manches mürrische Wort fällt?

„Ei, wenn isch des geahnt hätt', dass mir da midde in de Prärie lande, wär' isch net freiwillisch zum Bund gegange!", lamentiert ein Hesse verzweifelt.

„Da bekommen mir doch wenigstens a Kondition bei dem Lauftraining", tröstet Lorenz ihn.

„Ihr habt doch wohl nicht erwartet, dass ihr überall hingeflogen werdet", witzelt Schumann, auf die Luftwaffe anspielend.

Die Kaserne befindet sich auf dem Gelände des Fliegerhorstes, auf dem nur selten eine Übungsmaschine landet. Schade, denkt Rossner, so ein Geschwader von Düsenjägern fehlt hier, und sei es nur zur Deko. – Das also ist sie, jene Niederlassung der Luftwaffe, wo möglicherweise manche militärische Karriere ihren Anfang nimmt. Alles sieht recht friedlich und gar nicht kriegerisch aus. Es ist kein verwunschener Ort, obwohl dort einige seltsame Bräuche herrschen. Die Unterkünfte sind gerade mal zwei Jahre alt und für eine Kaserne geradezu komfortabel.

„Das hätte ich wirklich nicht erwartet, wenn ich da an die Wanzenburg daheim denke", stellt Rossner recht angetan fest.

„Wanzenburg ... herrlich!", ruft Schumann aus. „Was hat's denn mit diesem Namen auf sich?"

„Das ist die alte Infanteriekaserne von 1877 in meiner Heimatstadt Erlangen", antwortet Rossner, „ein roter Klinkerbau mit ganz schönen Rissen. Darin haben gegen Kriegsende Flüchtlinge und DPs gehaust. Die hygienischen Zustände waren katastrophal. Als die Amis einmarschierten, haben sie Quartiere gesucht und glaubten in der alten Infanteriekaserne das Richtige gefunden zu haben. Also jagten sie die Bewohner raus und rückten mit DDT ein, um das alte Gemäuer von lästigen Insekten zu befreien. Damit hatten sie aber wenig Erfolg und flüchteten. Seitdem hat die Kaserne den Namen Wanzenburg weg."

Im Gegensatz zu den klischeehaften Vorstellungen erfolgt die Einkleidung nicht nach dem Motto: ‚Sitzt, paßt, wackelt und hat Luft.' Es sind auch keine herumbrüllenden Ausbilder zugange. Statt dessen teilt man Rossner einer Gruppe zu, deren Ausbilder sich als ein recht netter und ruhiger Fahnenjunker herausstellt, so der gemütliche Typ.

„Der sieht gar nicht richtig zackig militärisch aus – auch in Uniform nicht!", stellt Rossner erstaunt fest, als sich der Fahnenjunker entfernt hat. „Der könnte auch Buchhalter sein."

*

Das Alltagsleben der angehenden Soldaten beginnt frühmorgens um 5 Uhr 30, wenn die Trillerpfeife des UvD, des Unteroffiziers vom Dienst, ertönt und der Ruf erschallt: „Staffel aufstehen". Da ist es vorbei mit dem Matratzenhorchdienst, da kriechen verschlafene Gestalten aus ihren Betten und wanken im Trainingsanzug zum Frühsport. Anschließend schnappen sie sich das Waschzeug und schlurfen wie die Zombies schweigend die gebohnerten Flure entlang zu den Waschräumen. Dort wird im Blitzverfahren die morgendliche Toilette erledigt und anderen dringenden Bedürfnissen nachgegangen. Dann wird sich hastig umgezogen in Olivgrün. Um 6 Uhr geht es im Gleichschritt unter der Führung eines Ausbilders zum Frühstück in die Kantine.

„Blödmänner!“, mault Schumann, der neben Rossner marschiert. „Als ob wir nach dem zweiten Besuch den Weg dorthin nicht alleine gefunden hätten! Würden einen nicht Hunger und Anwesenheitszwang hierher treiben, hätten sicher einige von uns einen großen Bogen um diese Örtlichkeit gemacht.“

„Wie wahr, wie wahr“, ist alles, was Rossner dazu einfällt, denn vor 9 Uhr ist er meistens nicht recht ansprechbar.

Nach Rückkehr in die Unterkunft bleibt nur wenig Zeit für das Stuben- und Revierreinigen, denn da tritt der UvD erneut in Aktion, lässt die Trillerpfeife wieder ertönen und stößt den Ruf aus: „Staffel raaaustreteeen zum Morgenappell“.

Da steht dann die ganze Mannschaft in olivfarbenen Klamotten vor der Unterkunft, verschlafen und gähnend und wartet geduldig auf die Ankunft der ‚Mutter der Kompanie‘, sprich, des Kompaniefeldwebels oder vielmehr Staffelfeldwebels, wie sich diese Spezies bei der Luftwaffe nennt. Im Militärjargon nennt man ihn kurz und bündig Spieß. Der erscheint schließlich auf der Bildfläche.

„Guten Morgen, Staffel!“, ruft er markig aus, dass es nur so über den Appellplatz schallt.

„Guten Morgen, Herr Hauptfeld!“, brüllt die versammelte Mannschaft zurück.

„Wia die Brüllaffen im Zoo“, flüstert Lorenz Rossner ins Ohr.

Der kann nur mühsam ein Lachen unterdrücken und verschluckt sich fast dabei.

Der Spieß lässt sich nun von einem anderen Dienstgrad melden, wie viel Mann angetreten sind, ob jemand sich im Krankenrevier herumdrückt oder abkommandiert worden ist und so weiter. Dann erteilt er Befehle und gibt anschließend irgendwelche Neuigkeiten bekannt.

Sodann ruft er jeden einzelnen Namen auf, denn es könnte nachts ja einer der Rekruten abhanden gekommen sein. Der Aufgerufene antwortet mit einem knappen „hier". Die Blicke der ‚Mutter' schweifen sorgenvoll über die angetretenen Mannen. Dann holt der Spieß das gefürchtete kleine, schwarze Büchlein aus der linken Brusttasche und blättert darin, bis er einen Hinweis auf eine verdammenswerte Tat und den Namen des dazugehörigen Täters findet, falls der bekannt ist. Nachdem einer oder mehrere Fälle abgehandelt sind, werden Leute für entsprechende Aufgaben eingeteilt, falls sie nicht einer permanenten Tätigkeit nachgehen. Erst danach heißt es: „Staffel wegtreten!".

Jeder Soldat hat einen Spind, einen mittelgroßen Schrank, in dem er seine Klamotten und Ausrüstungsstücke unterzubringen hat. Da hat es doch die Hausfrau wesentlich besser, denn die kann alles auf mehrere Schränke, Kommoden, Sideboards und andere Möbelstücke verteilen. Sie hat sogar zumindest einen Kellerraum. So etwas bleibt dem Soldaten versagt. Es gibt sogar eine sogenannte Spindordnung, in der akribisch beschrieben wird, was wo untergebracht werden muss. Dies soll zum Beispiel während Nachtübungen das Auffinden von Ausrüstungsgegenständen erleichtern – als ob es kein elektrisches Licht gäbe!

Das Zimmer, in dem zwei, vier oder noch mehr Soldaten wohnen, wird Stube genannt. Bei einer Stube denkt man unwillkürlich an eine heimelige Wohnstätte alten Stils. Weit gefehlt! Beim Bund sieht das meist steril und nicht besonders wohnlich aus, stellt Rossner später fest. In Mengen ist das allerdings ganz in Ordnung, denn die Gebäude sind ja neu. Manche Stubengemeinschaft versucht ihr trautes Heim etwas gemütlicher zu gestalten. Auch Bilder werden an die Wand genagelt. Aber Vorsicht mit Bildern, da kann man nicht einfach aufhängen, was man will, denn wie heißt es doch im „Taschenbuch für Wehrausbildung": „Das Aufhängen unsittlicher Bilder in Stuben und Spinden ist nicht gestattet." Da wird mancher Vorgesetzte vor eine schwere Wahl gestellt: Was ist nun bitteschön ein unsittliches Bild?

Das übliche Procedere der Grundausbildung folgt jeden Morgen nach dem Appell: Ganz oben rangiert die Formalausbildung.

„Was hat mein Vater nach dem dritten Bier am Stammtisch immer gesagt“, kommentiert Heimann, „die Formalausbildung bei der heutigen Armee ist die abgeschwächte Bezeichnung für das frühere Exerzieren, wo wir armen Schweine von Rekruten geschliffen wurden, bis uns das Wasser im A... kochte.“

„Ja, ja“, sagt Rossner grinsend, „die Alten denken sowieso sie seien die Größten gewesen. Die waren damals alle noch Helden! Wir haben ja gesehen, was dabei herausgekommen ist.“

Geduldig bringt der Fahnenjunker seinen Männern die Grundprinzipien der Formalausbildung bei. Er hat die Ruhe weg, denn man kann seinen Kollegen von der Nachbargruppe laut und deutlich rufen hören: „Verdammt noch mal, ich gab euch faulen Säcken den Befehl: Ausrichten! Und was ist das für ein Pissbogen?!“

Es folgen die ABC-Abwehr, Dienst im Gelände und der Umgang mit der „Braut des Soldaten“, dem Gewehr.

„Das mit der Braut ist doch ein blödsinniger Ausdruck“, meint Schumann verächtlich, „denn da ist ja nichts dran, und die fühlt sich kalt wie eine Leiche an.“

Bei der sogenannten Braut handelt es sich um das Gewehr G 1 von der belgischen Fabrique Nationale. Die Ausbildung erfolgt noch an weiteren Waffen, wie der Pistole P 1 und der Maschinenpistole MP 2, besser bekannt als Uzi, aus israelischer Fertigung. Den waffentechnischen Höhepunkt aber bildet zunächst einmal das Maschinengewehr Mg 1 / Mg 2, das seine Herkunft von dem legendären MG 42 aus dem 2. Weltkrieg ableitet. Da sieht man wieder einmal, dass sich Waffenmodelle oft wesentlich länger als Automodelle auf dem Markt halten. Das Ding schießt so schnell, dass die Ausbilder immer wieder mahnen, man solle nur ganz kurze Feuerstöße abgeben. Diese Besorgnis ist nicht weiter verwunderlich, denn man hätte ja Horden von Leuten gebraucht, nur um die erforderliche Munition herbeizuschaffen.

„Jeden Spaß müssns oam nehma“, kommentiert Lenzi trocken.

Da ein geeignetes Übungsgelände fehlt, werden keine scharfen Handgranaten, sondern nur Übungsgranaten geworfen.

Bei der sogenannten Schießlehre machen die Ausbilder die Rekruten mit elementaren Dingen vertraut, so zum Beispiel damit, dass die Erdanziehungskraft ein Geschoss nach unten zieht, dass der Luftwiderstand ein Geschoss abbremst und ähnlichen Phänomenen. Höchst erstaunlich für den militärischen Laien ist auch die Tatsache, dass sich Züge im Gewehrlauf befinden. Züge? Hat das etwas mit der Bundesbahn zu tun?

„Durch diese Züge", erklärt der Ausbilder weiter, „bekommt das Geschoß einen Drall."

Drall? Das assoziieren die Rekruten mit etwas ganz anderem! Als einer der Anwesenden eine entsprechend anzügliche Bemerkung fallen lässt, fängt alles an zu lachen. Jedenfalls ist das wunderbar verwirrend!

Da es auf dem Fliegerhorst keine Schießbahn gibt, werden die Rekruten mit LKWs zu den Grauröcken oder vielmehr Heereskameraden nach Pfullendorf gekarrt. Die Rekruten sitzen Rücken an Rücken auf harten Holzbänken, eine LKW-Plane über den Köpfen. Schaukelnd und ruckelnd rollen sie über eine enge Landstraße.

„Etzt ballern mir amol ordentlich rum", ruft Lorenz händereibend fröhlich aus.

„Aber nicht zu laut, bitte", stößt der etwas schreckhafte Heimann hervor.

„Was es doch für seltsame Ortsnamen gibt", macht Schumann auf einmal die neben ihm sitzenden Kameraden aufmerksam, „eben stand auf einem Wegweiser: Nach Magenbuch."

„Mir schlägt das auch alles auf den Magen", jammert Heimann.

Er steht die anschließende Schießerei aber tapfer durch. Es stellt sich sogar heraus, dass er ein ganz passabler Schütze ist, worüber er selbst am meisten staunt.

Der Gedanke an die ABC-Waffen, die atomaren, biologischen und chemischen Kampfmittel hingegen, ist weniger erfreulich. Die von Atomwaffen ausgehenden Gefahren sind hinlänglich bekannt, und so braucht nur an die thermische Strahlung, die Druckwelle und radioaktive Strahlung erinnert zu werden. Der gut gemeinte Rat des Zivilschutzes, sich flach auf den Boden zu legen und eine Aktentasche über den Kopf zu halten, wirkt eher belustigend und hätte angesichts einer explodierenden Atombombe wohl wenig genutzt.

Der Fahnenjunker hat eine nette Art, seinen Schäfchen selbst die grauslichsten Dinge in harmlosem Tonfall rüberzubringen: „Neben den Atomwaffen haben findige Wissenschaftler auch noch biologische Waffen entwickelt: Krankheitserreger aller Art packt man in Bomben, Kanister und Geschosse und wirft sie dem Feind vor die Füße ..." Er unterbricht kurz, runzelt die Stirn und ruft: „Gefreiter Schulz, wachen Sie auf!"

Schulz schreckt hoch und blickt erstaunt verschlafen um sich.

„Wia a Oachkatzerl, dös vom Blitz troffn wordn is", kommentiert Lorenz, der Bajuware, feixend.

„Genauso unerfreulich sind die chemischen Kampfstoffe, im Volksmund Giftgas genannt", fährt der Fahnenjunker fort. „Das Horrorszenario reicht von eher harmlosen Reizkampfstoffen, zu denen auch Tränengas zählt, über Psychokampfstoffe, Atemgifte wie Chlorgas, Phosgen und Nervenkampfstoffe wie Gabun, Sarin, Soman, VX, bis hin zu haut- und schleimhautschädigenden Kampfstoffen, wie Senfgas, S-Lost, Lewisit, um nur ein paar zu nennen."

„Chlorgas ... pfui Teufel!", murmelt Gröner. „Da bekomme ich in unserem alten Hallenbad immer Kaninchenaugen. Ich kann mir gut vorstellen, wie sich die armen Schweine gefühlt haben müssen."

Der Fahnenjunker hat innegehalten und mustert seine wehrhaften Mannen, die im Schatten eines Gebäudes zu seinen Füßen im Gras liegen. Es ist sehr heiß ...

„Einige der anwesenden Herren, die noch wach sind", hier erhebt der Fahnenjunker die Stimme, „haben sicher schon von den zahlreichen Opfern chemischer Waffen im Ersten Weltkrieg gehört. Vielleicht war ja der eine oder andere Großvater von euch dabei. Angefangen haben die Deutschen damit bei Ypern, in Belgien, am 22. April 1915. Die damaligen Gegner verdammten uns Deutsche zwar als Barbaren, hatten aber keine Skrupel, umgehend nachzuziehen."

Er kommt auf Napalm zu sprechen. Rossner döst vor sich hin und bekommt die Scheußlichkeiten nicht mit. Aber manch einer der Rekruten ist nach der drastischen Schilderung blass geworden und macht sich so seine Gedanken. Selbst Schumann ist das Witzemachen vergangen.

„Prost Mahlzeit", murmelt der Lenzi, „wenn's oam do derwischt, is alls aus!"

Aber keine Sorge, findige Wissenschaftler und Ingenieure haben sich zusammengetan und einige Mittelchen gegen die Wirkung von A-, B- und C-Waffen kreiert, die den Soldaten wappnen sollen. Bei näherer Betrachtung erwecken diese allerdings nicht unbedingt blindes Vertrauen, dafür sieht das alles viel zu simpel aus. Die entsprechenden Erläuterungen des Ausbilders in diesem Zusammenhang rufen Goethes Faust in Erinnerung, wo es heißt: „Die Botschaft hör' ich wohl, allein mir fehlt der Glaube ..."

Zu den einschlägigen Ausrüstungsgegenständen gehören die ABC-Schutzmaske, im Volksmund Gasmaske genannt, die ABC-Schutzplane und ein Satz ABC-Selbstschutzmittel. Letztere bestehen aus einem Päckchen Ohrenverschlusswatte, einem Päckchen ABC-Schutz-Wundschnellverband, einigen kleinen Zellstofftupfern, Hautentgiftungsmittel und Augenentgiftungssalbe. Soweit die profaneren Gegenmittel. Aber das weitaus originellste Teil ist die Atropin-Spritze gegen nervenschädigende Kampfstoffe. Laut Vorschrift muss die Kanüle unverzüglich durch die Bekleidung in den Oberschenkelmuskel gerammt werden, nachdem Nervenkampfstoffe auf dem Schlachtfeld identifiziert wurden.

„So, meine Herren", beendet der Fahnenjunker seinen Vortrag, „damit alle wieder aufwachen, werden wir ein wenig das Auseinandernehmen und das Zusammenbauen des Maschinengewehres üben."

Unterdrückt fluchend, machen sich die Rekruten an diese nervtötende Arbeit.

Mit der Zeit geht einem das ständige Auseinandernehmen und Zusammenbauen der Waffen gehörig auf den Geist. Aber das ist gar nichts gegen die verdammte Singerei während der Formalausbildung. Noch Jahre später stehen Rossner die Haare zu Berge, wenn er zum Beispiel an das folgende wundervolle Lied denkt:

Wir lagen vor Madagaskar und hatten die Pest an Bord,
in den Kesseln, da faulte das Wasser,
und täglich ging einer über Bord.
Ahoi, ahoi kleines Mädel, leb' wohl, leb' wohl ...
(und so weiter)

Was für ein schwachsinniger Text, so der erste Eindruck! Irgend etwas stimmt mit dem Fahnenjunker nicht, wundert sich Rossner, denn der macht doch sonst so einen intelligenten Eindruck. Aber dem gefällt dieser Schmarrn doch tatsächlich! Oder tut er nur so, um bei seinen Vorgesetzten Eindruck zu schinden? Nun ja, jeder hat eben so seine Marotten. Damit muss man hier halt leben.

„Genau genommen ist der Text dieses Songs ja auf die Marine zugeschnitten", stellt Schumann fest. „Da fragt man sich, was der eigentlich bei der Luftwaffe verloren hat.

Ein weiteres traditionsreiches Marschlied lautet wie folgt:

Oh du schöner Westerwald
(Refrain: Sch... Formalausbildung!),
über deine Höhen pfeift der Wind so kalt,
und selbst der kleinste Sonnenschein dringt
tief ins Herz hinein ...

„Ach, wie rührend!", ruft Schöller aus.

Abends in der guten Stube diskutieren sie noch ein wenig über ihren Fahnenjunker und seine seltsame Vorliebe für Marschlieder.

„Is des a steiler Zahn", ruft Schober, der in einem Magazin blättert, plötzlich bewundernd aus, „des müsst ihr euch amal oschauer." Er seufzt und fährt fort: „Die schaut aus wie die Dochder vo unsre Nachbarn daham. A so a süßes Schneckla!" Während er das mit verklärtem Blick sagt, hebt er das Heft ‚Das Beste von Reader's Digest' vom September 1963 hoch.

Es ist tatsächlich eine Szene, die junge Männer begeistern kann: Da kniet eine hübsche, junge Blondine nur mit BH und Miederhöschen bekleidet auf dem linken Knie. Es ist eine Werbung für Triumph (‚krönt die Figur'!). Ein entzückender Anblick! Das Foto auf der linken Seite passt jedoch nicht so recht dazu: Soldaten mit Stahlhelmen und Gewehren waten im Dschungel durch einen Bach. „Der streitbare Priester von Südvietnam", lautet der Titel des Beitrags.

„Das Höschen sieht ja ganz hübsch aus", äußert sich Schumann, „aber diese spitzen BHs finde ich nicht besonders ästhetisch, da fehlt der Rüschen- und Spitzenbesatz."

„Da kann man froh sein, dass der BH aus weichem Material besteht", stellt Rossner lachend fest, „denn sonst könnte eine Umarmung dieser jungen Dame tödlich enden."

Die Folgen von Nagold

Eine Reihe unschöner Vorfälle hat die Nation und die Grundsätze der Inneren Führung der jungen Bundeswehr aufgerüttelt: die sogenannte Nagold-Affäre. Bei der Fallschirmjäger-Ausbildungskompanie 6/9 in Nagold war es im vergangenen Jahr zu üblen Schikanen, Schleifereien und Verletzungen der Menschenwürde gekommen. Ein Ausbilder, der Gefreite Hans-Dieter Raub, tat sich dabei besonders hervor, ohne dass seine Vorgesetzten einschritten. Raub steht nun vor Gericht. Die heftige öffentliche Kritik über diese Vorfälle veranlasst die verunsicherte Bundeswehrführung als erste Maßnahme, bei Ausbildungseinheiten den Dienst zumindest für einige Zeit zu ‚entschärfen'. Dazu gehört, dass die Dienststunden jetzt im Hochsommer bis auf weiteres in die frühen Morgenstunden verlegt werden.

„Na, da wollen wir die Sache doch mal in Ruhe angehen", kommentiert Wörner wohlwollend diese Nachricht von der Einschränkung des Dienstes.

Also findet das Wecken früh am Morgen um 4 Uhr statt, und der Dienst endet um die Mittagszeit. Treffpunkt am Nachmittag ist, wie bei dem herrlichen Wetter nicht anders zu erwarten, das lokale Freibad, wo sich neben wohltuender Abkühlung auch Gelegenheiten bieten, mit dem schönen Geschlecht anzubandeln. Besonders eine üppige Blondine im knappen Bikini hat es den Jungkriegern angetan. Das Mädel mit der Bombenfigur ist der absolute Star am Planschbecken!

Das ist vielleicht eine Augenweide, wenn die holde Maid gekonnt vom Fünf-Meter-Turm kopfüber ins Becken springt. Das hat sie wirklich los! Da meint man, jeden Moment könnte so einiges aus dem knappen Bikinioberteil rausplumpsen. An einem schönen Nachmittag springt sie wieder einmal gekonnt ins Wasser und taucht nach kurzer Zeit auf ... Himmel! Welch ein Anblick bietet sich da ihren zahlreichen, vorwiegend männlichen Fans: Das Bikinioberteil ist der Springerin bis an die Hüften gerutscht, und zwei prachtvolle, feuchte Melonen glänzen nun im Sonnenlicht! Zum größten Bedauern aller männlichen Zuschauer wiederholt sich dieser Vorgang nicht mehr, denn die Blondine trägt von nun an einen stabileren dunkelblauen Badeanzug. Das sieht aber immer noch gut aus!

Da die junge Dame anscheinend keinen Anhang hat, versuchen zahlreiche junge Männer, bei ihr zu landen. Vor allem einer der Ausbilder scheint ganz verrückt nach ihr zu sein. Er versucht durch allerlei mehr oder weniger läppische bis peinliche Aktionen ihre Aufmerksamkeit auf sich zu lenken. Aber alles Balzen hilft nichts. Da greift der Verschmähte zum letzten Mittel: Er trommelt seine Rekruten zusammen und befiehlt ihnen, mit ihm Handball zu spielen. Also rennen die armen Kerle, gotteslästerlich fluchend, hinter ihrem Leithirsch her, der sich fast immer im Besitz des Balles befindet, denn er ist von Hause aus Handballprofi. Als er wieder einmal genau neben der Decke der Blondine mit dem Ball herumtänzelt, rutscht er aus und springt dabei auf die Tube mit der Sonnenschutzmilch. Wie aus einem Feuerwehrschlauch schießt ein Strahl aus der Tube, landet quer über dem schönen, dunkelblauen Badeanzug und hinterlässt hässliche Fettflecken. Da ist die Blondine stinksauer, packt ihr Zeug zusammen und verschwindet auf Nimmerwiedersehen.

Alle sind wütend auf den Ausbilder, und er bekommt einige unschöne Kommentare zu hören, sogar aus den eigenen Reihen. Die anderen Vertreterinnen der holden Weiblichkeit allerdings atmen erleichtert auf, steigen doch nun ihre Chancen erheblich, ob viel Holz vor der Hüttn oder nicht!

Am Spätnachmittag geht es dann üblicherweise in die Stadt, um die wenigen Kneipen und Eisdielen unsicher zu machen. Außer der Hauptstraße mit einigen ansprechenden Fachwerkhäusern und der Martinskirche aus dem 11./12. Jahrhundert im Stadtzentrum gibt es nicht allzuviel zu entdecken, was junge Männer in ihrer Sturm- und Drangzeit interessieren könnte. Rossner bildet da eine Ausnahme, denn er ist schließlich kein Kulturbanause. Er findet heraus, dass das Städtchen recht alt ist, sogar Kaiser Friedrich I. Barbarossa war 1170 hier. Das älteste Gebäude ist die sogenannte Kazede aus dem Jahr 1233. Dann gibt es noch das ehemalige Wilhelmitenkloster. Vom Missionsberg aus hat man überdies einen schönen Blick auf das Städtchen.

Bedauerlicherweise bringen umsichtige Eltern ihre Töchter spätestens bei Anbruch der Dunkelheit größtenteils in Sicherheit, was verständlich ist, bedenkt man, dass das Verhältnis hübsche und weniger hübsche Maiden zu Soldaten etwa bei 1 : 7,534 liegt. Da müssen sich die Uniformierten in ihrer Freizeit denn auch weitflächiger verteilen, damit das Verhältnis stimmt. Das Problem ist und bleibt selbstverständlich der absolute Mangel an Transportmöglichkeiten. Dadurch sieht es für die Vaterlandsverteidiger noch wesentlich schlechter aus. Na ja, denkt Rossner seufzend, da bleibt eben nichts weiter übrig als die etwa drei Kilometer bis zum Fliegerhorst per pedes zurückzulegen. Aber erst einmal wird eine Eisdiele frequentiert.

„Die haben ja sogar einen Wurli", ruft Rossner begeistert aus, als er der bunt beleuchteten Music Box, Marke Wurlitzer, ansichtig wird.

„Mal schaung, ob die auch Beat-Platten ham." Lorenz blickt auf die Liste. „Mensch, da san die Beatles im Kastn drin, dös gibt's net!", stößt er begeistert hervor. Dann wirft er auch schon ein paar Münzen ein.

Die Innereien des Apparates setzen sich in Bewegung. Rossner blickt fasziniert durch die Glasscheibe. Wie von Geisterhand angestoßen, fährt ein metallener, sichelförmiger Arm vor und zurück, bleibt stehen, senkt sich herab, ergreift eine der schwarzen Scheiben, dreht sie und legt sie auf den Plattenteller. Der Tonarm senkt sich herab, und aus dem Lautsprecher ertönt: „She loves you, yea, yea, yea ..." Nachdem die letzten Klänge verweht sind, arbeitet der Wurli wieder und legt die Platte „Roll over Beethoven“ auf.

„Dös ist doch a fetzige Musi“, schwärmt Lorenz, und summt mit.

Da tritt ein Pärchen an die Music Box. Sie im rosa Kleidchen mit breitem, weißem Kragen und kunstvoll toupierter Frisur, ganz schnieke, er im Konfirmanden-Anzügelchen mit angepappten, pomadeglänzenden Haaren.

„Leg doch bitte den Freddy auf“, flötet sie, „ich mag den ja so.“

Er wirft Münzen ein, und da ertönt auch schon die sonore Stimme des Wiener Ex-Seemanns Freddy Quinn: ‚Aloha oe‘.

„Meine Güte! Do verbiang sich doch glatt die Palmen auf Hawaii“, kommentiert Lorenz laut, das Gesicht verziehend. Das bringt ihm einen strafenden Blick der jungen Dame in Rosa ein. Lorenz feixt amüsiert.

„Der Freddy, der weiß auch nicht recht, was er will“, stellt Rossner fest, „der hat einmal Fernweh und dann wieder Heimweh.“

Es folgt „Junge, komm bald wieder ...“, natürlich auch vom Freddy.

„Genau das hat meine Mutter auch gesagt, als ich zum Bund ging“, ruft Rossner spontan aus.

Da müssen dann doch einige der Gäste lachen. Das lockert die Stimmung in der Eisdiele merkbar auf.

Aber dann wird das mit der schnulzigen Musik langsam unerträglich. Als auch noch Carlos Otero schmachtet: ‚Weine keine Träne um mich, bella Mariiiaa‘, flüchten Lorenz und Rossner.

*

Unternehmungslustig wie immer, haben Lorenz und Schumann in einem Gewaltmarsch die Umgebung des Fliegerhorstes erkundet. Ersterer verkündet die frohe Botschaft: „Mir gänger am Sonntag nach Bremen zum Tanzen, bei die Bremer Stadtmusikanten.“

Erstaunte Gesichter rundherum. „Bremen?“ ertönt es ungläubig. „Scherzkeks!“

„Ihr kennt ja unseren Lenzi", klärt Schumann die zuhörenden Kameraden auf, „der ist immer zu einem Spaß aufgelegt. Es gibt tatsächlich ein Dorf namens Bremen beim Nachbarort Hohentengen. Dort gibt es einen größeren Tanzschuppen, und den kann man zur Not nach einem strammen Marsch auch durchaus per pedes erreichen."

„Das ist ja erfreulich", kommentiert Rossner.

Und so kommt es, dass am darauffolgenden Sonntag ein Grüppchen fröhlicher Uniformierter bei strahlendem Sonnenschein auf der Mengener Straße durch Wiesen und Felder marschierend erwartungsvoll der Gemeinde Hohentengen zustrebt. Unterwegs wird unter Anleitung von Lenzi der ‚Wildschütz Jännerwein' geübt, dass es nur so über die Fluren schallt.

Der Tanzschuppen ist tatsächlich keine Fata Morgana, die Musik lässt allerdings sehr zu wünschen übrig, denn das Repertoire der Musiker reicht gerade einmal von Western-Schnulzen bis zu Schlagern von Peter Alexander, Martin Lauer und so weiter. Einfach grauenhaft! Anregungen des Publikums, doch Beatmusik zu spielen, greift die Band auch recht dankbar auf. Das Ergebnis allerdings jagt einem kalte Schauer über den Rücken. Reibereien zwischen den lokalen Platzhirschen und Soldaten bleiben nicht aus, halten sich jedoch in Grenzen. Es ist ja auch verständlich, dass die Jungs vor Ort nichts von der massenhaft einfallenden uniformierten Konkurrenz halten, die ihnen die Mädels ausspannt.

Rossner lernt ein recht nettes Mädchen in Hohentengen kennen. Süß sieht sie aus, fährt es ihm durch den Kopf, als er sie das erste Mal erblickt. Hochgesteckte dunkle Haare umrahmen das aparte, schmale Gesicht mit den großen braunen Augen. Sie trägt eine weiße, ärmellose Bluse, einen türkisfarbenen Glockenrock mit Petticoat darunter und weiße Stöckelschuhe. Anette heißt sie. Sie gehen ab und zu händchenhaltend und plaudernd durch Wald und Fluren spazieren. Es ist ja sooo romantisch, wenn das Licht der Sonne hier und dort durch das dichte Dach der Bäume dringt und vereinzelte Strahlen bis auf den Waldboden herabkommen – Caspar David Friedrich lässt grüßen!

An Erna, seine Flamme im Pegnitztal, denkt er in diesem Moment nicht – Schande über ihn!

Leider verlieren sie sich aus den Augen, denn Anette tritt nach den Schulferien eine Lehre als Bürokauffrau in Stuttgart an.

*

Es wird auch staatsbürgerlicher Unterricht gehalten. Für die meisten Rekruten ist es jedesmal ein harter Kampf gegen die Müdigkeit und den Drang einzuschlafen. Die Stimme des Vortragenden plätschert dahin ... und plätschert ... und plätschert ...

In den frühen, kühleren Morgenstunden finden die Rekruten selbst die Marschübungen einigermaßen erträglich. Selbstverständlich ist es alles andere als gemütlich, bepackt wie ein Esel durch die Gegend zu latschen. Da fluchen vor allem diejenigen gotteslästerlich, die sich freiwillig zur Luftwaffe gemeldet hatten, in der Hoffnung, gerade dort solchen Leibesertüchtigungen aus dem Weg zu gehen. Der Schweiß fließt in Strömen, und da mieflt mancher Rekrut ganz schön. Ein ganz schlauer Krieger aus Oberbayern hat deshalb fürsorglich eine Flasche Eau de Cologne mitgenommen, um den Mief zu überdecken. Die anderen machen Witze, von wegen weibischem Getue, und lachen darüber.

„Euch Sappalotter dat des Ö de Kolon a nix schad'n, so wie ihr ranzlt", ruft der erboste Wanderer in Olivgrün da wutentbrannt aus.

„Wenn du dich wundgelaufen hast, empfehle ich dir Penaten-Babypuder", schlägt Rossner vor. „In der Werbung steht ‚Mutti und ihr Wildfang', was ja auch zu dir passt."

Der auf die Schippe Genommene geht wutentbrannt auf den Provokateur los. Die lachenden und grölenden Kameraden trennen die beiden aber schnell wieder.

Die Pausen benutzen die Ausbilder, um mit ihren Rekruten das Lesen von Karten und den Umgang mit dem Kompass zu üben. Da hat Rossner wieder den Vorteil, dass er den ganzen Kram von den Pfadfindern her kennt. Auch das Ermitteln von Entfernungen wird geübt. Während der Unterrichtung im „Beobachten und

Melden" müssen entsprechende Formulare ausgefüllt werden. Die nennt man schlicht und ergreifend Meldezettel. Diese werden anschließend gemeinsam ausgewertet. Da steht auf dem Meldezettel von Schumann schlecht leserlich: „feindl. Pak".

„Was für ein Pack?", wundert sich der Flieger Frey überrascht.

„Was bist du denn für eine geistige Flachzange?", wundert sich Ortner grinsend. „Weißt du nicht, dass es sich hier um eine feindliche Panzerabwehrkanone, abgekürzt Pak, handelt?"

Das ‚Schanzen' fällt zum Glück aus, da, wie es heißt, der zuständige Förster seine Zustimmung verweigert hat. Vielleicht haben ihm die Wildschweine den Waldboden schon genug durchwühlt – da würde ihm die Luftwaffe gerade noch fehlen. Außerdem sind die längst nicht so erdverbunden wie die Infanterie. Dank sei dem ordnungsliebenden Waldhüter!

Das ‚Leben im Felde' und ‚Tarnen und Täuschen' werden allerdings geübt. Hier sind eindeutig diejenigen im Vorteil, die sich in jüngeren Jahren mit Karl Mays Winnetou und Old Shatterhand beschäftigt hatten. Ja, ja, auch meine Pfadfinderausbildung erweist sich wiederum als vorteilhaft, stellt Rossner zufrieden fest. Auf einem Campingplatz ist es jedenfalls bequemer als so mitten im Wald, aber dafür ist es romantisch. Jeder Soldat schleppt ein Stück Zeltplane mit sich herum, das jedoch alleine für sich noch kein komplettes Zelt ergibt. Erst wenn er sich mit einem Kameraden zusammentut und beide Zeltplanen zusammengeknüpft werden, entsteht ein komplettes Zelt, aber leider ohne Boden. Deshalb muss man sicherheitshalber immer einen Entwässerungsgraben um das Zelt anlegen, sonst wird man im ungünstigsten Fall bei Regen fortgeschwemmt oder versinkt im Schlamm.

„Aus sechs dieser Zeltplanen lässt sich übrigens ein Sechs-Mann-Zelt herstellen", erklärt der Fahnenjunker mit vollendeter Logik.

Da bleiben die Rekruten wegen des besseren Klimas lieber bei den individuelleren 2-Mann-Zelten. Rossner tut sich mit Heimann zusammen.

„Das ist zwar eng", meint er, „ aber wie sagte schon Friedrich Schiller: ‚Raum ist in der kleinsten Hütte für ein glücklich liebend Paar'. Letzteres lassen wir aber weg."

„Ich bitte darum!"

Das ‚Tarnen und Täuschen' ist da schon lustiger. Für den Stahlhelm gibt es ein Tarnnetz, in das man Grasbüschel oder Zweige steckt. Etwas unangenehmer gestaltet sich das Schwärzen des Gesichtes mit einem angekokelten Korken. Besonders eifrige Rekruten behängen sich dann noch die olivgrünen Klamotten mit Zweigen und Grasbüscheln. Gut, dass der Förster nicht in der Nähe ist, denn sonst hätte es noch Schwierigkeiten wegen Waldfrevels gegeben.

„Warum machst du nicht mit?", will Heimann von Rossner wissen. „Das sieht doch ulkig aus."

„Also, ich werde mich hüten, deinem Beispiel zu folgen", antwortet dieser, „denn ich kenne das von unseren Spielchen bei den Pfadfindern her. Erstens bekommst du das Zeug kaum mehr aus den Klamotten raus und zweitens dieses Krabbelgetier! Ameisen, Käfer, Kakerlaken, Spinnen, Zecken und was noch alles verkriecht sich in Taschen, Nähten und an anderen Stellen."

Nach dieser aufschlussreichen Erklärung ist es kein Wunder, dass die meisten sich bei späteren Gelegenheiten nur noch mit dem allernötigsten Tarnmaterial behelfen.

*

Rossner hat ja eine Freundin in der Heimat, die im schönen Pegnitztal in Behringersdorf, nicht weit von seinen Eltern entfernt wohnt. Er ist der brünetten Erna eine Zeitlang sozusagen ein wenig verfallen, ihrer Freizügigkeit, ihrer geschickten Hände wegen, unter denen ihm unglaublich wohl wird. Und dann erst ihr Mund ...

Die Erna schickt ihm fortlaufend glühende Liebesbriefe und beteuert immer wieder ihre Treue. Da schreibt sie allerdings auch Dinge rein ... na, na ... Papier ist geduldig, und zum Glück gibt es bei der Bundeswehr keine Zensur!

Rossner schließt die Augen. Da steht doch gleich ihr Bild vor ihm, und wie unglaublich plastisch! Wahnsinn ... sie räkelt sich verlockend, in zartrosa Spitzenwäsche mit Strumpfhaltern! Die Sünde persönlich! Da muss ja jeder Mann schwach werden ...

„Nachdem ich den lästigen Zustand der Jungfräulichkeit glücklich überwunden hatte, wurde ich zur Nymphomanin“, gesteht sie mit kokettem Augenaufschlag. „Ja, so war das. Aber es macht Spaß.“

Womit sie recht hat. Wäre Rossner ein wenig erfahrener gewesen, hätte er sicher schneller mitbekommen, dass die holde Erna ein sehr, sehr großes Herz hat. Aber so ist das nun mal. Da muss jeder seine Erfahrungen sammeln! Na ja, resümiert Rossner, ich war neulich in Hohentengen auch kein Mönch. Jedenfalls zieht er sich von der wilden Erna zurück und es bleibt bei den kommenden Heimatbesuchen bei einem Techtelmechtel dann und wann.

Dem Heldenhäuflein nimmer graust ... (Höcker, Gedenkbuch, 1889) – Das Manöver

Den krönenden Abschluss der Rekrutenzeit bildet üblicherweise ein Manöver, auch Kriegsspiel genannt. Das gehört schon lange zur militärischen Tradition. Vor allem bei den Herbstmanövern zu Kaisers Zeiten handelte es sich um beeindruckende Schauspiele, die mit viel Pomp gefeiert wurden. Da ließ sich Seine Majestät höchstpersönlich im Felde blicken, in glitzernder Uniform, mit Pickelhaube auf dem gekrönten Haupt. Man schickte ganze Divisionen ins Feld, markige Reden wurden gehalten, und am Ende gab's den großen Manöverball, auf dem der gemeine Soldat selbstverständlich nichts zu suchen hatte. Der bekam allenfalls ein Bier und eine deftige Brotzeit. Der Laie fragt sich natürlich, warum Manöver vor allem im Herbst abgehalten werden. Das ist ganz einfach: Da haben die Bauern die Ernte eingebracht, und die Manöverschäden halten sich deshalb in Grenzen

Trotzdem, mancher Kommandeur rauft sich die Haare, wenn er die von seinen Truppen verursachten Schäden begründen muss. Die Rekruten in Rossners Einheit sehen diesem Ereignis mit gemischten Gefühlen entgegen. Vor allem der Gedanke an die nach Beendigung des Manövers zu erwartenden, umfangreichen Putz- und Reinigungsarbeiten der Kleidung, Fahrzeuge und Waffen und die anschließenden Appelle heben die Stimmung nicht gerade.

„Hoffentlich regnet es nicht", unkt Rossner, „denn dann ist alles zu spät."

Zunächst geht es an Vorbereitungen für das Manöver. Dazu gehört das Anlegen des Kampfanzuges, der aus einem seltsamen lodenartigen Stoff, dem Moleskin, besteht, der bretthart ist, kratzt, zwickt und juckt. Auf den Kopf kommt der Stahlhelm, scherzhaft ‚Bügelfreier' oder ‚Kriegszylinder' genannt, das Gewehr wird geschultert.

Damit ist die Ausrüstung jedoch noch lange nicht vollständig. An den Gürtel kommt die sogenannte kleine Kampftasche, die das Essgeschirr, den Esbit-Kocher und eine Einmannration enthält. Es folgen der Klappspaten und die Feldflasche. Hinzu kommt noch die ABC-Schutzmaske in einer olivfarbenen Blechbüchse und vieles mehr. Kurzum, wenn ein Soldat alles mitschleppt, was Vorschrift ist, sieht er irgendwie aus wie eine Mischung aus Lumpensammler, Möbelpacker und Altmetallhändler. Das schwere Gepäck, wie Schlafsack und die große Kampftasche mit Inhalt, kommen erfreulicherweise auf Fahrzeuge. Das finden alle Beteiligten im wahrsten Sinne des Wortes erleichternd.

„Apropos Manöver", berichtet Rossner abends in der Stube, „meine Eltern wohnen nicht weit vom Truppenübungsplatz Grafenwöhr entfernt. Einmal war da in der Nähe des Truppenübungsplatzes ein Bauersmann, der mit der Mistgabel todesmutig auf einen Panzer der US Army losging, weil der so einfach durch sein Feld pflügte. Dem GI, der das Ungetüm von M 48 lenkte und der sich auf einmal mit dem Bauern konfrontiert sah, fiel vor Schreck die Kinnlade herab und der Chewing Gum heraus. Er hauchte nur noch ungläubig „Gooosh! – Mann!", bevor er den Motor abwürgte. So konnte der Bauer abends am Stammtisch stolz erzählen, dass er eigenhändig ‚so an Banzer vo die Ami zur Streckn brocht hot'. Weidmannsheil!"

Latrinengerüchte besagen, dass bei dem Manöver sogar ein Hubschrauber der Kameraden vom Heer, genauer gesagt, der Heeresflieger, eingesetzt werden soll, vorausgesetzt, das Wetter spielt mit. Das gibt dem Manöver zweifellos noch den besonderen Touch. Rossner hat trotz seiner nicht unbedingt überragenden militärischen Leistungen das Glück, als einer der wenigen Auserlesenen mitzufliegen! Jetzt hat er endlich das Gefühl, wirklich bei der Luftwaffe zu sein, auch wenn es in einem Heereshubschrauber zum Einsatz geht.

Die jungen Helden sollen während einer simulierten Schlacht an einem Brennpunkt des Geschehens von dem Hubschrauber abgesetzt werden, um die Wende herbeizuführen. Hier gibt es doch endlich einmal eine Aufgabe, die Ruhm und Ehre verspricht!

An einem herrlichen Tag im Frühherbst rückt die Ausbildungseinheit mit VW-Bussen, Omnibussen, Lastwagen und anderen oliv gestrichenen fahrbaren Untersätzen mit Sack und Pack in Richtung Truppenübungsplatz Lager Heuberg aus. Dieser liegt bei Stetten am kalten Markt, von Kennern respektlos auch Stetten am kalten A... genannt. Der Name für den Ort kommt daher, weil es sich um ein Kälteloch handelt, das heißt, da kann es zum Beispiel im Juli nachts noch empfindlich kalt werden. Ein Biwak, das militärische Pendant zum Campingplatz, wird errichtet, Zelte werden aufgestellt und Latrinen ausgehoben. Einige Küchenwagen samt Gulaschkanonen stehen ebenfalls bereit, und die Küchenbullen produzieren tatsächlich auch ein ganz leidliches Essen. Nach dem Motto „Eintopf verbindet" essen alle Dienstgrade einträchtig zwar nicht aus dem gleichen Topf, aber aus der gleichen Gulaschkanone.

Sie haben Glück mit dem Wetter, und so lagert die Gruppe des Fahnenjunkers in der warmen Sommernacht malerisch vor ihren Zelten. Ein Feuerchen flackert und knistert. Ab und zu sprühen Funken in den sternenklaren Himmel.

„Hört zu, Leute", lässt sich der Fahnenjunker vernehmen, „ich will euch was erzählen. Das wird vor allem Flugbegeisterte unter euch interessieren."

Sie rücken näher ...

„Hier auf dem Heuberg fand einer der ersten bemannten Raketenflüge statt." Er blickt in erstaunte Gesichter. „Das war tatsächlich so. Bei dem Apparat handelte es sich um eine Bachem Natter, ein Raketenflugzeug, das 1944/1945 zur Flugabwehr mit Feststoffantrieb und einem Rumpf aus Sperrholz entwickelt wurde. Ein Pilot sollte es auf Kurs bringen, auf feindliche Bomber zielen und dann mit dem Fallschirm abspringen. Der einzige bemannte Testflug fand also am 2. März 1945 hier auf dem Heuberg statt. Er endete für den Luftwaffenpiloten Lothar Sieber tragisch, denn der kam dabei ums Leben." Nach kurzer Stille fragte der Fahnenjunker: „Wer weiß noch eine Geschichte?"

„Ich", meldet sich Rossner.

„Los damit!"

„Da will ich mal erzählen, wie das bei uns Jungen gegangen ist, wenn die Amis auf dem Übungsplatz Tennenlohe gezeltet haben", fängt Rossner an. „Sobald wir das mitbekamen, sind wir wie die Wilden hingeradelt. Da standen sie bereits aufgereiht, die leichten US-Panzer Typ M 41. Es war immer das gleiche Ritual: Die Offiziere saßen auf Blechklappstühlen an klappbaren Kartentischen und spielten auf den ausgebreiteten Landkarten Karten. Aus einem Radio ertönten Weisen von Glenn Miller und Benny Goodman. Derweilen beaufsichtigten die jüngeren Unteroffiziere die Soldaten beim Aufstellen der Zelte, während die älteren im Gras lagen, ihre Camel oder Lucky qualmten und an Cola-Flaschen nuckelten. Sobald sie uns sahen, erhob sich einer der älteren Sergeants, und schon ging das Feilschen los, was wir bekommen sollten, wenn wir die Zelte aufstellen und Latrinen ausheben würden. Rasch war eine Einigung erzielt, jeder von uns erhielt erst einmal eine Cola, und die GIs machten es sich im Gras bequem. Einer musste allerdings immer Wache schieben, falls die MP vorbeikam, denn die sahen das nicht gerne, wenn sich Zivilisten auf dem Gelände aufhielten, auch wenn es nur Kinder waren. Wir machten uns also an die Arbeit. Der Lohn konnte sich sehen lassen: Kaugummis, Schokolade, Cola, Einsatzverpflegung, Zigaretten und für ganz Geschickte die eine oder andere Flasche Black & White. Onkel Sam hat sozusagen sein Füllhorn über uns ausgeschüttet."

Für die Einwohner jener Dörfer, die um Truppenübungsplätze liegen, sind die Manöver mit ihren Lärmbelästigungen eine ständige Quelle des Unmuts. Da rattern nachts schon mal Maschinengewehre los, und es krachen Granaten, von denen sich die eine oder andere verirren kann. Dann ist das Gezeter groß! Die

Leuchtspurgeschosse sind dagegen fast gern gesehen, denn wer möchte schon ein kostenloses Feuerwerk missen?

Für die direkt Beteiligten beginnt nun die lange erwartete Schau. Alle Augen suchen mit Spannung den Horizont nach dem Hubschrauber ab. Tatsächlich taucht der, einer großen, dicken Libelle nicht unähnlich, mit Getöse nach einiger Zeit auf und setzt zur Landung an. Staub und trockenes Gras wirbeln durch die Luft. Es handelt sich um einen in den USA gebauten Sikorsky S 58 vom Heer, in den zwölf Mann reinpassen. Der Pilot stellt das Triebwerk ab und erkundigt sich bei den Kameraden der Luftwaffe, was zu tun sei. Der Co-Pilot, ein junger Leutnant, inspiziert inzwischen die Maschine, die von staunenden Rekruten umlagert wird.

Nun werden die für den Flug auserwählten Soldaten von ihren Vorgesetzten zusammengetrommelt und müssen vor dem Hubschrauber Aufstellung nehmen. Der Leutnant kommt lässig herbeigeschlendert und sieht sich grinsend die feldmarschmäßig gekleideten Rekruten an. Das ist aber auch ein Anblick, die wie die Esel zusätzlich mit MGs, Munitionskisten und so weiter bepackten und mit Zweigen wie Weihnachtsbäume ohne Lametta dekorierten Rekruten dastehen zu sehen.

Dann beginnt er mit einer kurzen Einweisung. Als Erstes fragt er: „Ist einer von euch Jungs schon einmal geflogen?"

„Herr Leutnant, ich bin schon mal vom Gymnasium geflogen", meldet sich Schumann.

„Gut, der Mann", meint der Offizier lachend, „da können Sie mit unserer Hilfe ja wieder aufsteigen."

Allgemeines Gelächter rundum ...

Nun erklärt der Leutnant ein paar Dinge, die während des Fluges beachtet werden sollten. Eins ist besonders einprägsam: das sogenannte ‚Bedürfnisrohr'. Wenn einer der Passagiere ein dringendes Bedürfnis hat, kann er da reinpinkeln. Für größere Sachen reicht das allerdings nicht aus. Da kann es zu Verstopfungen kommen.

„Ich würde euch Jungs aber nicht unbedingt empfehlen, das Ding zu benutzen, denn unsere Mechaniker müssen das wieder sauber machen und verlangen dafür mindestens zehn Mark", meint warnend der Leutnant.

Nach der kurzen Einweisung lassen sich die meisten Passagiere im Schatten des Hubschraubers nieder und harren der Dinge, die da kommen sollen. Einige verpissen sich, eingedenk der Worte des Leutnants, im wahrsten Sinne des Wortes erst mal hinter die nahebei stehenden Büsche.

Nach einiger Zeit erscheint der Pilot wieder und ruft ganz unmilitärisch: „Auf geht's, Buam".

Aha, ein bayerischer Landsmann, denkt Rossner, das weckt Vertrauen!

Die Gruppe besteigt die wartende Maschine. Mit ohrenbetäubendem Lärm läuft das Triebwerk an. Wieder wirbelt Staub auf, Grashalme fliegen durch die Luft, und der Chopper hebt ab. Die Passagiere fühlen sich wie Mitglieder der berühmten U.S. Cavalry, die von ihren Pferden auf Hubschrauber umgesattelt haben und schließlich im Vietnamkrieg in Massen damit herumfliegen.

Die Aufgabe der Rekruten ist klar umrissen: Sie sollen im Rücken des ‚Feindes' abgesetzt werden, um die Front von hinten aufzurollen. Trotz des kurzen Fluges wird es prompt einem der Krieger schlecht. Der kotzt geistesgegenwärtig in seinen Stahlhelm. Aber obwohl die Türe des Choppers offensteht, zieht sofort ein übler Geruch durch die Kabine. Da wird mancher Kamerad bleich, und es ist ein Wunder, dass nicht mehr passiert.

Am Boden sieht das Szenario folgendermaßen aus: Der ‚Feind', selbstverständlich die ‚Roten', ist aus dem Wald hervorgestürmt und auf ein abgeerntetes Getreidefeld vorgedrungen. Dabei ballern die ‚Roten' wie wild um sich. Zur Verschleierung des Vorstoßes haben die Angreifer Rauchgranaten geworfen, die dann auch prompt die Stoppeln und herumliegenden Strohhalme entzünden. Anscheinend, um das triste Grau etwas aufzulockern, haben die ‚Roten' auch noch Markierungsgranaten hingeworfen, die rote Rauchwolken produzieren. Hinzu kommen verschiedenfarbige Leuchtkugeln, die sich am Himmel entfalten. Das sieht vielleicht beeindruckend aus! denkt Rossner. Schade, dass es nicht dunkel ist!

Nach einer eleganten Kurve setzt die Monsterlibelle mit dröhnendem Motor zur Landung an. Der wirbelnde Rotor vertreibt teilweise den Rauch und etwas von dem Feuer wird sichtbar. Sie machen sich zum Aussteigen bereit. Zuschauer mögen gedacht haben, die Rekruten springen kampfesmutig, ohne die Flammen zu beachten, voller Begeisterung aus der Maschine, die knapp über dem Boden schwebt. Von wegen Begeisterung ... alle wollen nur dem Gestank der Kabine entfliehen, denn der Typ, der eben gekotzt hat, stülpt sich vor lauter Aufregung auch noch den vollen Stahlhelm auf den Kopf. Prost Mahlzeit! Der Pilot hat selbstverständlich die Flammen auch bemerkt, reißt die Maschine hoch und macht, dass er fortkommt. Das kann man ihm weiß Gott nicht verübeln, bedenkt man, dass er ein paar Hundert Liter Flugbenzin unterm Hintern hat.

Die abgesetzte Gruppe schart sich um den Uffz, auf dessen kriegerische Erfahrungen sie vertrauensvoll bauen. Aber weit gefehlt, auch der ist völlig hilflos und weiß nicht so recht, was er in diesem Chaos machen soll.

„Wo sind denn dem seine großmäuligen Sprüche geblieben?", fragt ein Obergefreiter von dessen Gruppe respektlos. „Wie hat er immer zu mir gesagt? ‚Obergefreiter, rutschen die Socken? Nein? Dann Pfoten aus den Taschen!'", äfft er ihn nach.

Wie ein Gespenst taucht da aus der Rauchwolke unvermittelt ein heldenhafter Krieger in voller Flucht auf.

„Ha noi, mei Kittl brennt", stößt der Schwabe in höchster Not aus und verschwindet wieder hinter einem grauen Schleier.

Nun gibt es kein Halten mehr, da bleibt nur die Flucht. Ein Glück nur, dass die Flammen nicht sehr hoch schlagen. Während der Flucht zeigt es sich, dass die unbequemen Knobelbecher oder korrekt Kampfstiefel jedenfalls recht feuerfest sind.

Freund und Feind rennen also in schöner Eintracht davon. Auch die sich sonst so kühl und überheblich gebenden Schiedsrichter machen sich mit angesengten Hosenbeinen ganz unzeremoniell davon. Das ganze wohlgeplante Szenario löst sich zum Bedauern seiner Urheber in Wohlgefallen auf. Was für ein glorreicher Abgang: die Truppe aufgelöst, halb geröstet oder zumindest angesengt, und gerade noch einer echten Rauchvergiftung entronnen! Später dann verbreitet sich die Legende von den tapferen Soldaten, die der ‚Hölle von Stettengrad' gerade noch entkommen sind.

Fairerweise bleibt zu sagen, dass die Vorgesetzten ihre Rekruten für den Rest des Tages in Frieden lassen. Na ja, nach Nagold sollte es nicht zum nächsten Skandal kommen!

Ausgesetzt und vergessen

Im Anschluss an diese nachgestellte ‚Miniatur-Marne-Schlacht' werden Rossner und zwei weitere Rekruten vor ihren Staffelchef zitiert. Das ist verdächtig! Haben sie sich womöglich etwas zuschulden kommen lassen? Nein, das ist es nicht. Der an den Schläfen schon leicht ergraute Major sitzt über eine bunte Karte gebeugt auf einem Feldstuhl und erteilt ihnen folgenden Befehl: „Sie werden die strategisch wichtige Straßenkreuzung nahe des Dorfes ... ... bewachen. Hier ist es." Er deutet mit dem Kuli auf den Ort. „Rossner, Sie übernehmen die Truppe, Sie sind der geborene Füh – ... äh, Anführer. Bei diesem Einsatz können Sie sich erste Sporen verdienen." Er fügt noch hinzu: „Das ist eine ganz spezielle Übung, halten Sie auf jeden Fall sämtliche ungewöhnlichen Vorkommnisse schriftlich fest. Nehmen Sie den Heimann und den Schöller mit." Dann ruft der alte Haudegen zackig: „Wegtreten!"

„Fähnlein Fieselschweif hört auf mein Kommando", befiehlt Rossner seinen Mannen.

Der Major kann sich ein Grinsen nicht verkneifen, der Spieß blickt indigniert ...

Im Morgengrauen werden die Mitglieder des Sonderkommandos mit einem VW-Bus zu besagter Kreuzung gefahren und abgesetzt. In der Ferne kann man ein paar Häuser und Stallungen erkennen. Zunächst ist es recht gemütlich, so auf der Wiese im frischen Gras zu liegen, vor sich hinzudösen und den Herrgott einen guten Mann sein zu lassen. Auf der Straße ist absolut nichts los, bis auf einen Lastwagen, der laut Aufschrift Viehfutter für glückliche Hühner und Schweine transportiert. Rossner notiert sicherheitshalber das Kennzeichen. Man kann ja nie wissen ... Die Langweile wird zunächst nur noch einmal durch einen Lastwagen unterbrochen, der hübsch beschriftet und bemalt ist. Da ist eine sitzende Hula-Schönheit mit buntem Baströckchen und Blütenkranz um den Hals dargestellt, der gerade mal schamhaft den Busen bedeckt. Drunter steht: Straub „HAWAI-braun ... Sonnenschutz. 100 ccm DM 6.90." Daneben ist auch noch eine Damensandale abgebildet. Unter dieser steht: „Hawai Strandschuh mit dem Geldbeutel im Absatz. 36–40 DM 5.90." STRAUB-CHEMIE. WERTHEIM/MAIN

„Das ist doch mal eine Idee", murmelt Rossner leise vor sich hin, denn seine Mitstreiter pennen selig.

Die glühende Scheibe der Sonne steigt immer höher und schickt unbarmherzig ihre Strahlen herab. Es beginnt allmählich ungemütlich heiß zu werden, zumal sich schattenspendende Sträucher oder gar Bäume nur weit entfernt von der Kreuzung befinden. Der Inhalt der Feldflaschen geht ebenfalls zur Neige, und Durst macht sich breit. Da ist guter Rat teuer. Doch dann kommt die Rettung in Gestalt eines Bauern, der mit seinem Traktor aufs Feld tuckert.

Als er die kleine Streitmacht sieht, hält er erstaunt an und fragt besorgt: „Hän mir en Krieg? Kommet d' Russe?"

Woraufhin der Schöller, ebenfalls Schwabe, im heimatlichen Dialekt beruhigend antwortet: „Noi, Männle, d' Russe kommet net, des isch bloß e Manövr."

Da ist das schwäbische Bäuerlein sichtlich beruhigt. Rossner erkundigt sich bei ihm, ob es im Ort einen Laden oder eine Wirtschaft gibt, da sie Durst haben. Allerdings dürften sie ihren Posten nicht verlassen.

„I bring euch Bube was zum Trinke mit", verspricht der freundliche Bauer. „I hob aber koi Geld eustecke, das hat immer moi alts Mädle."

Rossner drückt ihm fünf Mark in die Hand. Das Bäuerle wendet den Traktor und fährt Richtung Dorf davon.

Die Anwesenheit der Soldaten hat sich offensichtlich herumgesprochen, denn es dauert gar nicht lange, da tauchen ein paar halbwüchsige Knaben auf und mustern die Krieger mit ihren Waffen neugierig. Einer der Knirpse fragt seinen Freund: „Du, des sin koi Franzose, sin des d' Amis?"

„Ha noi, siagscht des net", antwortet der fachmännisch, „des sin d' deutsche Amis!"

„Mir müsset hoim zum esse", ruft ein anderer, „sonst kriaget mer Ärger!"

Da schwingt sich die ganze Rasselbande auf die Räder und verschwindet Richtung Dorf. Nun taucht auch der Bauer wieder auf und bringt tatsächlich wie versprochen ein paar Flaschen Limonade – das ist Rettung in letzter Minute. Der hilfsbereite Bauersmann fährt weiter auf sein Feld. Die Soldaten kochen sich frohen Mutes ein Süppchen über dem Esbitkocher. Der Nachmittag vergeht ohne irgendwelche besonderen Vorkommnisse. Auf der Straße tuckert ein mausgrauer Lloyd ‚Leukoplastbomber' entlang. Kurz darauf taucht auch noch ein Lastwagen mit der Aufschrift ‚PEER EXPORT eine deutsche Qualitätscigarette für den Weltmarkt ... Inlandspreis 20 Stück DM 1.75' auf. Rossner notiert auch dieses Kennzeichen. Als dann die Abenddämmerung einsetzt und kein olivgrünes Fahrzeug erscheint, um die wohlausgeruhten Vaterlandsverteidiger abzuholen, beraten sie, was zu machen ist.

Die Verpflegungsvorräte neigen sich dem Ende zu, und nach einer Inspektion der halbleeren Kartons mit den Einmannrationen stellt Rossner fest: „Das dürfte zur Not vielleicht noch für ein Frühstück reichen. Wenn dann kein Nachschub kommt, können wir nur noch auf das Toilettenpapier und die leeren Dosen und Verpackungen zurückgreifen."

Da machen Schöller und Heimann aber lange Gesichter!

Rossner, der zwei Jahre älter als seine Kameraden ist – und in diesem Alter macht das schon was aus –, beruhigt die beiden mit folgenden Worten: „Also, hört zu: Wie ihr wisst, war ich mal bei den Pfadfindern und habe da einige Erfahrungen im Überleben gesammelt. Wir können ja morgen einen Stoßtrupp zusammenstellen, der nach Beeren, Pilzen und anderem Essbarem Ausschau hält."

Das finden Schöller und Heimann ganz gut, nur hat keiner von den beiden eine Ahnung, was genießbar oder ungenießbar ist, denn schließlich kommen sie aus der Stadt, und da gibt es solche Sachen fix und fertig und schön abgepackt in Dosen und Gläsern im Laden. So übernimmt denn Rossner mannhaft die Bürde der Verantwortung über das Wohlergehen der Minitruppe und meint, er werde sich am nächsten Morgen höchstpersönlich auf die Suche nach Essbarem begeben.

„Apropos Essen", berichtet Rossner, „bei den Pfadfindern haben wir manchmal Wetten abgeschlossen, was der Mensch so alles runterkriegt um zu überleben. Greifen wir eines der harmlosesten Gerichte heraus, nämlich Regenwürmer."

„Igitt ... Regenwürmer", stößt Heimann hervor.

„Hab dich nicht so", weist Rossner ihn zurecht, „gegessen wird, was auf den Tisch kommt. Also, die Regenwürmer wurden paniert, gesalzen und gepfeffert. Das Problem war nur, wie kriegt man sie tot? Da das nicht so einfach ist, haben wir sie leben lassen. Da wanden sich also die Regenwürmer in einem Überzug aus Paniermehl und Gewürzen, bevor sie in die Bratpfanne wanderten. Dort aber, im heißen Fett, wurden sie blitzschnell ganz ruhig, hauchten binnen Bruchteilen von Sekunden ihr Leben aus und verbrutzelten schnell, so dass man fast nichts mehr schmeckte. Eine größere Menge davon hat jedenfalls den Magen gefüllt. Kalt genossen erinnerten sie allerdings entfernt an Salzletten."

Seine Zuhörer verziehen die Gesichter und sehen sich skeptisch an. Aber davon abgesehen, wie sollte es nun weitergehen? Den gestrandeten Soldaten stellt sich die Frage: Wollen sie es tatsächlich so weit kommen lassen und auf so eine oder vielleicht sogar noch exotischere Speise ausweichen? Da sind Schöller und Heimann strikt dagegen. Sie seien ja schließlich nicht zum Bund gegangen, um mögliche neuartige Truppenverpflegung zu testen. Also bleibt es bei Rossners Vorschlag, sich vorläufig mit Beeren und Pilzen zu begnügen. Rossner soll allerdings sicherheitshalber den Vorkoster spielen.

„Das ist alles nicht so tragisch", meint Rossner, „das kriegen wir schon hin. Da ist allerdings noch eine Sache: Wo und wie übernachten wir? Mit drei Zeltplanen kann man nur eineinhalb Zelte bauen, aber wir sind drei Mann."

Da taucht der Bauer von der Feldarbeit zurückkehrend wieder auf. Er wundert sich nicht wenig, dass die Soldaten noch da sind und fragt: „Wollet ihr hier übernachte?"

Dies wird von den Olivgrünen selbstverständlich vehement verneint und Rossner ruft aus: „Um Himmelswillen, wo denken Sie hin, guter Mann?"

Da deutet der Bauer auf einen stattlichen Hof, der etwa einen Kilometer entfernt liegt: „Ihr könnet im Heuschobr schlafe".

Das ist doch ein Angebot, das man sich nicht zweimal machen lässt, da heißt es zugreifen! Sobald die Dunkelheit hereinbricht, schnüren die Soldaten erleichtert ihre Bündel. Schöller vergisst dabei fast sein Gewehr. Damit die Aktion nicht nach Fahnenflucht aussieht, denn das ist ja eines der größten Verbrechen, das ein Soldat begehen kann, befestigt Rossner einen Meldezettel am Weidezaun, auf dem er den Sachverhalt kurz schildert und beschreibt, wo sie zu finden sind. Dann brechen die Vaterlandsverteidiger unverzüglich auf.

Am Bauernhof angekommen, werden sie vom Bauern der freundlich lächelnden Hausherrin mit den Worten vorgestellt: „Guck, Gretle, Schätzle, da sin die Soldate. Die bei der Bundeswehr hän doch die arme Bube glatt vergesse."

Die Bäuerin schiebt die drei Olivgrünen gleich in die Küche und fordert sie auf: „Hockt euch no und esst was. Da is Platz genug, denn unsre Mädle sind für a paar Tag weg, die helfe meim Bruder, denn d' Schwägerin is krank worre." Während sie das sagt, stopft sie die unerwarteten Gäste erst einmal mit Spätzle und Schweinebraten voll. Die lassen sich nicht unnötig drängen und langen ordentlich zu.

„Liebe Leute, das ist schon etwas anderes als dieser Manöverfraß!", stellt Schöller begeistert fest.

Die Bäuerin blickt maßlos erstaunt in die leeren Töpfe und Pfannen. Davon hätte ihre ganze Familie zwei Tage leben können! Besorgt überlegt sie, wann wohl das nächste Schwein dran wäre. Aber als die Jungs vom Bund sie wegen ihrer phantastischen Kochkünste in den höchsten Tönen loben, scheinen alle Bedenken verflogen.

Anschließend tischt der Bauer literweise Federweißen und selbst gebrannten Schnaps auf. Dabei sagt er zu seiner Frau: „Siehst, Schätzle, so isch es, wenn Männer im Haus sin!“

Da das Zeug fässerweise im Keller lagert, ist kaum ein größerer Kahlschlag in den Beständen zu befürchten, und die Gäste langen wieder kräftig zu. Als die Soldaten dann müde und ‚voll des süßen Weines‘ ins Heu sinken, sind sie rundum zufrieden.

Wie sich das für einen richtigen Bauernhof gehört, gibt es auch ein paar Hühner, echte Mistkratzer. Sie laufen frei herum, scharren geschäftig im Mist und Staub, und dabei gackern sie zufrieden vor sich hin. Als Rossner am nächsten Morgen aufwacht und über den Heuhaufen späht, beobachtet er das scheinbar glückliche Federvieh, und auf einmal fällt ihm ein Jugendstreich ein. Er muss lachen und weckt dadurch seine Mitstreiter. Die wollen nun partout wissen, warum er lacht.

„Habt ihr schon einmal betrunkene Tiere gesehen?“, fragt Rossner. „Als Kinder haben wir unverbesserliche Tunichtgute die Sache mal probiert, und haben den Hühnern der Tante meines Freundes Helmut, die in Ehrwald in Tirol eine Pension hatte, mit Bier getränktes Brot zum Fressen vorgelegt.“

Die eigentlich erwachsenen Vaterlandsverteidiger sind sich einig, dass sie unbedingt auch mal sehen wollen, was die Hühner des Bauern unter Alkoholeinfluss anstellen. Das Gewieher beginnt schon, bevor sie ihren Plan realisieren. Zunächst begeben sie sich in die Küche, wo die Bauersfrau das Frühstück vorbereitet hat. Da liegt auch ein Zettel mit der Nachricht, dass die fleißigen Leutchen den ganzen Tag auf dem Feld arbeiten werden. Somit sind die Soldaten allein auf dem Hof.

Nach dem Frühstück schreiten sie zur Tat. Eine angebrochene Flasche Federweißer steht noch im Heuschober, und Rossner holt ein Stück Brot, das er in eine Schale legt. Anschließend leert er den Rest der Flasche über das Brot aus. Dann setzt er den zutraulichen Hühnern das köstliche Futter vor. Die kommen sogleich gackernd herbeigeeilt, ganz so, als ob sie den Leckerbissen schon von weitem gewittert hätten. Dann fangen sie an, genussvoll an dem Brot herumzupicken. Rossner und seine Kameraden beobachten die Mistkratzer mit angehaltenem Atem. Aber zunächst ist dem fressenden Federvieh nichts anzumerken. Nach etwa zehn Minuten setzt jedoch die Wirkung des Alkohols ein. Die Hühner torkeln hin und her, schlagen in seltsamer Weise mit den Flügeln und gackern irgendwie komisch vor sich hin. Das wirkt so richtig menschlich, und der Anblick löst bei den Übeltätern wahre Lachsalven aus. Gegen Mittag kehren die Gastgeber früher als vorgesehen von der Feldarbeit zurück. Der Bauer wundert sich über das seltsame Gebaren seiner Hühner und murmelt etwas von wegen „de Viehdoktr hole“. Rossner ist alarmiert und kann ihm das nur mit Mühe ausreden. Statt dessen schlägt er vor, der Bauer solle doch mal wieder den Hahn zu seinen Hennen lassen, denn dann werde sich deren Zustand sicher schnell bessern. Das hält der Bauer für eine gute Idee, die er gleich in die Tat umsetzt!

Am Nachmittag macht Rossner einen Spaziergang zu jener Stelle, wo er und seine Kameraden abgesetzt worden sind. Der Meldezettel hängt noch am Stacheldrahtzaun. Kopfschüttelnd macht er sich auf den Rückweg.

So geht das zwei Tage lang und alles könnte perfekt sein, wenn die beiden Töchter des Bauern auch noch hübsch gewesen wären. Die tauchen nämlich inzwischen auch auf, aber die Mädle sind leider potthässlich. Das scheint den Heimann aber nicht im geringsten zu stören und mit den Worten: „Ich nehme alles, was mir vor die Flinte läuft“, macht er sich wie ein brünftiger Hirsch an die Ältere heran.

„Du bist ja bekannt für deine rasanten Gewächshauslieben“, sagt Schöller, das Gesicht verziehend, „abends erblühen, am nächsten Morgen abfallen.“

Rossner kann sich des Gefühls nicht erwehren, dass die Mädle, kranke Tante hin oder her, eiligst vor allem „wege de Soldate“ an den heimatlichen Herd zurückgekehrt sind.

Am dritten Tag fahren die Soldaten mit der ganzen Familie aufs Feld, um bei der Ernte zu helfen, denn schließlich wollen sie ja nicht als Schmarotzer dastehen. Es ist eine harte Arbeit!

Gegen Mittag schlägt der Bauer vor: „Mir fahre jetzt hoim, mei Weible macht's Esse, wer mitfahre will, ka sich hinte in de Hänger setze! Mir kommet in zwei Stunde widder und bringe Esse mit."

Schöller und die jüngere Tochter nehmen das Angebot gerne an, die anderen bleiben zurück. Rossner legt sich in den Schatten eines Apfelbaumes und döst vor sich hin. Als er einige Zeit später wieder aufwacht, sind Heimann und die älteste Tochter verschwunden. Erstaunt richtet er sich auf und blickt über das abgeerntete Feld hinüber zum Waldrand. Ich glaube es nicht. Die beiden werden doch nicht etwa ... ? kommt es ihm in den Sinn.

Er kommt nicht dazu, den Gedanken zu Ende zu spinnen, denn er wird Zeuge eines höchst spannenden Rennens. Am Waldrand ertönen nämlich auf einmal Rufe, und ein nackter Mann bricht durch die Büsche. Ihm folgt eine ebenso nackte weibliche Gestalt. Beide schlagen wie die Verrückten mit ihren Klamotten, die sie krampfhaft festhalten, um sich und rennen auf Rossner zu. Das sind doch ... ja, der Heimann und die älteste Tochter ihrer Gastgeber! Er kann deutlich vernehmen, wie das Mädchen ruft: „Die Wespe, die Wespe! Schlach doch endlich die Wespe tot!"

Fasziniert beobachtet Rossner das Mädchen. Welch eine urige Pracht, wie die riesigen Brüste beim Laufen hin und her schwingen! Das erinnert ihn an seine Jugend, als er in Tirol beim Kühehüten war. Wenn sie die Viecher aufscheuchten, schwangen deren gewaltige Euter genauso hin und her. Aber hier sind es gleich zwei, die synchron hin und her wogen! Unterhalb des Bauchnabels wuchert der Holden ein kohlrabenschwarzer Urwald, wie ihn der staunende Rossner noch nie in seinem Leben erblickt hat. Als die beiden ziemlich nahe herangekommen sind, werden sie langsamer, schlagen nicht mehr so heftig um sich und bedecken schamhaft ihre edlen Körperteile.

Rossner steht immer noch mit offenem Mund da und starrt die geballte Weiblichkeit unverfroren weiterhin an.

„Willst di net umdrehe!", herrscht sie ihn an, „I will mi aziehe."

Rossner hat sich gefasst, und während er sich umdreht, ruft er: „Na, hat's wenigstens für einen coitus interrruptus gereicht?"

„Schwätz net so schweinische Sache!“, ruft sie entrüstet aus Gerade als die beiden sich ferig angezogen haben, hört man den Traktor. Die anderen kommen zurück und bringen das Essen mit.

So vergeht ein weiterer Tag und bei den Kriegern kommt langsam der Verdacht auf, dass man sie „bei de Soldate“, wie die Bauersleute sagen, vielleicht gar vergessen hat. Da scheint es ratsam, doch langsam Kontakt mit der Ausbildungseinheit aufzunehmen, zumal die Töchter immer zudringlicher werden.

So macht Rossner sich auf, ein Telefon zu finden. Der Pfarrer ist einer von den beiden einzigen Telefonbesitzern im Dorf. Der Apparat beim Gemeindevorsteher ist kaputt, denn da hat die Gattin des Amtsträgers gerade beim Zuschnitt eines neuen Sommerkleides das Telefonkabel gleich mit durchtrennt! Da kein Mensch die Telefonnummer der Ausbildungseinheit kennt, bedarf es einiger Herumtelefoniererei, bis Rossner schließlich beim Spieß landet. Der fällt aus allen Wolken. Man hat doch tatsächlich die Abwesenheit der drei Männer bislang überhaupt nicht bemerkt. Der Spieß verspricht, umgehend ein Fahrzeug zu schicken. Der Abschied von den Bauersleuten fällt schwer – trotz der hässlichen Töchter! Als sie in der Kaserne ankommen, glauben sie an ein Wunder, denn der Empfang durch die Vorgesetzten fällt geradezu herzlich aus!

„Ich kann es nicht glauben“, murmelt Rossner kopfschüttelnd, „das ist ja wie mit dem verlorenen Sohn in der Bibel.“

So endet denn die Rekrutenzeit ohne weitere gravierende Vorfälle. Ja, man kann sogar sagen, es ist recht leger und human zugegangen. Jeder Soldat erhält einen Marschbefehl, auf dem die Einheit steht, der er nun angehören wird. Rossner wird zu einer Instandsetzungseinheit ins Allgäu abkommandiert. Dagegen ist prinzipiell nichts einzuwenden. Weiterhin gibt es eine Bahnfahrkarte zweiter Klasse. Der Abschied ist zwiespältig. Auf der einen Seite hat man einige nette Leute kennengelernt, auf der anderen ist es ziemlich langweilig gewesen. Lediglich diejenigen Soldaten, die eine feste ‚Braut‘ gefunden haben, bedauern den Weggang aufrichtig.

Kaufbeuren und der Fliegerhorst

Rossner sitzt im Zug. Seltsamerweise bin ich der Einzige, der nach Kaufbeuren abkommandiert wurde, wundert er sich. Die Reise führt über Ulm – Augsburg – Buchloe nach Kaufbeuren. Na ja, die übliche langweilige Zugfahrt. Überall muss man umsteigen, mit langen Aufenthalten dazwischen.

In Augsburg steigt eine junge Frau zu, die sich auf dem Sitz Rossner gegenüber niederlässt. Sie ist augenscheinlich ein paar Jahre älter als er, hat lange, schwarze Haare, aparte Gesichtszüge und trägt eine Silberkette mit einem massiven Kreuz um den Hals. Sie ist lässig gekleidet und hat eine Gitarre dabei. Das lässt sich an den Konturen im Futteral jedenfalls erahnen. Sie kommen ins Gespräch, wobei sich herausstellt, dass sie eine Anhängerin der neuen amerikanischen Friedensbewegung ist.

„Das ist ja höchst interessant", entfährt es Rossner, „ich bin nämlich Bundeswehrsoldat. Aber es ist eine Sache, ob man die Heimat verteidigt oder wie die Amerikaner in Vietnam einen Krieg irgendwo in der Ferne führt, wo man eigentlich nichts verloren hat. Ich frage mich, warum sind diese ehemaligen Kreuzritter der Demokratie auf einmal Aggressoren geworden? Ich habe den Eindruck, das ist ein Riesengeschäft für die US-Rüstungsindustrie."

„Interessant, so kann man es auch sehen", antwortet sie leicht erstaunt, „darüber habe ich noch gar nicht weiter nachgedacht."

„Meine Kontakte zu Amerikanern haben sich zu Hause auf die dort stationierten GIs beschränkt. Da haben wir kleinere Schwarzmarktgeschäfte getätigt. Es gehörte bei uns Jungen dazu, mindestens eine leere Flasche Black & White oder einen leeren Karton Lucky Strike oder Camel im Regal stehen zu haben. Ach ja, sehr beliebt waren auch diese Wachszündhölzer, die man lässig überall anreißen konnte. Da kam etwas über den großen Teich geschwappt, das war eine andere Welt. Was haben wir diese schmucken, wohlgenährten GIs beneidet! Da hatte selbst der einfache Soldat Mordszaster, und dann die Riesenschlitten, die sie fuhren. Ab und zu haben sie mich heimlich in ihren Club reingeschleust, da habe ich Bill Haley, Bobby Darin, Jerry Lee Lewis und andere Größen auf der Bühne gesehen. Außerhalb wusste man gar nicht, dass die in Deutschland waren."

„Unglaublich!"

„Das kann man wohl sagen. Vor allem der Jerry Lee Lewis mit seinem Song ‚Whole lotta shakin' goin' on', das war schon eine Nummer für sich, wenn der auf dem Klavier herumgehämmert hat. Mit etwa zwölf Jahren habe ich dann angefangen, den AFN Nuremberg zu hören. Der amerikanische Soldatensender wird natürlich den Teufel tun, die Friedens-Songs zum Beispiel einer Joan Baez zu bringen."

„Kennen Sie die?", fragt sie überrascht. Sie nimmt die Gitarre aus dem Futteral. „Ich spiele Ihnen etwas von Joan Baez vor." Mit glockenreiner Stimme beginnt sie ...

Where have all the Flowers gone
Long time passing?
Where have all the flowers gone
Long time ago?

Ein paar jüngere Leute stehen auf dem Gang und hören andächtig zu. Die Stimme, untermalt von den Klängen der Gitarre, ist aber auch zu schön! „Rummms ..." geht die Waggontüre auf, und da drängt sich der Schaffner durch die Schar der Zuhörer.

„Musik machen ist im Zug verboten", verkündet er.

„Wieso das?", fragt Rossner. „Kennen Sie nicht den alten Spruch: ‚Wo man singt, da lass' dich ruhig nieder, böse Menschen kennen keine Lieder', oder so ähnlich."

Die Umstehenden lachen und feixen. Der Uniformierte bekommt einen hochroten Kopf.

„Ich werde beim nächsten Halt die Bahnpolizei informieren", japst er.

„Wir ärgern uns doch hier nicht rum", sagt die dunkelhaarige Sängerin, während sie ihre Gitarre wieder einpackt.

„Schade", murmelt Rossner bedauernd.

Sie unterhalten sich weiter angeregt über die Friedensbewegung und die Rassendiskriminierung in den USA und die Rolle von Joan Baez und Bob Dylan in diesem Zusammenhang. In Buchloe trennen sie sich. Die beeindruckende Sängerin besucht dort ihren Freund.

Im halbleeren Zug lacht Rossner unterdrückt in sich hinein. Wunderbar! amüsiert er sich, da komme ich doch glatt als geläuterter Friedensengel bei der Bundeswehr in Kaufbeuren an.

Aber noch ist er nicht bei seiner neuen Einheit, er schleppt nämlich erst einmal seinen schweren Koffer den Berg hinauf zu seinem Ziel. Hoch über der Stadt liegt die Kaserne samt einer Start- und Landebahn, von den Militärs unerwartet romantisch Fliegerhorst genannt, Kürzel: FlgH. Es ist tatsächlich, zumindest an den Wochenenden, meist ein idyllischer Ort. Da haben die Militärs in diesem Fall ins Schwarze getroffen, denn die Kasernengebäude sind von weiträumigen Rasenflächen umgeben, auf denen prächtige alte Bäume stehen. Eingebettet in die friedliche, hügelige Allgäuer Landschaft macht der Fliegerhorst absolut keinen kriegerischen Eindruck, ja, man könnte sagen, die Tarnung ist nahezu perfekt. Zudem bietet sich dem Betrachter unter günstigen Wetterbedingungen bei einem Blick über das Ende der Start- und Landebahn hinaus das atemberaubende Panorama der Alpen dar. Da könnte direkt Dauerurlaubsstimmung aufkommen, schönes Wetter selbstverständlich vorausgesetzt.

Der Stabsfeldwebel Cornelius, ein im Dienst ergrauter alter Kämpe, begrüßt den Neuankömmling freundlich und macht ihn mit der Versorgungsstaffel der Flugkörpergruppe 13, kurz FKGrp. 13 vertraut, eben seiner neuen Einheit. Er erwähnt auch die Technische Schule der Luftwaffe 1, die ebenfalls auf dem Fliegerhorst stationiert ist. Danach erzählt er Rossner noch einiges über die Geschichte des Fliegerhorstes.

„Im Dezember 1934 begann man mit dem Bau, und schon im Oktober 1935 rückten die ersten Soldaten ein. Die Stadt wurde so Garnison einer Fliegerschule der damaligen Reichsluftwaffe. Gegen Kriegsende erfolgte die Besetzung durch die Amerikaner. Zuerst war eine Einheit mit Flugzeug-Suchscheinwerfern dort, dann waren für kurze Zeit P-51 Mustang Jagdflugzeuge der 55th Fighter Group stationiert. Die kurz darauf in Kaufbeuren AFB, später AB stationierten Teile der 60th Troop Carrier Wing nahmen mit Transportmaschinen vom Typ C-47 Skytrain und C-54 Skymaster doch tatsächlich an der Berliner Luftbrücke teil. Danach wurden die Basen der USAF aus taktischen Gründen auf das westliche Ufer des Rheins verlegt, und Kaufbeuren wurde Nachrichtenstation der 7150th Airforce Wing. Aber auch die CIA gab hier ein Gastspiel." Er hält inne und blickt sein Gegenüber fragend an. „Ich weiß nicht, ob Sie das interessiert."

„Aber sicher! Die CIA in Kaufbeuren ...", wundert sich Rossner.

„Ja, das stand sogar im SPIEGEL, am 3. Oktober 1962. Da wurde der Fliegerhorst Kaufbeuren als Ausbildungslager für Agenten genannt. Außerdem gibt es zum Beispiel die Geschichte des Agenten Tinofej Ostrikow, der in Kaufbeuren ausgebildet wurde. Er flog von der US-Airforce Base Wiesbaden in seine Heimat Weißrussland und sprang dort mit dem Fallschirm ab. Er hatte Pech, wurde gleich erwischt und zu 25 Jahren Arbeitslager verknackt. 1955 wurde die 7330th Flying Training Wing auf dem Fliegerhorst etabliert, die deutsche Piloten für die neue Luftwaffe ausbildete. Die Bundesluftwaffe übernahm den Fliegerhorst am 16. Dezember 1957 von den Amerikanern. Damals befanden sich die Amis noch auf dem Fliegerhorst, als die ersten deutschen Soldaten einrückten. Ich war übrigens auch mit dabei. Da wir aber noch nicht alle Teile unserer Ausrüstung erhalten hatten, lieh man sich bei den Verbündeten hin und wieder etwas aus, so zum Beispiel Gewehre und Stahlhelme, um auf Wache gehen zu können. Dass der Schwarzmarkt mit Zigaretten und Whiskey blühte, versteht sich von selbst.

„Übrigens, noch etwas zu Kaufbeuren: Die Stadt hat ungefähr 35.000 Einwohner, von denen etwa die Hälfte Flüchtlinge sind, die sich im Stadtteil Neugablonz niedergelassen haben. Oberbürgermeister von Kaufbeuren ist Dr. Karl Wiebel. Dessen Stellvertreter ist Oswald Wondrak, der ehemalige Bürgermeister der Stadt Gablonz, die heute in der Tschechoslowakei liegt. Von dort stammen die meisten Bewohner von Neugablonz."

Die Garnisonsstadt mit ihren zahlreichen Gässchen und malerischen Winkeln kann auf eine lange Geschichte zurückblicken, erhielt sie doch bereits im 13. Jahrhundert Stadtrechte und war bis 1802 zudem noch Freie Reichsstadt. Eine ganze Anzahl von Häusern mit alter Bausubstanz, sakrale und profane Baudenkmäler und eine teilweise noch erhalten gebliebene Stadtmauer mit Türmen zeugen von einstiger Pracht und Herrlichkeit.

Das Kleinod ist umgeben von den für das Allgäu typischen sanften Höhenzügen, die zum Teil stark bewaldet sind. Ein Sohn der Stadt ist übrigens ein berühmter Heimatschriftsteller, der, lange Zeit als ‚Schnulzenheini' verschrien, neuerdings wieder zu Ehren gekommen ist. Jawohl, es ist der Ludwig Ganghofer! Ein anderer gründete eine weltberühmte Kranfabrik, die erstaunlicherweise sogar auch Kühlschränke baut. Auch hier ist die Antwort leicht: Es handelt sich um Hans Liebherr. Dann gibt es noch zwei berühmte Frauen, die Klosterfrau Crescentia Höß (1682–1744) und die Schriftstellerin Sophie von La Roche (1730–1807).

Der Weg vom Fliegerhorst in die Stadt durch den Haupteingang oder militärisch korrekt die Hauptwache an der Apfeltranger Straße, gegenüber der Garnisonskirche St. Cosmas und Damian, ist weit, und nur ganz wenige Soldaten besitzen einen fahrbaren Untersatz. Es gibt jedoch einen raschen Zugang zur Stadt, über die Nebenwache und dann den sogenannten Obergefreitenschnellweg hinab, und damit zu den Freuden des Zivillebens. Diese für einen Zivilisten zunächst unverständliche Bezeichnung deswegen, weil die Obergefreiten durchwegs freiwillig dienende Soldaten sind, im Gegensatz zu den Wehrpflichtigen somit finanziell erheblich besser dastehen und ihr Bierchen deshalb nicht in der tristen Kantine des Fliegerheims trinken müssen, sondern es unten in der Stadt genießen können. In der Kantine ist alles billiger, und da können sich sogar die Wehrpflichtigen ab und an volllaufen lassen. So also wird eine Klassengesellschaft kreiert!

Ach ja, eine Kurzweil für Soldaten sollte nicht unerwähnt bleiben: das Bingo-Spiel im Fliegerheim. Das ist so ein Überbleibsel von der US-Airforce. Aus rechtlichen Gründen verschwindet es aber bald in der Versenkung.

*

Rossner und zwei weitere Kameraden sitzen bei einem Bierchen gemütlich mit dem altgedienten Hauptgefreiten Schröder, ihrem Stubenältesten, im Gasthof Hirschkeller unterhalb der Schiffbrauerei zusammen. Dort vermittelt dieser seinen Zuhörern einiges aus der lokalen Gastronomie- und Kneipenkunde. In dieser Hinsicht scheint er über weitreichende Erfahrungen zu verfügen.

„Merkt euch eines: Wo Soldaten stationiert sind, gibt es auch Lokale, deren Betreiber ganz gut von ihren uniformierten Gästen leben", beginnt Schröder seinen ‚gastronomischen' Vortrag. „Glücklich kann sich zum Beispiel derjenige Kneipier schätzen, den sein Schicksal oder seine Cleverness in die Nähe der Hauptwache oder besser an das Ende des Obergefreitenschnellweges verschlagen hat, wo er seine Zelte aufschlagen kann. Genau dort befindet sich der Hirschkeller, in dem wir im Moment sitzen und unser Bier trinken. Hier bleiben natürlich die ganz durstigen Seelen sofort hängen, bevor sie, falls sie noch dazu fähig sind, eventuell weiter in die Stadt vordringen." Er hält inne ... „Meine Güte, was macht diese Quatscherei mich aber auch durstig", stellt er fest. „Da brauche ich jetzt erst einmal einen Schluck."

Seine Zuhörer heben ebenfalls die Gläser und prosten sich zu ...

„Es ist recht interessant", fährt Schröder fort, „die verschiedenen Kategorien von Lokalitäten zu analysieren, die es hier so gibt. Da sind zunächst die Gaststätten und Restaurants, wie zum

Beispiel die Traube, Rose und der Stachus, die auch von Wehrpflichtigen mit ihrem kargen Sold hin und wieder frequentiert werden. Dies trifft mehr oder weniger auch auf die gutbürgerlichen Cafés zu, von denen das Weberhaus übrigens als Treffpunkt der Intellektuellen der Garnisonsstadt gilt. Und dann die Eisdielen, wie zum Beispiel das Cortina oder Portofino. Dort trifft man immer wieder einmal eine Gruppe von Soldaten an, die hier balzend nach weiblichen Wesen Ausschau halten. Es gibt auch noch ein oder zwei Tanzlokale, wie das Ringcafé, die jedoch mehr von den älteren Semestern frequentiert werden."

Wieder prosten sie sich zu ...

„Natürlich gibt es auch die etwas anrüchigeren Etablissements des provinziellen Nachtlebens, wie den Ringkeller, das Muschka oder die Scotchbar. Am Ende der Skala rangieren einige wenige wirklich verrufene Lokalitäten, Nahkampfdielen oder Spelunken. Aus einer besonders üblen Kaschemme wurde zum Beispiel gemeldet, dass ein Obergefreiter nach übermäßigem Alkoholkonsum nicht mehr fähig war, das stille Örtchen aufzusuchen. Da pinkelte er einfach unter den Tisch. An diesem Ort verdient auch manches leichte Mädchen ihr Geld durch mehr oder weniger schwere Arbeit. Zur Ehrenrettung der im Standort lebenden Soldaten muss festgehalten werden, dass letztere Lokalitäten nur von einer Minderheit frequentiert werden."

*

Rossner sitzt abends auf der Bude ... halt ... in der Stube und liest ein Buch.

„Sag mal, Rossner", lässt sich Haller mit verschlafener Stimme vernehmen, „du bist doch aus Erlangen. Da kommt doch die Elke Sommer her, die aus dem Film ‚Das Totenschiff', wo Horst Buchholz und Mario Adorf mitgespielt haben."

„Ja, ich komme aus Erlangen, und die Elke Sommer habe ich auch kennengelernt."

„Waaas? Die Miss Viareggio 1958!" Haller hat sich aufgerichtet und ist nun hellwach.

Auch Schröder ist aufmerksam geworden. „Erzähl' schon ..."

„Ich habe die blonde Elke in einem Hotel in Erlangen oben am Eichwald kennengelernt. Da war auch die Mama mit Pudel dabei. Die Elke hat mich gefragt, wie ich ‚Das Totenschiff' gefunden habe. Höflichkeitshalber habe ich gesagt, dass mir der Streifen ganz gut gefallen hat. Da wollte sie mir unbedingt ein Autogramm geben. Als ich fragte, was ich damit sollte, hat sie dumm geguckt."

„Das kann ich mir vorstellen", meint Schröder lachend. „Aber sag mal, wie hat dir der Film wirklich gefallen?"

„Also, zuerst einmal muss ich sagen, dass 1962 die halbe Stadt auf den Beinen war, um sich den Film anzusehen. Wie mir der Film gefallen hat? Na ja, man hat noch irgend etwas erwartet – aber es kam nichts. Vielleicht haben wir Jungs damals gedacht, das sei so ein richtiger Thriller."

„Also ich fand den ganz gut", meint Schröder.

„Warum nicht", antwortet Rossner, „das ist Geschmacksache."

„Also, wenn ihr mich fragt", lässt sich Haller vernehmen, „ich schaue mir lieber ‚Die tollkühnen Männer in ihren fliegenden Kisten' mit dem Gerd Fröbe an. Der ist doch zu komisch."

„Hast du noch eine schöne Geschichte auf Lager?", fragt Schröder Rossner. „Dann kann ich nachher besser einschlafen."

„Au ja", ruft Haller aus, „eine schöne Gutenachtgeschichte."

„Bin ich euer Sandmännchen?", will Rossner wissen. „Aber gut, 1962 war ich auch mit einer offiziellen Delegation in Eskilstuna, der Partnerstadt von Erlangen. Die liegt nicht weit von Stockholm entfernt. Das war auch so ein Ding. Was haben wir für einen Spaß gehabt! Es ging schon mit der langen Zugfahrt los. Auf der Fähre von Skagen nach Göteborg habe ich einen Karton Whisky gekauft, denn Schweden ist ja ‚trocken', und ich wollte meinen 18. Geburtstag zünftig feiern. Und wir haben ein paar nette Mädels aus Finnland kennengelernt und heftig mit ihnen geflirtet. Das Kattegatt ist ja eine rauhe Ecke, da war ganz schön Seegang. Trotzdem erlaubte uns der Kapitän auf die Brücke zu kommen. Da erlebten wir eine Wahnsinnssache. Da war doch aus den Tiefen der tosenden See urplötzlich ein U-Boot förmlich emporgeschossen, ein sowjetisches, wie der Kapitän versicherte."

„Ein Russenboot ... Wahnsinn!“, wirft Haller ein.

„In Eskilstuna gab es einen großen Bahnhof mit Bürgermeister und Leuten von Siemens. Die haben dort ja ein Zweigwerk. Eine süße, kleine Schwedin übersetzte. Die Mädels lispeln dort so entzückend, wisst ihr, so à la Siw Malmquist ...“

„Liebeskummer lohnt sich nicht, my darling, schade um die Tränen in der Nacht ...“, säuselt Schröder.

„Das Mädel war so richtig schön blond und hübsch“, fährt Rossner lächelnd fort. „Zunächst einmal war alles eitel Sonnenschein – zumindest theoretisch, denn das Wetter war nicht besonders. Das Fußballspiel endete dann fast mit einer Massenschlägerei, denn die Schweden konnten die knappe Niederlage, die sie einstecken mussten, nicht so recht verkraften. Wir waren übrigens in einer Art Jugendherberge untergebracht. Das nannte sich ‚Vandrarhem‘. Wir fuhren auch nach Stockholm. Die Altstadt liegt auf einer Insel, dort steht auch der Königspalast mit über 500 Zimmern. Als wir in Stockholm waren, fand gerade ein Flottenbesuch aus England statt. Das war recht interessant. Wir hatten auch Glück, dass die Vasa-Werft gerade fertig gestellt war ...“

„Da ist doch dieses olle Kriegsschiff untergebracht, das 1628 direkt nach dem Stapellauf unterging“, wirft Schröder ein, „und 1961 gehoben wurde.“

„Genau! Das wird ständig mit Wasser besprüht, bis die Spezialisten Mittel und Wege gefunden haben, das Wrack richtig zu konservieren.“

„Erzähl'“, fordert Haller Rossner auf, „wie war das mit den Mädels in Schweden? Die sollen recht freizügig sein, hört man jedenfalls.“

„Na ja, so rumknutschen halt auf der Parkbank in der Mitternachtssonne“, rückt Rossner heraus, „aber ansonsten schweigt der Kavalier.“

Trotz aller Bitten der Zuhörer hüllt Rossner sich tatsächlich in Schweigen ...

*

Leider gibt es einige Soldaten, die nicht nur trinken, sondern gelinde gesagt: saufen. Da macht die Geschichte von vier Soldaten die Runde, die zu mitternächtlicher Stunde an einem Samstag mit einem Opel Kadett, von einer Sauftour aus Bad Wörishofen kommend, in Richtung Fliegerhorst fuhren. Zur Ehrenrettung des Fahrers, eines gewissen Unteroffiziers Kress, muss angemerkt werden, dass der noch einigermaßen nüchtern war und zumindest Vorwärts- und Rückwärtsgang auseinanderhalten konnte. Er war auch der Einzige, der schildern konnte, was sich zutrug: „Meine Mitfahrer hatten ganz schön getankt, vor allem der Suffkopf Bader, der neben mir saß. Dem wurde plötzlich schlecht und er kurbelte während der Fahrt die Seitenscheibe herunter – wie er glaubte –, um seinen Mageninhalt auf die Straße zu entleeren. Sein Pech und das von uns allen war: Mit seinem umnebelten Gehirn hatte er gar nicht mitbekommen, dass das Fenster ursprünglich offen stand und er es in Wirklichkeit zugekurbelt hatte. Die ganze Bescherung klebte also innen an der Scheibe und an der Türverkleidung. Er fühlte sich erleichtert – wir nicht, das könnt ihr mir glauben", versichert er den feixenden Zuhörern.

Das ist aber noch nicht das Ende der Geschichte. Die vier Helden fuhren durch die Nebenwache in die Kaserne. Wie sie da in ihrem Zustand durchkamen, bleibt bis heute ein Geheimnis. Aber vermutlich hatte einer ihrer Kumpel Wache und ließ sie einfach unbesehen passieren. Irgendwie krabbelte die besoffene Horde dann auch in ihre Betten.

Am nächsten Tag gegen Mittag wacht Kress auf und erinnert sich vage an die Geschehnisse der vergangenen Nacht. Er wankt zu seinem Kadett, der auf dem Parkplatz in der prallen Sonne steht und so vor sich hin kocht. Das besagte Seitenfenster ähnelt einer Milchglasscheibe, garniert mit Spaghetti- und Tomatenresten, was der Bader eben vor dem großen Besäufnis konsumiert hatte. Der Besitzer des Wagens kann sich gut vorstellen, was ihn erwartet, wenn er eine Türe öffnet. Also geht er zurück in die Unterkunft und weckt seine Saufkumpane. Der Verursacher der Schweinerei scheint zwar noch nicht ganz klinisch tot zu sein, ist aber unfähig aufzustehen.

Da holt Kress sich seine ABC-Schutzmaske und kehrt zu seinem Auto zurück. Inzwischen haben sich auch ein paar andere Soldaten eingefunden und blicken neugierig auf das, was da abgeht. Schließlich ist es, selbst in einem Fliegerhorst, etwas ungewöhnlich, wenn da sonntags einer in Zivil mit aufgesetzter ABC-Schutzmaske herumläuft. Entweder hat der einen Sonnenstich oder es ist etwas Außergewöhnliches passiert. Kress befiehlt seinen Freunden, einen Feuerwehrschlauch zu holen und an den Hydranten anzuschließen. Dann geht er todesmutig auf seinen Kadett zu, öffnet die bekleckerte Türe und rennt schnurstracks davon. Im gleichen Moment richten seine beiden Kumpels das C-Rohr auf das Auto, und als einer der Zuschauer scherzhaft ruft: „Wasser maaarsch", spritzen sie auf die geöffnete Türe. Das Auto ist schließlich sauber, aber innen patschnass. Ein Glück, dass die Sonne niederbrennt, da ist gegen Abend alles wieder einigermaßen trocken.

*

„Das Verhältnis zu den Bewohnern der Stadt gestaltet sich im allgemeinen gut bis herzlich", versichert Schröder. „Das kann man schon daraus ersehen, dass im Laufe der Jahrzehnte eine ganze Reihe von Ehen zwischen Soldaten und einheimischen Mädels zustande kamen und sich nicht wenige der ehemaligen Vaterlandsverteidiger nicht nur aus diesem Grund in der Stadt und der Umgebung niedergelassen haben, darunter auch einige Nordlichter der Technischen Schule der Luftwaffe hier oben am Fliegerhorst."

Die Verständigung mit der lokalen Bevölkerung ist allerdings manchmal etwas schwierig. Vor allem diejenigen, die aus jenen Gegenden weiter oberhalb des Weißwurstäquators – der Donau – kommen, verstehen die Einheimischen zunächst nur mit Hilfe eines ‚Dolmetschers'. Daher kehrt nach einem Lehrgang auf dem Fliegerhorst Kaufbeuren mancher Norddeutscher in die Heimat zurück, ohne dass er auch nur irgend etwas von dem begriffen hat, was so ein Ur-Allgäuer von sich gibt. Das ist nachvollziehbar, denn wenn ein Einheimischer etwas daher erzählt, von wegen: „Wo bisch d' her?", „Schbinnschd etzt!", „Mir isch gloich", „'S ischt a Souschdall", „Ebbas bsünders", „Abr i han dacht" und ähnliches Fremdländisches, versteht sein Gegenüber meist nur Bahnhof. Ach ja, auch mit der lokalen Flora hat es so seine Eigenheiten. Wer außer den Einheimischen weiß schon, dass zum Beispiel der Löwenzahn Lausblume oder Bettscheißer und die Johannisbeere Eisperbeer genannt werden?

Rossner hat insofern Glück, als er, wie schon erwähnt, in jungen Jahren in den Ferien oft in Tirol war. Da hat er den dortigen Dialekt kennengelernt. Wenn man den einigermaßen intus hat, versteht man auch die Allgäuer ganz gut. Das ist für einen Außenstehenden von großem Vorteil.

Kein Zweifel, die Anwesenheit der Bundeswehr stellt einen wichtigen Wirtschaftsfaktor für die Stadt dar, und auch eine ganze Anzahl von Zivilbediensteten dienen im Gegensatz zu den Soldaten zwar nicht, verdienen ihr Geld aber trotzdem auf dem Fliegerhorst. Also lebt man in schöner Eintracht miteinander.

„Wie das im Leben so ist", klärt der Spieß Rossner nicht lange nach dessen Ankunft in Kaufbeuren auf, „herrscht nicht nur eitel Sonnenschein, und das Verhältnis zwischen Zivilbevölkerung und Soldaten wird vor allem dann getrübt, wenn ein neuer Schub Uniformierter aus Norddeutschland eintrifft, um an der Technischen Schule der Luftwaffe 1 Lehrgänge zu absolvieren. Die Neuankömmlinge klauen mit schöner Regelmäßigkeit den lokalen Kühen die Glocken. Die mit Recht erbosten Bauern wenden sich dann hilfesuchend an den Standortkommandanten. Der lässt umgehend einen entsprechenden Aushang ans Schwarze Brett jeder Einheit heften, worin er solche Taten zutiefst bedauert und verdammt. Gleichzeitig droht er den Kuhglockenklauern Strafen an."

Ein paar Tage später sitzen die Teilnehmer des Debattierklubs wieder zusammen. Sie unterhalten sich über den am 23. November 1963 in Dallas ermordeten John F. Kennedy.

„Ehrlich gesagt, mir war der nie ganz geheuer", stellt Rossner fest. „Der hatte doch da mit diesen Mafiatypen wie Dean Martin, Frank Sinatra, Sammy Davies jun. und so weiter zu tun. Der Reinfall mit der Schweinebucht in Kuba war auch kein Ruhmesblatt.

Und dann noch die Affäre mit dieser schrecklichen wasserstoffsuperoxydblonden Puppe Marylin Monroe."

„Das sind ja interessante Aspekte", wundert sich Haller, „darüber habe ich ja noch gar nicht nachgedacht. Mir ist Kennedys Rolle im Zusammenhang mit dem Staatsbesuch in der Bundesrepublik vom 23. bis 26. Juni 1963 so richtig in Erinnerung geblieben. Bei dem obligatorischen Pflichtbesuch in Westberlin hielt er ja diese berühmte Rede, die darin gipfelte, dass er in seinem Kaugummi-Slang pathetisch ausrief: ‚Isch bünn ain Börlinör!' Was er wohl von sich gegeben hätte, wenn er in Paris oder Hamburg aufgetreten wäre? Selbst ..."

Weiter kommt er nicht, denn die anderen fangen an zu lachen, und es dauert eine ganze Weile, bis Haller fortfahren kann.

„Selbstverständlich fanden die Berliner das ganz große Klasse. Da hatte der Walter Ulbricht, diese Witzblattfigur vom gegenüberliegenden Lager, nichts entgegenzusetzen. So kann man nur sagen: 1:0 für Kennedy! Komisch, die DDR wird ja immer noch Mitteldeutschland genannt."

„Ja, ja, der Schdodsradsvorsidsende Wolder Ulbrischd mit seiner näselnden Stimme und seinem Säxsch – was liebe ich ihn", ruft Rossner übermütig aus.

„Wir haben auch so einen ab und an etwas absonderlichen Typen, unseren hochverehrten Bundespräsidenten Heinrich Lübke", stellt Schröder fest. „Der ist fast so witzig wie der Dädärä-Walter. Ich habe manchmal das Gefühl, als sei Lübke nicht so ganz glücklich in seiner Rolle als Staatsoberhaupt, die vielleicht eine Nummer zu groß für ihn ist. Aber seine Frau dachte anscheinend, ihr Heinrich sei für Größeres bestimmt. Eines muss man ihr jedoch lassen: Im Gegensatz zu ihrem Heini ist Minken sehr intelligent, redegewandt und spricht mehrere Sprachen. Die Presse tituliert sie scherzhaft ‚Bürgerliche Hoheit'. Sie ist übrigens neun Jahre älter als ihr Mann. Sie tun aber so, als seien sie gleichaltrig. Das wurde ihnen ziemlich einfach gemacht, denn in ihrem Personalausweis wurde sie versehentlich um glatte zehn Jahre verjüngt."

„So ein Zufall, aber das mit dem Verjüngen ist doch unsinnig", wirft Haller ein, „denn sie sieht doch schon alt genug aus."

Ein (unlogischer) Logistiklehrgang im Lande der Nordlichter

Die Ankunft verschiedener Geräte aus den USA lässt auf sich warten, deshalb kommen die Vorgesetzten auf die Idee, zumindest ein paar der Soldaten auf verschiedene Lehrgänge zu schicken. Das hört sich schon mal recht vernünftig an. Rossner erhält die Order, zusammen mit einigen anderen Kameraden nach Diepholz bei Bremen zu fliegen, wo sich ein großes Nachschublager der Luftwaffe befindet. Genaugenommen handelt es sich um das Lw.-Versorgungsrgt. 2, oder allgemeinverständlicher Luftwaffenversorgungsregiment 2, ein Materialdepot, eine Beschaffungsstelle und noch einige andere Einheiten. Dort also sollen sie sich mit der Logistik vertraut machen. Das mit dem Fliegen ist eine tolle Sache! Wer fliegt schon durch die Lüfte, außer den Amis und ausgewanderten Deutschen, die Verwandte in der alten Heimat besuchen wollen? Leute mit genügend Zaster können sich Flugreisen natürlich ebenfalls leisten. Jedenfalls freuen sich alle Teilnehmer riesig darauf, mit einem Flugzeug zu reisen – und das auch noch auf Kosten der Steuerzahler.

Voller Spannung warten die Auserwählten auf jenen Tag, an dem sie sich in die Lüfte erheben werden. Eines Morgens ist es dann endlich soweit: Eine Gruppe schwer bepackter, schlaftrunkener Soldaten stolpert im diffusen Licht der Morgendämmerung über das Flugfeld zu der guten alten Nord 2501 Noratlas, der ersten Transportmaschine der neuen Bundesluftwaffe mit ihrem markanten Doppelleitwerk. Die Passagiere werden von der Besatzung freundlich begrüßt, und diejenigen, die jetzt doch etwas Bammel vor dem Fliegen haben, werden aufgemuntert. Der Pilot, der Copilot und der Bordingenieur gehören dem älteren Semester an und scheinen Profis zu sein. Das beruhigt ungemein und die Passagiere fassen rasch Vertrauen.

Die Soldaten besteigen die Maschine. Rossner blickt fasziniert ins Cockpit, dessen Türe offensteht. Da leuchten und blinken zahllose Lämpchen und Anzeigen in allen möglichen Farben. Ein Rauschen und Knacken dringt wie geheimnisvolle, moderne Sphärenklänge aus einem Lautsprecher. Zwischendurch ertönt die Stimme des Fluglotsen aus dem Tower. Und da ist noch dieser markante Geruch von Motoröl, Treibstoff, Farbe und Kunststoff. Das sind Momente und Gerüche, die sich für immer einprägen. Rossner kommt sich jedenfalls vor wie ein Flugpionier.

Das Innere der Noratlas, oder kurz Nora, hat absolut keinerlei Ähnlichkeit mit einem modernen Verkehrsflugzeug. Da ist keine Spur von ansprechendem Interieur und bequemen Sesseln. Vielmehr gibt es links und rechts entlang der Innenwände je eine Reihe primitiver Segeltuchsitze, ähnlich wie Campingstühle, allerdings nicht so bunt. Jeder der Passagiere muss einen Fallschirm umschnallen und bekommt eine Spucktüte in die Hand gedrückt. Anschließend erteilt der Copilot Instruktionen für den Notfall und gibt Hinweise zur Bedienung der Bordtoilette. Der grauhaarige Stabsfeldwebel spricht mit ruhiger, gelassener Stimme. Man merkt eben, dass für ihn alles Routine ist.

Rossner blickt durch eines der runden Fenster hinüber zum Tower. Wären da nicht die verglaste Kuppel und die Schriftzüge KAUFBEUREN AIR BASE, FIELD ELEVATION 2380 FEET und BASE OPERATIONS, könnte man das Gebäude glatt für eine Schule oder ein anderes öffentliches Gebäude halten.

Der Pilot lässt die Motoren an, damit diese warmlaufen können. Mein Gott, was ist das für ein infernalischer Lärm!, wundert sich Rossner. Nach einer Weile setzt sich die Maschine in Bewegung und rollt langsam und gemächlich über die Taxiway auf die Startbahn. Einen Moment verharrt der metallene Vogel am Anfang der Startbahn und wartet auf die Freigabe aus dem Tower, die auch nach ein paar Minuten erfolgt. Nun heulen die Motoren auf, die Maschine beschleunigt und wird immer schneller, rumpelt über die Betonplatten und hebt schließlich ab. Da die Türe zum Cockpit immer noch offensteht, hat man einen wunderbaren Blick auf das herrliche Panorama der Alpen, die immer näher rücken. Nach einer Weile dreht die Maschine jedoch in einem eleganten Bogen ab und fliegt Richtung Norden. Der Start ist also reibungslos verlaufen, und nachdem sich das mulmige Gefühl gelegt hat, kleben alle an den Fenstern und bewundern die Landschaft unter sich. Bei der verhältnismäßig geringen Flughöhe von etwa 3.000 Metern und der phänomenalen Geschwindigkeit von etwa 300 Kilometern in der Stunde kann man problemlos viele Details am Boden erkennen.

„Mensch! Guckt mal", ruft einer begeistert aus, „das ist ja wie auf der Spielzeugeisenbahn."

Die jungen Soldaten haben es sich so gut wie möglich bequem gemacht und finden alles furchtbar aufregend. Wie gesagt, der Lärm in dem kaum isolierten Rumpf ist allerdings ohrenbetäubend. Nur einer der Passagiere hat Probleme, denn er traut sich nicht auf die Toilette. Dies ist irgendwie verständlich, denn das stille Örtchen befindet sich am Heck, dem Hinterteil des Flugzeuges, schamhaft hinter einem Vorhang versteckt. Die Noratlas ist so konstruiert, dass man das Heck aufklappen oder auch ganz entfernen kann. Dadurch ist es möglich, große Lasten mit dem Fallschirm abzuwerfen. Der ‚Notfall' hat einfach Angst, die Hecktüre könnte sich öffnen oder gar herunterfallen, während er sein Geschäft auf dem gar nicht so stillen Örtchen erledigt.

Bald macht sich die Kälte in der nun in größerer Höhe fliegenden Maschine bemerkbar. Die eisige Luft scheint durch sämtliche offenen Nietenlöcher zu blasen. Nichtsdestoweniger ist es ein zünftiges Erlebnis, zumal auch die Landung problemlos von der Besatzung gemeistert wird. Beifall braust auf, als die Räder den Beton der Landebahn berühren und die Maschine ausrollt. Der ‚Notfall' stürmt wie ein geölter Blitz los, um sich endlich an einem tatsächlich stillen und sicheren Örtchen erleichtern zu können.

Die Neuankömmlinge stehen neben der Maschine auf dem Rollfeld und warten darauf, dass sich irgend jemand um sie kümmert.

Da kommen in halsbrecherischem Tempo zwei VW-Busse angebraust, kurven um die Nora herum und kommen quietschend zum Stillstand.

„Los, rein mit euch und eurem Krempel", ruft der Fahrer des ersten Busses, ein Gefreiter, „wir haben unsere Zeit nicht gestohlen und wollen pünktlich Feierabend machen. Nur raus aus dem Saftladen!"

„Das ist ja ein heißer Empfang", stellt Hans kopfschüttelnd fest.

Obergefreiter Rossner tritt nun seinen Dienst bei der Nachschubeinheit am Fliegerhorst Diepholz an. Man hat ihn einem freundlichen Zivilisten mittleren Alters namens Franz Singer zugeteilt, der ihn in einem vollgestopften Büro väterlich mit den Worten empfängt: „Junge, das ist ja schön, dass du da bist. Ich habe schon auf dich gewartet. Es gibt viel zu tun hier." Dann erteilt er ihm den ersten dienstlichen Auftrag: „Hier hast du einen Fünf-Mark-Schein. Vor der Türe steht ein Dienstfahrrad. Fahr doch mal damit in die Kantine und bring uns zwei Flaschen Bier, damit wir deinen Einstand begießen können."

Das ist doch eine Begrüßung! Rossner lässt sich das nicht zweimal sagen, schwingt sich auf die olivgrün gestrichene Hämorrhoidenschaukel und strampelt Richtung Kantine. Er hat das Gefühl, bei dem Gastverein gut aufgehoben zu sein! Doch es ist, wie oft im Leben, nicht alles Gold, was glänzt, und es gibt neben netten Episoden einige unangenehme Vorkommnisse.

„Seit 1961 haben wir die Palette aus Holz", informiert Singer seinen neuen Mitarbeiter. „Genau genommen ist das die Europäische Pool-Palette, kurz EPP genannt. Die hat die Abmessungen von 80 mal 120 Zentimetern und wird durch 78 Nägel zusammengehalten. Mit diesen genormten Paletten ist der Materialfluss wesentlich einfacher geworden."

Ansonsten packt ihm Singer den Schreibtisch voll. So entsteht ein Berg von Arbeit, den Rossner täglich abträgt, der jedoch wunderbarerweise über Nacht wieder aufgeschichtet wird.

Langsam kristallisiert es sich heraus, dass man die Nachschubeinheit, bei der Rossner und seine Kameraden im wahrsten Sinne des Wortes gelandet sind, hinter vorgehaltener Hand auch schon mal als ‚Strafbataillon' bezeichnet. Hierher hat man ganz offensichtlich missliebige oder sehr mittelmäßige Soldaten, im Bundeswehrjargon ‚Goofys', ‚Neckermänner', ‚Schlummis' und so weiter genannt, abkommandiert. Die verbringen dann hier noch recht und schlecht den Rest ihrer Dienstzeit.

Verdammt, wo bin ich denn da bloß hingeraten?, fragt sich Rossner besorgt. Ein Glück, dass ich den größten Teil des Tages bei Singer bin!"

Beim morgendlichen Appell kann man denn auch einige schräge Vögel und andere seltsame Gestalten beobachten, um die Unteroffiziere und Feldwebel wie Kettenhunde kreisen. Fehlt nur noch, dass sie Gummiknüppel schwingen! Es kommt aber auch zu erheiternden Szenen, so zum Beispiel, als der Spieß eines Morgens vor den angetretenen Soldaten den Befehl gibt: „Gefreiter Mayer vortreten! Ziehen Sie doch mal Ihre Hosenbeine hoch".

Zum allgemeinen Ergötzen trägt der Gefreite Mayer statt der vorschriftsmäßigen grauen Socken ein Paar rot/weiß gestreifte Ringelsöckchen!

„Haben Sie die Ihrer Freundin geklaut?", will der Spieß wissen. „Sie sind doch wohl kein Wäschefetischist?"

„Nein!", ruft der Gefreite empört aus. „Die hat mir meine Oma zu Weihnachten geschenkt."

Wieder ertönt Gelächter reihum ...

Unliebsame Vorfälle sind in dieser Einheit an der Tagesordnung, die meisten verlaufen jedoch mehr oder weniger glimpflich. Da ist zum Beispiel die Sache mit der ‚Gefangennahme' in der großen Lagerhalle, in der ein bärbeißig dreinschauender Oberfeldwebel von seinem Büro aus fast wie ein eigenständiger Fürst residiert. Wegen seiner unflätigen Ausdrücke wird er auch ab und zu ‚Götz von Berlichingen' genannt. Tag für Tag wird Nachschub eingelagert oder ausgeliefert. Große und kleine Kisten und Kartons enthalten Uniformen, Stahlhelme, Schlafsäcke, Schreibmaschinenpapier, Toilettenpapier und so weiter, eben alles, was der Soldat so zum Leben und im Ernstfall zum Sterben benötigt.

In der Halle arbeitet ein Gefreiter, der mit dem bereits erwähnten bärbeißigen Oberfeldwebel ständig über Kreuz ist. Nach Meinung des Gefreiten hat ihn der Vorgesetzte ungerechtfertigt mehr als einmal beim Spieß wegen irgendwelcher Geringfügigkeiten verpfiffen oder vielmehr gemeldet, wie es korrekt heißt. Der Spieß teilte den Gefreiten daraufhin mehrmals hintereinander zur Wache ein. Der so Geschädigte sinnt auf Rache. An einem geeigneten Tag legt er sich kurz vor Dienstschluss auf die Lauer und beobachtet, ob sein Vorgesetzter wie ab und zu etwas länger im Büro bleibt. Dies ist heute wieder einmal der Fall, und der Gefreite befördert mit dem Gabelstapler in Schleichfahrt, das heißt möglichst leise, eine große Holzkiste, in der sich eine schwere Maschine befindet, direkt vor die Türe des Büros, setzt diese ab und verschwindet.

Der Oberfeldwebel hat von der schändlichen Tat nichts mitbekommen, da er mit dem Rücken zur Türe etwas in einem Aktenschrank suchte. Nach beendeter Suche befindet er sich in echter Feierabendstimmung. Schließlich erhebt er sich, zieht seine Uniformjacke an und öffnet die Türe. Ja, was ist denn das ...? Zu seinem höchsten Erstaunen sieht er sich einer Bretterwand gegenüber – er ist gefangen! Dummerweise hat er selbst dafür gesorgt, dass massive Gitter an den Fenstern seines Kabuffs angebracht wurden, angeblich, weil er geheime Unterlagen verwahrt. Eingeweihte wissen allerdings, dass sich dort ein Aktenordner mit dem Aufdruck GEHEIM befindet, der eine ganze Galerie nackter Frauen enthält. Die Fotos hat der verstorbene Onkel des Oberfeldwebels seinerzeit 1944 beim Rückzug aus Frankreich mitgenommen. Gegen eine geringe Gebühr lässt der stolze Besitzer den einen oder anderen vertrauenswürdigen Kollegen drin herumblättern.

Der Gefangene schreit sich die Lunge aus dem Leib, aber sämtliche Hilferufe bleiben ungehört. Schließlich hat er eine zündende Idee: Er beginnt mit dem massiven gusseisernen Kleiderständer gegen die Außenwand zu schlagen. Ein patrouillierender Wachmann der Wach- und Schließgesellschaft, auch ‚Lach- und Schießgesellschaft' oder ,Rentnerbrigade' genannt, befreit ihn schließlich aus seiner misslichen Lage. Was haben die Rentner gelacht und wie peinlich ist es für den Uniformierten, ausgerechnet von einem Zivilisten befreit zu werden! Der Übeltäter kann mangels eindeutiger Beweise nicht zur Rechenschaft gezogen werden, obwohl man einen gewissen Gefreiten dringend verdächtigt.

Mit der Freizeitgestaltung sieht es nicht besonders rosig aus. In der Kaserne gibt es ein Fliegerheim, das eine fürsorgliche Führung für die unteren Dienstgrade eingerichtet hat. Man verpachtet diese Etablissements an Kneipiers nach dem Motto: ,Wer nichts ist und wer nichts kann, geht zur Post oder zur Bahn, und wer überhaupt nichts wird, der wird Wirt.' Das triste Fliegerheim wird zunächst kaum frequentiert.

„Vielleicht kommt das daher", wundert sich Rossner, „weil man dort nicht fliegen, sondern nur saufen kann?"

Die Neuankömmlinge fragen sich, wie der Pächter da über die Runden kommt, zumal er selbst gerne ein Bierchen trinkt. Rossners ziviler Vorgesetzter klärt ihn auf, dass dies nicht immer so war.

„Angefangen hatte das", erläutert Singer, „als sich schlagartig der Ruf verbreitete, der Pächter habe eine junge Dame als Bedienung engagiert, die absolut nicht mit ihren Reizen geize, ja, sie sei auch noch unwiderstehlich in ihrer natürlichen Raffinesse. Das war der Knaller! Plötzlich war das Fliegerheim proppenvoll und es kam sogar so etwas wie Atmosphäre rein, denn die neue Bedienung war tatsächlich mehr als freigiebig. Das ging ein paar Monate lang gut, bis es plötzlich hieß, die junge Dame sei schwanger, sei sich aber selbst nicht sicher, wer der glückliche Vater des erwarteten Nachwuchses sein könnte. Seltsam, dass gerade in diesem Moment die Zahl der Versetzungsgesuche schlagartig anstieg! Jedenfalls hängte besagte junge Dame ihren Job an den Nagel."

Wendet sich der tatendurstige Krieger statt das Fliegerheim aufzusuchen lieber der Innenstadt zu, findet er entlang der Langen Straße einige Lokalitäten, wo er höchst willkommen ist. Das ist erfreulich, blickt man in den wenig einladenden grauen Herbsthimmel. An der Langen Straße liegen übrigens auch die sehenswerte Münte und das Schloss, ursprünglich eine Wasserburg aus dem 10./11. Jahrhundert.

„Da wir nun schon mal nicht weit von Bremen entfernt sind“, verkündet Hans, „bietet sich ein Besuch dieser Stadt an. Ich möchte mir vor allem einmal das Überseemuseum ansehen.“

Rossner ist froh, in Hans zumindest in kultureller Hinsicht einen Gleichgesinnten gefunden zu haben. Dessen politische Ansichten teilt er jedoch nicht, denn Hans tendiert zu den Liberalen, die in Wirklichkeit ja auch Kapitalisten sind. Und auch was die holde Weiblichkeit anbelangt, trennen sie Welten. Der Hans ist nämlich absolut nicht wählerisch ...

So fahren sie denn mit dem Gefreiten Obermaier eines Samstagmorgens mit der Bahn das erste Mal nach Bremen.

„Mei, bin i froh, dass i mit euch mitfoarn ko“, jubelt Obermaier, „die Saupreiß'n verstehn mi ja net. I hob immer des Gfuil, I red Kisuaheli. Der Rossner versteht mi wenigstens und ko dolmetsch'n.“

Finanzielle Mittel stehen nur wenig zur Verfügung, da man spart, um sich Autos und andere wichtige Dinge anzuschaffen. Trotzdem amüsieren sich die drei prächtig, denn es gibt schließlich viel zu entdecken. Da ist das gotische Rathaus mit dem berühmten Standbild des Roland davor, und der Dom nebenan.

Auch das Überseemuseum ist wirklich sehenswert. Während eines weiteren Besuchs findet auch der weithin bekannte Herbstmarkt, der sogenannte ‚Freimarkt‘, statt. Vorsicht! Der Name Freimarkt besagt aber nicht, dass es dort irgend etwas umsonst gibt! Gut in Erinnerung bleibt ein Typ, der dort als Einmannkapelle auftritt, sozusagen ein Konzentrat der Bremer Stadtmusikanten.

‚Übernachtet‘ wird im Bahnhofsrestaurant 1. Klasse bei ein paar Tassen Kaffee. Da muss einer immer Wache schieben und die beiden anderen Freunde aufwecken, sobald der argwöhnische Kellner in der Nähe herumschleicht. Es ist ja schließlich schon etwas auffällig, wenn sich drei junge Leute die ganze Nacht bei je zwei oder drei Tassen Kaffee rumdrücken!

In Bremen machen sie auch die Bekanntschaft einiger junger Matrosen von der Bundesmarine. Da erfahren die Landratten zu ihrem Erstaunen, dass es mehrere Kategorien von Marine gibt: die auf dem Wasser, die unter dem Wasser, die über dem Wasser und die auf dem Land, das heißt die schwimmenden Einheiten, die U-Boote, die Marineluftwaffe und die Landdienststellen.

„Wir kommen mit den Jungs von der Navy ganz gut zurecht", äußert sich Hans zufrieden, „aber warum die immer Zoff mit den Feldgrauen haben, bleibt mir rätselhaft."

Absolut zum Feind machen sich bestimmte Vorgesetzte, als der Spieß an einem Freitag beim morgendlichen Appell verkündet, dass 30 Mann, inklusive der Gäste aus Kaufbeuren, am kommenden Sonntag zum Kirchgang in Uniform antreten sollen. Da gibt es lange Gesichter.

„Das steht völlig in Widerspruch zu dem, was im ‚Taschenbuch für Wehrausbildung' zu lesen ist", empört sich Hans nach dem Appell lautstark. „Da heißt es: ‚Zum Gottesdienst wird weder kommandiert, noch wird er in militärischen Formen vollzogen.' Das ist ja wohl mehr als eindeutig."

Auf Anraten eines recht vernünftigen Feldwebels beschließen die Betroffenen, zunächst einmal gute Miene zum bösen Spiel zu machen und hinterher offiziell eine Beschwerde zu schreiben.

„Denen werden vor lauter Beschwerden die Ohren klingeln", schwört Rossner wutentbrannt.

So zieht denn eine Gruppe Blauuniformierter singend und fluchend am Sonntagmorgen durch die Stadt in Richtung Seelenarche. Mit dem Singen ist das allerdings so eine Sache, denn jeder der Meistersinger singt so falsch wie möglich, was für musisch Begabte nicht unbedingt einfach ist. Auch an unziemlichen Zwischenrufen fehlt es nicht.

Der schreckliche Gesang und die Zwischenrufe zeigen Wirkung: Vorgesetzte toben und brüllen herum. Das ruft einige staunende Zivilisten auf den Plan. So bekommen die zwangsverpflichteten Kirchgänger tatsächlich unerwartet Verbündete.

Ein älterer Herr spricht den verantwortlichen Leutnant völlig unmilitärisch an, indem er ihn barsch zurechtweist: „Junger Mann, von so einem Unsinn hatten wir schon einmal mehr als genug."

Da ist der Leutnant erst mal sprachlos! Der alte Herr droht weiterhin, die Presse über den Vorfall zu informieren und den Standortkommandanten aufzusuchen. Da werden die Kettenhunde gleich etwas ruhiger und auch höflicher.

Schließlich erreicht die Truppe die Kirche. An den Inhalt der Predigt des Pfarrers, allgemein ‚Seelenputzer' oder ‚Seelenklempner' genannt, kann Rossner sich später nicht mehr entsinnen. Es war wohl nichts Berühmtes.

Der erste Kirchgang ist auch der letzte. Es hat massenhaft Beschwerden gehagelt, denn laut Soldatengesetz, § 34, heißt es ja: „Der Soldat hat das Recht, sich zu beschweren." Und von diesem Recht machen die betroffenen Soldaten reichlich Gebrauch.

Nach den niederschmetternden Erfahrungen mit dem missglückten Kirchgang beschließen die lokalen Vorgesetzten, bei anderen Gelegenheiten möglichst nur die Gastsoldaten vorzuschicken, denn die kehren ja bald an ihren Standort zurück. Dort können sie dann so viel Beschwerden schreiben wie sie wollen. Als dann ein Konzert des Luftwaffenorchesters ansteht, müssen die Gastsoldaten wieder los.

„Da sollen wir uns nach Feierabend auch noch im Trachtenanzug Militärmusik oder Schnulzen anhören!", mault Rossner. Mit dem Trachtenanzug meint er natürlich die Uniform.

„Ein Mist ist das", murmelt Hans.

Es hilft alles nichts, sie müssen hin. Der Saal ist bereits gefüllt mit Zivilisten, als die Uniformierten eintreffen und sich unter Protest auf die Stühle lümmeln. Die Gastsoldaten benehmen sich auch weiterhin, wie nicht zu erwarten war, ganz schön daneben. Nur dem guten Zureden einiger aufgeschlossener, sehr verständnisvoller Zivilisten, die einsehen, dass Militär- und Operettenmusik wohl nichts für junge Leute ist, haben es Rossner und seine Kameraden zu verdanken, dass es nicht zum Eklat kommt.

Einige der anwesenden Mädels scheinen das unmögliche Benehmen der jungen Soldaten ganz offensichtlich echt toll zu finden. Da ist wenigstens einmal etwas los hier! Diese Zuneigung der holden Weiblichkeit wirkt ebenfalls dämpfend auf den Unmut der Vaterlandsverteidiger. Rasch sitzen sie mit den Mädels zusammen. Es geht ganz schön eng zu. Rossner findet sich unversehens auf Tuchfühlung mit der Lore, die fürchterlich aufgekratzt ist. Die Lore ist eine etwas zur Üppigkeit neigende Rubensgestalt, wohlproportioniert und kurvenreich, aber keine genormte Sexbombe. Puuuh ..., stöhnt Rossner innerlich, das ist geballte Weiblichkeit! Man kann die Lore nicht direkt als Schönheit bezeichnen, aber sie hat eine gewisse Ausstrahlung und viel Humor. Sie scherzen und lachen und erzählen Witze ohne Ende. Es wird doch noch ein recht netter Abend, wobei der Alkohol reichlich fließt.

„... Darauf einen Dujardin", ruft Rossner aus, auf die Werbung für den bekannten Weinbrand anspielend.

Übermütig heben alle die Gläser und prosten sich zu. Gegen Mitternacht verlassen sie den Saal. Plötzlich ist Rossner mit Lore alleine.

„Bringst du mich nach Hause?", fragt sie. „Ich wohne in der Nähe auf einem Dorf."

„Selbstverständlich!"

Als Dank erhält er einen ewig langen Kuss, der damit endet, dass ihre Zunge tief in seinem Mund steckt. Ihm wird ganz anders ...

„Du kommst doch mit zu mir in die Wohnung?", fragt sie atemlos.

Da ist jeglicher Widerstand zwecklos. Er hat absolut keine Chance zu antworten, denn Lore schließt seinen Mund gleich wieder mit ihren warmen, feuchten Lippen. Sie wandern eine Ewigkeit durch die stockdunkle Nacht, um ein für ihn imaginäres Dorf zu erreichen. Erfreulicherweise geht es immer kerzengerade die Landstraße entlang. Immer wieder halten sie inne um rumzuknutschen. Endlich, nach Stunden, so kommt es Rossner jedenfalls vor, erreichen sie das Dorf und bleiben vor einem niedrigen, sich schattenhaft in der Dunkelheit abzeichnenden Haus stehen. Schlüssel klirren, und schon findet sich Rossner auf der Wohnzimmercouch mit Lore neben sich, über sich, auf sich, unter ..., wunderbarerweise jedesmal mit weniger Klamotten am Körper. Was dann geschieht, da schweigt der Gentleman ...

Als er sich erschöpft und todmüde auf den Rückweg macht, wundert er sich selbst, dass er plötzlich vor dem Ortsschild DIEPHOLZ steht. „Ich glaube das einfach nicht“, murmelt er, „ich hätte nie gedacht, dass ich das jemals wiederfinde.“ Im Morgengrauen wankt er dann auf den Wachtposten des Fliegerhorstes zu, der unter einer grellen Lampe steht, und hält ihm die Papiere entgegen.

„Na“, begrüßt ihn der Gefreite grinsend, „ ganz schön getankt, was?“

„Nicht nur getankt ...“, antwortet Rossner zweideutig mit schwerer Zunge.

Wie er ins Bett geplumpst ist, weiß er nicht mehr. Er kommt erst wieder zu sich, als Hans ihn mühsam wachrüttelt.

„Mann, du hast eine Reaktion wie eine Schlaftablette. Raus aus den Federn! Wohin bist du denn mit der Alten auf einmal verschwunden? Habt ihr etwa ...?“

„Der Gentleman genießt und schweigt“, antwortet Rossner mühsam, „und dabei wollen wir es belassen. Aber trotzdem danke, dass du mich aus dem Koma geholt hast.“

Nach Dienstschluss grübelt Rossner darüber nach, wie das Dorf heißt, wo die Lore wohnt. Er hätte sie nämlich ganz gerne wiedergesehen ...

Alles geht einmal zu Ende, so auch der dienstliche Ausflug in die nördlichen Gefilde. Der Aufenthalt dort hat sich als nicht gerade erbaulich erwiesen. Von einem Logistiklehrgang, im Sinne von ‚Lehren‘, kann kaum die Rede sein. Trotzdem bedankt sich Rossner bei Franz Singer, dessen Büro immer ein sicherer Hort der Ruhe und des Friedens war. Zumindest konnte er dort seine Englischkenntnisse im Zusammenhang mit technischen Begriffen verbessern.

Auch das Wetter hat leider absolut nicht mitgespielt. Nebel und Regen waren an der Tagesordnung, und Rossner hat noch lange die flache Landschaft in Erinnerung, aus der im Nebel ab und zu gespenstisch ein Gehöft aus Klinkersteinen oder ein von Blättern entblößtes Gebüsch auftauchte. Hin und wieder stand ein einsamer Baum, der seine Äste wie ein Skelett in den Nebel reckte. Man erwartete jeden Moment, dass Theodor Storms Schimmelreiter auf der Szene erschien. Auch mit der holden Weiblichkeit war es nicht weit her. Ein paar flüchtige Abenteuer waren alles. Ob das wohl am durchgehend trüben Wetter lag? Das wäre verständlich! Schöne Blumen können sich eben ohne Sonne nicht entfalten, denkt Rossner in einer poetischen Anwandlung. Er hält inne. Die Lore lasse ich da mal vor, denkt er etwas wehmütig. So kommt denn auch absolut keine echte Trauer auf, als es heißt, der Marschbefehl zur Stammeinheit liegt vor. Da gibt es bei den Betroffenen auf einmal fröhliche Gesichter, obwohl die Rückkehr nicht durch die Lüfte erfolgt.

„Ein Flug zurück nach Kaufbeuren wäre ein einigermaßen versöhnlicher Abschluss gewesen", stellt Rossner verbittert fest.

„Jawohl, das wäre es gewesen!" schließt sich Hans an, „aber nicht einmal das gönnt man uns, denn wir fahren ganz profan mit der Bahn zurück."

Die schnuckelige Garnisonsstadt

Das herausragende Wahrzeichen Kaufbeurens ist zweifelsohne der 1420 aus Ziegelsteinen errichtete Fünfknopfturm, der über der Stadt auf einem Höhenrücken steht. Rossner befindet sich auf einem Erkundungsrundgang, um sein neues Domizil näher kennenzulernen. Vom Zollhäusle am Kemnater Tor strebt er hinauf zum runden, aus roten Ziegelsteinen errichteten Blasiusturm, der an die St.-Blasius-Kirche angebaut ist. Die Kirche ist leider zugeschlossen. Also geht er ein Stück an der hohen, imposanten Stadtmauer mit dem noch erhaltenen Wehrgang entlang. Nun bieten sich immer wieder reizvolle Ausblicke auf das zu Füßen des Betrachters liegende Städtchen mit dem Gewirr der Dächer und dem wuchtigen Turm der Pfarrkirche St. Martin, dem schlankeren der Dreifaltigkeitskirche und in der Ferne auf das Panorama der Alpen. Ganz automatisch stößt der einsame Wanderer auf den Fünfknopfturm. Auf der Ostseite des Turmes befindet sich ein riesiges Holzschild mit verschiedenen Wappen. Als er vor dem Turm steht und versucht sich zusammenzureimen, was das wohl bedeuten könnte, gesellt sich ein älterer Herr zu ihm.

„Sie wundern sich sicher über dieses Ensemble. Ich sehe das an Ihrem Gesichtsausdruck. Das ist ganz einfach erklärt: Da ist einmal der Adler ganz oben, der auf den Wappen der Türkei, Bulgariens, des Deutschen Kaiserreiches und Österreich-Ungarns thront. Das waren die im 1. Weltkrieg miteinander verbündeten Mittelmächte. In dieses Holzschild begann man am 6. Mai 1917 die ersten Nägel einzuschlagen. Jedermann konnte diese kaufen, als Beitrag für die Kriegsfürsorge und Kriegshilfe. Schließlich kam man, wie unser Heimatchronist Egon Guggemos berichtet, auf 5.387 Nägel, die 12.000 Reichsmark Erlös einbrachten. Da sind auch noch 165 große Nägel. Sie stehen für die bis 1917 im Kriege umgekommenen Männer."

„Das ist ja erschreckend!", entfährt es Rossner. „Sagen Sie mal, wenn Sie sich schon so gut auskennen, können Sie mir etwas über die Geschichte der Stadt berichten? Das wäre nett von Ihnen."

„Selbstverständlich! Es freut mich immer wieder, wenn junge Leute sich für geschichtliche Dinge interessieren. Also, erstmals urkundlich erwähnt wurde ‚Buron' 1116. Im Jahr 1191 geriet Kaufbeuren unter die Herrschaft der Staufer, die jedoch nicht lange anhielt, für die Siedlung aber zum Meilenstein wurde, denn diese erhielt das Stadtrecht. Eine wohlgeplante Ansiedlung entstand, was sich schon aus der Anlage der heutigen Kaiser-Max-Straße und der Ludwigstraße erkennen lässt. Mit der Verleihung der Stadtrechte gingen wichtige wirtschaftliche und rechtliche Freiheiten und Privilegien einher, inklusive der Errichtung einer Stadtmauer. Die Kaufleute begannen mit dem lukrativen Fernhandel, und so kam Geld in die Stadt, deren Bürger schon bald soziale Einrichtungen gründeten. 1268 gelangte die Stadt an das Reich, denn der letzte Staufer, Konradin, war gestorben. Seitdem befindet sich der Reichsadler im Stadtwappen. Das Bürgertum erstarkte, und schließlich verlor der vom Reich eingesetzte Amman sein Amt."

Er hält inne und sieht Rossner fragend an. „Ich langweile Sie doch nicht?"

„Wo denken Sie hin? Ich wäre froh, wenn Sie weitermachen würden."

Der Erzähler berichtet, wie die Bürger sich organisierten, wie Handwerk und Handel erblühten, aber auch von Kriegen, Feuersbrünsten und der Pest. Nach dem 30-jährigen Krieg ging es bergab, erst Mitte des 19. Jahrhunderts ging es wirtschaftlich aufwärts.

„Was ist eigentlich mit dieser Munitionsfabrik geschehen?", will Rossner noch wissen.

„Die wurde von den Amerikanern teilweise gesprengt. Im Jahre 1946 ließen sich Flüchtlinge aus Gablonz an der Neiße auf dem von den Amerikanern freigegebenen Gelände des Sprengstoffwerkes nieder. Der schnell aufblühende Stadtteil hieß erst Hart, wird aber seit 1952 offiziell Neugablonz genannt."

„Das mit Neugablonz habe ich schon gehört", meint Rossner.

„Ein aufmerksamer Beobachter kann übrigens auch heute noch einen Teil der Gebäude der ehemaligen Sprengstofffabrik ausmachen. Im Süden und Norden stehen zum Beispiel noch die Gebäude, die einst die Wachmannschaften beherbergten. Die Gablonzer Schmuckindustrie machte Furore, allerdings gingen die Märkte in den letzten Jahren zum Teil verloren und man musste sich neu orientieren."

„Warum ist eigentlich die St-Blasius-Kirche verschlossen?", möchte Rossner noch wissen.

„Da befinden sich fünf Bilderfolgen mit insgesamt sechsundsechzig äußerst wertvollen Gemälden, die zwischen 1485 und 1490 entstanden sind. Das ist wirklich sehenswert."

Der alte Herr verabschiedet sich. Rossner geht die zahlreichen Stufen hinab, vorbei an teilweise winzigen, am Berghang klebenden Häusern rechter Hand und dem Gewirr der Dachgiebel links, bis er auf das malerische Kappeneck stößt. Die Kaufbeurer hatten im Krieg wahnsinniges Glück, wundert er sich, denn es ist nichts weiter zerstört worden. Er biegt links ab, dann rechts in die Kaiser-Max-Straße, wo er dem Gasthof Traube zustrebt. Es ist eines der ältesten Anwesen der Stadt, aus dem 13. Jahrhundert, mit guter Küche und süffigem Bier. Die Fassade wird geziert von einem schönen Erker und Malereien darüber.

*

Oben auf der Bude im Fliegerhorst sitzen Hausmann und Rossner beieinander, wobei jeder eine Flasche Bier vor sich stehen hat. Nebenbei hören sie Musik, denn Hausmann besitzt einen Plattenspieler und ein paar Singles. Er ist ein Fan der Beach Boys

„Wie gerne würde ich mal rüber ins sonnige California fliegen!" seufzt er, während er eine Platte auflegt. Und da ertönt auch schon „Surfin USA". Als die Musik verklungen ist, sagt Hausmann: „Jetzt wird erst mal ein bisschen gelesen."

Rossner ist wieder einmal in Shirers ‚Aufstieg und Fall des Dritten Reiches' vertieft, Hausmann stöbert in Bundeswehrunterlagen. Unvermittelt fängt er an zu lachen.

„Was hast du denn?", wundert sich Rossner, von seiner Lektüre aufblickend.

„Ich lese gerade etwas über die unteren Dienstgrade unserer NATO-Verbündeten. Das musst du dir anhören, das ist lustig. Also, bei den Holländern heißt der Gefreite ‚Soldat 1e Klasse'. Da kann man sich nur verwundert an den Kopf greifen und fragen, seit wann ein Gefreiter ein Soldat erster Klasse ist. Das kann schon mal kein Wehrpflichtiger sein oder allenfalls ein besonders dienstgeiler, der schon mit dem Gedanken spielt, sich weiterzuverpflichten. Bei den Franzosen gibt es den ‚Sergent' und den ‚Sergent de carrière'. Dies entspricht in etwa unserem Hauptgefreiten. Das muss wohl ein Witz sein, denn seit wann kann ein waschechter Hauptgefreiter noch Karriere machen? Die Portugiesen nennen einen Hauptgefreiten ‚Furriel'. Das hört sich doch lustig an – oder?"

„Wie? Was? ... Furriel ... herrlich!", antwortet Rossner, während sich sein Gesicht erhellt. „Heißt der dann bei den Spaniern Fuzzy?"

Da lachen sie beide ...

Als sie sich wieder beruhigt haben, sagt Hausmann: „Diesen ulkigen Westernklamauk ‚Fuzzy der Banditenschreck' habe ich vor Jahren mal im Kino gesehen." Er hält inne, hebt die Flasche und ruft aus: „Prost!"

„Oans, zwoa, gsuffa", erwidert Rossner übermütig. „Auf dass wir vielleicht einmal den Dusel haben, San Francisco und die Golden Gate Bridge mit eigenen Augen zu sehen. Ich habe mir das fest vorgenommen. Irgendwann wird es schon klappen."

Hausmann legt „Surfer Girl" von den Beach Boys auf.

*

Die ersten Wochen bei der Flugkörpergruppe 13 gestalten sich genauso wie man es von verschiedenen Seiten gehört hat: sinnloses Herumhängen. Die Geräte sind immer noch nicht aus den USA eingetroffen und niemand weiß so recht, was zu tun ist.

„Unmöglich!" flucht Rossner. „Ich habe es eigentlich nicht geglaubt, was man da so Negatives gelesen und gehört hat". Er blickt empört in die Runde. Zustimmendes Gemurmel ertönt: „Da haben wir alle einen technischen Beruf erlernt – und sind hier zum Nichtstun verurteilt."

„Sie müssen sich gedulden", versucht ein Leutnant die erregten Gemüter zu beruhigen. „Die Geräte aus den USA müssten meiner Ansicht nach bald eintrudeln." Nach dieser wenig aufschlussreichen Erklärung verkrümelt sich der Offizier, denn er merkt, dass hier markige Sprüche wohl kaum auf Resonanz stoßen werden.

Wie gesagt, Gott sei Dank gibt es keine Ausbilder, die sich im Felde bewähren wollen oder der Putzomanie verfallen sind, und so unterbleiben irgendwelche Übungen, Märsche oder Revierreinigungsorgien, allerhöchstens Waldlauf ist hin und wieder angesagt – man ist halt doch nicht umsonst zur Luftwaffe gegangen! Es besteht die Möglichkeit, in einem gewissen Rahmen auszuwählen, was man tun will. Rossner entscheidet sich schließlich dazu, die Überwachung der vorhandenen Fahrzeuge zu übernehmen.

„Eine echte Herausforderung", erklärt der Oberfeldwebel von der Fahrbereitschaft mit ernster Miene, während er Instruktionen erteilt.

Ein verständnisloser Rossner hält mühsam einen Kommentar zurück. Hat der nicht mehr alle Tassen im Schrank?, kommt es ihm in den Sinn. Oder ist der so abgestumpft, dass er froh wäre, einmal so eine Arbeit zu machen.

Rossner hat die übliche Dienstbekleidung an, das heißt den sogenannten Arbeitsanzug, bestehend aus Hose, Hemd und Jacke, die in die Hose gesteckt wird, Koppel und Knobelbecher, bis auf letztere alles in olivgrüner Farbe. Das Schiffchen mit der Kokarde ist blau. Schiffchen? Na ja, mit etwas Fantasie sieht das aus wie ein kleines Boot, das verkehrt herum auf das Haupt gestülpt wird. Das also ist die legere Bekleidung des Soldaten, die, zur Erleichterung aller Beteiligten, keine Bügelfalten erfordert. Daneben existiert der blaue Overall, den vor allem die Kraftfahrzeugmechaniker tragen. Zu diesem äußerst kleidsamen Anzug kommt im

Winter der wohlbekannte Parka hinzu. Für diejenigen Soldaten, die im Freien arbeiten, gibt es noch einen langen Parka, allgemein ‚Flightjacket' genannt. Da diese Bekleidungsstücke schon recht schäbig aussehen und manche Exemplare sehr an einen Fleckerlteppich erinnern, kann man sich vorstellen, dass die Truppe im Winter nicht unbedingt einen korrekten militärischen Eindruck vermittelt.

Rossner überwacht also die Fahrzeuge der Versorgungsstaffel. Diese sind auf einem mit einem Zaun umgebenen, geschotterten Platz abgestellt, der nicht weit von der Nebenwache entfernt liegt. Neben dem Eingang hat man ein Zelt errichtet, und da der Herbst schon fortgeschritten ist, gibt es sogar einen Ölofen. Ein Tisch mit einem Stuhl bildet die karge Einrichtung. Dass nur ja niemand auf die Idee kommt, sich hier wohlzufühlen!, denkt Rossner amüsiert.

Das Procedere ist denkbar einfach: Es muss Buch geführt und kontrolliert werden, wer ein Fahrzeug abholt oder bringt, und wer Überprüfungen durchführt. Diese Störungen sind jedoch nicht häufig, und so kann Rossner endlich einmal in einer Reihe von Büchern schmökern. Das hat er schon lange vorgehabt. Ganz oben auf seiner Liste steht wie immer William L. Shirers zweibändiges Werk ‚Aufstieg und Fall des Dritten Reiches'. Nach eingehendem Studium der beiden Wälzer ist Rossner unter den jüngeren Leuten der Einzige weit und breit, der sich fundiert zu diesem Thema äußern kann. Die Älteren, vermutet Rossner, die mehr über die schreckliche Herrschaft der Nazis wissen, denke ich mal, werden wohlweislich die Klappe halten. Sie könnten sich ja verplappern.

Während der ersten paar Tage jedoch sieht sich Rossner zunächst interessiert die fein säuberlich aufgereihten Fahrzeuge genauer an. In der Hauptsache besteht der Fuhrpark aus MAN-LKW 630 L2 mit Vielstoffmotor. Angeblich kann man den sogar mit Schnaps betreiben! Hinzu kommen fahrbare Feldküchen, Mercedes-Unimog und VW-Busse. Manche der Fahrzeuge sind bis zu fünf Jahre alt, haben aber keine 1.000 km auf dem Tacho. An einem Teil der Fahrzeuge hat der Zahn der Zeit auch schon ganz schön genagt, der Lack ist verblasst, und die Abdeckplanen sind verschossen und brüchig. Ach ja, der Unimog ... Bei den Gebirgsjägern, den ‚Mulitreibern' oder ‚Almdudlern', werden diese robusten Fahrzeuge Gebirgsziegen genannt.

Rossner unterhält sich gerade mit einem Feldwebel der Fahrbereitschaft, der mit zweien seiner Männer Fahrzeuge inspizieren will, als plötzlich das Dröhnen von Flugzeugmotoren zu vernehmen ist. Sie blicken hinauf in den Himmel und sehen ein seltsames, grau lackiertes Flugzeug. Das ist tatsächlich eine der legendären Transportmaschinen vom Typ DC-3, bei den Militärs EC-47 D Skytrain genannt. Aber wie sieht die Maschine aus? Auf den stumpfen Bug hat man ihr die spitze Nase eines Starfighters aufgesetzt.

„Die landet auch manchmal hier", sagt der Feldwebel. „Vorne in der Spitze befindet sich eine Radarantenne. Die Maschine dient zur Ausbildung der Piloten am Radargerät."

Nach diesem interessanten Intermezzo wird Rossner wieder in die öde Wirklichkeit zurückgeholt.

Die Bundeswehr, manchmal auch sinnigerweise ‚Schule der Nation' genannt, beherbergt bekanntlich Soldaten aus allen Bundesländern. So ist es nicht verwunderlich, dass alle möglichen Dialekte anzutreffen sind, sozusagen ein babylonisches Sprachengewirr. Die Norddeutschen können hier weggelassen werden, denn die sprechen mehr oder weniger Hochdeutsch. Eine Ausnahme bildet Plattdütsch, das so manchem Nordlicht ebenfalls geläufig ist. Dieser Dialekt ist allerdings unterhalb des Weißwurstäquators noch nicht so recht anerkannt, und den versteht dort sowieso keiner.

In Rossners Einheit herrschen neben Hochdeutsch vor allem Bayrisch, Allgäuerisch und Schwäbisch vor. Neben den aus dem Süden Deutschlands stammenden Soldaten gibt es noch ein paar vereinzelte Hessen und Saarländer und einen ausgewanderten Berliner. Letztere dürfen laut den Vereinbarungen der ehemaligen Alliierten nur in die Bundeswehr eintreten, nachdem sie ihren Wohnsitz in den Westen verlegt haben. Dann gibt es noch einen aus dem Sauerland, einen komischen Kerl, denn der ist immer leicht sauer. Eine absolute Rarität stellt ein Sachse dar. Der hatte in den Westen „niebergemocht", wie er selbst sagt.

Vor allem der hessische Dialekt hört sich für das ungewohnte Ohr recht komisch an. Hervorstechendes Merkmal ist das Wort „ich", denn das spricht der Hesse „isch" aus, wohl in dem Bemühen, seine eigene Person besonders hervorzuheben. Da ist der Bayer mit seinem „i" wesentlich bescheidener.

Staatsbürgerkundlicher Unterricht ist wieder einmal angesagt. Diesmal behandelt der Vortragende das Thema Deutsche Demokratische Republik. Irgendwie beschleicht einen da ein komisches Gefühl, wenn man sich vorstellt, im Ernstfall vielleicht auch auf Landsleute schießen zu müssen, die, freiwillig oder unfreiwillig, mit den russischen Horden gen Westen stürmen. Allerdings hegen einige Fachleute Zweifel an der Zuverlässigkeit der Ostdeutschen in Uniform, obwohl Karl der Große seinerzeit ganz schön zu tun hatte, um zum Beispiel die wilden Sachsen zu zähmen. Die Nationale Volksarmee, kurz NVA, wurde 1956 mit dem Segen der Sowjets gegründet. Die Soldaten erhielten feldgraue Uniformen, genau wie die der früheren Reichswehr, was man mit einer Anknüpfung an die Traditionen des deutschen Volkes begründete.

„Die Einheiten der lange zuvor aufgestellten Kasernierten Volkspolizei, der KVP, überführte man in die NVA", fährt der Leutnant fort. „Da gab es zum Erstaunen der politischen Führung doch tatsächlich Probleme, denn zahlreiche Polizisten wollten das nicht. Unter den Beamten befanden sich auch einige, die als politisch unzuverlässig galten und deshalb nicht übernommen wurden. Ein weiteres Problem war die hohe Zahl von Deserteuren, denn zwischen 1950 und 1959 verkrümelten sich, sage und schreibe, über 20.000 Mitglieder der KVP und der NVA in den ‚Goldenen Westen'. Danach stabilisierte sich die Lage. Die Führung der DDR fühlte sich nun also ziemlich sicher. Erich Honecker soll gesagt haben: ‚Den Sozialismus in seinem Lauf hält weder Ochs noch Esel auf.' Der Kerl hat sie doch wohl nicht alle!"

Damit hat der Leutnant die Lacher auf seiner Seite, und jene Soldaten, die eingedöst sind, schrecken hoch, blicken überrascht um sich und spitzen nun die Ohren.

„Dem sogenannten Arbeiter- und Bauernstaat laufen doch glatt die Arbeiter und Bauern weg." Mit diesem Spruch hat er nun die ungeteilte Aufmerksamkeit seiner Zuhörer gefunden. Er fährt fort: „Wie es mit der Zuverlässigkeit der anderen Ostblockstaaten im Falle eines Krieges ausgesehen hätte, mag dahingestellt sein. Keine Frage, die Sowjetarmee ist der entscheidende Faktor. Deren Stärke beträgt etwa 5 Millionen Mann. Hinzu kommen noch mehr als 500.000 Mann Grenztruppen unter dem Befehl des KGB. Unglaublich auch was die an Material haben. So wird von etwa 50.000 Kampfpanzern, 70.000 Schützenpanzern, 5.500 Kampfflugzeugen und 2.700 Angriffshubschraubern berichtet. Weiterhin gibt es Tausende von Raketen. Ein Manko scheint die geringe Flexibilität der Kommandeure zu sein, die alles nach Vorschrift erledigen, denn nicht umsonst heißt es: ‚Ein russischer Soldat geht nicht ohne Plan aufs Klo'."

Und wieder lachen die Soldaten. Das macht der Leutnant recht gut. Man sieht es schon daran, dass nun alle seine Zuhörer ausnahmslos wach sind!

Die ersten Novembertage bescheren ein traumhaftes Wetter mit angenehmen Tagestemperaturen. Dies ist eine gute Gelegenheit, im Ernst mit der Erkundung des Allgäus zu beginnen, und so machen sich Rossner und Hübner, der aus „Donauwörrrth" stammt, wo man zu einem Pferd komischerweise „Pförrrt" sagt, mit dem Bus auf den Weg. Sie landen in einem kleinen Dorf bei Altenstadt, und nach der Ankunft dort erkundigen sich die beiden bei dem Busfahrer nach der letzten Rückfahrmöglichkeit. Sie erhalten die Antwort, der letzte Bus ginge um 20 Uhr ab.

Rossner und sein Begleiter wandern in das 700 Jahre alte Schongau, malerisch am Lech gelegen und von einer fast lückenlosen Stadtmauer umgeben. An der Stadt führte einst die berühmte Römerstraße Via Claudia Augusta nach Augsburg vorbei. Diese Straße aus dem Altertum wurde dann später von den Kaufleuten mit Ross und Wagen benutzt, die ihre Waren zu den Handelshäusern der Fugger und anderer nach Augsburg brachten. In Schongau wird auch das historische Schauspiel ‚Die Hexe' aufgeführt. Die original Prozessakten aus dem Jahr 1589 gegen die der Hexerei angeklagten Agnes Weiß bildeten die Grundlage für das Schauspiel.

Nach einem herrlichen Tag machen sich die beiden nun ermüdeten Wanderer auf den Rückweg und begeben sich an die Bushaltestelle. Wegen der vorgeschrittenen Jahreszeit ist es bereits dunkel, und die Gegend liegt wie ausgestorben da. Es wird 20 Uhr, und kein Bus ist zu sehen. Nach einer Viertelstunde vergeblichen Wartens zündet Rossner ein Streichholz an, um einen Blick auf den Fahrplan zu werfen. Ein Bus sollte tatsächlich um 20 Uhr abfahren, jedoch nur von Montag bis Freitag! Da ist guter Rat teuer. Der Fliegerhorst erscheint so weit weg wie die Heimat.

„Scheibenkleister!", flucht Rossner. „Jetzt haben wir gute 20 Kilometer Fußmarsch vor uns."

„Ob uns der Busfahrer wohl auf den Arm genommen hat?", wundert sich Hübner.

„Vielleicht hat der was gegen die Bundeswehr", mutmaßt Rossner, „denn er hat uns gleich gefragt, ob wir beim Bund wären."

Ein Glück, dass der Mond scheint! Es wird zwar empfindlich kalt, was die beiden strammen Wanderer allerdings gar nicht so richtig mitbekommen. Sie schaffen es dann tatsächlich bis Mitternacht zum Fliegerhorst. Es bleibt noch zu erwähnen, dass sich die ganze Zeit kein einziges Fahrzeug sehen lässt

„Wir waren jedenfalls gut", verkündet Hübner stolz.

„Im Stachus haben sich welche von der Technischen Schule und ein paar Nigerianer mit Einheimischen verklopft", platzt Schröder mit der Neuigkeit heraus.

„Was gänga uns die Saupreiß'n von der Technischn Schul a", gibt Obermaier zurück. „Mir komma mit dena Einheimischen kloar."

„Das stimmt", bestätigt Rossner. „Was war denn eigentlich los?"

„Die Les Vampirs, die lokalen Beatles, haben im Stachus gespielt“, antwortet Schröder, „und da ist es zu einer Rauferei gekommen. Die Fortsetzung gab's ein paar Tage später im Ringkeller. Da soll dann ein Gefreiter in den Schwanenweiher befördert worden sein. Mehr weiß ich aber leider auch nicht ...“

Ins Land der Franken fahren

In der Anfangszeit fährt Rossner noch häufig in das Dorf im Schatten der Burg Veldenstein im Pegnitztal, am Rande der Fränkischen Schweiz, wo die Eltern wohnen. Schließlich hat er dort ein paar Freunde und Bekannte. Aber wie das so ist im Leben, die Kontakte werden spärlicher und schließlich verliert man sich aus den Augen. Außerdem hat Rossner bald neuen Anschluss in Kaufbeuren gefunden. Hinzu kommt, dass einige Freunde aus der alten Heimat ebenfalls in andere Gegenden gezogen sind. So werden denn auch die Besuche bei den Eltern seltener und reduzieren sich mehr oder weniger auf Feiertage und Familienfeste.

Obermaier, Hübner und Rossner sitzen abends oben auf dem Fliegerhorst wieder einmal gemütlich zusammen und unterhalten sich.

„Du warst doch vergangenes Wochenende zu Hause, erzähl mal“, fordert Hübner den gähnenden Rossner auf.

„Also gut“, antwortet Rossner, „die Zugfahrt in die Heimat gestaltet sich jedes Mal zu einer halben Weltreise. Dagegen hast du es doch gut, du musst gerade mal nach Donauwörth. Bei mir ist das anders. Drei Mal ist der Zug zu wechseln und an zwei Bahnhöfen gibt es ewig lange Aufenthalte. Die gesamte Fahrtdauer beträgt deshalb gute sechs Stunden und auf dem letzten Stück durch die Hersbrucker Schweiz und das Pegnitztal nach Neuhaus fährt nur ein Bummelzug. Auf einmal war am vergangenen Freitag die am Fenster vorbeihuschende Landschaft schneebedeckt. Ich fühlte mich plötzlich hundemüde und bat den Schaffner des schwach besetzten Zuges, mich doch kurz vor Neuhaus zu wecken, falls ich einschlafen sollte. Prompt vergaß dieser Eumel die Bitte, und ich wachte in Ranna auf. Das ist bereits die nächste Station!"

„Das ist mir auch schon passiert", wirft Obermaier schmunzelnd ein.

„Es war halb zwölf Uhr nachts", fährt Rossner fort, „und keine Menschenseele war weit und breit zu sehen, kein Licht brannte mehr, und dann schneite es auch noch wie verrückt. Es war wie in Sibirien. Mit dem Mut der Verzweiflung packte ich meinen schweren Koffer am Griff und stapfte im Schneesturm die vier Kilometer zurück. Die völlig zugewehte Straße war nur zu erahnen. Das ‚Rannicher Kirchla' tauchte linker Hand schattenhaft auf. Der Sturm tobte erbarmungslos und trieb die Schneeflocken waagrecht durch die Luft. Sie wehten mir voll ins Gesicht und verklebten meine Augen. Plötzlich rutschte ich bei Lehnershof auch noch in den Straßengraben. Nach einer Ewigkeit war ich dann auf der Höhe vom Kreisbau angelangt. Glaubt mir, ich war fix und fertig. Aber mir stand noch die die letzte Hürde bevor: der steile Bauerberg. Drohend, fast wie der Mount Everest, ragte er vor mir auf, so jedenfalls kam es mir im wirbelnden Schnee vor. Und ich hatte ja nicht einmal einen Sherpa dabei, der mir das Gepäck schleppte! Völlig durchnässt und frierend erreichte ich weit nach Mitternacht endlich den heimatlichen Herd. War ich vielleicht fertig!"

„Erzähl weiter", fordert ihn der hinzugekommene Haller auf.

„Der Ort, wo meine Eltern wohnen, wird von der malerischen, gut erhaltenen Burg Veldenstein beherrscht, die hoch auf schroffen Felsen über dem Pegnitztal steht. Diese gehörte einst dem Hermann Göring, der dort seine Jugend verbracht hatte und im benachbarten Velden zur Schule ging. Selbst im 2. Weltkrieg besuchte er hin und wieder den Ort, um in den ausgedehnten Wäldern des Veldensteiner Forstes auf die Jagd zu gehen, schließlich war er nebenbei auch noch Reichsjägermeister. Da ihm in seiner Jagdwut langsam das Wild ausging, hat er den Waschbären aus Nordamerika ins Deutsche Reich eingeführt – so sagt man jedenfalls. Als ob im Deutschen Reich nicht schon genügend Sauberkeit und

Ordnung herrschen würde! Sein Begleitpersonal nächtigte übrigens im vorhin erwähnten Kreisbau."

„Schön, das mit den Waschbären", amüsiert sich Haller schmunzelnd: „Du bringst aber auch immer Geschichten, die klingen wie moderne Märchen von den Gebrüdern Grimm."

„Das sind keine Märchen, bitteschön", beteuert Rossner. „Also weiter: Befand sich der dicke Hermann auf Heimaturlaub im Dorf, stand sein Sonderzug unten auf dem kleinen Bahnhof, über dem markant die Burg thront. Als dies wieder einmal der Fall war, erhielten einige amerikanische Jagdbomberpiloten die Order, den Zug zu zerstören. Sie verwechselten allerdings die Örtlichkeiten und bombardierten statt dessen den Nachbarbahnhof oder vielmehr das Sägewerk daneben. Die Amis mussten entweder Tomaten auf den Augen oder zuviel Whiskey intus gehabt haben, denn in Ranna gab es gar keine Burg."

Nun brechen alle Anwesenden in Gelächter aus. Besonders Haller bringt ein eigentümliches, kaum zu beschreibendes Wiehern zustande.

„Soll ich weitermachen mit dem Hermann und seiner Burg?", will Rossner wissen.

„Aber sicher!"

„Gegen Kriegsende besetzten dann die Amis die Burg und kehrten das Oberste zuunterst. Was das sollte? Dafür gab es eine einfache Erklärung: Die US-Boys waren hinter dem legendären ‚Göring-Schatz' her. Der Hermann war ja bekannt als Kunstliebhaber. Er hatte in seiner Raffgier unglaubliche Schätze aus den von den Deutschen besetzten Ländern angehäuft, die er gegen Kriegsende durch die Gegend kutschierten ließ, um dieses oder jenes wertvolle Stück noch zu verstecken. Vielleicht hoffte er auf bessere Zeiten? So nahm man an, dass der Hermann auch auf der Burg Dinge verbuddeln ließ. Nach einiger Sucherei wurden die Amis tatsächlich fündig: Sie entdeckten ein Lager mit Schnaps, Champagner, Wein und ein paar versilberten Leuchtern. Das war alles. Den Schnaps und die anderen Spirituosen dürften die stets durstigen GIs wohl selber gesoffen haben. Es wird allerdings gemunkelt, dass in die tiefen Wälder des nahegelegenen Veldensteiner Forstes mit seinen zahlreichen Höhlen und Dolinen gegen Kriegsende Dinge verbracht wurden, die man bis heute noch nicht gefunden hat. Da befindet sich möglicherweise ein bislang wenig bekanntes Eldorado für Hobby-Schatzsucher."

„Do müssn mir doch a amol hi", sagt Ignatz Obermaier. Die anderen nicken zustimmend. „Dös is ja fast wia mit dem Schatz auf dera Schatzinsel. Aber etzt moch weiter."

„Ach ja, und Parties gab's da, oben auf der Burg ...", schwärmt Rossner.

„Erzählen ...", ertönt es rundum.

„Vor dem Bergfried der Burg Veldenstein steht ein lädierter Reichsadler aus Sandstein. Der alte Turm der Burg entwickelte sich zu einem beliebten Ort, um Parties zu feiern. Über eine Steintreppe gelangt man in das Erdgeschoss, wo die ‚eiserne Jungfrau' steht. In Wirklichkeit handelt es sich um eine aus Messing gegossene, fast lebensgroße Figur der Heiligen Johanna von Orleans. Fast lebensgroß?, habe ich mich immer gefragt. Vielleicht war die ja so klein? Wie sagte ein halbwegs gebildeter GI vom nahegelegenen Truppenübungsplatz ‚Graff' zu einem staunenden Kameraden über diese Figur: ‚This depicts Jo Ann from New Orleans, Lousiana, USA.' Ach ja, ‚Graff' ist die amerikanische Abkürzung für Grafenwöhr. Na ja, die geschichtlichen und geographischen Kenntnisse der Amis sind eben recht beschränkt. Aber weiter mit den Parties. Samstags, nachmittags oder abends, je nachdem, wie früh die Mädels wieder nach Hause mussten, wurden mühsam ein paar Flaschen Bier, Wein plus Knabberzeug oder so etwas, den schmalen, steilen Treppenaufgang mit seinen knarrenden Holzstufen hinaufgeschafft. Das war jedesmal eine akrobatische Leistung! Das oberste Stockwerk, in dem einst der Burgwächter residierte, besteht praktisch aus zwei Kammern. In die vordere mündet die Treppe, und es befindet sich dort ein stilles Örtchen oder vielmehr eine Freilufttoilette, im Fachjargon ‚Erkerlatrine' genannt. Zu Karls des Großen Zeiten sprach man von dem ‚haimlich gemach'. Was daran heimlich sein soll, wenn einer im offenen Treppenhaus seine Notdurft verrichtet? Die Engländer nennen das übrigens ‚longdrop', eine irgendwie originellere Bezeichnung, denn es dauert ja immerhin eine gewisse Zeit, bis das Zeug unten ankommt."

Gewieher und Gelächter ...

„Direkt daneben haben die alten Rittersleut' eine Kochstelle mit Rauchabzug einbauen lassen. Da konnte sich der Burgwächter eine Mahlzeit aufwärmen. Wie appetitlich! Im zweiten Raum gibt es keinerlei Einrichtungsgegenstände. Zu fortgeschrittener Stunde machten wir Jungs uns dann einen Spaß daraus, durch das Loch des stillen Örtchens auf die darunterliegenden Felsen zu pinkeln. Der Ferdl verfehlte eines der Häuser, die ebenfall knapp unterhalb des Bergfrieds stehen, nur um Haaresbreite. Kein anderer beherrschte diese Technik so perfekt wie er, und sein Rekord bleibt bis heute, soweit bekannt, ungebrochen."

„Dös gibt's net", grölt Obermaier.

„Während einer dieser Parties ertönte am späten Nachmittag auf einmal der gefürchtete Ruf ‚Feuer, Feuer!' Tatsächlich schlugen aus dem Dach eines nahegelegenen Hauses Flammen, und Rauchwolken quollen hervor. Die örtliche Freiwillige Feuerwehr eilte todesmutig herbei. Man besaß noch kein eigenes Löschfahrzeug, sondern nur eine Motorpumpe, die an den Lastwagen einer ortsansässigen Brauerei gehängt wurde. Die heldenhaften Freiwilligen bekämpften erfolgreich das Feuer und löschten es. Nach getaner Arbeit rückte der größte Teil der tapferen Wehr ab, hinterließ jedoch vorsichtshalber eine Brandwache. Da es Samstag war, verblieb auch der Lastwagen samt Pumpe, beladen mit vollen Bierkästen, an Ort und Stelle. Die meisten der Möbel und andere Haushaltsgegenstände hatte man retten können, und, da kein Regen zu erwarten war, vorläufig neben dem angekokelten Haus stehen lassen.

„Die Story muss ich meinem Schwager erzählen", sagt Haller, „der ist nämlich auch bei der Feuerwehr."

„Langsam, langsam, warte doch erst mal ab", bremst Rossner, „das geht ja noch weiter. Kein Mensch konnte es den beiden Brandwächtern nach dem anstrengenden Einsatz verdenken, dass sie großen Durst verspürten und deshalb verständlicherweise ihren Brand mit einigen Flaschen Bier vom Lastwagen löschten. Sie fühlten sich im Recht, denn ihre Kollegen saßen inzwischen, wie es in solchen Fällen alter Brauch war, in einer Gastwirtschaft am Stammtisch vor ihren gefüllten Bierkrügen, um die erfolgreiche Bekämpfung des Feuers nochmals zu rekonstruieren und gebührend zu feiern. Leider hatten die beiden Männer der Brandwache wohl zu viel Bier intus, denn sie merkten nicht gleich, wie das Feuer wieder aufflammte. Als sie dann aber die Flammen entdeckten, reagierten sie trotz ihrer umnebelten Gehirne sehr schnell, warfen die Motorpumpe an und spritzten los. Wie zu erwarten haperte es jedoch gewaltig mit der Zielgenauigkeit und das Wasser landete teilweise auf den geretteten Möbeln. Bevor die anderen Feuerwehrleute mehr oder weniger nüchtern schließlich wieder am Ort des Geschehens eintrafen, war noch mehr von dem Gebäude abgebrannt, und die Möbel waren verdorben. Jetzt gab es nichts mehr zu feiern! Der Party auf dem Bergfried tat dies jedoch keinen Abbruch, und wir feierten bis zwölf oder ein Uhr nachts weiter. So, jetzt machen wir aber Feierabend", sagt Rossner, auf die Uhr blickend, „ich kann ja morgen weiter erzählen."

In der Kaserne am Fliegerhorst hat sich am nächsten Abend wieder ein Grüppchen Soldaten zusammengesetzt, um Rossners Geschichte weiter zu hören. Ach ja, Schröder ist noch hinzugestoßen.

„Man sollte es nicht für möglich halten", beginnt Rossner die Fortsetzung, „aber das Dorf hat auch ein Kino. Wenn nicht gerade eine Party auf der Burg stieg oder woanders etwas los war, konnte man in dem kleinen Café unten an der Pegnitz ein Bierchen trinken, einen Plausch halten und anschließend ins Kino gehen. Der Besitzer des Cafés schließt übrigens sein Etablissement einige Zeit vor Ostern und Weihnachten, um Osterhasen und Weihnachtsmänner zu produzieren. Das ist sozusagen sein zweites Standbein. Es stimmt aber nicht, dass er die übrig gebliebenen Weihnachtsmänner einschmilzt, um daraus Osterhasen zu machen – oder umgekehrt!

Eines Abends, so gegen halb elf Uhr, äußerte eines der anwesenden Mädels den Wunsch, die Nachtvorstellung zu besuchen, da sie unheimlich gerne Gruselfilme anschaute. Allerdings habe sie Angst nach der Vorstellung alleine durch die finstere Nacht nach Hause zu gehen. Da erbarmten wir uns, das heißt wieder der Sohn vom Nachbarn und ich, und versprachen der jungen Dame, sie nach Beendigung der Vorstellung sicher nach Hause zu geleiten. Also begaben wir uns gemeinsam zu den Lichtspielen. Auf dem Plakat vor dem Kino stand groß der Titel des Films ‚Frankensteins Tochter'. Als die Besucher das sogenannte Foyer betraten, war außer ihnen kein Mensch zu sehen. Erst nach einer Viertelstunde tauchte dann ein unrasierter, verschlafener Typ unbestimmbaren Alters auf. Kaum zu glauben, aber der war Kartenverkäufer, Kartenentwerter, Platzanweiser, Plakatmaler, Filmvorführer und Besitzer in Personalunion. Er meinte, dass er nur eine Vorstellung geben könne, wenn mindestens fünf Besucher anwesend seien, sonst würde er draufzahlen. Das klang einleuchtend! Als nach nochmaligem Warten kein weiterer Interessent auftauchte, schlugen wir dem Kinotypen vor, fünf Karten zu kaufen. Mit dieser salomonischen Lösung zeigte er sich einverstanden."

Rossner macht eine Pause, um ein Glas Limonade zu trinken, bevor er weiter erzählt.

„Zufrieden begaben wir Besucher uns in den Vorführraum. Die Dielen knarrten, als wir auf die teuersten unter den sage und schreibe knapp zweihundert Sitzplätzen zusteuerten. Der alte Schwarz-Weiß-Film über die angebliche Tochter Frankensteins, die aus verschiedenen Leichenteilen zusammenmontiert wurde, erwies sich als höchst amüsant, zumindest was uns beiden jungen Männer anging. Die Vorstellung wurde nur dadurch etwas gestört, dass sich das Mädchen abwechselnd an meinen Bekannten oder mich klammerte, wenn es mal wieder recht gruselig zuging. Außerdem gab es einen Filmriß, der jedoch rasch behoben wurde. Der Heimweg gestaltete sich nicht minder aufregend, denn die junge Dame vermutete hinter jedem Schatten einen Frankenstein, dessen Tochter oder ein Leichenteil. Sie war so aufgeregt, dass sie sogar anfing zu stottern."

„Dös mit dem Kino kommt mir alles so bekannt vor, dös is bei uns dahoam a net anders", stellt Obermaier lachend fest.

„Eines möchte ich abschließend festhalten", sagt Rossner, „es waren schon auch schöne Zeiten in dem Dorf im Pegnitztal. Da gäbe es noch viel zu berichten, über die originellen Typen, die dort wohnen, die Dorfpolizisten, die Tanzabende im Saal der Bahnhofswirtschaft mit der Kellerbar und die drei blonden Schwestern, übrigens nette Mädels. Aber das genügt für heute."

Akklimatisierung im Allgäu

Weihnachten und Silvester sind vorbei, langsam trudeln die Angehörigen der Versorgungsstaffel wieder ein. Der Krieg in Vietnam eskaliert, die Vietkong machen den Südvietnamesen und Amerikanern durch erfolgreiche Überfälle die Hölle heiß. Schröder hat eine weitere Neuigkeit: „Ich habe euch doch vor Weihnachten von der Schlägerei im Stachus und deren Fortsetzung im Ringkeller berichtet." Er hält triumphierend das Magazin DER SPIEGEL in die Höhe. „Stellt euch vor, hier ist die Ausgabe vom 6. Januar 1965, da steht das alles drin. Es hat sogar eine Fortsetzung in der Scotchbar gegeben ..."

„Das ist schon mal eine Kneipe, die ich nicht frequentiere", stellt Rossner fest. „Das möchte ich hier klar und deutlich zu Protokoll geben."

„Lass mich weitermachen", drängt Schröder. „Die sind also vom Ringkeller in die Scotchbar gegangen und da hat die blonde Bedienung angeblich einen der Nigerianer als „schwarze Drecksau" bezeichnet. Das alles hat einen Mordswirbel verursacht, und die Presse hat das anscheinend auch noch aufgebauscht."

„Wie sagen die Allgäuer?" fragt Rossner. „Die sagen ganz einfach: ‚Mir isch gloich!' Das habe ich bereits gelernt."

„Richtig!", ruft Haller aus. „Die von der Technischen Schule sollen sich bloß zurückhalten und unser gutes Verhältnis zu den Einheimischen nicht ramponieren, speziell das zu den Mädels."

Wie es der Zufall will, kommt Rossner einige Zeit später auf einmal in Kontakt mit den Nigerianern. Durch Mundpropaganda erfährt er, dass die Ausbildungseinheit der Nigerianer hin und wieder Aushilfs-UvDs benötigt, die ein paar Brocken Englisch können. Seine Einheit leiht ihn gerne hin und wieder aus.

„Das ist allemal interessanter als im eigenen Stall", murmelt Rossner vor sich hin, „wo sowieso noch nichts los ist."

Nach einer kurzen Einweisung durch den zuständigen Spieß hängt er sich als Zeichen seiner Würde die hellblaue, geflochtene UvD-Schnur über die rechte Schulter. Nun ist er, laut Taschenbuch für Wehrausbildung, „ ... als Soldat mit besonderem Aufgabenbereich Vorgesetzter aller Unteroffiziere und Mannschaften bis zum Stabsunteroffizier einschließlich. Er unterstützt den Kompaniefeldwebel und ist für Ordnung, Sauberkeit und Pünktlichkeit im Inneren Dienst verantwortlich." Liest man diese markigen Worte, kann man, ohne lange zu überlegen, sagen, dass da mancher Bock zum Gärtner gemacht wurde.

Das erste Mal hat man ihm den leicht beschränkten Gefreiten Lohner als GvD zur Seite gestellt, dessen Intelligenzquotient angeblich irgendwo zwischen Zimmertemperatur und dem Herzschlag einer Gebirgsschnecke angesiedelt sein soll. Das ist jedenfalls die Meinung seiner Vorgesetzten. Egal, er macht allen Mist mit, den man ihm anschafft, und das äußerst gewissenhaft. Außerdem verpfeift der Lohner keinen, der ihn anständig behandelt. Nach einer Weile ist sich Rossner nicht mehr so sicher, ob der Gefreite tatsächlich beschränkt ist oder nur so tut. Als allgemein abgestempelte Hilfsamöbe lassen ihn die Vorgesetzten nämlich in Ruhe.

Um zehn Uhr abends befiehlt Rossner: „Staffel schlafen gehen" und macht sich auf den üblichen Rundgang um zu kontrollieren, ob alle Lichter aus sind.

„Das war vielleicht eine Gaudi, kann ich euch sagen", berichtet Rossner später einem interessierten Zuhörerkreis bei seiner eigenen Einheit. „Die Beleuchtung in den Stuben war an, ich knipste sie aus. Kaum hatte ich meinen Rundgang beendet, als ich feststellen musste, dass die schwarzen Jungs die Lichter wieder angemacht hatten. Dieses Spielchen wiederholte sich mehrfach, bis ich einfach die Sicherungen rausdrehte. Danach war Ruhe – oder vielmehr es war viel zu ruhig. Mit einer Taschenlampe bewaffnet, betrat ich die erste Stube. Stellt euch mein Erstaunen vor, als ich feststellte, dass die Betten leer waren! Von den vormaligen Okkupanten gab es keine Spur. Plötzlich jedoch hörte ich Geräusche, die aus einem Spind kamen. Ich öffnete ihn. Den Anblick werde ich nie vergessen: Da kauerte ein Schwarzer in dem engen Spind. Es stellte sich heraus, dass die Nigerianer noch an böse Zauber glauben, vor allen Dingen in der Fremde, die nur durch Licht vertrieben werden können."

*

„Hört mal zu, Leute", sagt Hübner zu Hausmann und Rossner, „ich habe mich ein wenig über das Allgäu schlau gemacht. Schließlich werden wir eine Zeitlang hier leben und da sollte man schon etwas Bescheid wissen." Er blättert in einem kleinen Büchlein. „Hier ist es! Ich picke die interessanten Punkte raus. Also, Folgendes: Das Allgäu ist zweifelsfrei eine der ältesten Kuturlandschaften Deutschlands. Aber wer sind nun diese Allgäuer eigentlich? Das ist die Frage! Den Ur-Allgäuer hat man bis heute leider noch nicht ausfindig machen können. Vielleicht sollte man eine Belohnung in Aussicht stellen? Was die Forscher allerdings herausgefunden haben ist, dass sich die Kelten um 500 v. Chr. im Voralpenland niederließen. Ab 15 n. Chr. kamen dann die Römer. Die Pax Romana endete zwischen dem 3. und 5. Jahrhundert, als die Alemannen oder Alamannen immer wieder durch den Limes stießen. Daher soll, wie spitzfindige Zeitgenossen meinen, der Spruch ‚alle Mann ran' herstammen. Die Alemannen kamen ursprünglich aus dem unteren Elbegebiet. In einer Urkunde taucht das Allgäu oder Alp(i)gau im Jahre 817 auf." Bedauernd fügt er hinzu: „Mehr habe ich über die Ursprünge nicht herausgefunden."

„Macht nichts", tröstet ihn Rossner, „jedenfalls wissen wir nun ein bisschen was."

„Wird das Allgäu erwähnt", fährt Hübner fort, „denkt man dabei wohl weniger an die Luftwaffe als vielmehr an sattgrüne Weiden mit braunen Kühen, deren Glocken melodisch bimmeln, Berge, Wälder, Seen, Flüsse und Bäche und an verstreut liegende, rustikale Bauernhöfe und heimelige Dörfer und immer mal wieder eine Kapelle, einen Kreuzweg oder ein Wegkreuz. So mancher Besucher fragt sich, wo denn die hübschen, sanftäugig dreinblickenden Kühe eigentlich herkommen. Ganz einfach, die stammen ursprünglich aus den Tälern der östlichen Schweiz. Um wieder zur Luftwaffe zurückzukehren: Hand aufs Herz, es muss doch einfach berauschend für einen Piloten sein, im Tiefflug über diese herrliche Landschaft zu brausen und ..."

„... und dabei die Kühe zu verscheuchen", unterbricht ihn Rossner lachend.

„Weltberühmt sind die prachtvollen Schlösser des Märchenkönigs Ludwigs II.", erklärt Hübner unbeirrt weiter, „der von den Amerikanern und Engländern bisweilen liebevoll ‚mad Ludwig – verrückter Ludwig', genannt wird. Manch einer hätte sicher auch gerne mal so einen König gehabt. Die Königsschlösser sind ja bekannt, da brauche ich nichts weiter zu sagen."

„Richtig!", pflichtet Hausmann ihm bei.

„Die Berge sind natürlich ein Kontrast zum sanften, hügeligen Alpenvorland. Am Rand liegt der 1738 Meter hohe Grünten, der ‚Wächter des Allgäus'. Dann folgen die Allgäuer Alpen mit ihren schroffen Gipfeln, wie Großer Krottenkopf, Hohes Licht, Mädelegabel und den herrlichen Tälern. Egal, ob Sommer oder Winter, viele Allgäuer können vom Fremdenverkehr leben."

„Das sei den Leuten gegönnt", wirft Rossner ein, „denn deren Vorfahren waren größtenteils fürchterlich arme Schlucker."

„Das habe ich auch schon gehört", bestätigt der gerade hereinkommende Haller.

„Darf ich vielleicht fertig erzählen?", fragt Hübner mit hochgezogenen Augenbrauen. „Also, das Allgäu ist aber auch eine Landschaft mit alten Städten, wie Memmingen, Mindelheim, Türkheim, Kaufbeuren, Marktoberdorf, Füssen, Kempten und vielen anderen, von denen einige bis zu Beginn des 19. Jahrhunderts stolze Freie Reichsstädte waren. Die tiefe Religiosität der Allgäuer zeigt sich in den unzähligen Marterln, Kapellen, Kirchen, Klöstern und Abteien. Bedeutende religiöse Zentren waren und sind zum Beispiel die Abtei Ottobeuren und das Kloster Irsee. Nicht nur für das Seelenheil der Menschen wird gesorgt, nein, sogar auch für das des lieben Viehs. Da ist die Kirche St. Coloman bei Schwangau jedes Jahr im Oktober Schauplatz eines Festgottesdienstes mit Segnung der Pferde und anschließendem großem Umritt. So, jetzt wisst ihr Bescheid!"

Wochenmarkt in Kaufbeuren ... Jeden Donnerstag zu früher Stunde sind entlang der Kaiser-Max-Straße fleißige Hände dabei, Verkaufsstände und Verkaufswagen aufzustellen. Rossner hat nachmittags frei und lässt seinen Blick über das bunte Gewirr schweifen. Ein Augenschmaus ist das, was die Landwirte, Metzger und so weiter aus der Umgebung herangekarrt haben und gestikulierend anpreisen. Den wettergegerbten Gesichtern sieht man an, dass diese Menschen die meiste Zeit im Freien verbringen. Vor ihnen stapeln sich Obst und Gemüse in ihrer bunten Pracht, liebevoll ausgelegt. Über den Köpfen baumeln Zwiebel-, Knoblauch- und Maiszöpfe. Am Stand nebenan sind Einmachgläser mit Kirschen, Birnen, Gurken aufgestellt, und sogar ein Fass Salzgurken steht auf dem Pflaster. Ein Metzger bietet seine Wurstwaren feil. Schwarzbraune Schinken, hell- und dunkelbraune Dauerwürste, durch deren Haut weiße Speckstückchen zu erkennen sind, allerlei andere Wurstwaren und Schweineschmalz in Krügen gibt es bei ihm. Ein Käsestand darf natürlich auch nicht fehlen, schließlich ist man ja im Allgäu. Und dann erst die Blumenstände mit ihrer bunten Pracht! Neptun, der Herr der See, blickt, auf den Dreizack gestützt, hoch von seinem Brunnensockel vor der Dreifaltigkeitskirche gelassen auf das bunte Treiben. „Wie viele Märkte mag er schon erlebt haben, seit er 1753 von Johann Wolfgang Schindel erschaffen wurde?", fragt sich Rossner. Untermalt wird die Szene von Stimmengewirr und den Schritten der Besucher.

*

Eines Abends lernt Rossner Chantal kennen. Die charmante, intelligente Deutschfranzösin ist einige Jahre älter als er. Was sie aber auch alles weiß ..., genug, um nächtelange Diskussionen über das Leben, Politik und Gott und die Welt zu führen ... Welch ein

Unterschied zu anderen weiblichen Grazien, bei denen Gespräche gerade mal aus einem Mitplätschern in den Untiefen der Plauderei bestehen. Zu mehr reicht es oft nicht. Aber es ist irgend etwas Geheimnisvolles an ihr, rätselt Rossner. Es stoßen auch noch ein paar andere nette Leute hinzu, vor allem Einheimische. Einmal diskutieren sie über ein dunkles Kapitel der lokalen Geschichte.

„Wenn man heute die schmucken Höfe und Dörfer sieht", stellt Hofer fest, der als junger Landwirt nicht weit von Kaufbeuren lebt, „darf man nicht vergessen, dass die meisten Allgäuer auf dem Land noch bis in das 19., ja sogar 20. Jahrhundert, hinein erschreckend arm waren. Denen ging es ähnlich schlecht wie den Tirolern, und nur in Schwaben und in Niederbayern sah es allgemein besser aus. Von wegen ‚gute alte Zeit'! Diese war für viele absolut keine gute Zeit. Da gab es massenhaft Tagelöhner, uneheliche Kinder, Väter, die vor lauter Elend zur Flasche griffen, Raufbolde wurden, schwarz Schnaps brannten, wilderten und mit dem Gesetz in Konflikt gerieten. Manchmal brachte der Klapperstorch jedes Jahr ein Kind, aber viele starben, weil die Eltern weder das Geld für vernünftige Ernährung der Säuglinge noch für einen Arzt hatten."

„Was da so abging, grenzte praktisch an Sklaverei", wirft Wagner, der später Lehrer wird und in Kaufbeuren hängenbleibt, ein. „Weil die Eltern oft nicht wussten, wie sie ihre Kinder ernähren sollten, schickte man sie zu den reicheren Bauern, um sie dort für einen Hungerlohn schuften zu lassen. Wenn sie Glück hatten, bekamen sie wenigstens einigermaßen zu essen und überlebten recht und schlecht. Ferien gab es keine, an Weihnachten wurde gearbeitet, und nur an Lichtmeß, Anfang Februar, hatten die Ärmsten der Armen zwei oder drei Tage frei. Dies war traditionell auch jener Zeitpunkt, an dem man, falls gewünscht, die Herrschaft wechseln konnte. Die hygienischen Zustände in jener Zeit waren unbeschreiblich. Gebadet wurde überhaupt nicht, und waschen konnte man sich allerhöchstens am Brunnen oder an einem Bach. Da es seinerzeit nur wenige Brücken und Stege gab, bekamen zumindest die Füße öfters Wasser ab. Auch beim Sauerkrautstampfen wurden die Füße sauber und das Aroma des Sauerkrautes besser – so sagen jedenfalls die Eingeweihten ..."

„... oder Gourmets", fügt Rossner lachend hinzu.

„Hält man sich das alles vor Augen", fährt Hofer fort, „ist es kein Wunder, dass sehr alte Allgäuer noch vor zwanzig, dreißig Jahren sagten, ‚des wor koa Lebm' oder ‚manchmal wär i froh gwesn, wenn i a Sau odr a Hund gwesen wär'. Letztere bekamen wenigstens genug zu fressen, während die Mägde und Knechte hungern mussten. Da war, wie gesagt, nichts von wegen ‚guter, alter Zeit', ein Spruch, der sowieso unsinnig ist, denn davon profitierten früher nur einige wenige. So ist es auch verständlich, dass manch einer nicht mehr in die Kirche ging, denn er hatte den Glauben an den Herrgott verloren. Ganz unschuldig war die Kirche daran allerdings auch nicht. Heute kann man das ja sagen, ohne die Inquisition fürchten zu müssen!"

„Lassen wir nun die alten Zeiten ruhen", sagt Rossner, während er sein frischgefülltes Weißbierglas mit der Schaumkrone hebt, „freuen wir uns lieber darüber, dass es uns heutzutage wesentlich besser geht."

Da stößt noch einer vom Bund zu der Diskussionsrunde, der Obergefreite Degenhardt aus Hamburg. Er war 1963 für ein halbes Jahr zur Ausbildung in Fort Manmouth, danach in Landsberg. Seit November 1964 ist er am Fliegerhorst Kaufbeuren.

Plötzlich funkt es zwischen Chantal und Rossner auch noch, und sie liegen sich in den Armen. Ihre warme Weiblichkeit ist umwerfend. Unvergessliche Abende verbringen sie miteinander. Aber das Glück hält nicht lange, irgend etwas läuft schief. Möglicherweise ist Chantal doch zu alt für ihn, zu gesetzt? Was in meinem Alter ein paar Jahre doch für einen Unterschied ausmachen können!, wundert er sich. Trotzdem, wie furchtbar gerne würde er an den Ort irdischer Freuden zurückkehren! Aber es ist aus und vorbei ...

*

Rossners Seelenlage ist durch das Abhandenkommen einiger Illusionen gestört. Um den seelischen Kater auszubügeln und sich abzulenken, geht er eine Zeitlang nicht aus und verbringt die

Abende oben im Fliegerhorst beim Schmökern. Das bringt sein seelisches Gleichgewicht langsam, aber sicher wieder in Ordnung. Wie unsinnig, ja idiotisch ist sentimentales Unbehagen über eine Situation, in die man sich eigenhändig hineinmanövriert hat! schilt er sich selbst nach einer Weile.

„Was liest du da für einen Schinken?", will Hübner wissen.

„Das ist ein Buch aus dem Jahr 1928 mit dem Titel ‚Südsee' von einer gewissen Annie Francé-Harrar. Ich hatte da einen entfernten Verwandten in Frankfurt, der mir jedesmal, wenn ich ihn besuchte, einige Bücher schenkte."

„Die Südsee? Das muss ja traumhaft sein, dort hinten. Ich habe zu Hause von Graf Luckner den ‚Seeteufel', der ist ja mit seinem ‚Seeadler' 1917 nach erfolgreicher Kaperfahrt dort gestrandet. Da müsste man mal hin, zu den Hula-Girls."

„Ein schöner Traum ... dabei wird es wohl auch bleiben ... Ach ja, wo ist denn eigentlich der Zindel?", fragt Rossner „Ich wollte was von ihm wissen."

„Im Fernsehraum", antwortet Hübner

„Oh nein! Der hockt vor der Glotze?"

„Ja doch! Und danach liest er Jerry-Cotton-Hefte, von diesem CIA-Typen mit dem Jaguar E. Als ob sich so ein popeliger Agent selbst im reichen Amiland so einen sündhaft teuren englischen Schlitten leisten könnte."

„Seichter geht's wohl nicht", stellt Rossner gähnend fest.

Sie unterhalten sich noch etwas über die Central Intelligence Agency, wobei Rossner auf die einstige Rolle der Schlapphüte am Fliegerhorst hinweist. Da kommt Zindel hereingeschneit.

„Du bist ja richtig fernsehsüchtig", empfängt ihn Hübner.

„Ja, da mache ich auch kein Hehl draus", gibt Zindel ohne Umschweife zu. „Das ging im Oktober 1962 los, als sich meine Eltern einen Fernseher zulegten. Und so richtig angefangen hat es mit ‚Bonanza'."

„Den Schwachsinn habe ich mal bei Verwandten gesehen", unterbricht ihn Hübner,

„Schwachsinn?", giftet Zindel. „Das ist amerikanische Kultur: Immer für die Gerechtigkeit."

„Ja, ja, das Fernsehen, da wird die Ferne zur Nähe", philosophiert Rossner. „Zu Beginn der 50er Jahre sah man Fernsehapparate gerade mal in Schaufenstern und Lokalen, Privatleute konnten sich die Dinger kaum leisten. Nun erobern sie mehr und mehr die guten Stuben der Wohlstandsbürger. Man höre und staune, eine neue Spezies wird geboren: Der Fernsehzuschauer. Na ja, langsam aber sicher ist die Röhre kein Luxusgut mehr."

*

Die Winter im Allgäu sind hart mit viel Schnee und niedrigen Temperaturen. Das ist Rossner jedoch gewohnt, denn bei seinen Eltern in Neuhaus ist das auch nicht anders. Aber auch der längste Winter geht vorbei, die Besuche in der Heimat reduzieren sich automatisch, da, wie gesagt, einige Freunde und Bekannte ebenfalls in andere Teile Deutschlands gezogen sind.

Es ist der 19. März 1965, ein trüber Tag mit scheußlichem Wetter. Stabsfeldwebel Cornelius hat wieder eine Einweisung in die Instandsetzung der Pershing beendet, als Schober hereinplatzt.

„Ein Starfighter ist abgestürzt", ruft er ganz aufgeregt, „ich habe es deutlich gesehen. Der ist aus Richtung Oberbeuren gekommen und im Tiefflug über den Fliegerhorst gedonnert, wobei er einen Baum gestreift hat. Dann ist er abgeschmiert, Richtung Osten."

„Willst du uns auf den Arm nehmen?", fragt Zindel provozierend.

Aber es stimmt leider tatsächlich! Die RF-104 G mit der Kennung EA-243 vom Aufklärungsgeschwader 51 in Bremgarten ist abgestürzt. Der Pilot, ein gewisser Feldwebel Hans Prams, ist dabei ums Leben gekommen, wie sie später erfahren.

In den kommenden Monaten verbringt Rossner einen großen Teil seiner Freizeit in dem nahegelegenen Dorf Irsee, wo die alte Klosteranlage steht. Das hat sich folgendermaßen entwickelt: Ein gewisser Müller, dessen Eltern Kohle haben und der bereits verheiratet ist, hat einen wunderbaren Plan.

„Ich muss mal mit dir reden", sagt Müller eines Abends zu Rossner. „Ich möchte den Klosterkeller in Irsee pachten, das heißt, meine Frau tritt offiziell als Pächterin auf. Würdest du da mithelfen und den Betrieb organisieren? Du hast ja schließlich bereits einen Logistiklehrgang beim Bund mitgemacht."

Das ist ein Angebot! Dass der Logistiklehrgang eine Pleite war, brauche ich dem Müller nicht auf die Nase zu binden, denkt Rossner grinsend.

„Was grinst du so hinterhältig", will Müller wissen.

Bevor Rossner antworten kann, mischt sich der anwesende Gefreite Waldner ein. Der stammt zufällig aus Irsee und bietet sich an, ordentlich Propaganda für das Lokal zu machen.

„Wenn das so ist", stimmt Rossner zu, „dann mache ich mit, vorausgesetzt, dass da einiger Zaster für die chronisch leere Kasse rausspringt."

„Dös wird a Goldgrua", ruft Waldner begeistert aus, „wirst scho seng."

„Also gut, überredet", lässt sich Rossner breitschlagen.

Durch diese Tätigkeit im Klosterkeller und Waldners Ortskenntnis kommt rasch Kontakt mit Einheimischen zustande, und eine Bleibe fürs Wochenende ergibt sich so ganz nebenbei. Es handelt sich dabei um eine alte Hütte in einem aufgelassenen, verwilderten Steinbruch. Ein paar Wochenenden harter Arbeit wirken Wunder, und die Hütte sieht direkt schmuck aus. Sogar ein Loch hat Rossner unter dem Hüttenboden gegraben, mit Verpackungsmaterial aus Kunststoff ausgekleidet und gut getarnt. Das dient als Kühlschrank und Safe für wichtige Dinge. Weit und breit gibt es keine menschliche Behausung. Hier sagen sich sozusagen Fuchs und Hase Gute Nacht! Das ist auch gut so, denn da können in der Hütte ungestört lautstarke Parties abgehen. Das Ganze hat der Georg oder Schorsch Waldner organisiert. Der Schorsch ist übrigens auch ein guter Koch, und vor allem seine Knoblauchsuppe und sein Tiroler Gröschtltes sind noch lange in Erinnerung geblieben.

Es soll nicht verschwiegen werden, dass dieses Domizil von Fall zu Fall auch als ideale, wenn auch illegale, Liebeslaube dient.

„Wenn wir uns hier mit Mädels rumtreiben", überlegt Rossner laut, „dürfen wir nicht vergessen, dass es ja den Kuppeleiparagraphen gibt! Stellen Eltern, Vermieter oder Bekannte einem unverheirateten Paar Räumlichkeiten zur Verfügung, wo dieses Unzucht treiben kann, wie es so schön heißt, ist dies Kuppelei, und das steht unter Strafe. Da drängt sich die Frage auf: Was kann geschehen, wenn ein Pärchen einfach in die freie Natur ausweicht und sich zum Beispiel in einem Wald verlustiert? Muss man da nicht den Förster wegen Kuppelei anzeigen?

„I wois itter", antwortet Schorsch augenzwinkernd.

*

Der Dorfteich mit den alten Bäumen ist im Sommer an schönen Wochenenden ein beliebter Treffpunkt. Da sind diese kühle blonde Doris und die kleine, quirlige schwarzhaarige Julia. Deren Taten und Worte bleiben Rossner lange in Erinnerung, wie überhaupt die schöne Zeit in Irsee. Die kühle Doris schmilzt dahin, aber außer Knutscherei und Fummelei passiert nichts. Als sie sich einmal im Kino den Film ‚Der Hexer' von Edgar Wallace ansehen, ist allerdings nichts mit Knutschen und Fummeln drin, denn vor lauter Angst umschlingt sie ihren Begleiter wie eine Zwangsjacke. Trotzdem, sie ist ein liebes Mädchen! Rossner fragt den Schorsch diskret, was mit dem Mädel los ist.

„Des isch doch bekannt", weiht ihn Schorsch lachend ein, „die Doris isch in d'r Klosterschul' erzogen worden und will, wie sie immer wieder betont, jungfräulich in d' Ehe gehe."

„Diese überreife Unberührbarkeit der hübschen Doris reizt mich zwar, aber da ich keinesfalls schon in den Hafen der Ehe einlaufen will und ihre Jungfräulichkeit notgedrungen respektiere, wird das wohl nichts werden mit uns", stellt Rossner bedauernd fest.

„I würd des mal mit der Julia probiern, die isch da nert so kleinlich", schlägt Schorsch vor.

Den Rat beherzigt Rossner. Bei der kleinen Schwarzhaarigen ist das genau das Gegenteil wie bei der kühlen Blonden. Die hielt ihre Jungfräulichkeit für eine unnötige Bürde und hat sich schon vor einiger Zeit davon getrennt, um sich intensiv jungen Männern widmen zu können. Es sind jedenfalls herrliche, unvergessliche Tage, ein Frühling und ein Sommer, größtenteils wie aus dem Bilderbuch.

Mit der Kneipe sieht es jedoch nicht unbedingt gut aus, damit geht es leider, leider bergab. Es hat sich schon früh herausgestellt, dass der Hobbykneipier irgendwie mit einem psychischen Defekt behaftet ist. So kommt zum Beispiel an einem Freitag nach Dienstschluss ein Kamerad zu Müller und fragt, ob er sich dessen Auto bis Samstagmittag ausleihen könne. Müller sagt sofort zu, worauf der andere nach dem Autoschlüssel und den Papieren fragt. Das sei alles im Auto, lautet die Antwort. Der Kamerad zieht zufrieden los, kommt jedoch nach fünf Minuten wieder um zu berichten, dass er das Auto nirgends finden kann. Müller scheint keineswegs überrascht, sondern meint lässig, dass er seinen Wagen ja einem anderen Interessenten übers Wochenende geliehen hat. Die gleiche Geschichte wiederholt sich gegen Abend noch zwei Mal. Eine höchst seltsame Sache, wundert sich Rossner, macht sich aber zunächst keine Gedanken darüber.

Nachdem nun Müllers attraktive Frau die Wohnung über dem Klosterkeller mit unzähligen Koffern und Kartons besetzt hat, zieht Müller aus der Kaserne aus und ebenfalls dorthin. Danach kommt er praktisch jeden Tag zu spät zum Dienst, hat aber dafür immer eine scheinbar plausible Erklärung parat. Eines Tages erscheint er wieder erst um 8 Uhr. Der Spieß lässt Rossner als Zeugen kommen, denn so geht es natürlich nicht weiter. Rossner ist das gar nicht recht, aber was will er machen?

„Ich stehe immer rechtzeitig auf", versichert Müller.

Der Spieß verzieht skeptisch das Gesicht.

„Ich habe mich gewaschen und rasiert", fährt Müller fort, „anschließend frühstückte ich und fuhr mit dem Auto los. Aber plötzlich entstand ein Stau, blaue und rote Lampen blinkten, und da lag doch ein Lastwagen umgekippt quer auf der Straße. Ich wartete also, bis der herbeigerufene Kranwagen den Lastwagen zur Seite räumte. So war das." Er unterstreicht das Gesagte mit allerlei Gesten. Man kann sich so richtig vorstellen, was da los war.

Der Spieß sagt erst einmal gar nichts dazu, sondern greift zum Telefon und ruft bei der Polizei an. In wenigen Minuten hat er das erfahren, was er vermutet hatte: Auf der angegebenen Strecke hat es schon lange keinen Unfall mehr gegeben.

Halt, das stimmt nicht ganz! Es ist erst ein paar Wochen her, da hat ein total besoffener Bauer mit dem Traktor eine Kuh angefahren. Der war so blau, dass er überzeugt war, seine ‚Olte' hätte endlich ins Gras gebissen. Bei dem Gedanken daran hat er gelacht und gelacht und gelacht ... Aber das Lachen wird ihm sicher vergangen sein, als er wieder zu Hause war!

„Ein erbärmlicher Lügenbold ist dieser Müller", ereifert sich Hübner.

„Nein, das würde ich nicht sagen", entgegnet Rossner, „der ist psychisch krank."

Kurze Zeit später wird Müller aus der Bundeswehr entlassen ...

Nach diesen doch recht seltsamen Zwischenfällen beschließt Rossner, den Beruf des Feierabend-Aushilfs-Kneipiers an den Nagel zu hängen und sich nach einer anderen lohnenden Nebentätigkeit umzusehen. Auf Anraten eines Kameraden arbeitet er schließlich zweimal in der Woche abends in einer Dampfwäscherei. In der kalten Jahreszeit mag das ja noch einigermaßen erträglich sein, aber im Sommer artet das in eine echte Schinderei aus. Das muss ich mir nicht antun, denkt er, lieber will ich etwas sparsamer sein. Ganz zufällig eröffnet sich jedoch eine andere Geldquelle, die allerdings, genau genommen, nicht so ganz legal ist, das heißt, ein paar andere clevere Kameraden und er verleihen Geld an diejenigen Vaterlandsverteidiger, die grundsätzlich ab etwa dem 20. jedes Monats total pleite sind, egal, ob Wehrpflichtige oder Zeitsoldaten. Für das verliehene Geld verlangt man zwar nur geringfügige ‚Zinsen', aber das bringt auch immer noch genug für ein paar zusätzliche Vergnügungen ein. Bei etwas größeren Beträgen wird üblicherweise ein Pfand verlangt.

Im Zuge dieser Finanztransaktionen erwirbt Rossner so ganz nebenbei, buchstäblich für einen Apfel und ein Ei, auch so manches gute Stück, das dessen Besitzer aus Geldmangel nicht mehr zurückkaufen kann, für sich selbst. Hervorzuheben sind ein Luftgewehr, ein Bajonett aus dem Krieg 1870/71 samt zugehörigem ‚Heldengedenkbuch' von Franz Otto und Oskar Höcker, eine alte, herrlich verzierte Taschenuhr, Münzen, Geldscheine, Briefmarken und, nicht zu vergessen, eine Fahne der Kaiserlichen Marine. Das andere Sammelsurium an übrig gebliebenen Pfandstücken hat er weiterverscherbelt.

*

Zindel und Schober machen Rossner auf das Stadtbad hinter den Jordananlagen aufmerksam.

„Kann ich nur empfehlen", sagt Zindel, „Weiber räkeln sich da haufenweise in der Sonne."

„Wo er recht hat, hat er recht", bekräftigt Schober, „nur am Bärensee ist es schöner, finde ich jedenfalls."

„Na, dann wollen wir mal den großen Test machen", ruft Rossner unternehmungslustig.

Also begeben sie sich, ausgerüstet mit Handtüchern, olivgrün, und Sonnencreme, ins Stadtbad. Eine ansprechende, gepflegte Anlage. Zindel und Schober haben wirklich nicht zu dick aufgetragen, hier sind tatsächlich jede Menge Mädels anzutreffen. Die zahlreichen olivgrünen Handtücher auf dem Rasen mit sonnengebräunten jungen Männern darauf zeigen jedoch, dass auch andere Bundeswehrangehörige diesen Backfischgrill bereits entdeckt haben. Scheibenhonig, denkt Rossner, aber das war ja wohl nicht anders zu erwarten. Er läuft rüber zum Schwimmbecken, holt tief Luft, springt ins Wasser, bleibt unter der Oberfläche und geht einer seiner Lieblingsübungen, dem Tauchen, nach. Seine Begleiter sind ganz offensichtlich beeindruckt von der Vorführung!

„Mein lieber Scholli", entfährt es Schober, „so lange unter Wasser, das ist ja olympiareif!"

Während sie sich auf ihren Handtüchern in der Sonne wieder aufwärmen, muss Rossner erzählen, wie er als Junge am Fernpass in Tirol in den kalten Bergseen das Tauchen lernte.

Nebenan plärrt derweilen ein Kofferradio Schnulzen am laufenden Band. „Silvermoon" schmachtet da Peter Kraus, gefolgt von „Die letzte Rose der Prärie" von Martin Lauer und Siw Malmquist mit „Mister Casanova".

Zwei junge Damen lauschen mit verzückten Gesichtern den Klängen. Die eine ist eine richtige Wuchtbrumme.

„Lieber Himmel!", entfährt es Schober.

„Leute, das muss das Paradies für Bergsteiger und Naturfreunde sein", meint Zindel mit gedämpfter Stimme, süffisant grinsend auf den gewaltigen Busen anspielend, der in einen dunkelgrünen Badeanzug eingezwängt ist und bedrohlich aus dem Ausschnitt hervorquillt.

„Na ja", bemerkt Rossner mit skeptischer Miene, „mein Geschmack ist das ja nicht unbedingt. Aber das Kofferradio ist super, ein Grundig Teddy-Boy, mit vier Wellenbereichen. Hoffentlich nimmt dieses herrliche Gerät durch die Schnulzen keinen Schaden."

Die Begleiterin der Walküre ist eine unscheinbare graue Maus, fast ohne alle weiblichen Reize. Da besteht, nach Abwägung aller Vor- und Nachteile seitens der drei Bundeswehrler kein Verlangen, die Mädels anzuquatschen.

Nun erklingt aus dem Lautsprecher die Stimme von Ivo Robic mit dem Lied „Danke schön ..."

„I wo Rubbish", entfährt es Rossner, der sich an seine bescheidenen Englischkenntnisse erinnert. „Wenn dieser Schmarren nicht leiser gestellt wird", mault er laut weiter, „werde ich mich über diese Anodenwumme von Kofferradio beim Bademeister beschweren. Das ist ein klarer Fall von seelischer Grausamkeit!"

Da bricht die Musik unvermittelt ab, die beiden Grazien schnappen sich ihre Sachen und machen sich mit finsteren Mienen davon, Richtung Umkleidekabinen.

„Man munkelt übrigens", berichtet Schober, „dass manche lokale Maid schon mal mit einem Bundeswehrler unauffällig in einer der Umkleidekabinen verschwindet."

Im Schweiße ihres Angesichts

Die Versorgungsstaffel erhält schließlich die lang erwartete Nachricht, dass die einzelnen Komponenten des Waffensystems Pershing in Bremerhaven eingetroffen sind und sich auf dem Weg in ein Luftwaffengerätelager befinden. Dieses liegt in Kaufering. Um dorthin zu gelangen, fährt man durch das malerische Landsberg am Lech mit seinen mittelalterlichen Türmen und der aus roten Ziegelsteinen errichteten Stadtmauer. Da gibt es das alte Hexenviertel, die Heilig-Kreuz-Kirche und auf der Festung jenes Gebäude, in dem Adolf Hitler nach dem missglückten ‚Bürgerbräu-Putsch' und dem Marsch auf die Feldherrnhalle in München im Jahre 1923 für kurze Zeit als Häftling einsaß.

Da Rossner, wie gesagt, ein wenig Englisch kann und das technische Personal sich noch in den USA befindet, wird er mit ein paar Mann in das Nachschublager geschickt, um die aus den USA eingetroffenen Geräte und Fahrzeuge zu überprüfen und beim Entmotten mitzuhelfen. Viele der Geräte und Fahrzeuge sind nämlich mit einem speziellen Wachs überzogen, um sie gegen Korrosion, vor allem während des Seetransportes, zu schützen. Da war das in Diepholz doch nicht ganz umsonst, kommt es ihm in den Sinn, wobei er sich mit ein wenig Wehmut an die phantastischen ‚Instruction Manuals' erinnert.

Also fahren sie mit einem VW-Bus los. Schnell ist das Bunkergelände Kaufering erreicht. Was sie dort vorfinden, löst höchstes Erstaunen aus.

„Hat man so etwas schon einmal gesehen?", stößt Schober höchst beeindruckt hervor.

Sein Erstaunen ist berechtigt, denn das Gebäude, in dem die Geräte untergebracht sind, entpuppt sich als gewaltiger, halb unter der Erde befindlicher Bunker aus dem 2. Weltkrieg, der angeblich sogar atombombensicher ist. Die Geschichte macht die Runde, dass die Amerikaner 1945 versucht hatten, das Ungetüm zu sprengen, was ihnen jedoch nicht gelang. Die Bunkereinfahrt ist durch ein riesiges, meterdickes, rundes Tor geschützt, das zur Seite gerollt werden kann. Im Bunker selbst darf kein Fahrzeug mit Verbrennungsmotor fahren, vielmehr stellt man diese auf einer Bühne ab, die dann mit Elektroantrieb im jeweiligen Stockwerk hin und her gefahren wird. Das alles ist höchst beeindruckend!

„Hier im Bunker, genannt ‚Weingut II', sollte der Düsenjäger Me 262 gebaut werden", informiert der Feldwebel, der sie einweist. „Das lief unter dem Decknamen ‚Unternehmen Ringeltaube' und wurde von KZlern gebaut. Es muss eine entsetzliche Schinderei gewesen sein, wobei viele umkamen. Die armen Leute!"

„Hitlers Starfighter sollte hier gebaut werden", staunt Zindel.

Die Arbeit geht zügig voran und soweit hat es keine Zwischenfälle gegeben, abgesehen davon, dass zwei Gefreite beim Füllen einer Batterie Säure auf ihre olivfarbenen Arbeitshosen spritzen. Da die Hosen, wie bekannt, sehr lose um die Beine schlottern, gibt es zum Glück keine Verätzungen. Allerdings löst sich der Stoff auf.

„Zefix no amol", übt Rossner das Bajuwarische, „etzt schaung mer aus wia d' Fetzntandler."

Nachdem man alle Geräte staunend begutachtet hat, wird das Reinigen langsam langweilig. Der berüchtigte Bunkerkoller macht sich bemerkbar und es juckt manchem in den Fingern, diese Eintönigkeit durch irgendeinen Streich aufzulockern. Die Gelegenheit ergibt sich, als die Trägerfahrzeuge zur Entmottung an die Reihe kommen. Ein Soldat betätigt die Zündung. Der Motor springt an, und da sich das Konservierungswachs noch in dicken Schichten auf allen neuralgischen Flächen befindet, inklusive Motor und Auspuff, entwickelt sich rasch eine ungeheure, weiße Rauchwolke, die den Bunker sofort bis ins letzte Eckchen füllt. Man kann keine zwei Meter weit sehen. Es ist eine gespenstische Szene, wie im Herbstnebel. Der Motor wird abgewürgt, und für einen Moment herrscht feierliche Stille. Doch dann ist die Hölle los: Rauchmelder schlagen an, Sirenen heulen, laute Rufe sind zu hören. Um es kurz zu machen, es ist alles ungemein beeindruckend. Die Bunkerfeuerwehr rückt mit großem Getöse an, und es dauert Stunden, bis sich die Aufregung wieder gelegt hat.

Unverzüglich beginnt die Suche nach dem Übeltäter. Den haben die diensteifrigen Vorgesetzten schnell ermittelt: Es ist Zindel. Ein Major verhört ihn. Er ist so eifrig bei der Sache, dass es schon fast grotesk wirkt.

„Ich bin aus Versehen an die Zündung gekommen", beteuert Zindel immer wieder, „ich weiß auch nicht, wie das passieren konnte."

Zindel hat die Ruhe weg, er ist so schön dickfellig, er braucht die Unterstützung der Kameraden nicht. Er winkt sogar lässig ab, als Hausmann Anstalten macht, ihm beizustehen. Ansonsten zeigt der Gefreite allerdings keinerlei Reue.

„Entschuldigen Sie", meint er keck, als ihm die Fragerei zu bunt wird, „dass ich geboren wurde – ich bohre fleißig weiter."

Da bleibt dem Major erst einmal die Spucke weg. Dann kreischt er mit überschlagender Stimme los: „Werden Sie nicht unverschämt, Mann!"

„Der Zindel kann sich solche Äußerungen erlauben", erklärt Hübner, „denn er ist ja lediglich ein Wehrpflichtiger, dessen angeschnittenes Maßband nur noch 30 Zentimeter lang ist." Das heißt, er hat gerade noch 30 Tage Dienst vor sich.

Die Vorgesetzten schreiben Meldungen in zig-facher Form. Diese gehen den üblichen Dienstweg. Herausgekommen ist dabei nichts.

„Wenn ich so darüber nachdenke", stellt Rossner hinterher fest, „dann kommt es mir vor, als ob die Bunkerbesatzung gar nicht einmal so sauer über diesen Zwischenfall war, denn dadurch wurde endlich einmal der langweilige Alltagstrott unterbrochen."

„Die müssten mir dankbar sein, das war doch gut gegen den Bunkerkoller", ruft Zindel übermütig.

Ein neuer Bewohner lässt sich in der guten Stube nieder. Alois Krauthammer, genannt Loisl, ist ein waschechter Bajuware aus München, ein ruhiger, überlegter und zuverlässiger Typ, aber auch

„a Urviech und a zacher Deifi", wenn es darauf ankommt. Er versucht, meist recht erfolgreich, möglichst jedes Wochenende, „dahoam z' Minga" zu verbringen. Er wird für einige Zeit sozusagen ein treuer Weggefährte Rossners, der die trockenen Kommentare des Loisl sehr schätzt. Eigentlich schade, dass dieser Kontakt abgerissen ist!

Der Loisl ist von kräftiger Statur, „halt so oa richtigs, g'standnes Mannsbuild", aber gutmütig wie eine Allgäuer Kuh. Er erzählt nie viel von daheim, erst auf Drängen Rossners berichtet er das eine oder andere. Es scheint, als habe die Großmutter eine wichtige Rolle in seinem Leben gespielt. Die hat sich auch in der schlechten Zeit um den Buben und dessen jüngere Schwester gekümmert. Schwarzmarktgeschäfte hat sie gemacht, die eingetauschten Kostbarkeiten bei der Verwandtschaft, alles Landwirte in Pullach, gegen Lebensmittel verscherbelt. Pullach, das war seinerzeit noch ein Dorf vor den Toren Münchens, bevor der Gehlen mit seinem MAD seine Zelte dort aufschlug.

„Oamal is d' Großmuatter omds, auf'm Rückweg, von dener MP angehalten worden", berichtet Loisl, sorgfältig seinen Dialekt etwas mildernd, damit ihn möglichst alle verstehen. „Oar ... ein Blick in die prallgfülltn Toschn mit dena Mohrrüm und Kohlköpf, die am Fahrradlenker ghängt ham und den Kartoffelsack auf'm Gepäckträger, des san eindeutige Beweise gwesn. Außerdem hat die Großmutter a no die Sperrstund überschritten. ‚You Frau are unter arrest ... komman Sie mit', befahl der Serschant in fast perfektm Deutsch, wobei er seinen Kaugummi obwechselnd vo der linkn in d' rechte Backntaschn schob. Wia der Rattenfänger von Hameln sammelten er und seine zwoar GI-Ghilfn weitere Gesetzesbrecher auf. Die Amis saßen gemüatlich im Jeep, des im ersten Gang hinter der Herdn herrollte. Sie hörten Glenn Miller, Count Basie und Perry Como und qualmten oa Camel nach der andern, die sie, halb graucht, wegschmissn ham. Kaum pralltn die Kippn funkensprühend auf'm Pflaster auf, ham si gleich a Dutzend Männer drum gschlang ..."

„Herrlich", unterbricht ihn Rossner, „so Geschichten mag ich."

„Dann ko i ja weitermachen", sagt der Loisl. „Dös ging so bis zur Wache, oam ehemaligen Polizeiposten. Wie's so hinter dam Jeep herghatscht sin, hat d' Großmuattr ständig an uns Kinder denken müassn. Dös hat sie dann a dem deutschen Zivilisten verklickert, der für die Ami übersetzt hot. Der hat dener GIs dös erzählt, dass sich die Großmutter Sorgen gmacht hat um die frierenden, hungrigen kloaner Hascherln, ganz aloa dahoam. Da wor a Leitnant, der hot a weichs Herz ghobt, der hot auf Amerikanisch zu seine Leit gsagt: ‚Lasst's des Muatterl frei und foarts es hoam.' Da ham die Ami d' Großmuatr in ihr Jeep neipackt, des Radl hintn neiglecht, und ham's tatsächlich bis vor d' Haustür gfoarn. Der Serschant hat ihr no zwoa Tofln Hörscheys Schoklad in d' Hand druckt und g'sagt: ‚For die Kindr ... max nix!' Bevor d' Großmuattr sich bedank'n konnt', sind die scho weggwes'n."

„Vielen Dank für diesen Hauch der Geschichte", schwärmt Rossner.

„A jeder Amilackl foahrt sein Cadilackl, aber unseroaner, der hot nix, aber unseroaner, der hot nix ...", singt Krauthammer plötzlich lauthals los.

„A jeder Aminecher hot sei Hosndrächer, aber unseroaner der hot ...", fällt Rossner ein, weiter kommt er nicht.

„Ja, woher kennst na du dös?", unterbricht ihn der Loisl höchst erstaunt.

„Das haben wir daheim in Erlangen auch immer gesungen."

*

Ab und zu steht Übungsschießen auf dem Dienstplan, eine willkommene Abwechslung. Der Standortschießplatz liegt hinter Oberbeuren, ein paar Kilometer oberhalb des Fliegerhorstes, Richtung Friesenried, auf einem bewaldeten Hügel. Jeder Soldat erhält eine genau abgezählte Anzahl von Patronen, und diese trägt man akribisch in ein Buch ein. Auch die Anzahl der abgeschossenen Patronenhülsen wird genau festgehalten. Dann wird geballert, was das Zeug hält. Nach dem Schießen achten die Vorgesetzten darauf, dass nichts liegen bleibt.

Rossner, Loisl, Schober und ein paar weitere Kameraden liegen im Gras und warten darauf, dass sie drankommen.

„Wenn ich das hier so sehe", sagt Rossner, „muss ich immer daran denken, wie es da in meiner Jugendzeit bei den Amis in Erlangen zuging. Ich war ja damals bei den Pfadfindern und deren Domizil lag nur ein paar hundert Meter vom Schießplatz der US-Army entfernt. Das könnt ihr euch nicht vorstellen, wie lässig die seinerzeit mit ihrem Material umgegangen sind. Sobald die GIs das Feuer eingestellt und sich in Richtung Kaserne abgesetzt hatten, schwangen wir Jungen uns auf unsere Drahtesel und radelten wie die Wilden zum Ort des Geschehens. Was die Amis da alles liegen ließen, das war unglaublich und hat doch geradezu zum hemmungslosen Plündern eingeladen! Von leeren Patronenhülsen über Einmannrationen, Klappspaten, Uniformstücken und Ponchos bis hin zu Ferngläsern und anderen Dingen war alles vorhanden. Wir Pfadfinder interessierten uns vor allem für Patronenhülsen, die wir sammelten, um sie bei einem Altmetallhändler zu versilbern. Soweit ich mich entsinnen kann, hatte der seinen Schrottplatz unterhalb der Nürnberger Straße an den Gleisen der Seekuh ..."

„Der was?", unterbricht ihn Schober.

„So nannte man die Sekundärbahn, die mitten durch Erlangen in die Fränkische Schweiz dampfte", klärt ihn Rossner auf. Dann fährt er fort: „Durch den Verkauf der Patronenhülsen konnte das Taschengeld erheblich aufgebessert werden. Der Altmetallhändler war allerdings ein Halunke, der uns Jungen nur Pfennige für die säckeweise abgelieferte Ware gab. Also schlichen wir uns manchmal nachts auf den Schrottplatz, holten uns ein oder zwei Säcke mit Patronenhülsen und verkauften die dem ahnungslosen Schrotthändler am nächsten Tag wieder."

*

Die Technische Instandsetzung befindet sich in einem uralten, olivgrün gestrichenen Flugzeughangar aus Holz. Der verblichene Lack blättert überall ab, und das Gebäude hätte einen neuen Anstrich gut gebrauchen können. Der Geruch von Motoröl, Treibstoff, Imprägnierungsmittel der Fahrzeugabdeckplanen, Farbe und so weiter hängt über allem. Die großen Rolltore erweisen sich in der schönen Jahreszeit als recht praktisch, denn sie lassen Licht und Luft in den Hangar. Wie alt das Gebäude tatsächlich ist, lässt sich an mehreren Plaketten ablesen, welche die Aufschrift BRANDSCHUTZFARBE 1944 tragen. Das ist ja mein Geburtsjahr, durchfährt es Rossner erstaunt, aber ich komme mir gar nicht so alt vor. In einer Ecke des alten Hangars entdeckt ein Gefreiter, der sich ein ruhiges Plätzchen für ein Mittagsschläfchen sucht, sogar noch eine Kiste mit Gasmasken und anderem Kram aus dem 2. Weltkrieg.

„Wenn du dein Ohr an die Holzwand presst", sagt Schröder mit todernster Miene zu Rossner, „kannst du Scharen wohlgenährter Holzwürmer im Chor ticken hören."

„Hä?"

Nachdem die Soldaten das Halleninnere aufgeräumt haben, besteht eine der ersten Aufgaben darin, eine Caféteria einzurichten. Wie nicht anders zu erwarten, gibt es eine Flut von Freiwilligen, die darauf drängen, Dienst in der Caféteria zu schieben, denn bis der Kaffee gekocht und alles wieder gereinigt und verstaut ist, vergehen mindestens zwei bis drei Stunden. In einem Caféhaus in der Stadt hätte man das sicher in einer halben Stunde geschafft – aber bitte nicht weitersagen!

Amtierender Technischer Offizier ist zunächst der Stabsfeldwebel Cornelius, der Rossner freundlicherweise bei dessen Ankunft über den Fliegerhorst und die Flugkörpergruppe 13 aufgeklärt hatte. Er ist ein echter Haudegen von altem Schrot und Korn, der während des 2. Weltkrieges an der V-2-Rakete mit herumgebastelt hatte. Wie er glaubhaft versichert, war es ihm aber nicht gegönnt, jemals einen scharfen Schuss mit einer dieser ersten Massenvernichtungswaffen auf England abzufeuern. Im Nachhinein scheint ihn das auch irgendwie zu beruhigen.

„Ich war halt damals ein junger Soldat", sagt er, „der einen Narren an der Technik gefressen hatte. Raketen ... Wahnsinn! Wenn man die Augen schloss, befand man sich auf dem Flug zum Mond,

Da hat man glatt vergessen, was für schreckliches Unheil man damit anrichten kann!"

Der alte Cornelius erweist sich in jeder Beziehung als ein menschlich ausgezeichneter Vorgesetzter, oder um es schlicht und einfach auszudrücken, als ein Mordskumpel. Wenn er in Stimmung ist, berichtet er schon mal von der V 2.

Das ist genügend Stoff für eine länger anhaltende Diskussion, wobei die Geräte der V 2 und der Pershing verglichen werden.

„Bekanntlich hatten ja die Alliierten gegen Ende des 2. Weltkrieges regelrechte Greifkommandos aufgestellt", berichtet Rossner, „um deutsche Wissenschaftler und Spezialisten einzukassieren. Auf der Fahndungsliste standen an erster Stelle Atomwissenschaftler, gefolgt von Raketen- und Flugzeugspezialisten. Prominenteste ‚Beute' war der Raketenforscher Wernher von Braun. Wie nahe dieser und andere der braunen Herrschaft gestanden haben, interessierte die amerikanischen Militärs letztlich nicht. Die Hauptsache war, sie bekamen schöne, große Raketen, die möglichst weit und hoch flogen. Da haben sie den Wernher von Braun und weitere seiner Kollegen illegal in die USA eingeschleust."

Die militärische Organisation bringt es mit sich, dass die Stelle des technischen Offiziers nicht durch einen Offiziersstellvertreter, in diesem Fall einen Stabsfeldwebel, zu besetzen sei, sondern von einem richtigen Offizier. Deshalb erscheint eines Tages ein junger Leutnant namens Popp, der diesen Posten besetzen soll.

„Das finde ich blöd", äußert Rossner die allgemein vorherrschende Ansicht, „dass man dem Stabsfeld so einen jungen Offizier vor die Nase setzen will. Ich bin schon gespannt auf den Neuen."

Der Leutnant hat allerdings das Pech, dass ihm sein Ruf bereits vorausgeeilt ist, was sich manchmal nachteilig auswirken kann. Wie sich herausstellt, handelt es sich um einen abgesägten Starfighter-Piloten.

Des Leutnants Karriere hatte also als Düsenjägerpilot begonnen, und eine solche Ausbildung kostet den Steuerzahler, wie bekannt, ein horrendes Geld. Die Geschichte macht die Runde, dass Popp eine süße, kleine Freundin hatte, die in einem Internat im Allgäu lebte. Vielleicht fühlte sich der junge Fliegerheld ja wie ein zweiter Roter Baron, denn er verspürte den Drang, der Dame seines Herzens mit fliegerischen Darbietungen zu imponieren. So flog er denn, nach einer perfekten ‚Immelmann-Rolle', das besagen jedenfalls die Gerüchte, im Tiefflug zweimal hintereinander über das Internat. Mit etwas Glück hätte er vielleicht davonkommen können, er hatte jedoch nicht damit gerechnet, dass mehrere aufmerksame Beobachter die große schwarze Nummer auf dem Rumpf der Maschine notieren und den zuständigen Stellen melden würden.

So landet denn das abgesägte Flieger-Ass bei der Versorgungsstaffel. Welch ein schier bodenloser Fall! Der junge Held gibt sich von Anfang an schneidig und eckt ziemlich schnell bei allen ihm in die Quere kommenden Dienstgraden und auch bei den niederen Chargen an. Die Revolution gegen diesen Westentaschentyrannen kommt schließlich von unten. Morgens beim Appell erscheint er immer in makelloser Uniform, fällt dem Spieß ins Wort und hält seine üblichen Monologe. Es muss vorausgeschickt werden, dass es für die alten Chargen, wie zum Beispiel Ober- und Hauptfeldwebel, üblich ist, den Appellplatz früher als die anderen zu verlassen – nicht so bei Leutnant Popp. Das ist ein klarer Affront!

Eines Morgens ist es dann zu viel. Popp erscheint, wie üblich die Aura eines militärischen Genies ausstrahlend, um die Meldung des Staffelfeldwebels entgegenzunehmen. Plötzlich ertönt es aus den hinteren Reihen der versammelten Mannschaft leise, aber deutlich: „Popp, Popp, hopplahopp". Der Leutnant stutzt, setzt aber dann seine Rede fort, als ob er nichts vernommen hätte. Noch steht er offensichtlich über dem Unsinn.

Am nächsten Morgen wiederholt sich das Spiel, nur stimmen diesmal mehr Soldaten in den Chor ein. Da verliert der Leutnant die Beherrschung und schreit mit hochrotem Gesicht: „Wer war das?" Er erhält natürlich keine Antwort. Als er in den nächsten Tagen auch noch anfängt, an den wohlverdienten Privilegien der

Herren Unteroffiziere und Hauptgefreiten, den eigentlichen Stützpfeilern der Bundeswehr, herumzuschrauben, hat er bald überhaupt keine Fans mehr in der Einheit. So sehen denn auch seine Vorgesetzten langsam ein, dass dies nicht der richtige Mann am richtigen Platz ist. Also wird Popp schließlich sang- und klanglos in eine andere Einheit versetzt.

Als Nachfolger des Ex-Fliegerasses ist ein Oberleutnant avisiert. Der soll angeblich von einem Aufklärungsgeschwader kommen.

„Was hat der denn dort aufgeklärt?“, wundert sich Flieger Schuster.

Eine berechtigte Frage. Es lässt sich allerdings nichts in Erfahrung bringen.

„Der hat sicher mit sexueller Aufklärung zu tun gehabt“, mutmaßt ein Kamerad mit todernstem Gesicht.

Die Folge ist unterdrücktes Gelächter bei den Umstehenden ...

Der Oberleutnant ist zwar nicht unbedingt so ein Genie wie sein Vorgänger, macht sich aber dennoch auch sehr schnell unbeliebt. Dies erfordert unbedingt Gegenmaßnahmen! Ein Minigalgen wird zurechtgezimmert und eine tote Maus daran aufgehängt. Sie erhält Mini-Schulterklappen mit zwei Sternen. Ein Spaßvogel hat drunter geschrieben: „Den Opfern ... gewidmet.“ Welchen Opfern wohl? Manche halten es gar für ein Kunstwerk, während andere es geschmacklos finden. Als der Oberleutnant dieses sieht, ist die Hölle los, da macht er vielleicht einen Zinnober, der erste große Knatsch ist da! Kein Zweifel, die Situation eskaliert.

„Das muss ein Kunstbanause sein“, bemerkt Rossner trocken.

Der wohl auf Rache sinnende Oberleutnant schickt seine Techniker zur ABC-Übung in die Gaskammer. Das mehrmalige Wechseln des Filters in der tränengasgeschwängerten Kammer treibt allen die Tränen in den Augen. Als sie alle tränenüberströmt, hustend und japsend draußen an der frischen Luft ihre Lungen durchspülen und den Oberleutnant im Munga davonbrausen sehen, folgen ihm fürchterliche Flüche und wüste Drohungen. Nachdem alle wieder einigermaßen fit geworden sind, marschieren sie zum Hangar zurück.

Die Türe zum Büro des Oberleutnants steht offen, seine Schirmmütze und Handschuhe liegen auf dem Schreibtisch. Er selbst sucht noch ein paar Unterlagen in einem anderen Büro, denn er muss gleich zum Staffelchef. Kaum ist er außer Reichweite, nimmt ein Feldwebel dessen Schirmmütze, sprüht etwas Tränengas hinein und legt sie wieder auf ihren Platz. Hinterher kann man immer sagen, der Oberleutnant hätte bei der ABC-Übung irgendwie Tränengas abbekommen. Jedenfalls taucht er nach einiger Zeit wieder auf. Er schnappt sich die Schirmmütze und die Handschuhe, steigt in den vor der Halle stehenden Munga, setzt die Schirmmütze auf und fährt los. Diejenigen, die um den Anschlag wissen, blicken dem Munga gespannt hinterher.

Einer der Späher berichtet später, als Gras über die Sache gewachsen ist: „Der ist also losgefahren, doch nach kurzer Zeit merkte man an der schlingernden Fahrweise, dass die Wirkung des Tränengases einsetzte. Die Folge war, dass er im wahrsten Sinne des Wortes den Überblick verlor und in den an dieser Stelle nicht sehr tiefen Straßengraben fuhr. Weder er noch das Fahrzeug erlitten Schaden."

Das ist das Positive. Das Negative folgt auf dem Fuß, denn unangenehme Nachforschungen werden angestellt, und man kann von Glück reden, dass es sich bei dem Kommandeur der Einheit um einen sehr verständnisvollen Vorgesetzten handelt, der genau weiß, was seine Leute erwarten. Das ist einer der Eckpfeiler der Menschenführung!

Es muss festgehalten werden, dass der Bildungsstand der Angehörigen der Versorgungsstaffel verhältnismäßig hoch ist, denn fast alle haben eine abgeschlossene technische Berufsausbildung. Hinzu kommt eine ganze Reihe von Abiturienten, die ihren Wehrdienst ableisten. Diese Jungs haben keine Ambitionen, in der Militärhierarchie aufzusteigen. Der Dienst im alten Flugzeughangar gestaltet sich, von Ausnahmen abgesehen, durchwegs recht gemütlich. Fahrzeuge und Geräte werden in aller Ruhe inspiziert und repariert. Nebenbei werden Schulungen durchgeführt

„Eben habe ich mich kaputtgelacht", berichtet Rossner grinsend den anderen während der Kaffeepause, „da liegt doch der

Schuster unter einem Unimog, den er reparieren soll, und pennt selig. Damit das nicht zu sehr auffällt, hat er eine Hand mit einer Schnur am Auspuff befestigt. Für einen zufälligen Betrachter sieht es tatsächlich so aus, als ob er mit einem Schraubenschlüssel oder Schraubenzieher an dem Teil herumhantiert. Ich hab' ihn jetzt selbstverständlich weiterpennen lassen."

Da prusten die Zuhörer los ...

Eine Zeit lang sind zwei amerikanische Ingenieure der Herstellerfirma der Pershing in einem Büro im Hangar untergebracht. Es ist eine willkommene Abwechslung, auch mal Zivilisten zwischen der Ansammlung von blau und olivgrün Gewandeten zu sehen. Weiterhin ergibt sich hier wieder eine gute Gelegenheit, die mageren Englischkenntnisse weiter aufzubessern. Da gibt es Anlass für manches Gelächter, als man etwa versucht, Redensarten wortwörtlich zu übersetzen. Manchmal klappt es ganz gut, manchmal liegt man aber total daneben.

Langsam kann Rossner seine Fortschritte im Englischen mit jenen des Bundespräsidenten Heinrich Lübke messen. Das ist immerhin schon ein kleiner Erfolg! Für weitere Abwechslung sorgen auch ein paar Instrukteure von der US-Army, die einen Computerlehrgang abhalten. Dies stellt schon etwas Besonderes dar, denn wer in Deutschland hat schon Gelegenheit, eine solche Schulung mitzumachen. Wer weiß schon, was ein Computer ist? Außerdem sind die Amis Pfundskerle, die jeden Spaß mitmachen.

„Im Grunde genommen ist so ein Computer doch strohdumm", stellt Rossner überrascht fest, „denn der versteht lediglich ja (1) oder nein (0)."

Freizeit im Schatten der Berge

Der Loisl hat verdammtes Glück, denn ein Onkel überlässt ihm seinen betagten Bully. Von dem Moment an fährt er im Sommer nicht mehr jedes Wochenende „hoam nach Minga", sondern lädt Rossner ein, mit ihm Spritztouren gen Süden zu unternehmen. Das kommt so: Rossner erzählt dem Loisl von seinen Jugenderlebnissen in Ehrwald und wie herrlich es an den Seen am Fernpass, vor allem am Plansee bei Reutte oder vielmehr Heiterwang ist. Während eines Ausflugs dorthin kommen sie unweigerlich durch Füssen, das von der markanten Burg, dem sogenannten Hohen Haus, überragt wird.

Dann erreichen sie den Lechfall ... Ungebändigt tosen die Wassermassen zwischen hohen Felswänden hindurch. Über die Ulrichsbrücke geht es nach Reutte und dann vorbei an der majestätischen Burgruine Ehrenberg durch die Klause nach Heiterwang. Am Plansee angekommen, lassen sie sich auf dem kleinen Campingplatz nieder. Nach dem alten Motto: ‚Gelobt sei, was hart macht' haben sie natürlich kein Zelt dabei, und im Auto zu schlafen, ist ebenfalls verpönt. Stattdessen rollen sie am Abend zum Erstaunen der anderen Camper ihre Bundeswehrschlafsäcke auf dem Rasen aus und kriechen hinein.

Zum maßlosen Erstaunen der Frühaufsteher am Campingplatz schwimmen die beiden Bundeswehrler nicht lange nach Sonnenaufgang hinüber zum gegenüberliegenden Ufer des Plansees mit seinen steilen Felswänden. Als sie schwimmend zurückkehren und aus dem Wasser steigen, sind sie blaugefroren. Zähneklappernd bereitet Rossner einen starken Kaffee auf dem Esbitkocher zu, während sein Begleiter Brettlspeck in hauchdünne Scheiben schneidet.

Dann wandern sie um den See, klettern ein wenig herum, liegen faul auf duftenden Almwiesen, diskutieren und lassen den Herrgott einen guten Mann sein.

Sonntag am Spätnachmittag fahren sie zurück nach Kaufbeuren und gehen ins Cortina. Die Eisdiele im Ringweg zeichnet sich durch ihr ein wenig steriles Resopal-Möbel-Ambiente aus. Die Ausstattung hat allerdings den Vorteil, dass sie sich leicht sauberhalten lässt. Aber das Ambiente ist nicht wichtig, denn das Cortina wird von den lokalen Mädels stark frequentiert, da bekommen sogar Wehrpflichtige eventuell eine Chance. Da es schon Abend ist, ist das Cortina nur noch schwach besetzt. Als der Loisl und Rossner sich niederlassen, ertönt ‚If I had a hammer' von Trini Lopez, gefolgt von seinem ‚America' aus der Musicbox, während sie je einen Eisbecher leeren. Dann kommt noch der Ohrwurm ‚Do wah diddy diddy' von Manfred Mann. Was dann aus der Musicbox ertönt, ist nicht so ganz nach dem Geschmack von Rossner, so zum Beispiel ‚Dominique', gesungen von der Nonne Sœur Sourire, ‚My boy lollipop' von Millie Small, ‚Kleine Annabelle' von Ronny und so weiter. Dem Loisl gefällt das schon besser. So unterschiedlich sind eben die Geschmäcker!

Im Sommer entwickelt sich der Forggensee bei Füssen ebenfalls zu einem beliebten Ausflugsziel. Bei Roßhaupten gibt es herrliche Naturstrände. Oberhalb von Roßhaupten liegt Lechbruck zwischen dem Oberen Lechsee und dem Premer Lechsee. Auch hier hatten sich die Römer schon aufgehalten und sollen dort die erste Brücke über den Lech errichtet haben. Lechbruck errang Berühmtheit durch seine Flößer. Die transportierten Waren bis nach Regensburg, Wien und sogar Budapest.

Loisl, Rossner und Frank, der übrigens nicht aus Franken, sondern aus Freising kommt, liegen am Strand und lassen sich die Sonne auf den Pelz brennen.

„Wie kommt es eigentlich, dass du keinen Dialekt sprichst, wo du doch aus Freising stammst?“, will Rossner wissen.

„Meine Eltern sind Flüchtlinge“, klärt Frank ihn auf, „ich wurde in Landsberg in Oberschlesien geboren.“

„Welch ein Zufall“, antwortet Rossner, „ein Teil meiner Verwandtschaft stammt aus dem Städtchen Pitschen, das liegt glaube ich im ehemaligen Landkreis Landsberg.“

„Da siehst du mal, so klein ist die Welt“, stellt Frank fest. „Übrigens waren das anscheinend nicht nur harmlose Flößer in Lechbruck, habe ich mir sagen lassen. Böse Zungen behaupten nämlich, dass man damals auch junge Mädchen von armen Familien aus dem Allgäu auf den Flößen mit sich führte und in Ungarn an die Türken verkaufte. Aber davon abgesehen, das in Roßhaupten alljährlich stattfindende Flößerfest und die Trachtenfeste sind immer eine Mordsgaudi. Da ‚festelt‘ man gerne mit, und vor allem die Saupreiß'n rasten beim bayerischen Unterhaltungsabend ganz einfach aus! Gefährlich wird es für die Norddeutschen, wenn sie anfangen, Maßkrüge zu bestellen, denn dann fehlt ihnen, die ja nur kleine Biergläser gewohnt sind, im wahrsten Sinne des Wortes das richtige Maß.“ Loisl und Rossner müssen lachen.

Ein andermal befindet sich das Trio in Pfronten. Das ist noch nicht so von Touristen überschwemmt. Der Loisl hat entfernte Verwandte dort, die ihm und seinen Begleitern erlauben, in dem alten Heuschober neben dem rustikalen Bauernhof zu übernachten. Frank, der so etwas noch nie erlebt hat, ist hellauf begeistert. Er und Rossner sitzen am Spätnachmittag unter einer Überdachung gemütlich auf der Holzbank vor dem Heuschober und verzehren die mitgebrachten Vorräte. Der Loisl ist bei den Verwandten und berichtet ihnen von zu Hause.

Rossner blickt sich um. Dräuend hängen schwarze Wolken an den grauen Berghängen, abendliche Stille senkt sich über die Häuser. Der Brunnen plätschert, mal leiser, mal lauter, einschläfernd vor sich hin. Schwalben streichen knorzend um die Stallungen. Sie sind unermüdlich dabei, Insekten für ihre Jungen zu fangen. Plötzlich erklingt fröhliches Kinderlachen. Sonnenstrahlen ergießen sich unvermittelt über die Viehweiden, gleichzeitig fällt leichter Regen. Auf einmal spannt sich ein Regenbogen über das Tal. Die Farben werden jeden Moment intensiver. Ein zweiter Regenbogen, nicht ganz vollständig und farblich nicht so intensiv, erscheint parallel zu dem ersten. Rasch verfliegt der Spuk, die Wolken ziehen weiter. Nur noch einzelne Wolkenschleier wogen um die Bergwipfel, der blaue Himmel gewinnt die Oberhand. Die restlichen, nun weißen Wolken werden von der Sonne zunächst goldgelb angehaucht, anschließend geht das dann in Rosa über.

„Wusstest du, dass sich in den Bergen und Tälern allerlei seltsames Getier herumtreibt?", fragt Rossner seinen Begleiter.

„Ich habe bisher nur vom Wolperdinger gehört."

„Fangen wir mit dem einfachsten an, dem Bachratz oder der Bisamratte. Dann gibt es den Wurzelbrunft oder auch Wirtlbrunft, ein Schlitzohr aus dem Karwendelgebirge. Schön ist auch der Oberkrainer Spratzlwurgler, über den ich allerdings nichts weiter weiß. Der boizige Doikdotschn soll ein fauler Vielfraß sein. Auch über den Kurzschwanzduttlzwurla ist mir leider nichts bekannt."

„Das muss ich mir merken!", ruft Frank lachend aus, während er sich ein paar Notizen macht.

Später kommt Loisl zurück, und sie diskutieren über alles Mögliche, bevor sie ins duftende Heu sinken.

Morgens beobachten sie fasziniert durch die geöffnete Türe, wie die Sonne über den Bergen aufgeht.

„Einfach traumhaft ...", murmelt Rossner verschlafen.

Nicht weit von Pfronten entfernt liegt die Burgruine Falkenstein, die 1280 von Graf Meinhard II. von Tirol erbaut wurde.

„König Ludwig II. fasste 1883 den Entschluss, die Burgruine abtragen zu lassen, um dort ein noch größeres Schloss als Neuschwanstein zu errichten", liest Frank aus einem Prospekt vor. „1885 wurde bereits ein neuer Burgweg gebaut und eine Wasserleitung verlegt. Da der Märchenkönig aber bekanntlich 1886 unter mysteriösen Umständen zu Tode kam, unterblieb der Bau des Schlosses. Es existiert ein Bild des Malers Christian Jank, auf dem das Schloss dargestellt ist. Sogar ein Modell der Anlage ist erhalten geblieben und steht in München."

„Da gehn mer etzt nauf, auf 'n Falknstoa", ruft Loisl kurz entschlossen.

„Prima Idee“, stimmt ihm Rossner zu. „Von dort oben soll man eine sagenhafte Aussicht haben.

Sie wandern also die gewundene Straße hinauf, bis sie die Ruine der Burg Falkenstein hoch über sich erblicken. Die Enttäuschung ist allerdings groß, als sie dann oben von dem alten Gemäuer hinabblicken, denn da hat sich der Himmel zugezogen. Nichts wird's mit der schönen Aussicht ...

Sonntagabend nach der Rückkehr gehen Frank und Rossner noch in den Ringkeller.

„Da gibt's immer heiße Musik“, verkündet Frank. „Und da hängen manchmal irre Typen rum. Das muss man gesehen haben.“

Sie begeben sich hinab zur Tür und öffnen sie. Wenn die Luft nicht allzusehr mit Tabakqualm gesättigt ist, kann man im Ringkeller, sobald sich die Augen an das Dämmerlicht gewöhnt haben, einiges erkennen: Gegenüber der Eingangstüre steht zunächst einmal die massive Theke mit den Barhockern, um die man herumlaufen kann. Über den Barhockern hängen die Bierkrüge der Stammgäste. Links und rechts entlang der Wände stehen Tische und Stühle. Ganz vorne in der Ecke, rechts von der Türe, befindet sich eine kleine Tanzfläche. Die Musicbox steht ganz hinten links, nach der Türe zu den Toiletten.

Kaum fällt hinter ihnen die Türe zu, plärrt die Musicbox los: „My skinny Minnie is a crazy chick ...“ mit Tony Sheridan, gefolgt von „Dancing in the street ...“ mit Martha Reeves and The Vandellas und dann noch „Do wah diddy diddy ...“ von Manfred Mann. Sie setzen sich an die Bar. Neben Rossner kauert ein fast kahlköpfiger Kerl in Lederkluft auf dem Hocker, einem Kartoffelsack nicht unähnlich. Er hält mit der rechten Hand krampfhaft eine halbgefüllte Flasche Johnny Walker fest, dabei lallt er etwas Unverständliches vor sich hin.

„Dem Typ fehlen erstens die Haare und zweitens eine klare Ausdrucksweise“, stellt Rossner feixend fest.

„Ja, ja, der Ferdl verdünnt seine zähflüssigen Nächte mal wieder mit Hochprozentigem“, klärt der Barkeeper Frank und Rossner auf. „Er ist schon arm dran, seitdem seine Alte ihm weggelaufen ist. Er musste sogar seinen Feuerstuhl versetzen.“

Staffelalltag

Wieder einmal erschallt der Ruf: „Freiwillige vortreten!“ Es ist eine alte militärische Weisheit, dass der Soldat erst einmal misstrauisch reagiert, wenn er diesen Ruf vernimmt. Diesmal aber ist die Resonanz erstaunlich gut. Ja, warum denn das? Ganz einfach: Man sucht Leute, die bereit sind, einen Kranführerschein zu erwerben, das ist schon vorher durchgesickert. Ausgebildete Kranführer benötigt man an allen Ecken und Enden, denn zahlreiche schwere Geräte müssen immer wieder bewegt werden. Es melden sich auch eine ganze Reihe Bewerber, denn hier ergibt sich eine gute Gelegenheit, dem Alltagstrott für eine Weile zu entfliehen. Außerdem ist es recht gemütlich, man macht sich nicht schmutzig und schont die Klamotten. Der Erwerb des Kranführerscheins erweist sich auch als keine geistige Großtat, und die Praxis kann im Prinzip durch fleißiges Üben erworben werden, was wiederum Spaß macht. Auf Sicherheitsvorschriften wird allerdings großer Wert gelegt, das leuchtet auch jedem ein.

Geübt wird vor dem alten Flugzeughangar und jeder versucht, den anderen mit einfallsreichen akrobatischen Kunststückchen zu übertreffen. An einem schönen Sommertag taucht der Spieß mit seinem olivgrünen Dienstfahrrad auf, steigt ab und lehnt es an die Holzwand des Hangars neben der kleinen Personaltür. Das große Tor ist noch nicht geöffnet. Der Gefreite Schäufele, der im Kranführerstand sitzt und den Spieß beobachtet, hat wieder einmal eine seiner glänzenden Eingebungen. Er fährt den Kranarm aus, ein anderer Soldat hängt das Fahrrad an den Haken, und im Nu hat man das Vehikel auf das Hangardach gehievt und dort geparkt. Nun lauern die Zuschauer darauf, was geschehen wird.

Nach einer Weile tritt der Spieß aus der Tür, macht eine zackige Linkswendung, streckt die geöffnete linke Hand vor, hebt das rechte Bein an, um sein Dienstfahrrad zu besteigen – und greift und tritt ins Leere. Sein Erstaunen ist groß, denn statt des Fahrrades sieht er nur die blanke Hangarwand mit der abblätternden Farbe. Er ist aber ein viel zu abgebrühter alter Fuchs, um ein Komplott nicht auf zehn Meilen Entfernung zu wittern. Das macht eben einen guten Spieß aus! Sein geschultes Adlerauge schweift umher und erfasst sofort die grinsende Schar Untergebener, die um den Kranwagen herumsteht. Nun gibt es kein Entrinnen mehr. Allerdings muss vermerkt werden, dass dieser Spieß für einen pfiffigen Scherz immer zu haben ist. Deshalb hat die Anwandlung des Gefreiten Schäufele auch keine nachteiligen Folgen.

„Die Szene, wie der Spieß so gekonnt das Bein hob, um sich auf das nicht vorhandene Fahrrad schwingen", sagt Rossner, mühsam ein Lachen unterdrückend, „erinnert mich unwillkürlich an einen Hund, der gerade dabei war, einen Lichtmast zu markieren ..."

*

„Ich möchte Ihnen heute ganz kurz einen Überblick über das Pershing-Waffensystem verschaffen", beginnt Stabsfeldwebel Cornelius seinen Vortrag. „Der zweistufige Boden-Boden-Flugkörper ist etwas über zehn Meter lang, besitzt eine Reichweite von 750 Kilometern und erreicht eine Höchstgeschwindigkeit von Mach 8,5 ..."

„Jesses, achtkommafünffache Schallgeschwindigkeit!", entfährt es einem Gefreiten höchst beeindruckt.

„Ja, so ist es. Die wichtigsten Komponenten sind auf Kettenfahrzeugen Typ M 474 A 1 verlastet. Es sind dies das Transport-, Aufrichte- und Werferfahrzeug, das Montage- und Gefechtskopffahrzeug, das Feuerleitfahrzeug und das Fernmeldefahrzeug. Den Atomsprengkopf haben die Amerikaner in ihrer Verfügungsgewalt. So, meine Herren, möge es nie soweit kommen, dass diese Waffe eingesetzt wird."

Nach diesen Worten herrscht nachdenkliches Schweigen ...

„Weitere Details“, fährt der Stabsfeld fort, „finden Sie in den vor Ihnen liegenden Unterlagen.“

Papier raschelt, und nach einer Weile werden die ersten Fragen gestellt, die der Fachmann souverän beantwortet.

Während einer Kaffeepause entwickelt sich eine interessante Diskussion über die Rolle der Luftwaffe im Dritten Reich. Tatsächlich gibt es unter den Soldaten einige, die sich mit diesem heiklen Thema beschäftigt haben. Da ist zum Beispiel der Hänsel, ein Abiturient, dessen Vater im 2. Weltkrieg Jagdflieger war und der sich offen kritisch äußerte.

„Die Fliegertruppe des 1. Weltkrieges kam aus dem Grauen mit einigermaßen weißer Weste davon, um es mal ganz vorsichtig zu formulieren, meint jedenfalls mein Vater“, beginnt Hänsel junior. „Da ist das letzte Wort natürlich noch nicht gesprochen, denn es gab ja schon Luftangriffe, wenn auch nicht annähernd in dem Umfang wie im 2. Weltkrieg. Mein Vater sagt ganz offen und ehrlich, dass vor allem die Jagdflieger, die als Einzelkämpfer im 1. Weltkrieg nichts mit eventuellen Greueln am Boden zu tun hatten, zu denjenigen gehörten, die Hitler gerne als Führer an der Spitze des Deutschen Reiches sahen ...“

„Da wäre unser Leutnant Popp selig sicher auch zu den Fahnen geeilt“, wirft Rossner feixend ein. Da hat er die Lacher auf seiner Seite.

„Viele faszinierte die neue Technik“, fährt Hänsel fort, nachdem wieder Ruhe herrscht. „Man muss sich vorstellen, die Jagdflugzeuge des 1. Weltkrieges flogen unter 200 Stundenkilometer, und da gab es in den dreißiger Jahren auf einmal Maschinen, die 400 und schließlich sogar über 600 Sachen flogen. Das war ja geradezu ein Quantensprung! Hitler hatte da ein leichtes Spiel, Fliegerträume zu erfüllen. Als er 1935 das Gesetz zum Aufbau der Wehrmacht verkündete und geschickterweise von der Sicherung des Friedens in einer hochgerüsteten Welt erzählte, der nur durch eine eigene Rüstung begegnet werden könne, flogen ihm die naiven Fliegerherzen nur so zu.“

„So habe ich das ja noch gar nicht gesehen“, sagt ein Feldwebel nachdenklich, womit er sicher die Meinung anderer vertritt, wie man den Gesichtern der Zuhörer entnehmen kann.

„Der Rossner hat sich übrigens mit Hermann Göring beschäftigt, denn seine Eltern wohnen in Neuhaus an der Pegnitz, wo dieser brutale Opportunist seine Jugendjahre auf der Burg Veldenstein verbracht hatte.“ Hänsel deutet auf Rossner und sagt salbungsvoll: „Ich übergebe das Wort.“

„Danke!“, erwidert Rossner. „Also, der leutselige und volksnahe, wenn auch psychisch gestörte Hermann Göring tat ein Übriges, als er am 28. April 1933, neben seinen vielen anderen Posten, Reichsluftfahrtminister wurde, denn nun konnte er zahlreiche der alten Fliegerkameraden für die neue Luftwaffe gewinnen. Schließlich war der Hermann ja ab 1918 letzter Kommandeur des berühmten Jagdgeschwaders Richthofen gewesen. Zu den alten Freunden, die sich blenden ließen, zählte auch das aus dem 1. Weltkrieg bekannte Fliegerass Oberleutnant Ernst Udet. Der wurde zum Oberst befördert und stieg in der Luftwaffe schnell auf, zuerst zum Chef des Technischen Amtes im Reichsluftfahrtministerium, dann zum Generalluftzeugmeister und 1940 schließlich Generaloberst. Privat entwickelte er sich zum Partylöwen, dem Alkohol und schönen Frauen nicht abgeneigt.“

„Ich bin schönen Frauen auch nicht abgeneigt“, wirft der Gefreite Krumsiek ein.

„Ha, ha“, unterbricht ihn sein Busenfreund Röner, „du nimmst doch jede, egal wie hässlich sie ist, ich erinnere dich nur an die ...“ Weiter kommt er nicht, denn seine Worte gehen im allgemeinen Gelächter unter.

Als sich alle wieder beruhigt haben, fährt Rossner fort: „Wie sich herausstellte, hatte der ehemalige Jagdflieger Udet eben doch nicht den Blick für strategische Überlegungen. Sein Arbeitsstil war ebenfalls nicht sehr methodisch. Er überwarf sich schließlich mit Göring und übte Kritik an den Nazis, als die ihn für die missglückte ‚Luftschlacht um England‘ mit verantwortlich machten. Udet beging am 17. November 1941 Selbstmord. Er erschoss sich, was man auf Befehl aus höchster Ebene vertuschte. Offiziell meldeten die Medien, er sei bei einem Flugzeugabsturz ums Leben gekommen. Die illustre und tragische Gestalt des Ernst Udet animierte übrigens den Schriftsteller Carl Zuckmayer im Jahre 1946, sein berühmtes Schauspiel ‚Des Teufels General' zu schreiben. Dieses wurde im In- und Ausland bekannt und schließlich mit Curd Jürgens in der Hauptrolle 1955 verfilmt."

„Der hat doch auch in dem Film ‚Der längste Tag' 1962 den General Günther Blumentritt gespielt", sagt Hänsel.

„Richtig, das war der Film über die Invasion in der Normandie 1944", antwortet einer der Zuhörer.

„Ihr mit eurem verdammten Krieg!", ruft Krumsiek aus. „Hat jemand den Film ‚Und immer lockt das Weib' mit Curd Jürgens und Brigitte Bardot gesehen? Das ist doch eine Augenweide ..."

„Wuchtbrumme!", kräht ein anderer.

„Jetzt wird's wieder seicht", seufzt Rossner, „hören wir lieber auf."

Zum Glück steckt Stabsfeld Cornelius seinen Kopf zur Türe herein und ruft: „Meine Herren, die Kaffeepause ist beendet. Ihr könnt eure interessante Unterhaltung ein andermal fortsetzen."

Während der Kaffeepause am Nachmittag kommen sie tatsächlich wieder auf das Thema Krieg zurück.

„Ich muss an die Angriffe der Luftwaffe auf zivile Ziele im 2. Weltkrieg denken, das geht mir nicht aus dem Sinn", sagt Rossner. „Lasst uns das doch ganz klar sehen: Wir befinden uns in einer ähnlichen Situation. Wissen wir überhaupt, ob die Pershing ausschließlich auf militärische Ziele gerichtet ist?"

Diesmal bleibt eine Diskussion aus. Nachdenklich gehen sie auseinander ...

*

Neben den uniformierten Technikern gibt es noch andere Kategorien von Soldaten in der Einheit. Von alters her bezeichnet man diejenigen, die Bürotätigkeiten durchführen, als Schreibstubenhengste, wobei die Schreibstube mit einem Büro identisch ist. Schreibstubenhengst ... das klingt ja wirklich diskriminierend!

Andere Quellen bezeichnen diese Spezies als ‚uniformierte Jünger des St. Bürokratius'. Was ist nun ein Schreibstubenhengst? Zunächst handelt es sich dabei um einen Uniformierten, der des Schreibens und Lesens mächtig ist und fast immer im Warmen und Trockenen sitzt. Die Nähe zum Spieß und zum Chef der Einheit beeinflussen seine Psyche dahingehend, dass er, selbst wenn er nur Gefreiter oder Unteroffizier ist, sich mit einer Aura des Erhabenen umgibt.

„Der Schreibstubenhengst", bringt es ein altgedienter Hauptfeldwebel auf den Punkt, „hat meist nur wenige oder gar keine Freunde. Er hat allerhöchstens Gefolgsleute, die sich seinem Schutz anvertrauen und von ihm wichtige Informationen erhalten wollen. Das sind dann die typischen Speichellecker oder A... kriecher. Es soll clevere Schreibstubenhengste geben, die ihrem Spieß die meiste Arbeit abnehmen, sich unentbehrlich machen und dafür natürlich Dank ernten und gewisse Privilegien genießen. In höchste Bedrängnis gerät ein Schreibstubenhengst dann, wenn er das Formular, mit dem er andere Formulare bestellen muss, nicht mehr findet."

Eine der wichtigsten Personen auf der mittleren Ebene militärischer Verbände ist der Spieß, scherzhaft ‚Mutter der Kompanie oder Staffel' genannt. Die meisten Vertreter dieser Spezies haben allerdings wenig mit einer Mutter – eher mit einer Rabenmutter oder bösen Schwiegermutter – gemein. Es gibt auch Ausnahmen. Einige sind gar mit Minderwertigkeitskomplexen und anderen psychischen Defekten belastet. Ein guter Spieß muss alles wissen, einen siebten Sinn, Nerven wie Stahldrähte und eine gute Witterung haben. Dann ist er der richtige Mann für den Job. Weicheier, sentimentale und kameradschaftliche Typen sind da nicht gefragt!

„Wir hatten in Erding einen Spieß", sagt Krumsiek, „das war ein ganz übler Charakter. Da ging der Spruch um: ‚Drehe den Spieß so lang, bis die Sau gar ist!' So verhasst war der."

Eine weitere Spezies, eng mit dem Schreibstubenhengst verwandt, sind zum Beispiel jene Soldaten und Zivilisten, die in den Bekleidungskammern, scherzhaft auch ‚Boutique' oder ‚Leihhaus' genannt, sitzen. Diese sind der festen Meinung, ohne ihre Arbeit wäre der Soldat verloren. Da gibt es bei Rossners Einheit einen Feldwebel, der Chef der Kleiderkammer und ein kleinkarierter Korinthenkacker ist. Unangenehm für ihn und andere Beteiligte wird es, wenn seine Vorgesetzten ihn zum Beispiel als Aufsicht für eine andere Tätigkeit einteilen. Das kann man noch verstehen, denn üblicherweise beginnt der Dienst für ihn mit einem ausgiebigen Studium der Tageszeitung bei einigen Tassen Kaffee. Bedienen lässt er sich von einem älteren Zivilisten, der, seinem traurigen Gesichtsausdruck nach zu urteilen, bereits Schlimmes mitgemacht hat. Oder hat er vielleicht eine böse Ehehälfte zu Hause?

Dann gibt es noch einen Gefreiten in der Kleiderkammer. Der ist Wehrpflichtiger und so herrlich dickfellig, dass ihn des Feldwebels Marotten nicht weiter stören. Als der Gefreite in die Kleiderkammer abkommandiert wurde, fragte ihn sein neuer Vorgesetzter: „Sagen Sie mal, habe ich Ihr Gesicht nicht schon mal wo anders gesehen?"

„Das glaube ich kaum", entgegnete der Gefreite schlagfertig, „denn das trage ich immer mit mir herum."

Der Feldwebel lachte, denn eines liebt er: blöde und auch ordinäre Witze. Es gehen Gerüchte um, er würde jeden Tag ein Schläfchen auf einem mit Turnanzügen gefüllten Regal halten, denn die sind einigermaßen weich. Verständlich, dass so ein Krieger unwirsch wird, sobald er aus dem normalen Trott herauskommt. Von ihm stammt übrigens der Spruch: „Das muss schneller geh'n, wir sind hier nicht im Schlafwagen!" Selbst seine eigenen Kollegen schneiden ihn, falls möglich.

Ganz anders sieht es mit dem Personal der Waffenkammer aus. In erster Linie Techniker, kann man sie als normale Menschen einstufen. Allerdings gibt es da auch hin und wieder manchen verrückten Waffennarren, der auf einem solchen Posten natürlich auf seine Kosten kommt. Bei dem Chef der Waffenkammer, dem Stabsfeldwebel Meixner, handelt es sich auch um einen Krieger alter Schule, und dazu noch um einen recht netten. Der überredet Rossner einmal mitzukommen, wenn überlagerte Munition verschossen, das heißt, entsorgt werden muss.

Eines Tages ist es dann soweit: Ein Minikonvoi, bestehend aus einem Munga, einem VW-Bus und zwei Lastwagen, beladen mit explosiven Dingen, machen sich auf den Weg zum Truppenübungsplatz Hammelburg. Keiner hat Lust Zelte aufzubauen, denn die Nächte sind noch wunderbar mild. Stattdessen pennt man in den Fahrzeugen. Der Stabsfeldwebel will zuerst die Panzerfäuste loshaben und so begibt man sich auf ein Gelände, auf dem zwei total zerschossene Panzerwracks stehen. Da konnte man gar nicht mehr erkennen, aus welchem Krieg die überhaupt stammen, geschweige denn, um welchen Typ es sich handelt. Die bepflastert man nun mit Dutzenden der Raketen. Das kennt Rossner schon von der Grundausbildung her.

Weitere Höhepunkte bilden das Fällen eines Baumes mit Sprengschnur und das Zünden von Sprengkörpern. Die Sprengschnur wickelt man um den Stamm eines Baumes.

„Pro Zentimeter Durchmesser eine Wicklung", weist Meixner seine Mannen an.

Sie zünden die Sprengschnur mit einer Sprengkapsel, und der Baum fällt um. Zum Glück ist kein Förster in der Nähe, aber der hätte sich sicher sowieso nicht der bleihaltigen Luft ausgesetzt. Für den Umgang mit den Sprengkörpern braucht man schon gute Nerven, denn das ist eine nicht ungefährliche Sache! Auf dem Gelände gibt es überall alte Schützenlöcher, und in eines von denen springt Rossner, setzt seinen Stahlhelm auf, legt einen Sprengkörper auf den Rand, zündet ihn und kauert sich auf dem Boden zusammen. Es tut einen fürchterlichen Schlag und der Dreck fliegt durch die Gegend. Rossner klingelt es in den Ohren, als er wieder aus dem Loch krabbelt, aber sonst ist er unversehrt. Das war dein Gesellenstück, lobt er sich selbst.

Im Nachbarhangar, ebenfalls einer antiken Holzkonstruktion aus dem 2. Weltkrieg, befindet sich eine Abteilung der Technischen Schule, die Lehrgänge für Instandsetzungspersonal von Flugzeugen durchführt. Für die zukünftigen Bordmechaniker steht ein ausgemusterter, blitzblanker F-104 G Starfighter zur Verfügung.

„Ein Traum von einer Maschine ...“, murmelt Rossner völlig hingerissen.

Ein grauhaariger Stabsfeldwebel ist für den praktischen Unterricht verantwortlich. Rossner hat den sympathischen Typen zufällig kennengelernt und besucht ihn ab und zu. Da steht also der Supervogel! Es riecht nach JP 4, dem Flugzeugsprit, Kunststoff und Metall.

Welch ein erhebendes Gefühl, als Rossner im engen Cockpit mit seinen unzähligen Instrumenten und Schaltern sitzen darf! Wenn dann auch noch die Plexiglashaube herunterklappt und er die Augen schließt, kommt er sich tatsächlich vor wie ein echter Pilot. „Ein herrliches Spielzeug!“, ruft er anschließend mit glänzenden Augen.

„So sehe ich das auch“, bestätigt der Stabsfeldwebel. „Ich habe übrigens als Flugzeugwart bei einer Staffel Focke Wulf Fw 190 den Krieg bis zum bitteren Ende mitgemacht.“

Rossner lauscht gerne den Stories des alten Soldaten – das ist Zeitgeschichte pur!

„Wissen Sie, junger Mann“, fährt dieser mit ernster Stimme fort, „es waren schlimme Zeiten gegen Ende des Krieges, die Piloten wurden immer jünger und die Maschinen immer weniger. Die Maschinen wurden auch nie alt! Es gab Mangel an Flugzeugbenzin und Ersatzteilen. Die Piloten mussten hilflos und zähneknirschend zusehen, wie die Städte, in denen ihre Angehörigen lebten, im Bombenhagel in Schutt und Asche fielen. Ja, die Saat, die dieser Rattenfänger und Verbrecher Hitler gesät hatte, ging auf! In unserer Einheit gab es kaum mehr äußerliche Unterschiede zwischen dem Staffelkapitän und seinen Leuten, und mancher alte Flugzeugwart mit dem Dienstgrad Gefreiter duzte sich mit seinem Vorgesetzten.“

Es ist faszinierend, sich mit der Technik des um die Mach 2,3 schnellen Starfighters auseinanderzusetzen, der auch schon mal ‚die bemannte Rakete‘ genannt wird. Der Stabsfeldwebel bringt ein paar Unterlagen herbei. „Hier habe ich ein paar Daten über dieses Flugzeug der Superlative. Er liest vor: „Der Prototyp dieser Maschine unter der Bezeichnung XF 104 flog bereits am 17. Februar 1956. In den Jahren 1957 und 1958 konnten mit der Maschine verschiedene Weltrekorde aufgestellt werden, so erreichte sie zum Beispiel eine Geschwindigkeit von 2.541 km/h und eine Höhe von 27.812 Metern. Am 14. Dezember 1959 erreichte Captain Jordan sogar eine Höhe von 31.515 Metern. Das muss man sich einmal vorstellen! Bei einer Länge von 16, 67 Metern beträgt die Spannweite der Maschine sage und schreibe gerade mal 6,68 Meter."

„Die spektakulären Abstürze der Starfighter, auch ‚Witwenmacher' genannt, sind ja in aller Munde, was meinen Sie dazu?", fragt Rossner den Fachmann.

„Ich halte den Starfighter trotz dieser negativen Bilanz für einen ausgezeichneten Abfangjäger", antwortet der ehemalige Flugzeugwart. „Für den Einsatz bei der Luftwaffe ist er jedoch mit zusätzlichem Gerät vollgestopft worden. Das hat ihn zu schwer gemacht. Der Schleudersitz ist auch nicht gerade eine ideale Konstruktion. Vor allem hochgewachsene Piloten ziehen sich schwere Verletzungen an den Knien zu, sobald sie im Notfall mit dem Schleudersitz aus der Maschine katapultiert werden. Im Zusammenhang mit den Abstürzen der Starfighter darf fairerweise nicht unerwähnt bleiben, dass andere moderne Jagdflugzeuge ebenfalls eine hohe Unfallrate aufweisen. Man hat zwar wahnsinnig schnelle Rennöfen konstruiert, aber die Zeit ist vielleicht noch nicht ganz reif, diese Technik auch voll zu beherrschen. Es ist in diesem Zusammenhang schon erstaunlich zu hören, dass der Starfighter bei der US-Airforce als sichere Maschine eingestuft wurde, sicherer jedenfalls als manch anderer Flugzeugtyp."

Die Raketenstufen, das heißt die erste und zweite Stufe, finden ihren endgültigen Lagerplatz in einem alten Hochbunker in Kaufering. Das Lager wird von einer Rentnerbrigade der Lach- und Schießgesellschaft bewacht. Eine regelmäßige Überprüfung der Raketenstufen steht auf dem Dienstplan, und Rossner fährt mit den Kameraden lange Zeit jeden Tag dorthin. Da hat er vom Spieß den ehrenvollen Auftrag erhalten, hin und wieder den geschichtsträchtigen Knast oder vielmehr der Justizvollzugsanstalt, nicht mit der alten Festungsanstalt zu verwechseln, aufzusuchen. Erstere Institution hatte nach dem 2. Weltkrieg eine Reihe Personen beherbergt, die von den Alliierten Kriegsverbrecher genannt wurden. Als diese dann langsam ausstarben oder man sie hingerichtet hatte, wurde der Knast dann wieder von den üblichen Kunden belegt.

„Solche Ganoven überleben alles", stellt Rossner fest, „sogar Diktaturen."

Unter diesen Knastis befinden sich auch hochqualifizierte Spezialisten, wie zum Beispiel Panzerschrank- und Autoknacker, Dokumenten- und Geldfälscher. Was hat nun die Flugkörpergruppe 13 mit dem Knast zu tun? Ganz einfach: Man vergibt hin und wieder Urkunden an besonders würdige Vaterlandsverteidiger, so zum Beispiel für gute sportliche Leistungen, Schießergebnisse und so weiter. Da ist man froh, auf die Spezialisten hinter Gittern zurückgreifen zu können. Was stellen die aber auch für schöne Urkunden her! Und diese Spezialisten bleiben auch dank der Bundeswehr so richtig in Übung. Darüber sollte sich die Gefängnisverwaltung tatsächlich einmal Gedanken machen. Rossner besucht die Spezialistenwerkstatt mehrfach, um irgendwelche Urkunden abzuholen und wird meist von dem einen oder anderen Knasti mit den Worten empfangen: „Hast du mal 'ne Kippe für mich?"

„Das machen die in so einem unverschämt fordernden Ton, als ob sie eine Eintrittsgebühr für ihren exklusiven Verein verlangen könnten", empört sich Holzmann, der Rossner diesmal begleitet.

„Das Tollste ist, dass die Gefängniswärter weggucken, wenn die schrägen Vögel Besucher um Zigaretten anhauen", fügt Rossner hinzu.

„Na, ihr Knasties", foppt Meininger Holzmann und Rossner, als diese in den Bus steigen, „haben sie euch wieder entlassen?"

„Schnauze!", stößt Rossner entnervt hervor.

Da grölt der ganze Bus los ...

„Übrigens hat mir ein befreundeter GI zu Hause erzählt", berichtet Rossner den Mitreisenden, nachdem es wieder ruhig geworden ist, „dass der US-Countrysänger Johnny Cash von 1951 bis 1954 in Landsberg am Lech stationiert war, bevor er nach Memphis, Tennessee, ging, um seine Karriere als Sänger zu beginnen. In Landsberg hat er sogar eine Band gegründet, die sich Landsberg Barbarians nannte."

Zurück nach Kaufering ... Am hinteren Ende des Bunkers befindet sich ein Anbau, den sich die Soldaten einigermaßen gemütlich eingerichtet haben mit Kanonenofen und anderen Gegenständen. Auch einen Garten haben die Spezialisten angelegt, in dem sie Gemüse anbauen. Mit dieser Maßnahme kann die Truppenverpflegung etwas aufgebessert werden. Um unliebsame Gäste rechtzeitig entdecken zu können, postiert man auf dem Dach des zur Tarnung mit Gras und Büschen bewachsenen Hochbunkers einen Wachtposten.

Einmal im Vierteljahr kommt Oberst John Joseph (‚JJ') Marshal jr. von der US-Army zur Inspektion. Begleitet wird er von Master Specialist Kurt Michael Sensenbrenner, sprich Kürt Maikl Sensenbrönnrrr im Kaugummi-Slang, dessen Großvater einst über den großen Teich schipperte, um sich im Land der unbegrenzten Möglichkeiten für immer niederzulassen. Der Oberst ist begeistert von der Arbeit der ‚German boys', die nicht einfach nur einzelne defekte Teile austauschen, sondern zum Teil auch reparieren. Da lässt er nach beendeter Arbeit durch Sensenbrenner Zigaretten, Kaugummi, Brandy und Whisky an die Spezialisten der Luftwaffe verteilen.

*

Der Gefreite Schäufele ist schon eine Marke für sich. Das muss allerdings in der Familie liegen, denn wie das unten zitierte Schreiben zeigt, scheint der Vater vom gleichen Schlag zu sein. Ja, ja, der Apfel fällt eben nicht weit vom Stamm, wie das alte Sprichwort lautet. Der Gefreite ist also eindeutig erblich vorbelastet, und wer das weiß, lässt ihm mit einem lachenden und einem weinenden Auge so manches durchgehen. Zu besagtem Schreiben kommt es, als Schäufele Urlaub hat und beim Ernteeinsatz auf dem väterlichen Hof bedauerlicherweise verunglückt. Der Vater schreibt daraufhin folgende Krankmeldung an den Staffelchef seines Sohnes:

EINGEGANGEN: AZ 120796/980/
5598/65 (Kürzel unleserlich)

Sehr geehrter Herr Kommandant!

Dem Bub isch leidr a Unfall auf 'm Hof zugschtose. Geschtrn hät er net aufpaßt und is mit 'm Traktor in d' Mischtgruab gfahre. Da isch er dann nagefalle un der volle Dieselkanischtr un a großr Weidezaunpfoschte auf ihn nauf. Gott sei Dank isch der Traktor net auf 'n naufgfalle. Des hätt schlimm ausgehe könne. Mei, hat der Bub gschdunge, wie mir den da nauszoge hän und dem Doktor Schiederle isch au ganz schlecht worde. I hän immer gsagt, der Saubub soll net soviel saufe. Er hat d' Hand 'quetscht und a Ghirnerschütterung und kann deshalb net schreibe. I hoff, der isch bald wiedr gsund und dann schick i ihn wiedr zu de Soldate, obwohl i den doch so gut auf 'm Hof brauche könnt.

A Attescht vom Doktor Schiederle hab i neiglegt.

Hochachtungsvoll

Schäufele Heiner, Vater

Von den Schäufeles existiert ein weiteres, höchst offizielles Schriftstück, nämlich eine Verlustmeldung, diesmal vom Sohn. Der hat es sich in den Kopf gesetzt, dass Knobelbecher, jenes Schuhwerk, das offiziell Kampfstiefel genannt wird, ausgezeichnet für Arbeiten in der Landwirtschaft geeignet seien. Ja, man kann sagen, der Gefreite hat geradezu einen Narren daran gefressen, obwohl viele Kameraden die Kampfstiefel als unbequeme Latschen eingestuft haben. Jetzt heißt es für ihn, eine plausible Lösung zu finden, unauffällig ein Paar Knobelbecher verschwinden zu lassen. Eine günstige Gelegenheit ergibt sich im Verlaufe eines Manövers. Das sind Aktivitäten, bei denen schon mal was verloren gehen kann. Da fällt das nicht so auf. Die entsprechende Verlustmeldung lautet wie folgt:

EINGEGANGEN: AZ 08312/97

Verlustmeldung
An
Versorgungsstaffel ...

Am ..., während des Manövers in ..., verspürte ich einen starken Druck im Bauch und begab mich auf die Feldtoilette. Da mir die Füße wehtaten, zog ich die Kampfstiefel aus und stellte diese neben das Abortloch, während ich mein Geschäft erledigte. Ich hatte Durchfall, und da Krämpfe mich schüttelten, stieß ich versehentlich mit dem rechten Bein an einen der Kampfstiefel, der in das Loch hinabzufallen drohte. Während ich versuchte, den Kampfstiefel zu fassen, stieß ich auch an den anderen. Beide fielen in die Grube und verschwanden auf Nimmerwiedersehen. Ich habe diesen Vorfall umgehend meinem Zugführer gemeldet.

Schäufele (Gefr.)

Die Kampfstiefel sind natürlich nicht in die Grube gefallen, sondern Schäufele hat sie sorgfältig in einem Versteck deponiert. Anschließend frisst er sich voll, bis ihm schlecht wird und kippt zum Schluss noch ein paar Tütchen Pulverkaffee nach. Dann wankt er mit rasendem Puls zum Sani, ein wahrhaft cleveres Täuschungsmanöver, auf das der militärische Samariter prompt hereinfällt. Der Spieß akzeptiert die Verlustmeldung zunächst ohne große Umstände. Das kann man ja verstehen, denn welcher Vorgesetzte ist schon darauf erpicht, an dem anrüchigen Ort des Geschehens auf Spurensuche gehen? Weiterhin gibt es da die Aussage des Sani, der den Vorfall pflichtgemäß in sein Dienstbuch eingetragen hat und der dem Spieß anschaulich schildert, in welch bedauerlicher Verfassung der Gefreite bei ihm auftauchte. Was den Spieß jedoch zuerst misstrauisch macht, ist das einwandfreie, fehlerfreie Deutsch, in dem der Schäufele die Verlustmeldung verfasst hat. Kein Wunder, der Text stammt ja auch von einem der uniformierten Abiturienten. Noch lange Zeit nach dem Vorfall runzelt der Spieß die Stirn, sobald er den Gefreiten Schäufele zu Gesicht bekommt. Was mag da wohl im Kopf der ‚Mutter der Kompanie' vorgehen? Um es vorauszuschicken, er ist dem cleveren Schwaben nie auf die Schliche gekommen, der nach seiner Dienstzeit stolz mit seinen heißgeliebten Knobelbechern durch den Mist schlurft!

*

Es ist Sonntagmorgen und herrliches Wetter. Hübner und Rossner haben ihr Frühstück verputzt und sitzen noch bei einer Tasse Kaffee zusammen.

„Wir könnten doch eigentlich einmal auf den Georgiberg hinaufwandern", schlägt Hübner vor. „Immer, wenn ich den markanten Kirchturm von weitem sehe, denke ich daran, dass man sich das mal ansehen sollte. Wir sind ja die geborenen Wanderburschen."

„Prima Idee!", ruft Rossner aus. „Wir könnten eine Brotzeit und zwei Flaschen Bier mitnehmen und oben Rast machen. Die Kirche St. Georg auf dem 718 Meter hohen Moränenhügel ist übrigens sehr alt, sie wurde um 1180 erbaut, habe ich neulich gelesen."

Im Eiltempo geht es den Obergefreitenschnellweg hinunter. Sie lassen Kaufbeuren und Neugablonz hinter sich und wandern durch bunte, duftende Wiesen hinüber nach Untergermaringen. Dann geht es bergauf, und sie stoßen auf die erste der sechs weiß gestrichenen, gemauerten Wegkapellen. Die einsamen Wanderer passieren ein Gehöft, und schon gerät die massive romanische Kirche St. Georg ins Blickfeld. Es ist ein entzückendes Bild, mit dem blauen Himmel und den weißen Wölkchen im Hintergrund. Das aus Tuffsteinquadern errichtete Gotteshaus ist leider geschlossen, da es renoviert werden soll. Sie laufen zwischen den Gräbern um die halbrunde Apsis mit den eingearbeiteten Rundbögen herum. Auf der Rückseite befindet sich in der Außenwand eine Nische, in die eine stark verwitterte Figur eingelassen ist.

„Wen das wohl darstellen soll?", wundert sich Rossner. „Vielleicht ist das der germanische Gott Wotan, denn hinter der Kirchhofmauer sollen sich Reste einer vorchristlichen Kultstätte befinden."

„Du hast aber auch eine Fantasie!"

Sie verlassen den Kirchof, legen sich ins Gras, plaudern über dies und jenes und beobachten die dahinschwebenden Wolken, während der warme Sommerwind über sie hinwegstreicht. Irgendwann am späten Nachmittag machen sie sich heißhungrig über die Brotzeit her, die sie mit einem Bier krönen. Dann machen sie sich auf den langen Rückweg.

Aktion Munga und andere motoristische Merkwürdigkeiten

Man muss ja nun wirklich kein Freund von Militarismus und Verherrlicher der Kriegskunst sein, um die Kameradschaftshilfe zu würdigen, die manchmal, wenn es darauf ankommt, eine ungeahnte Eigendynamik entwickelt. Ob jeder Fall einer ethischen und moralischen Prüfung standhält, ist eine andere Geschichte.

Da ist ein Oberfeldwebel, der sich gerade entschlossen hat, Berufssoldat zu werden. Er hat sich für zwölf Jahre verpflichtet, im Militärjargon kurz Z-12 oder Z-Grabstein. Nach einer ausgiebigen Party, die bis weit in die Morgenstunden geht, setzt er sich tatsächlich mit seinem Suffkopp ans Steuer eines jener merkwürdigen, kleinen, olivgrünen Fahrzeuge mit dem anachronistischen Zweitaktantrieb, genannt Munga, und fährt prompt in einen Graben. Die Wette, die er in schnapsseliger Laune abgeschlossen hatte, trotz eines erheblichen Alkoholpegels noch fahren zu können, ist also gründlich daneben gegangen. Nun ist guter Rat teuer, denn wenn die Geschichte auffliegt, dürfte dies das Ende einer eventuell vielversprechenden Karriere bedeuten. Das würde manche Leute vielleicht nicht stören, aber der Feldwebel ist ein netter Kerl und recht beliebt. Was noch für ihn spricht: Er hat während der Hamburger Flutkatastrophe am 16./17 Februar 1962 einige Menschen aus höchster Not gerettet.

Ach ja, noch ein paar Worte zum Lkw 0,25 t, geländegängig, Auto-Union, namens Munga ... seine charakteristischen Merkmale: kantig, oliv, mit einigem Aufwand in ein Kabriolet verwandelbar, saukalt im Winter, undicht bei starkem Regen, eine bläulich-weiße Abgaswolke ausstoßend und eine seltsam gutturale

Melodie von sich gebend. Das klingt in etwa so: "Rrrnnndendendendenden ... Rrrnnndendendendenden ..." Hinter diesem charakteristischen Sound steckt ein 3-Zylinder-2-Takt-Motor mit stolzen 897 Kubikzentimetern Hubraum und 40 PS, später getuned, 44 PS Leistung. Die Höchstgeschwindigkeit auf flacher Strecke, mit Rückenwind, beträgt sage und schreibe 90 Stundenkilometer! Das Betanken dieses Vehikels ist gar nicht so einfach. Man muss zuerst Benzin in den Tank geben und Zweitaktöl hinzufügen. Das ergibt letztlich ein Kraftstoffgemisch Benzin/Öl von 15 : 1. Bevor man nun losfahren kann, muss mit einer Art Pumpe erst einmal gemischt werden, das heißt, am Tankdeckel befindet sich eine Kette, die in rhythmischen Bewegungen mehrfach herausgezogen und wieder hineingelassen wird. Von diesem Vehikel hat die Bundeswehr tatsächlich etwa 25.000 Stück abgenommen.

„Was für ein Aufwand, bevor man damit losfahren kann, so ein Schwachsinn", kommentiert der Gefreite Seifert. Der muss es ja wissen, denn er ist von Hause aus Kfz-Mechaniker, genauer gesagt: Kfz-Mechaniker und Karosseriebauer.

Improvisation ist des Soldaten täglich Brot, und da der deutsche im Gegensatz zum russischen Soldaten nicht für jede Aktion einen Plan braucht, findet sich schnell eine kleine Gruppe Verschwörer zusammen, die den richtigen Riecher hat, wie sich die Sache mit dem Schrotthaufen von Munga elegant vertuschen lassen könnte. Gesagt, getan: Eines Samstagsmorgens begeben sich die Verschwörer in den Motorpool. Dort stellt man einige Lastwagen zur Tarnung im Kreis um das traurige Wrack und beginnt mit der Arbeit.

Zunächst muss der verzogene Rahmen gerichtet werden. Da ist keine Zeit für Feinheiten. Das Ausrichten geschieht mittels starker Ketten, die jeweils vorne links und hinten rechts an dem Munga befestigt werden. Jede dieser Ketten hängt man anschließend an je einen Lastwagen. Die beiden Brummis fahren äußerst vorsichtig in entgegengesetzter Richtung los, wobei darauf geachtet werden muss, dass der kleine olivgrüne Schrotthaufen nicht einfach auseinandergerissen wird! Das erfordert Fingerspitzengefühl ... spannende Minuten vergehen. Man sieht es den Gesichtern der Beteiligten an: Wird es funktionieren? Es quietscht, knirscht und ächzt, aber es gelingt tatsächlich, den Rahmen einigermaßen zu richten – zumindest sieht es über den Daumen gepeilt so aus.

„Uff", stößt Seifert erleichtert hervor, während er sich mit einem Lappen über die schweißnasse Stirn wischt. Dann bückt er sich, schaut stirnrunzelnd angestrengt links und rechts die Karosserie entlang. Nach einer Weile ruft er zufrieden: „Paaasst!"

Ein Aufatmen geht durch die Reihen der Verschwörer. Die nächste Aufgabe wäre nun gewesen, die zahlreichen Dellen auszubeulen, grob und fein zu spachteln, zu schleifen und den Lack aufzutragen. Auch für solche kosmetischen Feinheiten fehlt jedoch einfach die Zeit. Deshalb werden die Dellen kurzerhand pfundweise mit Kunstharzspachtelmasse ausgefüllt, so dass das Fahrzeug nach dieser Prozedur sicherlich eine halbe Tonne schwerer ist als vorher. Eine schweißtreibende Arbeit stellt das anschließende Schleifen der ausgehärteten Spachtelmasse dar, eine Arbeit, die allerdings durch die vielen geraden Flächen, die so ein Militärfahrzeug meist hat, wesentlich erleichtert wird. Nach dem endgültigen Feinschliff wird das Fahrzeug mit olivgrüner Farbe lackiert. Trotz aller Unkenrufe: Das Ergebnis kann sich sehen lassen.

„Strahlend wie der Phönix aus der Asche", ruft einer begeistert aus. Zustimmendes Gemurmel rundum.

Alle Beteiligten sind stolz auf diese Leistung. Die anschließende Probefahrt lässt allerdings starke Zweifel an der Straßentauglichkeit des Fahrzeuges aufkommen.

„Man hat einfach das Gefühl, schräg versetzt auf der Straße zu fahren", stellt der Testfahrer fest, während er sich mit zittrigen Händen den Schweiß vom käsebleichen Gesicht wischt. „Bei mehr als 70 Stundenkilometern Geschwindigkeit wird es lebensgefährlich. Ich kann euch sagen, da fühlt man sich wie in einem Rettungsboot auf rauher See, das jederzeit umkippen kann."

Einige Kameraden von der Fahrbereitschaft diskutieren darüber, wie sie es am besten organieren könnten, dass nur Eingeweihte mit dem blessierten Munga fahren.

Später dann, als Rossner den Führerschein hat, muss er in den sauren Apfel beißen und mit dem Munga nach Landsberg fahren.

Bis zu einer Geschwindigkeit von 20 Sachen scheint das Fahrzeug recht normal zu reagieren. Darüber wird es aber kritisch, denn der Munga hat unweigerlich die Tendenz, schräg nach rechts zu wandern, da hilft nur hektisches Gegensteuern! Bei über 60 Sachen wird die Situation völlig unkontrollierbar, ja, lebensgefährlich! Schweißgebadet trifft Rossner in Landsberg ein. Ihm graut vor dem Rückweg, den er jedoch glücklicherweise ebenfalls bewältigen kann.

Da hat ein verheirateter Feldwebel, der mit seiner Familie in Oberbeuren wohnt, seinen neuen VW Typ 3, übrigens eine wenig einfallsreiche, pontonförmige Konstruktion, neben einem Bauernhaus abgestellt. Dort stößt dem Fahrzeug ein Unglück zu.

„Ich habe den Zwischenfall nach eingehenden Recherchen folgendermaßen rekonstruiert", berichtet der geknickte Besitzer hinterher. „Die Kuhherden von drei verschiedenen Bauern befanden sich auf dem Weg in die Ställe, und, wie üblich, blieb immer wieder eines der Tiere stehen, um neugierig etwas zu beäugen. Zwischen dem Bauernhaus und einer Scheune wurde es dann eng. Hatten die Tiere vorher herumgetrödelt, wollten sie nun möglichst schnell heim. Vermutlich drückte die Milch in den Eutern. In dem nun entstehenden Gedränge kam eine der Kühe meinem Wagen zu nahe und drückte schließlich mit dem Hinteteil die vordere Haube ein. Da sich ja der Motor bei diesem VW-Typ, genau wie beim Käfer hinten im Heck befindet, gab es kaum Widerstand, und die Haube sah einer Badewanne sehr ähnlich. Als ich die Bescherung entdeckte, war ich stocksauer. Da mehrere Herden das Bauernhaus passiert hatten, konnte ich nicht einmal feststellen, wem das Rindviech gehörte. Die schuldige Kuh wird sich wohlweislich nicht melden!"

So herrlich es ist, im Voralpenland zu wohnen, gibt es doch ab und zu typisch lokale Probleme. Wie bekannt, treiben die Bauern ihre Kühe am späten Nachmittag von der Weide in den Stall. Dieses alltäglich stattfindende Ritual kann für den eiligen Autofahrer frustrierend sein. Betroffen ist vor allen Dingen jener, der auf Nebenstraßen sein Ziel ansteuert. So gegen 17 Uhr, der üblichen Zeit, wo die Kuhherden heimwärts ziehen, kann es einem passieren, etwa ein Dutzend dieser Milchbombergeschwader anzutreffen, bevor wieder freie Fahrt winkt. Aber egal, das gehört nun mal zum Allgäu.

Da sind wir wieder einmal beim lieben Vieh angekommen, also bleiben wir noch bei den Allgäuer Kühen, den schönsten der Welt. Die haben jedes Jahr ihren großen Auftritt bei der frühherbstlichen Viehscheid, wie der Almabtrieb dort genannt wird. Nachdem sie sich auf der Alpe, der Alm, vom Juni bis in den September die Bäuche mit saftigem Gras und würzigen Kräutern vollgeschlagen haben, kommt die große Zeremonie. Die Hirten schmücken die Leitkuh prächtig, die anderen Kühe mittelprächtig.

„Des isch ja fast wie beim Militär", stellt Schäufele fest.

Dann geht es ab mit Gebimmel ins Tal. Die Touristen treten sich im Gedränge auf die Zehen.

*

Ein bisschen vom Kalten Krieg hautnah mitzuerleben, ist schon spannend. Rossner hat nie angenommen, damit einmal konfrontiert zu werden. Gerade latschen er und zwei Kameraden zur Arbeit im Hangar, da rollt ein großer, schwarzer Wagen mit verhängten Scheiben gegenüber auf der anderen Seite des Zauns auf der Hohen Buchleuthe aus.

„Das ist doch kein Amischlitten", stellt Hausmann fest. Er ist stehen geblieben und mustert die Karre interessiert.

„Da muss ich dir recht geben ...", Rossner hält inne. Dann sagt er aufgeregt: „Guckt mal, der hat doch auf dem rechten Kotflügel eine Flagge. Mensch, die ist ja rot, und da sind in Gelb Hammer und Sichel drauf. Das sind doch garantiert welche von der Sowjetischen Militärmission. Los, wir müssen zurück zur Nebenwache und das melden. Das gibt sicher eine Gaudi."

Gerade in diesem Moment kommt ihnen ein Munga entgegen. Rossner springt geistesgegenwärtig vor das Fahrzeug, das mit quietschenden Reifen anhält. Er hechtet zur Fahrertüre, reißt sie auf und ruft dem Leutnant, der mit verdattertem Gesichtsausdruck erstarrt hinterm Lenkrad sitzt, zu: „Fahren Sie schnell zur Nebenwache und sagen Sie denen, die Russen sind da." Während er das hervorstößt, deutet er auf die schwarze Karosse. Eine leichte Brise bringt die Fahne mit Hammer und Sichel zum Flattern. Das ist der eindeutige Beweis!

Der Leutnant erwacht aus seiner Erstarrung, legt den ersten Gang ein, gibt fürchterlich Gas, so dass der Motor gequält aufheult, und lässt die Kupplung blitzschnell los. Der Munga macht einen Satz, der Fahrer reißt das Steuer herum und tuckert qualmend Richtung Nebenwache los.

„Sind wir hier auf dem Nürburgring oder was?", fragt der Flieger Funcke höchst erstaunt.

„Bei dem hat's halt gefunkt", antwortet Rossner.

Von der Position aus, wo die Russkis stehen, kann man ausgezeichnet die wichtigsten Einrichtungen des Fliegerhorstes überblicken. Genau genommen befinden sich die Russen in einem ihnen bekannten militärischen Sperrbezirk, den sie nicht betreten dürften, aber sie versuchen es halt immer wieder einmal. Meistens verziehen sie sich jedoch schnell wieder, sobald ein Fahrzeug der Wache, der Feldjäger oder gar der MP auftaucht.

Plötzlich ist es vorbei mit der Idylle. Ein VW-Bus und ein Munga nähern sich dem Fahrzeug der Russen. Der Bus stellt sich davor, der Munga dahinter. Die überraschten Russkis sind eingekeilt. Da hat der Wachhabende geistesgegenwärtig blitzschnell gehandelt!

Solche Aktionen sind der Bundeswehr im Grunde genommen zwar nicht gestattet, sondern allenfalls den ehemaligen Alliierten, es ist aber offensichtlich nicht ungewöhnlich, so zu handeln. Kurze Zeit später treffen die umgehend verständigten Amerikaner ein. Eskortiert von je einem Jeep der MP vorne und hinten werden die Russen aus dem militärischen Sperrbezirk geleitet. Sicher gehen da noch einige Protestnoten zwischen den Amis und den Russen hin und her, aber das ist normal und bleibt üblicherweise ohne Folgen.

Vorwärts denn zu neuen Heldenthaten ... (Höcker, Gedenkbuch, 1889) – Der NATO-Alarm

Der schrille Ton der Trillerpfeife des UvD reißt kurz nach zwei Uhr morgens die schlafenden Mitarbeiter der Versorgungsstaffel aus den schönsten Träumen. Zwischen den Pfeiftiraden brüllt der übereifrige UvD immer wieder „NATO-Alaaarm ... NATO-Alaaarm ..." Der GvD folgt der Stimme seines Herrn, jedoch mit wesentlich gedämpfterem Enthusiasmus, denn er ist Wehrpflichtiger mit keinerlei Ambitionen. Schlaftrunkene Gestalten springen aus den Betten und versuchen fluchend ihre Ausrüstung zusammenzusammeln. Kurze Zeit später treten die Soldaten vor der Unterkunft zum Appell an. Während dieser im Gange ist, treffen auch schon die ersten telefonisch alarmierten verheirateten Soldaten ein.

„Das hat gerade noch gefehlt: NATO-Alarm, und das bei dem Sauwetter, wo man normalerweise nicht einmal einen Hund vor die Tür jagt!", schimpft Rossner vor sich hin.

Während die Techniker ihre Geräte und Werkzeuge mehr oder weniger ständig parat halten, trifft ein NATO-Alarm die Schreibstubenhengste besonders hart. Die sind doch tatsächlich gezwungen, ihre warmen, trockenen Schreibstuben zu verlassen, um diese gegen Zelte, die auch noch aufgebaut werden müssen, zu vertauschen. Zuvor haben sie auch noch die wichtigsten Formulare, Akten, Dokumente und anderen Kram in Kisten zu packen und auf den Fahrzeugen zu verstauen. Der Staffelchef kann da sehr genau sein, denn er achtet penibel darauf, dass bis auf den letzten Radiergummi und Bleistiftspitzer alles mitkommt, damit er während der Übung zumindest den Papierkrieg weiterführen kann, wenn es schon keinen richtigen Krieg gibt. Mit unverhohlener Schadenfreude berichten die Techniker ihren Kollegen von der Schreibstube erschreckende Dinge über das Leben im Felde, unter erschwerten Bedingungen, bei Regen und eventuell auch Schnee. Keine Frage, dies jagt Schauder des Entsetzens über den Rücken manches Schreibstubenhengstes.

„So was", wundert sich der Abiturient Holzmann aus dem Saarland, „die behandeln uns auf einmal sogar wie Kameraden."

Nachdem der Marschbefehl bekannt gegeben wurde, eilen die Soldaten zu den bereitstehenden Fahrzeugen. Motoren springen an, kriegsmäßig abgeblendete Scheinwerfer leuchten auf, eine Kolonne formiert sich, und Lastwagen, VW-Busse, Jeeps und Kranwagen fahren durch das Tor der Hauptwache. Ziel ist ein sogenannter Bereitstellungsraum nahe der Standortschießanlage. Diese liegt, wie bereits berichtet, auf einem dicht bewaldeten Hügel über der Stadt, Richtung Friesenried. Die Fahrzeuge verteilen sich, Soldaten springen herab, und alles sieht zunächst nach dem totalen Chaos aus. Dies ist jedoch nur der äußere Anschein, denn nach einer Weile haben die Techniker in Uniform dieses scheinbare Chaos im Griff, und die oft geübten Maßnahmen kommen zum Tragen. Die Fahrzeuge werden getarnt, Zelte aufgestellt, die Küchenbullen machen sich an die Arbeit, denn es soll irgendwann eine warme Mahlzeit geben. Das alles geschieht im kalten Nieselregen.

Bei dem Wetter wäre es das Vernünftigste gewesen, ein paar Feuer anzuzünden, damit sich die durchnässten Soldaten die Klamotten trocknen können. Aber das sieht der Übungsplan nicht vor, denn der Feind hätte den Rauch und den Feuerschein entdecken können. Als ob die Russen nicht wissen könnten, wo sich die Versorgungsstaffel bei einem Alarm üblicherweise verdrückt! Also holen die Jungs ihre Spielzeugkocher, sprich Esbitkocher, heraus und beginnen, sich mit klammen Fingern Tee oder Kaffe zuzubereiten, um sich wenigstens innerlich etwas aufzuwärmen.

Ein paar Soldaten sichern das umliegende Gelände, während andere ihre Zelte etwas wohnlicher einzurichten versuchen, eine vergebliche Mühe, denn alles ist nass und klamm und schmutzig.

„Kameraden und Mitstreiter“, ruft Holzmann pathetisch aus, „dies verspricht eine grauenvolle Nacht zu werden.“

„Wo er recht hat, hat er recht“, antwortet eine verzweifelte Stimme aus der Dunkelheit.

Das Szenario ist wahrlich nicht erbaulich, denn die Temperatur liegt um den Gefrierpunkt. Zudem kommt noch Eisregen auf, und jeder versucht nun, ein trockenes Plätzchen zu finden. Diejenigen Spezialisten, die im Funkwagen, Troposcatter oder in der Feuerleiteinheit unterkommen, brauchen sich über Nässe und Kälte nicht den Kopf zu zerbrechen. Alle anderen haben äußerst unangenehme Stunden vor sich.

Zu bedauern sind auch jene Soldaten, die nass und frierend das Lager gegen mögliche Saboteure verteidigen sollen.

„Saboteure?“, hört man die verwunderte Stimme des Gefreiten Haeberle. „Des glaub i net. Die ganget doch bei so em Souwetter net im Wald spaziere.“

„Gefreiter Haeberle“, ertönt eine befehlsgewohnte Stimme, „hören Sie auf mit Ihrem defätistischen Blödsinn. Hier sind Härte und Entschlossenheit gefordert.“

„Defä ...? I hän des no nie ghört. I hoff des is koi Beleidigung, Herr Oberfeld“, tönt es zurück.

Ein ellenlanger Fluch ist die Antwort.

Durch seine guten Beziehungen zum Waffenmeister hat Rossner das unwahrscheinliche Glück, während der Nacht in dessen VW-Bus unterzukommen. Und der alte Kämpe hat doch tatsächlich klammheimlich ein paar Flaschen Bier in einem Werkzeugkasten deponiert! Da sieht man mal wieder, wie praktisch doch so ein Werkzeugkasten ist – vor allem ein verschließbarer! Nach einem herzhaften Schlummertrunk fällt das Einschlafen, selbst unter den miserablen Bedingungen im Wald, wesentlich leichter.

Der vom Regen aufgeweichte Waldweg sieht vielleicht aus, nachdem ihn die ersten Fahrzeuge passiert haben. Die Reifen drücken in den aufgeweichten Boden immer tiefere Spurrinnen, die sich langsam mit Wasser füllen.

Jedes NATO-Manöver geht – zum Glück – auch mal zu Ende. Die Nachwehen sind allerdings erschreckend: Die von oben bis unten total verschmutzten Fahrzeuge, Geräte, Waffen und persönlichen Ausrüstungsgegenstände müssen gereinigt und notfalls auch wieder instand gesetzt werden. Das dauert Tage, und die Stimmung der Truppe rutscht in den Keller. Am allerwenigsten zu beneiden sind vor allem diejenigen Soldaten, die an Fahrzeugen und Großgeräten die notwendigen Reinigungsarbeiten durchführen müssen.

Nach getaner Arbeit sitzen sie erschöpft auf der Stube zusammen und lassen ihren Frust über den entsetzlichen „NATO-Ausflug", wie sich Haeberle ausdrückt, und die anschließende Reinigungsorgie aus. Da habe ich ja mal wieder unheimlich Schwein gehabt, denkt Rossner zufrieden schmunzelnd.

Es steht ein Soldat am Wertachstrand *oder* winterliche Impressionen

Wache schieben ist wahrlich keine erstrebenswerte Sache, und schon gar nicht im Winter. Zur Wache antreten müssen meist jene Soldaten, die irgendwie aufgefallen sind. Mit allerlei Tricks versuchen sich die Betroffenen zu drücken. Der einfachste Weg besteht darin, die Wache mit einem anderen Kameraden zu tauschen, falls man zu dem Termin etwas Wichtiges vorhat. Andere wiederum, die das nötige Kleingeld haben, überzeugen manchen Kameraden mit klingender Münze, für sie einzuspringen.

Das Wachlokal der Hauptwache weist eine spartanische Einrichtung auf und hat ungefähr den Charme einer Justizvollzugsanstalt. Es riecht nach Bohnerwachs, kaltem Zigarettenrauch und gebrauchten Socken. Der Wachtdienst dauert 24 Stunden und wird im Rhythmus von vier Stunden Wache und vier Stunden Ruhe durchgeführt. Die Holzpritschen sehen nicht sehr einladend aus, und so verziehen sich die altgedienten Soldaten in die Arrestzellen, in denen normale Betten stehen. Das Dienstalter genießt eben seine Privilegien. Es scheint bemerkenswert, dass die Zellen meist leer stehen. Dies spricht für die Bewohner des Fliegerhorstes, die sich anscheinend nur sehr selten gravierender Vergehen schuldig machen. Vielleicht sind sie aber auch nur besonders clever und lassen sich nicht erwischen?

Diesmal hat Rossner Pech, er muss auf Wache. Das ist ärgerlich, denn er hat eine neue Flamme. Wie ist sie aber auch süß, die kleine blonde Susi ... allein schon der lockende Augenaufschlag! Das weckt zunächst einmal Beschützerinstinkte bei Rossner, dann kommen allerdings auch noch andere Gefühle auf ... Aber zunächst einmal geht es händchenhaltend und turtelnd durch rosige Wolken, obwohl Winter ist.

In dieser Winternacht mit eiskaltem Wind schiebt der Gefreite Haeberle vor einem Flugzeughangar Wache. Kein Wunder, dass er die Schnauze voll hat, denn er ist müde, und trotz Filzstiefeln und Winter-Postenmantel, dem sogenannten ‚Wolganerz', friert er, weil der Wind durch die Uniform bläst. Erschwerend kommt hinzu, dass er die Zehen fast nicht mehr spürt, der Stahlhelm drückt, und Rauchen ist auch verboten. Hier kommt also einfach, zumindest im Moment, zu viel Negatives zusammen, um sich noch als stolzer Vaterlandsverteidiger fühlen zu können Es ist einfach ein miserabler Job.

Während er so vor sich hin döst und fröstelt, meint er plötzlich ein Geräusch gehört zu haben und wird schlagartig aufmerksam. Vielleicht gibt es doch noch etwas Abwechslung? Da er ein paar Tage vorher einen spannenden Agenten-Thriller im Kino gesehen hat, wird seine Fantasie sofort angeregt. Vielleicht treiben sich da gar russische Geheimagenten auf dem Fliegerhorst herum? Tatsächlich, da ist wieder ein Geräusch, und ist da nicht auch ein Schatten? Der Gefreite nimmt möglichst lautlos das Gewehr von der Schulter und macht sich bereit, die Waffe durchzuladen und zu entsichern. Da kommt doch tatsächlich ein Schatten auf ihn zu ... nun gibt es für ihn keinen Zweifel mehr! Hoffentlich reichen die fünf Patronen, die er auf der Wache bekommen hat! Haeberle lädt blitzschnell das Gewehr durch, schiebt den Sicherungshebel nach vorne, richtet die Mündung auf den Schatten und ruft lauthals vorschriftsmäßig: „Halt! Stehe bleibe od'r i schieß!" Der Schatten sagt etwas, was aber vom Heulen des Windes übertönt wird. Der Gefreite wiederholt sein Verslein noch zweimal. Da der Schatten jedoch immer noch auf ihn zukommt, gibt er einen Warnschuss ab, der das Hangardach trifft. Oh weh, das gibt garantiert Ärger!

Der Schuss ist noch nicht verhallt, da erstarrt der Schatten zur Salzsäule! Plötzlich lässt sich eine befehlsgewohnte Stimme vernehmen: „Mann, lassen Sie den Unsinn, hier ist Oberstleutnant … auf einem Kontrollgang, ich bin der Standortkommandant."

„Des könnt' ja jeder sage! Drehet Se sich um un stellet Se sich an d' Wand!", entgegnet der Gefreite schlagfertig, nachdem er sich von seiner Verblüffung erholt hat.

Der Oberstleutnant versucht nun diesen impertinenten Gefreiten davon zu überzeugen, dass er wirklich der ist, für den er sich ausgibt, und zur Bekräftigung will er ihm seinen Dienstausweis zeigen, da er sich in Zivilkleidung angeschlichen hat. Aber das alles führt zu nichts, denn Haeberle scheint zu keinem Kompromiss bereit und erklärt kategorisch, dass ihm das zu gefährlich wäre. Es bleibt dem Gefangenen also nichts weiter übrig, als sich in sein Schicksal zu fügen.

Da steht der Haeberle nun mit dem Oberstleutnant in der Eiseskälte. Zum Glück für den Offizier hat ein Soldat im Wachlokal den Schuss wahrgenommen, meint aber zunächst, sich getäuscht zu haben. Schließlich meldet er aber dann seine Beobachtung an den Wachhabenden, der unverzüglich mit einer Truppe ausrückt und schließlich den stinksauren Oberstleutnant, der inzwischen vor Kälte schon mit den Zähnen klappert, aus seiner misslichen Lage befreit. Kein Zweifel, der Haeberle hat korrekt gehandelt, auch wenn die Gerüchte nicht verstummen wollen, er habe genau gewusst, wer da in der Dunkelheit vor ihm stand. Der Oberstleutnant wird beim nächsten Kontrollgang wohl vorsichtiger vorgehen!

Jeder Wachtdienst geht einmal vorbei, und Rossner ist wieder mit der süßen blonden Susi zusammen.

„Wir könnten Silvester doch in Oberstdorf feiern", schlägt sie vor, „da war ich letztes Jahr mit meinen Eltern auf einer Feier. Da war echt was los, mit Tanz und Gaudi. Was hältst du davon?"

„Prima Idee!"

„Dann frage ich meinen Cousin Ralf, ob er mitkommt, der hat ein Auto. Wenn wir bei meinen Verwandten in Tiefenbach übernachten, das ist gleich bei Oberstdorf, lassen meine Eltern mich sicher mit."

Das mit dem Cousin Ralf gefällt Rossner absolut nicht, er wird misstrauisch. Zu gerne wäre er mit der süßen Susi allein gewesen.

Sie fahren morgens bei gemischtem Wetter mit Rolfs betagtem Renault Dauphine in Kaufbeuren los. Auf den Straßen liegt Schneematsch. Es geht über Obergünzburg nach Kempten. Vor Sonthofen reißt die Wolkendecke auf, die Sonne kommt heraus und beleuchtet die schneebedeckten Berge. Herrlich! Susi sitzt vorne neben Ralf. Sie scheint nur Augen für ihn zu haben. Also doch, denkt Rossner verbittert, ich hatte von Anfang an so ein ungutes Gefühl mit dem Ralf ... Kurz vor Oberstdorf geht es rechts nach Tiefenbach. Vor einem stattlichen Bauernhof im typisch alpenländischen Stil halten sie an. Das Holz der Wände ist sozusagen sonnenverbrannt. Berge von Schnee sind rundherum aufgetürmt. In der nun einsetzenden Dämmerung sind die umliegenden Berge mit ihrem weißen Kleid in ein zauberhaftes Licht getaucht.

„Wir sind da!", ruft Susi fröhlich aus.

Da tritt auch schon eine Frau aus der Haustüre.

„Das ist meine Tante Maria", stellt Susi die mütterlich aussehende Frau vor und fällt ihr um den Hals.

„Der Gustl isch no im Stall. Zehn Küha ham mer, d'müasn versorgt wern."

Da kommt der Gustl auch schon herbeigeeilt, um die Gäste zu begrüßen. Während die Hausfrau Kaffee aufsetzt und Susi und Ralf nach dem Befinden der sehr entfernten Verwandtschaft in Kaufbeuren ausfragt, sieht sich Rossner in der Bauernstube um. Die massiven Möbel scheinen selbstgeschnitzt zu sein. Schön ist auch der dunkelgrüne, kugelige Kachelofen mit der Sitzbank rundherum. Oben drüber ist ein Gestell mit Brettern, wo die Kinder in sehr kalten Winternächten schlafen dürfen. Der Herrgottswinkel mit dem gekreuzigten Heiland fehlt ebenfalls nicht. Richtig heimelig ist es hier, geht es ihm durch den Kopf

Auf einmal hat es die Susi eilig wegzukommen.

„Viel Spaß", wünscht Maria, „i leg den Haustürschlüssel unter d' Fuaßmattn."

Der Ralf will unbedingt mit dem Auto zu dem Hotel fahren, wo der Silvestertanz stattfindet. Als sie ankommen, ist schon ganz schön was los. Susi und Ralf tanzen eng umschlungen. Verdammt, denen werde ich es zeigen, nimmt sich Rossner vor. Er pirscht sich an eine dralle Dunkelhaarige heran. Sie heißt Hildegard, ist zwar nicht sein Typ, genausowenig wie die Umtata-Musik. Die wilde Hilde, die eine wahre Walküre ist, presst Rossners Gesicht in ihren gewaltigen Ausschnitt, so dass er glaubt, er sei zwischen zwei von der Sonne erwärmten Felswänden eingeklemmt.

„Kommst du mit mir?", säuselt sie ihm zu vorgerückter Stunde ins Ohr. „Ich bin alleine, mein Mann hat Dienst bei der Bahn."

Das ist doch eine Einladung – Sympathie hin oder her. Aber halt! Rossner hat eine eiserne Regel für sich selbst aufgestellt: Penne nie mit einer verheirateten Frau! Also bleibt ihm nur noch der Alkohol. Deshalb bekommt er von dem Jahreswechsel und dem Feuerwerk nicht allzuviel mit. So endet also das Jahr 1965 für Rossner ...

Obwohl Ralf nicht mehr nüchtern ist, will er unbedingt mit dem Auto zum Bauernhof zurückfahren. Rossner ist das wurst. Er ist heilfroh, als sie am Bauernhof ankommen, und fällt sang- und klanglos mit allen Klamotten ins Bett, nur die Schuhe zieht er aus.

Beim Frühstück herrscht eisiges Schweigen, Susi sitzt bleich mit verschlossener Miene da und würdigt den verbissen dreinblickenden Ralf keines Blickes. Rossner hat einen fürchterlichen Brummschädel, ihm ist alles schnurzegal, er will nur seine Ruhe. Während der Rückfahrt schläft er ein. Als er zwischendurch einmal aufwacht, denkt er: Welch ein mieser Jahresanfang 1966! Was ist da nur vorgefallen, dass die Susi den Ralf auf einmal links liegen lässt? Dann schläft er wieder ein.

Das ist das Ende der Affäre mit dem süßen Blondchen Susi ... schade eigentlich!

Der Winter hat noch andere Qualitäten. Glorreiche Zeiten sind es, als die Vor- und Alpenländler beim Eishockey sämtliche Lorbeeren einheimsen! Wer kennt nicht die Helden der Hockeyteams vom SC Riessersee, aus Landsberg, Kaufbeuren und so weiter. Es gibt praktisch noch keine Kunsteisstadien, und die Nordlichter haben gegenüber ihren südlichen Nachbarn wenig Gelegenheit zum Üben. In Kaufbeuren befindet sich selbstverständlich auch ein viel besuchtes Eisstadion. Keine Frage, die Bevölkerung und auch ein Teil der Soldaten bemühen sich redlich, die Lokalmatadore bestmöglich zu unterstützen. Das gehört einfach zum guten Ton. Hin und wieder kocht die Volksseele jedoch über, und es geht recht zünftig zu. Da landet auch manche leere Bierflasche auf der Eisfläche oder es kommt zu Rangeleien mit den Fans der Gegner. Clevere Bundeswehrler leihen sich oben im Fliegerhorst bei der Hauptwache Filzstiefel aus. Das wird stillschweigend geduldet.

Der Februar und der März bescheren wieder einmal herrliche Wintertage mit meterhohem Schnee, Sonnenschein und stahlblauem Himmel. Besonders beeindruckend ist der Blick von dem erhöht liegenden Stadtteil Neugablonz aus. Dort steht einsam das Café Alpenblick, von dem aus man das schneebedeckte Alpenpanorama vor sich hat.

Bernd hat es nicht abwarten können, seinen Führerschein beim Bund zu machen. Die Eltern sind offensichtlich wohlbetucht, und er erhält das Geld von zu Hause, um den Führerschein bei einer Fahrschule in der Stadt zu erwerben. Ein Auto scheint ebenfalls im Bereich des Möglichen und tatsächlich kommt er dann eines Tages mit einem nagelneuen Opel Kadett angerauscht.

„Solche Eltern möchte ich auch haben!“, ruft Rossner aus. Ist da nicht ein Quentchen Neid in seiner Stimme?

Es wird wärmer, und die erste große Probefahrt führt nach Garmisch-Partenkirchen. Das Wetter ist einfach herrlich!

„Mensch, da fahren wir doch mit der Zahnradbahn auf die Zugspitze“, schlägt Rossner vor.

Gesagt, getan. Sie haben Glück, denn ein phantastischer Ausblick erwartet die Besucher vom höchsten Berg Deutschlands. In der Sonne glitzernde verschneite Gipfel, so weit das Auge reicht. Darüber wölbt sich der stahlblaue Himmel.

Wieder unten in Garmisch-Partenkirchen angelangt, lernen sie zwei Mädchen kennen. Es funkt sofort, Bernd fährt auf die kesse, schwarzhaarige Angelika ab, Rossner auf die brünette, zunächst etwas ruhigere Marianne. Es wird jedenfalls ein lustiger Abend mit viel Gelächter, wobei Marianne mehr und mehr auftaut. Um Mitternacht brechen sie schließlich auf. Ganz wie Kavaliere alter Schule, wollen Bernd und Rossner die beiden lustigen Nudeln nach Hause geleiten. Der Nachhauseweg zieht sich allerdings in die Länge, denn unterwegs knutschen und fummeln beide Paare trotz der niedrigen Temperaturen noch heftig in verschiedenen dunklen Ecken herum. Man verabredet sich atemlos für den nächsten Tag.

„Wollen wir uns jetzt noch ein Hotelzimmer suchen?", fragt Rossner den Kumpel.

„Ach was", antwortet Bernd leichthin, „es ist doch nicht so kalt, da pennen wir im Auto."

Also machen es sich die beiden Vaterlandsverteidiger in Zivil im Fahrzeuginnern bequem. Aber nach einer Weile dämmert es Bernd und Rossner, dass das wohl doch keine so gute Idee gewesen ist, denn die Kälte kriecht erbarmungslos in das Fahrzeuginnere. Da helfen auch die vorhandenen Parkas und Decken nicht allzu viel. Deshalb kommt man nicht umhin, jede Stunde den Motor laufen zu lassen, um wenigstens etwas Wärme abzubekommen. So verbringen sie die Nacht schlaflos und mit klappernden Zähnen. Die große Enttäuschung kommt am nächsten Morgen, als die Mädchen, trotz aller Liebesschwüre der vergangenen Nacht, nicht zum Rendezvous erscheinen.

Bernd schimpft wie ein Rohrspatz und ruft pathetisch aus: „Diese treulosen Dinger! Was für ein ungeheurer Einsatz, und nichts ist dabei herausgekommen, verflucht seien diese Weiber! Dafür haben wir uns also die Nacht frierend um die Ohren geschlagen. Komm, mir reicht es, fahren wir zum Fliegerhorst zurück. Da stellen wir das Auto ab und gehen runter in die Stadt, ich habe nämlich das Bedürfnis, meinen Frust im Alkohol zu ertränken."

„Wem sagst du das? Da bin ich doch glatt dabei."

Sie machten sich also auf den Rückweg. Nachdem sie den Kadett abgestellt haben, begeben sie sich hinunter in die Stadt.

„Ich habe jetzt erst einmal einen Wahnsinnskohldampf", verkündet Bernd.

„Nicht nur du, ich auch", versichert Rossner. „Ich mache dir einen Vorschlag: Wir gehen zuerst in den Storchen unten im Rosenthal, direkt am Rathaus, und essen jeder eine große Portion Pommes, die sind berühmt. Zu deiner Information, im Wienerwald am Graben gibt es übrigens auch ausgezeichnete gute Pommes. Anschließend verdrücken wir noch je ein Stück von einer der guten Torten im Café Stenglein in der Kaiser-Max-Straße. Danach haben wir eine solide Grundlage, um unseren Frust später im Ringkeller runterzuspülen."

„Ausgezeichnete Idee, kann ich nur sagen!", stimmt Bernd zu. „Da unten im Rosenthal ist doch auch der Gasthof Glocke. Der hat nicht unbedingt den besten Ruf."

„Muss ich mir merken."

Die Pommes sind tatsächlich ausgezeichnet, goldgelb und so richtig schön knusprig. Auch die anschließende Torte lässt nichts zu wünschen übrig. Ein paar hübsche Mädels sitzen im Stenglein, allerdings leider im Kreise ihrer Lieben, beim Sonntagnachmittagskaffee. Einige der jungen Damen wechseln verstohlene Blicke mit den beiden jungen Männern.

„So ein Mist", seufzt Rossner, „die Bräute können wir nun wirklich nicht einfach in Gegenwart von Mama und Papa abschleppen, und dann auch noch in den Ringkeller."

„Man würde uns steinigen", vermutet Bernd ahnungsvoll.

„Wie wahr, wie wahr. Komm, lass' uns in den Ringkeller gehen."

Im Ringkeller werden sie gleich von einer Qualmwolke eingehüllt, und aus der Music Box ertönt: 'Hang on Sloopy, Sloopy hang on' von den McCoys.

„Jawohl, hängt ihn auf, den grauslichen Schluupiii", grölt eine besoffene Stimme aus der rechten Ecke. Alles lacht ...

Die beiden Neuankömmlinge finden noch zwei freie Plätze an der Bar, wo die durstigen Seelen erst einmal ein Glas leeren.

„Hier ist doch wenigstens schon etwas los", freut sich Bernd. „Ich zieh mir mal den James Brown rein." Er begibt sich zur Music Box, und schon ertönt „I feel good". „Wir reiten jetzt auf der schwarzen Welle", verkündet Bernd nach der Rückkehr an die Bar, „pass auf ..."

Tatsächlich, da ertönt: ‚Stop! In the name of love' von den Supremes.

„Diese entzückenden schwarzen Girls!", ruft Rossner aus, während er die Augen verdreht. „Stop! In the name of love before you break my heart, think it over", fällt Rossner in den Refrain ein.

Kaum sind die Stimmen der Mädels verstummt, geht es weiter mit Wilson Picketts „In the midnight hour".

„Prost!", ruft Rossner, das Glas hebend.

Um Mitternacht wanken zwei müde Gestalten die Schraderstraße entlang, hinauf zum Fliegerhorst, wo sie in ihre Kojen fallen.

„Ein Soldat schläft nicht", lallt Bernd, „er ruht, das aber auch nur mit einem Auge."

„Wenn's schwarz wird vor Augen", lässt sich Rossners verschlafene Stimme hören, „dann sind wir eingeschlafen."

Kurze Zeit später ertönt nur noch lautes Schnarchen.

Bei Rossner hat es wieder einmal gefunkt, er hat eine neue Flamme: Christine, kurz Chris genannt. Er hat die aparte siebzehnjährige Brünette im Cortina kennengelernt und war auch schon ein paarmal mit bei ihr zu Hause. Der Vater ist Sachverständiger im Luftfahrtwesen, den zieht man bei Flugzeugabstürzen zu Rate. Da hört Rossner begeistert zu, wenn der Fachmann aus der Schule plaudert.

Zum 18. Geburtstag von Chris steigt eine große Party im Keller ihres Elternhauses. Gegen Mitternacht, zum Klang des Beatles-Songs ‚All my loving', tanzen drei Pärchen eng umschlungen in der Mitte des Raums. Eines dieser Pärchen sind Chris und Rossner ...

Das Manöver beim falschen Verein

Endlich kündigt sich leise der Frühling an! Die Freude wird allerdings getrübt, denn eine höhere Instanz hat in nicht nachvollziehbarer Anwandlung die seltsame Vorstellung, einige Soldaten der Instandsetzung zusammen mit der Sicherungsstaffel ins Manöver zu schicken. Rossner hat das Pech, auch dabei zu sein.

„Mit der Sicherungsstaffel ins Manöver", poltert dieser los, „das halte ich nicht aus."

Bei der Sicherungsstaffel handelt es sich sozusagen um die Infanterie der Raketeneinheit. Die soll die Raketenstellungen gegen Wanderer, Pilzsucher, Saboteure und andere unliebsame Elemente schützen. Zumindest die Offiziere und die Unteroffiziere dieses Vereins geben sich recht zackig, so wie richtige Militärs. Von deren Untergebenen kann man das allerdings nicht unbedingt behaupten. Da seltsamerweise zeitweilig zahlreiche Bauarbeiter und Hilfsarbeiter vom Bau in der Sicherungsstaffel dienen, nennt man diese schon mal ‚I.G. Bau – Steine – Erden – Staffel', in Anlehnung an die gleichnamige Gewerkschaft. Das ‚I.G.' steht für ‚Intelligenz-Goofies'. Halt, jetzt ist aber Schluss, denn andernfalls könnte man auf den Gedanken kommen, hier finde eine massive Diskriminierung aufrechter Vaterlandsverteidiger statt!

„Woischt, wie sich des so für gestandene Leut vom Bau ghört, saufe die auch wie die Löcher", stellt Schäufele fest.

Rossner fängt an zu lachen.

„Was häscht?", fragt der Schwabe erstaunt.

„Da muss ich an jenen Spezialisten denken, der im Hause meiner Eltern die Toilette und das Bad mit Fliesen ausgestattet hatte.

Der saß frühmorgens bei Arbeitsbeginn schon auf einem vollen Bierkasten, und bis abends war er selber voll wie eine Strandhaubitze, und der Kasten Bier war leer. Ein Wunder, dass der die Fliesen nicht verkehrt herum an die Wand klatschte. Noch verwunderlicher ist, dass die Fliesen schön in Reih und Glied an den Wänden kleben. Die Rechnung dieses Spezialisten war einfach: Pro Quadratmeter verlegte Fliesen ein halber Kasten Bier."

Da muss Schäufele auch lachen.

Die Gruppe der abkommandierten Angehörigen der Instandsetzung setzt sich zusammen aus einem Stabsunteroffizier, Rossner und den berühmt-berüchtigten ‚drei Schwaben'. Der Stuffz Deinzer, kurz vor der Beförderung zum Feldwebel und mit Rossner befreundet, hält sich wohlweislich im Hintergrund. Er will einerseits die Freundschaft nicht aufs Spiel setzen, andererseits seine Karriere nicht gefährden – eine ganz schön heikle Gratwanderung!

Die Fahrt mit dem Sonderzug auf den Truppenübungsplatz, der laut Schäufele „... nach eum Tier benannt worde isch, dem soi Name auch als Schimpfwort gebräuchlich isch ...", verläuft ereignislos, da der Abtransport im Morgengrauen stattgefunden hat und deshalb jedermann vor sich hinpennt. Der Schäufele steht manchmal auf der Leitung und hat irgendwie nicht mitbekommen, dass es auf den Truppenübungsplatz Hammelburg geht.

„Im Gegensatz zu dem Ausflug neulich im Zusammenhang mit der Entsorgung überlagerter Munition in Hammelburg", verkündet Rossner ahnungsvoll mit düsterer Miene, „wird das diesmal sicher keine Vergnügungsreise werden."

Es wird eine lange Zugfahrt, denn die Waggons mit den Soldaten und ihrer Ausrüstung werden immer wieder auf Nebengleise geschoben. Stuffz Deinzer und Rossner unterhalten sich wieder einmal über Flugzeuge, ihr gemeinsames Hobby.

„Ich habe neulich den James-Bond-Film ‚Feuerball' gesehen", eröffnet Deinzer die Unterhaltung. „Was gab es in dem Film für herrliche Aufnahmen von dem eleganten englischen Atombomber Avro 698 Vulcan mit den riesigen Deltaflügeln ..." Er verdreht verzückt die Augen.

„Hast du den Film auch im Regina in Kaufbeuren gesehen?", fragt Rossner.

„Ja", antwortet Deinzer. „Das Kino im Forettle, ein komischer Straßenname."

„Da hast du recht", stimmt ihm Rossner zu.

Nun sind sie also schon wieder mittendrin in einer Diskussion über Flugzeuge. Deinzer hat sein Taschenbuch „Flugzeuge der Welt", 1964, von William Green mitgebracht. Kein Wunder, dass die Zeit wie im Flug vergeht.

Nach der Ankunft entwickeln sich bereits die ersten Spannungen zwischen den Technikern und den ‚Pseudoinfanteristen' oder vielmehr deren Führung, denn die Leute von der Sicherungsstaffel entladen ihre Ausrüstung in nahezu perfekter Ordnung, während bei den Technikern das kontrollierte Chaos herrscht.

Zum Eklat kommt es schließlich, als nach etwa einer Stunde der Gefreite Schäufele als vermisst gemeldet wird. Der scheint sich ganz einfach in Luft aufgelöst zu haben. Ausschwärmende Suchtrupps finden ihn schließlich, friedlich schlafend, in einem der Eisenbahnwaggons. Da sind Bahnbeamte gerade dabei, die Waggons an eine Lokomotive zu hängen.

„Das wäre ein Spaß gewesen", sagt Rossner lachend, „wenn man den Schäufele weggefahren hätte!"

Der Oberleutnant der Sicherungsstaffel und sein Adlatus, ein Leutnant, stecken die Köpfe zusammen. Den hochgezogenen Augenbrauen und den finsteren Mienen kann man eindeutig entnehmen, dass die beiden Herren nicht unbedingt als Fans der Techniker gelten können.

Nichtsdestoweniger lässt sich die Sache zunächst ganz gut an, denn die Schwaben haben wohlweislich ein großes Zelt organisiert, das normalerweise etwa zwölf Personen beherbergen könnte. Tatsächlich besteht die Gruppe ja nur aus fünf Mann. Dem Organisationstalent der Spezialisten scheinen keine Grenzen gesetzt zu sein, und so wundert sich auch niemand, als die scheinbar aus dem Nichts einen riesigen Strohhaufen herankarren, der fast das ganze Zelt bis zum Dach ausfüllt.

„Wo wollen wir da pennen?“, fragt Rossner erstaunt, als er die Bescherung sieht.

„Ganz oifach“, antwortet Haeberle, „mir leget uns obe nauf, da sinkt des Stroh nach unte.“

Das leuchtet ein! Sie legen sich also oben drauf und der Strohhaufen sackt langsam, aber sicher in sich zusammen, das Ergebnis ist eine herrliche Schlafunterlage.

Da keiner der olivgrünen Ausflügler an eine Beleuchtung gedacht hat, heißt es improvisieren.

„Menschenskind!“, ruft Haeberle. „I hän a Idee: Unter de Einmannration isch doch die runde Alutub, die ogäblich Schwoinefett enthalte soll. Das isch zwar ungenießbar und vielloicht grad no als Ersatzschmiermittel für Metallteile geeignet, aber wenn ma oin Gwehrreinigungsdocht noisteckt, gibt das doch a schöns Kerzle.“

Die anderen blicken ihn verwundert an und er macht sich gleich an die Arbeit. Das Ergebnis ist verblüffend: Der Haeberle produziert eine wenn auch fürchterlich rußende, aber akzeptable Art Kerze.

„An dir ist ein Erfinder verloren gegangen“, stellt Rossner anerkennend fest.

Da kokelt die seltsame Kerze abends vor sich hin, bis der Oberleutnant dieses technische Wunderwerk entdeckt. Es scheint ihm aber nicht sonderlich zu gefallen, denn er murmelt etwas von wegen „ ... Zweckentfremdung von Bundeswehreigentum ...“, und „ ... dies wird noch ein Nachspiel haben ...“

Der „die könnet mi“-Philosophie der Gefreiten Schäufele, Haeberle und Scheible tut dies allerdings keinerlei Abbruch. Später hat der Haeberle dann noch eine Petroleumlampe organisiert. Woher die stammt, weiß nur er. Allerdings ist bekannt, dass lediglich die Offiziere, der Spieß und die Küchenbullen über exklusive Beleuchtung verfügen.

Am nächsten Morgen entdeckt der Oberleutnant, dass ein Paar Knobelbecher aus dem Zelteingang ragen. Da sich alle Soldaten bereits auf dem Weg zum Appellplatz befinden, wittert er sofort Unrat. Tatsächlich stecken die Füße des Gefreiten Schäufele in diesen Knobelbechern, und der liegt komplett bekleidet auf dem Stroh und schläft anscheinend noch. Es ist eben eine liebe Angewohnheit von ihm, nach dem Frühstück noch ein winziges Nickerchen zu halten. „Sonscht ka i des Gseire vo die Dienschdgrad den ganze Tach lang net ertrage", murmelt er verschlafen.

„Mann, stehen Sie auf!", befiehlt der Oberleutnant zweimal.

Keine Reaktion ... Wutentbrannt bückt der Vorgesetzte sich, greift nach den Stiefeln und versucht den Gefreiten aus dem Zelt zu zerren. Um Himmelswillen, durchzuckt es Rossner, der Zeuge der Vorstellung ist, das ist nicht nur ein Fehler, sondern auch ein Verstoß gegen die Dienstvorschriften, denn einen Untergebenen fasst man ohne dessen Zustimmung nicht an! Schäufele zieht ein Bein an und versetzt dem Oberleutnant einen Tritt, dass der im hohen Bogen der Länge nach im Staub landet.

Da gibt es große Aufregung. Der Spieß erscheint auf der Szene.

„I hän in em Reflex ghandelt", beteuert Schäufele. „Außerdem dürfet Sie mi gar net alange", fährt er den Oberleutnant an. „I wär mi beschwere, wenn mir von dene Hammel wieder weg sin."

Der Spieß zieht den Oberleutnant hinter sich her. Er weiß genau: Wer bitteschön kann dem Schäufele eine vorsätzliche Handlung nachweisen?

Jeden Morgen versetzen die drei Schwaben Rossner und den Stuffz Deinzer in Erstaunen. Nicht nur, dass sie freiwillig das Frühstück für alle holen – das allein ist an sich schon ungewöhnlich für die drei notorischen Tagediebe. Vielmehr staunen die Kameraden, was die da so alles anschleppen, wenn sie mit dem Frühstück vom Küchenwagen zurückkehren. Die bringen es doch tatsächlich fertig, immer doppelte Portionen zu erhalten. Wie sie das anstellen, übersteigt Rossners Vorstellungsvermögen. Er sieht allerdings auch von einer eingehenden Befragung ab. Das würde doch nichts bringen. Außerdem ist gegen doppelte Portionen nichts einzuwenden – oder?

„Ich will überhaupt nichts darüber wissen", beteuert Deinzer.

„Komisch", rätselt Schorrle, „im Fliegerhorst bekommet mer die Küchenbullen kaum zum sehe. Da isch des Essen auch meist unter aller Sau."

„Mir ist das schon klar, warum sich das hier während des Manövers schlagartig ändert“, stellt Rossner fest. „Hier stehen wir Soldaten den Küchenbullen persönlich, sozusagen Auge in Auge, gegenüber und die Qualität der Mahlzeiten ist auf einmal komischerweise erheblich besser. Selbst der NATO-Kitt, der Kartoffelbrei, ist wunderbarerweise plötzlich genießbar. Da kann man nur darüber spekulieren, dass die Küchenbullen es ganz einfach aus Sicherheitsgründen für ratsam halten, etwas Vernünftiges in der Gulaschkanone zu kreieren – es geht ja schließlich eventuell ums nackte Überleben.“

Nach all den unliebsamen Vorfällen mit den Leuten von der Instandsetzungseinheit kann man sich die Stimmung des Oberleutnants vorstellen, als die Truppe in Richtung Schießplatz marschiert. Er läuft ein Stück neben Schäufele und Rossner her und sagt mit einem drohenden Unterton in der Stimme: „Es gibt ja noch andere Methoden, renitente Soldaten zur Räson zu bringen, zum Beispiel durch einen Besuch bei Nacht.“

„Da freuet mer uns scho drauf, Herr Oberleitnant, da hän mir sicher unsern Spaß“, erwidert der Gefreite Schäufele schlagfertig. Dabei grinst er unverschämt.

Abends entwickeln die sich bedroht fühlenden Mitglieder der Versorgungsstaffel ungeahnte Aktivitäten und treffen Maßnahmen, um unerwünschten nächtlichen Besuchern einen heißen Empfang zu bereiten. Sie legen Klappspaten, Taschenlampen und Knüppel bereit und installieren in der Dunkelheit Stolperdrähte mit daran befestigten leeren Konservendosen rund um das Zelt. Techniker sind halt am Werk, das merkt man gleich! Es wird lediglich bedauert, dass keine Übungshandgranaten zur Verfügung stehen, denn die hätte man leicht an den Stolperdrähten befestigen können. Das wäre ein Krawall gewesen, wenn die hochgegangen wären! Die ganze Mühe ist allerdings umsonst, denn der angekündigte Besuch realisiert sich zum allgemeinen Bedauern nicht. Im Morgengrauen brechen die Verteidiger die Aktion ab.

Insgeheim denkt Rossner, sich zufrieden auf dem Stroh ausstreckend: Wie bin ich froh, dass die tapferen Schwaben mit von der Partie sind! Mit denen kann man Pferde stehlen.

„Vielleicht hän die feindliche Späher ja unsre Vorbereitunge gsehe oder hat da jemand Schiss bekomme?", resümiert Schäufele am Morgen lautstark, damit es möglichst viele hören können.

Ganz offensichtlich ist der Spieß der Gasteinheit weder bei den Gastsoldaten und schon gar nicht bei seinen eigenen Mannen beliebt. Während das geplante Gefechtsschießen langsam in die Gänge kommt, fährt er mit einem VW-Bus durch die Gegend und bringt es tatsächlich fertig, oberhalb der Schießbahn in Schussrichtung herumzukurven.

„Ist der Mann von allen guten Geistern verlassen?", wundert sich Rossner.

„Feuer einstellen! Verdammt noch mal, Feuer einstellen!", brüllt der aufsichtsführende Oberfeldwebel.

Da ist der VW-Bus mit dem Spieß aber auch schon von der Bildfläche verschwunden. Plötzlich jedoch kommt er mit Karacho angejagt, eine Staubwolke hinter sich herziehend. Der schneidige Fahrer legt eine Vollbremsung hin und springt kreidebleich aus dem Fahrzeug. Es scheint, als hätte er den Leibhaftigen gesehen. Vor Aufregung bringt er zunächst kein Wort heraus und deutet nur immer wieder mit zitternder Hand auf die linke Seitenwand des VW-Busses. Da kann man knapp hinter dem Fahrersitz ein schönes kleines, rundes Einschussloch sehen! Es kommt nie heraus, ob hier eine vorsätzliche Tat oder ein Versehen vorliegt. Der Spieß hütet sich, die Sache an die große Glocke zu hängen, denn schließlich ist es ein klarer Verstoß gegen die Sicherheitsvorschriften gewesen, sich oberhalb der Schießbahn aufzuhalten. Übrigens gibt er sich nach diesem ‚Attentatsversuch' für den Rest des Manövers etwas jovialer gegenüber dem Fußvolk.

Die Gastsoldaten liegen im Gras und warten darauf, dass sie mit der Schießerei an die Reihe kommen. Sie haben Glück mit dem Wetter, denn für die Jahreszeit sind die Temperaturen schon recht angenehm. Während sie die Märzsonne genießen, unterhalten sie sich.

„Mein Gott, was die Uffze und Feldwebel von der Sicherungsstaffel für Sprüche drauf haben, da sträuben sich mir die Haare", sagt Rossner, einen Zettel aus der Tasche ziehend. Er sieht sich um. „Ich habe einiges aufgeschrieben, wollt ihr hören?"

„Klar ... selbstverständlich ...", klingt es rundum.

„Also, hört zu", beginnt Rossner, „es geht los: ‚Sind Sie ein Kartoffelsack, oder was? Nehmen Sie Haltung an!', ‚Gleich spiele ich mit Ihnen Hubschrauber – ich brumme, Sie rotieren!', ‚Guten Morgen, ihr Würmer!' oder ‚Guten Morgen, ihr Säcke!', ‚Wenn ich befehle: wegtreten, dann muss blitzschnell ein Geruch von verbranntem Gummi in der Luft schweben.', ‚Was heißt hier Entschuldigung?' Merken Sie sich eines, Gefreiter: Ein deutscher Soldat entschuldigt sich nicht, er bettelt vielmehr um Strafe.' So, mehr habe ich mir nicht aufgeschrieben, es reicht mit diesem Schwachsinn."

„Da könnet mir unser Stuffz Deinzer nur lobe", meint Haeberle, „von dem kommt allerhöchstens so e Spruch wie: ‚Ihr Koppel ist nicht richtig geschlossen! Wollen Sie sich erkälten?' Des isch doch eher harmlos."

„Danke für das Lob, Gefreiter Häberle", antwortet Deinzer erfreut, „zumal ich das Gefühl habe, es ist ernst gemeint. Ehrlich gesagt, ich mag diese miesen Militärhumoresken auch nicht."

Die Nachricht macht die Runde, dass auch eine nächtliche Schießübung auf dem Programm steht. Das übliche Procedere besteht darin, die Schießbahn im freien Gelände links und rechts mit Petroleumlampen zu beleuchten und somit zu markieren. Am Ende befinden sich die Schießscheiben. Eine aus einer Leuchtpistole verschossene Leuchtkugel sorgt dafür, dass diese für kurze Zeit in gleißendes Licht getaucht werden, und das ist genau der Moment um zu schießen. Diese kurzfristige Beleuchtung des Zieles erfordert die volle Konzentration des Schützen, und man kann sich vorstellen, dass es nur wenige gute Ergebnisse gibt.

Die Gefreiten Haeberle, Schorrle und Schäufele stehen im Ruf, ausgezeichnete Schützen zu sein, aber seltsamerweise versagen sie in dieser Nacht kläglich. Rossner wird misstrauisch und will gerade der Sache auf den Grund gehen, als ausgerechnet der Oberleutnant auftaucht, wohl um zu sehen, was seine ‚Sorgenkinder' machen. Auch er zeigt sich erstaunt, dass auf den Schießscheiben praktisch keine Treffer zu sehen sind.

„Was ist denn mit den Petroleumlampen los", ruft er plötzlich höchst alarmiert, „wer hat die denn ausgeschossen?"

Wer wohl? Aber die Schuldigen wissen von nichts.

„Herr Oberleitnant", meint Schäufele, sich dem Vorgesetzten zuwendend, „des müsset Querschläger g'wese sei."

Vor soviel Unverfrorenheit verschlägt es sogar diesem stolzen Krieger die Sprache. Nachweisen kann der Oberleutnant den Übeltätern selbstverständlich nichts.

Am nächsten Abend ist noch einmal Schießen in der Dunkelheit angesagt. Ein Wunder: Schäufele, Schorrle und Haeberle sind wieder in Höchstform und treffen alle Schießscheiben.

„Obergefreiter!", wendet sich der plötzlich aus der Dunkelheit auftauchende Oberleutnant mit schneidender Stimme an Rossner. „Wo ist denn Ihr Vorgesetzter, der Stuffz? Dem werde ich jetzt einmal so richtig klarmachen, dass er diesen elenden Sauhaufen auf Vordermann bringen soll."

„Ich muss schon sagen, Herr Oberleutnant, Sie vergreifen sich im Ton", antwortet Rossner indigniert, aber noch einigermaßen höflich. „Dem Stabsunteroffizier geht es nicht so gut, dem ist das Zeug von den Küchenbullen anscheinend nicht sonderlich bekommen. Aber wir kümmern uns schon um unseren allseits verehrten Vorgesetzten."

Das ist natürlich eine grobe Lüge, denn der angeblich marode Stuffz steht hinter einem Busch und qualmt eine Zigarette. Im Schein einer weiteren Leuchtkugel sieht man die Schwaben unverschämt grinsen. Wutschnaubend zieht der Oberleutnant ab. Die drei lachen sich kaputt. „Jetzt weiß ich, an wen ihr mich erinnert", ruft Rossner aus, „an die Schwäbischen Dödellappen, das sind lichtscheue, angriffslustige Gesellen."

Nun grölen sie alle los, inklusive Deinzer, der putzmunter aus dem Gebüsch auftaucht.

Am nächsten Morgen kommt Stuffz Deinzer nach der Befehlausgabe mit einem fröhlichen Gesichtsausdruck auf seine Leute zu und ruft schon von weitem jubelnd: „Männer, wir fahren heim, endlich ist der Albtraum vorbei! Es sind weitere neue Geräte angekommen, und da braucht man uns am Fliegerhorst." Die Erleichterung ist ihm mehr als deutlich anzusehen ...

Die Freude der Techniker kennt keine Grenzen und sie atmen auf, dass sie endlich die Zelte abbrechen dürfen und den vorgezogenen Rückmarsch auch noch alleine antreten können. Manch ein Mitglied der Sicherungsstaffel blickt neidisch auf die Kameraden und wird wohl bereut haben, dass er keinen technischen Beruf erlernt hat. Der Oberleutnant, sein Leutnant und sein Spieß sind heilfroh, die Techniker in Uniform los zu sein. Summa summarum: Man trennt sich höchst erleichtert voneinander!

Bei der Rückkehr nach Kaufbeuren wartet eine herbe Überraschung auf Rossner: Chris ist weg, sie ist kurz entschlossen nach England gefahren, um dort Englisch zu lernen! Das sollte an sich erst im kommenden Jahr geschehen. Er ist niedergeschlagen. Warum muss mir das ausgerechnet passieren?, denkt er voller Selbstmitleid. Oh, was vermisst er doch ihre Nähe, ihre Wärme ...

Rossner trampt, nur so zum Spaß, ein paarmal nach München. Das hat er sich nach dem ganzen Hammelburg-Zinnober wahrlich verdient! Die Idee wird im verräucherten Ringkeller geboren. Rossner kommt dabei mit einem ganz schön verdrehten Typen ins Gespräch, der sich Micki nennt, ohne y.

Die heimliche Hauptstadt Deutschlands: keine Frage, München ist ein Magnet erster Klasse. Es lässt sich nicht so genau definieren, man muss einfach einmal die Atmosphäre der bayerischen Metropole genossen haben. Hier gibt es für jeden Geschmack etwas: historische Bauten, Museen, Gemäldegalerien, Theater, Kneipen, Märkte, das Hofbräuhaus, das Oktoberfest und nicht zuletzt Schwabing.

„Wir ackern die Pressluftschuppen in Schwabing durch", schlägt Micki vor, „vor allem das PN und das Big Apple, die sind gerade in. Da wirst du was erleben!"

Er hat nicht zu viel versprochen. Es werden wilde Wochenenden mit den typischen Münchner ‚Pflanzerln', das sind die mit den großen Herzen und den herzhaften Sprüchen in kernigem ‚Boarisch'. Sie sind immer auf einen Flirt aus und bereit, einen cleveren, vor Schandtaten nicht zurückschreckenden Typen anzuhimmeln.

„Ja, ja", stellt Micki fest, „für die dreht sich alles um Boys und Beat."

Falls man nach durchtanzter und durchzechter Nacht keine barmherzige, offenherzige junge oder nicht mehr ganz so junge Dame findet, die einem großzügig ein Nachquartier und eventuell mehr anbietet, bleibt als Notbehelf immer noch eine Parkbank zum Pennen übrig. Einmal nächtigten sie sogar in einem betagten VW-Bus, der nicht abgeschlossen ist. Ein andermal lernt Rossner in der Künstlerkneipe Seerose eine Schauspielerin kennen, eine sehr sympathische, dunkelhaarige, reife Schönheit. Es knistert zwischen ihnen, aber bevor der Funke überspringen kann, verlieren sie sich aus den Augen. Außerdem ist es mit den Schwabing-Exkursionen leider bald vorbei, denn als Micki auf einmal ganz offen mit Drogen rumlaboriert, zieht sich Rossner dezent von ihm zurück. Das tue ich mir nun wirklich nicht an, in dieses Drogenmilieu abzurutschen, nimmt er sich fest vor.

Der Gefreite Haeberle hat die Prüfung für den Omnisbusführerschein geschafft und ist so glücklich darüber, dass er sich glatt ein Jahr weiterverpflichtet. Dies ist verständlich, ergeben sich doch durch diesen Umstand viele Möglichkeiten, dem Kaserneneinerlei zu entfliehen. Es hat allerdings auch seine Nachteile, denn manchmal muss Haeberle die Offiziere zu Stabsspielen, das sind tatsächlich regelrechte Sandkastenspiele (!), nach Landsberg fahren. Das kann dann schon mal bis in die Nacht andauern. Bei einer dieser Gelegenheiten haben die Versammelten nach getaner Arbeit einige Gläser Bier getrunken, wobei der Hauptmann Schulz, der Staffelchef, offensichtlich zu tief ins Glas geblickt hat. Die Folge ist, dass er auf der lautstarken Rückfahrt auf einmal das Bedürfnis hat, sich zu übergeben. Und das im Bus, ein ganzes Stück entlang des Mittelganges. An den Spuren kann man erkennen, dass die anscheinend alle in ihrem Suff auch noch durch die ganze Schweinerei gelatscht sind.

Nach dem morgendlichen Wecken informiert Haeberle natürlich alle, die es hören wollen, von dem Ereignis. Keine Frage, die Stimmung der Truppe steigt, und Horden von Soldaten beobachten den Bus, der auf dem Appellplatz vor der Fahrbereitschaft gegenüber dem Eingang zum Kasernengebäude steht. Die Fahrbereitschaft ist übrigens in einem Holzschuppen untergebracht. Pünktlich um halb acht erscheint Hauptmann Schulz in seinem nagelneuen Bauernporsche.

„Welche Sau hat da in mein Bus nei'kotzt?", ertönt es da laut und vernehmlich aus dem Bus.

Der Hauptmann tut so, als ob er nichts gehört hätte und verschwindet zunächst einmal in seinem Büro.

„Welche Sau hat da in mein Bus nei'kotzt?", rumort der Haeberle weiter.

Vereinzeltes, unterdrücktes Gelächter und Gekicher ertönt rundum. Da taucht der Staffelchef wieder auf. Er geht, vorsichtig um sich blickend, auf den Bus zu, in dem Haeberle immer noch flucht: „Welche Sau hat da in mein Bus nei'kotzt?"

„Gefreiter Haeberle, Gefreiter Haeberle", ruft der Hauptmann mehrfach mit unterdrückter Stimme. Er hat zunächst keinen Erfolg, denn der Angesprochene tut so, als ob er nichts gehört hätte.

Erst nach einiger Zeit dreht sich Haeberle um und ruft, scheinbar erstaunt, ganz fröhlich: „Guten Morgen Herr Hauptmann! Stellet Sie sich vor, da het euner in de Bus kotzt. Ich möcht' bloß wisse, wer des war."

„Gefreiter Haeberle", bittet der Staffelchef in höchster Not, „machen Sie keinen Aufstand, hier haben Sie fünf Mark, machen Sie doch bitte den Bus sauber".

Alles lacht noch tagelang über dieses Ereignis.

Rossner hat einen Urlaub für Mallorca gebucht. Die Insel soll fest in englischer und skandinavischer Hand sein. Deutsche sieht man angeblich nicht sehr viele. Er fliegt von München-Riem aus, mit einer Sud-Est-Caravelle.

„Eine herrliche Maschine, diese Caravelle“, schwärmt er später, „außerdem mein erster Flug mit einem Düsenflugzeug.“

Nach der Rückkehr muss er erzählen. Deinzer, Haeberle und die anderen wollen natürlich etwas hören, vor allem über Mädels.

„Mit den Mädels habe ich allerlei nette Geschichten erlebt. Über nähere Details schweigt der Gentleman“, sagt Rossner grinsend. „Ansonsten war es eine große Gaudi, und wir haben auch schöne Touren über die Insel gemacht. Es war ein prima Urlaub. Wenn ich nicht beim Bund gewesen wäre, hätte ich dort vielleicht Reiseführer gespielt. Ein ernsthaftes Angebot hab' ich bereits von einer blonden Schwedin erhalten ...“

Weiter kommt er nicht. Alle wollen wissen, wie es mit der Schwedin war, aber Rossner lässt, außer ein paar Belanglosigkeiten, nichts raus.

Voll im Beat-Fieber

Nun ist es richtig ausgebrochen, das Beat-Fieber. Musik wird zur Waffe des Friedens! Ulkig, da gibt es doch dieses alte Sprichwort: „Wo man singt, da lass dich ruhig nieder, böse Menschen haben keine Lieder ..." Das stimmt natürlich auch nicht ganz, denn die bösen Kommunisten zum Beispiel haben ihre „Internationale'„ – „„Völker hört die Signale, auf zum letzten Gefecht ..."

Die Ranchbar in Kaufbeuren, kurz Ranch genannt ... dieser Tempel der neuen, beglückenden Musik ... Manche nennen das Tanzlokal nahe der Spittelmühlkreuzung an der Gutenbergstraße Beatschuppen, Pressluftschuppen und so weiter. Das ist aber beileibe nicht verächtlich gemeint, sondern eher durch einen liebevollen Unterton untermalt. Für junge Mädchen, vom Beat-Virus befallen, bedeutet es die höchste Erfüllung, wenn sie endlich, endlich in die Ranchbar dürfen, selbst wenn es nur bis 22 oder 23 Uhr ist. Außerdem ist extra für die Küken am Sonntagnachmittag Tanz angesagt. Wenn die Eltern getäuscht werden sollen, kommen die Mädels ungeschminkt von zu Hause. Dann geht es in der Ranch erst einmal auf die Toilette zum Schminken. Wenn sie dann wieder rauskommen, wundert sich mancher der jungen Männer: Ist das jetzt die, mit der ich gekommen bin, oder die große Schwester? Die Ranch ... das ist schon was, denn an den verruchten Ringkeller zum Beispiel dürfen vor allem die Mädels nur in ihren geheimsten Träumen denken.

Mögen die jungen Leute glücklich sein, die alten Spießer sind es nicht. Es ist ungeheuerlich! Was ist nur aus der wohlgeordneten Nachkriegsgesellschaft geworden? Nicht nur die Spießer sind schockiert. Für manche scheint schon der Moment des Untergangs des Abendlandes gekommen zu sein ...

Die aufmüpfige Jugend ist über alle Ländergrenzen hinweg durch die neue Musik miteinander verbunden – zumindest im Westen offiziell. Da gibt es langhaarige Sänger und auch ein paar Sängerinnen, in unmöglichen Klamotten, die offen ihre Meinung in alle Welt hinausposaunen – und ... auch Sexuelles. Und die Mädchen und jungen Frauen singen da auch noch mit! Beim Twist produzieren sich manche Mädels, vor allem diejenigen, die es sich leisten können, gar als „Tittenwacklerinnen".

Rossner wartet in der Ranchbar mit klopfendem Herzen auf Denise, dieses entzückende, petite Wesen, das er kürzlich hier kennengelernt hat. Wie eine Elfe aus dem Feenreich kommt sie ihm vor. Sie ist in einem Internat am Ammersee, kommt aber meist am Wochenende nach Kaufbeuren, da die Eltern in der Bundeswehrsiedlung an der Apfeltranger Straße wohnen. Der Vater ist nämlich beim Bund.

„Grüß' dich, wie geht's?", vernimmt Rossner die sonore Stimme von Rotgerber. Der stammt ursprünglich aus Nürnberg und ist nach seiner Bundeswehrzeit in Kaufbeuren hängengeblieben. Er war am Fliegerhorst Memmingerberg beim Jagdbombergeschwader 34. Der Grund, warum er letztlich in Kaufbeuren gelandet ist, führt den Namen Manuela.

„Mir geht's gut", antwortet Rossner. „Wo hast du denn deine Manuela gelassen?"

„Keine Sorge, die kommt schon, sie ist kurz noch bei einer Tante. Du weißt ja, wie gerne sie tanzt."

„Setz' dich doch her", fordert Rossner ihn auf, „ich lade dich zu einem Bierchen ein. Ich warte nämlich auch auf eine junge Dame."

„Ist das die, mit der du vergangenen Samstag so eng umschlungen getanzt hast?"

„Ja, genau die."

„Die schaut aber entzückend aus. In die könnte ich mich auch glatt verknallen."

„Lass das bloß deine Manuela nicht hören."

Da müssen sie beide lachen ...

Nachdem er einen Schluck Bier getrunken hat, sieht Rossner sich um. Die Beleuchtung ist schummrig. Die geräumige, rechteckige Tanzfläche ist von Tischen umrahmt, die bereits besetzt sind, und zeigt mit der Schmalseite Richtung Eingangstüre. Auf der gegenüberliegenden Seite der Tanzfläche residiert der König der runden, schwarzen Scheiben, der Diskjockey, mit seinen Geräten. Da blinken in der Dunkelheit geheimnisvoll verschiedenfarbige Lämpchen und Anzeigen, fast wie im Cockpit eines Flugzeugs. Dahinter befindet sich ein Podest, auf dem Tische und Stühle stehen, von denen im Moment noch einige frei sind. Die große Theke mit Bar ist rechter Hand eingebaut.

Langsam füllt sich das Lokal. Die Mädels sind schick angezogen, in Kleidern mit klaren Linien, tragen meist gestylte, toupierte Haarfrisuren, manche mit ‚Herrenwinkern'. Aber auch Farah-Diba-Bienenkorb- und Brigitte-Bardot-Frisuren und vereinzelte Pferdeschwänze sind zu sehen. Lange, glatte Haare sind ebenfalls nach wie vor ‚in'. Und dann die langen, angeklebten Wimpern ... Die jungen Männer schauen dagegen eher aus wie graue Mäuse, in Anzug und Krawatte, mit bravem, kurzem Haarschnitt. Nur ab und zu sieht man eine Elvis-Tolle oder einen Pilzkopf.

„Ja, ja", bricht Rotgerber das Schweigen, „wenn man sich überlegt, die Mädels in Kaufbeuren haben es doch gut. Sie haben einen riesigen Vorteil: Eine große Auswahl an jungen Männern, die noch dazu, wie im Fall der Technischen Schule der Luftwaffe, immer wieder wechseln. Da hat die holde Weiblichkeit die Qual der Wahl. So bekommt selbst das scheueste Mauerblümchen eine echte Chance!"

„Die armen Mütter und Väter pubertierender Teenager", sagt Rossner spöttisch, „die stehen permanent vor dem Herzinfarkt. Zumindest in den Städten ist das so. Auf dem Land ist man – noch – konservativer, da bestimmen das Vereinsleben, die Kirchweih und Umtata-Musik die Freizeit. Allerhöchstens Margot Eskens, Freddy Quinn, Peter Alexander, Martin Lauer, Catharina Valente und ähnliche Talente haben da eine Chance."

„Du kennst ja die dörflichen Gepflogenheiten. Ich kann da nicht mitreden, ich bin in der Großstadt aufgewachsen."

„Richtig!"

„Mal gespannt", fährt Rotgerber fort, „ob die hier nachher wieder einen Film von Woody Woodpecker bringen. Das wäre doch eine Gaudi ... dem sein Gelächter ..."

„Hähä ... hähähä", intoniert Rossner. „Ja, ja, dieses penetrante Lachen ist legendär."

Der Woody Woodpecker und die Ranchbar ... Welcher Besucher kennt ihn nicht, den Helmspecht mit der Tolle, dem großen, gelben Schnabel, den roten Federn am Kopf, den blauen am Körper und dem weißen Bauch. In den Tanzpausen geistern Woody, Buzz Buzzard, Andy Panda, Wally Walrus, Gabby Gator und andere flimmernd über die Leinwand.

Der Diskjockey räuspert sich, und schon geht es los.

„Leute, macht euch auf zum Schwofen", ertönt eine männliche Stimme hinter ihnen. Das ist garantiert ein Nordlicht!

Die Lautsprecher wummern, als ‚Twist and shout' von den Beatles erklingt. Dann folgt ‚Wolly Bully' von Sam The Sham and the Pharaoes. Die Stimmung ist heute schon am frühen Abend gut. Wie es der Zufall will, treffen die von Rossner und seinem Bekannten erwarteten Grazien fast gleichzeitig ein. Da geht es erst einmal ohne Umschweife auf die Tanzfläche.

Dort hat sich die Situation schlagartig geändert, denn der Diskjockey hat eine langsame Platte aufgelegt, so zum Anschleichen. Da herrscht auf der Nahkampfdiele nicht ganz so viel Gedränge, denn das ist was für Pärchen, die schon etwas miteinander haben, oder Mädels, die einen „süßen Boy" gleich fest an sich binden wollen. Da schmalzen Sonny & Cher „I got you babe".

Die manchmal kokette, nun zärtlichkeitsbedürftige Denise hat ihre Arme um Rossners Nacken geschlungen, ihr Kopf ruht auf seiner rechten Schulter. Wie ihr samtweiches Haar duftet ... leicht wie eine Feder ist sie ... Ach, was ist er doch verknallt!

„Das war so eine richtige Schmuserunde", haucht sie ihm seufzend ins Ohr, als Sonny & Cher ihren Song beenden: ‚Iiii gooot yooou babe'.

Nun kommt Bob Dylan mit „Like a rolling stone“ dran. Den vorläufigen Abschluss bildet die Superschnulze „Nobody's child“ von Tony Sheridan und den Beatles. Da schmiegen sich die Paare eng aneinander. Das ist einfach herrlich! Wenn die Musik nicht wäre, könnte man sicher eine Nadel auf den Boden fallen hören!

Kurz vor 22 Uhr verkrümeln sich die ganz jungen Teenies, denn die Polizei kann jederzeit auftauchen und die Ausweise kontrollieren.

Um elf Uhr brechen Denise und Rossner auf.

„Es war so schön“, seufzt sie, „wie gerne würde ich noch bleiben, aber ich muss leider heim, ich will es mir nicht mit meinen Eltern verderben.“

Sie wandern händchenhaltend, eng umschlungen den ganzen weiten Weg durch die Stadt, dann im Mondenschein die Apfeltranger Straße entlang durch die laue Frühlingsnacht. Sie halten immer wieder inne, blicken hinauf zu den Sternen und küssen sich zärtlich. An der Kirche St. Cosmas und Damian bleiben sie ein wenig überrascht stehen, denn das Licht des Mondes übergießt das Gotteshaus mit silbernem Glanz.

„Entzückend“, haucht Denise, während sie sich an ihren Begleiter kuschelt.

Gegenüber an der Hauptwache steht regungslos ein Posten. Es ist so hell, dass sie den Blick des jungen Soldaten bemerken, der sehnsüchtig auf ihnen ruht ...

Am nächsten Tag, einem Sonntag, ist Rossner ein wenig niedergeschlagen. Wie sehnt er sich doch nach Denise, nach ihrer Jugendlichkeit, Natürlichkeit und Unbekümmertheit ... Nachdem er den ganzen Tag rumgetrödelt, gelesen und recht lustlos ein wenig aufgeräumt hat, verlässt er den Fliegerhorst und begibt sich hinunter in die Stadt, um sich im Ringkeller an der Musik wieder etwas aufzubauen.

Der Ringkeller ist sozusagen das Pendant zur Ranchbar, nur geht es hier wesentlich enger zu, die Tanzfläche ist winzig, die Musik härter, und manchmal liegt der Duft von Hasch über allem.

Es ist das lokale Nest von ‚bad boys', wie zum Beispiel dem Mick Jagger: wild, verkommen, sexy ... Das läuft unter der Bezeichnung Nahkampfdiele. Sogenannte ‚anständige' Mädchen kommen nicht hierher. Das Flair des Verruchten haftet diesem Lokal an.

Als er die Tür öffnet wird er prompt mit „I can't get no satisfaction" und „This would be the last time" von den Rolling Stones empfangen. Es ist noch nicht so voll, und nur wenige Rauchschwaden trüben den Blick.

Die Theke ist allerdings schon fast vollständig belegt. Eine kurzhaarige Blondine winkt ihm zu. Mit einer einladenden Handbewegung deutet sie auf den leeren Barhocker neben sich. Diese Blonde, kommt es ihm in den Sinn, mit der habe ich mich doch neulich unterhalten. Wie hieß die gleich wieder? Er kommt nicht auf den Namen. Egal! Er setzt sich neben sie auf den Barhocker und bestellt ein Bier. Da umhüllt ihn eine süßlich duftende Qualmwolke. Die kifft doch schon wieder, denkt er automatisch. Die Musik verstummt für einen Moment.

„Kommst du mit zu mir, ich hab' gerade keinen Kerl", fordert sie ihn unverblümt auf.

Er braucht nur an Denise zu denken, um dieses verlockende Angebot sofort zu verdrängen. In dem Moment, als er ablehnend antworten will, raunt ihm sein Nachbar zu: „Mit der Braut würde ich nicht gehen, die dreht dir nur einen Tripper an."

„Sorry! Ich bin gerade verknallt", antwortet Rossner der Blonden, „außerdem will ich heute nur Musik hören."

Da lässt sie ihn in Frieden. Im Hinblick auf die Musik kommt er auf seine Kosten. Da sind The Kinks mit „You really got me", die Rainbows mit „My baby balla balla". Hier sagt übrigens keiner was, wenn die Gäste mal mitgrölen. Langsame Songs, und seien es die schönsten Schnulzen, hätte er jetzt sowieso nicht ertragen können. Also hört er weiter ... Mit „Don't ha ha ha" von Casey Jones & the Governors und dem dritten Bier beschließt er den Abend im Ringkeller ...

Natürlich findet nicht jeden Abend ein Umzug durch die Kneipen statt. Das kann sich selbst ein freiwillig dienender Bundeswehrler nicht erlauben. Da wäre er ja schon jeden Monat am 15. pleite. Trotzdem wird es nicht langweilig oben im Fliegerhorst, denn es finden sich immer wieder Grüppchen von Wissbegierigen zusammen, die sich in anregende Diskussionen stürzen.

„Wahnsinn!", ruft Schuster aus, der in einem Fliegermagazin blättert. „Das müsst ihr euch anhören: Die Amis bombardieren mit B-52-Bombern seit März 1966 Hanoi. Wisst ihr, von wo aus die starten?"

„Keine Ahnung", antwortet Hänsel.

„Die starten von der Insel Guam. Die liegt mitten im Pazifik." Er misst mit einem Lineal. „Meine Güte, etwa 4.000 Kilometer sind es von dort nach Hanoi!"

„Das ist auch der nächste Weg", stellt Rossner fest.

„Ach, hier steht die Geschichte mit dem US-Atombomber B-52, der am 7. Januar 1966 über dem südspanischen Palomares mit einem Tankflugzeug kollidierte. Dabei sind vier Plutoniumbomben runtergeplumpst. Das Gebiet ist radioaktiv verseucht."

„Das hätte ins Auge gehen können", sagt Rossner mit ernster Miene. „Stellt euch vor, wenn die explodiert wären."

„Hier habe ich noch etwas", fährt Schuster fort. „Am 24. März 1966 gab es im Bundestag eine heiße Debatte über den Starfighter. 51 von den Wundervögeln waren da bereits abgestürzt."

„Wisst ihr schon das Neueste?", fragt Krumsiek, der gerade zur Türe hereinkommt. Ohne auf eine Antwort zu warten, legt er los: „Borussia Dortmund hat als erste deutsche Mannschaft überhaupt den Europapokal der Pokalsieger mit 2:1 über den FC Liverpool gewonnen!"

„Das passt zwar jetzt nicht ganz zum Thema", stellt Schuster fest, „ist aber dennoch recht erfreulich."

„Es ist wohl allgemein bekannt", beginnt der Spieß einen an den verwundert dreinblickenden Rossner gerichteten Vortrag, „dass der Volksbund Deutsche Kriegfsgräberführsorge e.V. sich um die würdige Bestattung deutscher Gefallener und die Aufklärung der Schicksale von vermissten Soldaten sowie die Angehörigenbetreuung verdient gemacht hat."

Der Staffelfeldwebel wird durch seinen Adlatus unterbrochen, der ihm die Unterschriftenmappe vorlegt. Nachdem er überall schwungvoll seinen ‚Kaiser Wilhelm' druntergesetzt hat, kommt er zum Kern der Sache: „Die Kriegsgräberführsorge legt großen Wert darauf, dass im Geiste der Völkerverständigung auch Soldaten der Bundeswehr zum Einssatz bei der Gräberpflege kommen. Diesmal ist die Normandie das Ziel, und der Staffelchef und ich haben beschlossen, dass Sie teilnehmen sollen. Machen Sie da mit?"

Selbstverständlich sagt Rossner zu, auch wenn sein Französisch sehr, sehr mager ist. Was für ein verdammtes Glück, auf Kosten des Bundes einige Zeit in der Normandie verbringen zu können!, jubelt er innerlich.

Es ist geschichtsträchtiger Boden, den er betritt. Von den Schlachtfeldern des 1. Weltkriegs bis zu den Stränden der Normandie, wo am 6. Juni 1944 die Alliierten landeten, um Europa von der Schreckensherrschsft der Nazis zu befreien, gelangt Rossner im Verlauf der Reise und bei verschiedenen Exkursionen. Das Wetter spielt zwar nicht immer mit, die Unterbringung und das Essen sind spartanisch, trotzdem nehmen die Teilnehmer jede Menge Erfahrungen mit.

Weiter im olivgrünen Trott

Es hilft alles nichts, der Dienst ruft. Aber zunächst einmal muss Rossner dem Spieß Bericht erstatten, was sich in Frankreich zugetragen hatte. Wohlweislich frisiert er seine Aussagen erheblich, was ja wohl angesichts mancher typischer Vorkommnisse verständlich ist!

Um diese Zeit erhält Rossner auch das Angebot, einen Filmvorführerlehrgang mitzumachen. Da sagt er selbstverständlich nicht nein. Der Feldwebel Jost vom Stammpersonal der Technischen Schule führt Rossner in die Geheimnisse des Filmvorführens ein. Als Rossner ihm gleich zu Beginn von dem Lichtspieltheater bei seinen Eltern in Neuhaus erzählt, ist das Eis schnell gebrochen und sie kommen prima miteinander zurecht. Besonders interessant ist für Rossner, dass Jost begeisterter Amateur-Schmalfilmer ist.

„So ein Zufall", entfährt es Rossner, „ich will mir nämlich eine Super-8-Kamera zulegen, um endlich das alljährlich in Kaufbeuren stattfindende Tänzelfest zu filmen."

„Da kann ich Ihnen ja gleich einige Ratschläge im Hinblick auf die geeignete Ausrüstung geben", schlägt Jost hilfsbereit vor.

„Das wäre super!"

So verläuft der Lehrgang zur vollsten Zufriedenheit der Beteiligten.

Es stellt sich heraus, dass Josts Schwager Leutnant bei einer Panzereinheit ist.

„Die Panzermänner haben auch so ihre Anekdoten, erzählte mein Schwager. Wollen Sie eine hören?"

„Aber sicher!"

„Also", berichtet Jost, „da nahm eine amerikanische Panzereinheit in Süddeutschland an einem Manöver teil. Genau wie bei der Bundeswehr, war auch bei den Amerikanern der Alkoholgenuss während solch einer Veranstaltung strengstens untersagt. Da sah ein Offizier einer Einheit mit Erstaunen, dass einer seiner Panzer vor einer Dorfgastwirtschaft stand, die mächtige Kanone senkte und ganz, ganz vorsichtig losfuhr, wodurch die Mündung durch ein geöffnetes Fenster in die Gaststube gelangte. Der Panzer blieb eine Weile stehen, senkte das Rohr weiter und hob es dann leicht an. Danach legte der Fahrer den Rückwärtsgang ein. Sobald die Mündung wieder aus dem Fenster heraus war, stieg das Rohr langsam wieder in die Höhe. Der Panzer fuhr davon. Was war geschehen? Zunächst kann gesagt werden, dass dies nicht die erste Aktion dieser Art war. Der Gastwirt wusste Bescheid. Sobald die Mündung einer Panzerkanone in die Gaststube ragte und sich senkte, rutschte Geld durch das Rohr. Im Gegenzug schob der Gastwirt vier Flaschen Bier hinein."

„Das gibt es doch nicht", japst Rossner lachend, „die Story muss ich mir unbedingt merken!"

Die neue Rolle als Filmvorführer schafft wunderbare Gelegenheiten, sich immer wieder mal einen schönen Tag zu machen. Bis alles aufgebaut ist, der Film abläuft, das Vorführgerät auskühlt und wieder alles eingepackt ist, können Stunden vergehen. Bald hat er auch noch den Trick raus, sich unauffällig den einen oder anderen Film auszuleihen, der ihn interessiert.

Ein Ab-Schuss-Zug der Pershing befindet sich wieder einmal in einer getarnten Stellung, und einige der Techniker von der Versorgungsstaffel sollen zur Übung auch für ein paar Tage dort teilnehmen. Dagegen gibt es nichts einzuwenden, denn das Wetter verspricht schön zu bleiben. Das ist aber noch nicht alles, denn die Oberen haben mit der US-Army einen brillanten Plan ausgeheckt: Die Stellung soll von den Green Berets infiltriert werden um zu testen, ob der Ruf der Deutschen als knallharte Krieger noch zu Recht besteht.

Die Green Berets ... Irgendwie ist das ja unfair, diese hartgesottenen, kampferprobten Dschungelkämpfer gegen die Salon-Soldaten der deutschen Luftwaffe antreten zu lassen, wundert sich Rossner. Schließlich besteht die Möglichkeit, dass sich unter diesen Elitesoldaten auch einige befinden, die in Vietnam gegen den Vietkong gekämpft hatten. Da kommen doch Bedenken auf, und selbst die meisten Vorgesetzten ziehen die Stirne kraus und machen ernste Gesichter. Das brauchten sie aber nicht, denn ein Wunder geschieht! Selbst den verpenntesten geistigen Tiefflieger packt der soldatische Ehrgeiz, und jeder nimmt sich vor, keinen Ami durchzulassen. Auch die sonst wenig martialischen Techniker spüren das kriegerische Blut der Vorväter in den Adern wallen. Endlich einmal eine Bewährungsprobe, die vielleicht Ruhm und Ehre einbringt! Lieber nicht daran denken, wenn das daneben geht!

Alles fiebert der Dunkelheit entgegen, und sogar die größten Schlafmützen denken nicht daran, sich, wie üblich, rechtzeitig ein ruhiges Plätzchen zum Pennen zu suchen. Diejenigen Wachtposten, die kein Englisch können, bekommen einen Schnellkurs verpasst und üben fleißig: „Stop – or I shoot!“. Selbstverständlich soll keine scharfe Munition eingesetzt werden. Aber der Spruch hört sich gut an, und in der Dunkelheit ist es doch allemal sehr beruhigend, laut herumzuschreien. Da macht man sich selbst Mut!

Auch der Gefreite Adam, der sonst immer anfängt zu stottern, wenn es brenzlig wird, spricht nun perfekt klares Hochdeutsch. Großes Erstaunen rundherum! Da wird sogar sein Zugführer, der Feldwebel Mikusch, misstrauisch und meint zu einem anderen Dienstgrad: „Ob der Adam nicht doch so ein verdammter Simulant ist?“

Gegen 2 Uhr in der Nacht macht sich dann eine gewisse Müdigkeit bemerkbar. Aber keine Bange, zwei tapfere Mannen aus dem Schwabenländle wachen, trotz oder gerade wegen aller schnöden Angriffe einiger Krabbeltiere, über das Wohl und Wehe ihrer Kameraden! Da liegen die Gefreiten Haeberle und Meininger und spähen angestrengt in das Dunkel der Nacht. Auf einmal glaubt Haeberle, ein Geräusch gehört zu haben. Vorsicht! Ist da nicht ein Schatten, der sich bewegt, ein knackender Zweig?! Tatsächlich, da ist etwas! Haeberle stößt den Ellenbogen in die Rippen seines Freundes Meininger, der aber auch schon aufmerksam in die gleiche Richtung starrt. Die beiden Gefreiten haben den ganzen Nachmittag überlegt, wie man so einen ‚Jägerhut', wie sie die Amerikaner getauft haben, am besten fangen könnte. Schließlich kommen sie auf die Idee, es mit einem Tarnnetz zu versuchen. Der Schatten kommt genau auf sie zugeschlichen, und so warten sie mit angehaltenem Atem, bis er noch näher kommt. Als der Schatten dann nur noch wenige Schritte entfernt ist, springen die beiden blitzschnell auf, stoßen laute, unverständliche schwäbische Urschreie aus, werfen erst das Netz und dann sich selbst auf die verdächtige Gestalt und halten sie fest. Der triumphale Ruf erschallt: „Hurra, mir hen eun von dene Grüne Be ... Ami gfange!"

Wie auf ein Signal hin springen nun weitere Gestalten aus dem Gebüsch auf und eilen auf die deutschen Linien zu. Der Überraschungsmoment ist nun allerdings dahin, den haben die Angreifer verpasst. In Sekundenschnelle blitzen überall Taschenlampen auf, und Leuchtkugeln jagen zischend in den Nachthimmel. Die Gegend wird in gleißendes Licht getaucht, und die auf frischer Tat ertappten Elite-Amis stehen sozusagen mit heruntergelassenen Hosen da. Der Rest scheint ein Kinderspiel, denn man braucht die ertappten Verbündeten nur noch einzusammeln.

Einer der Green Berets versucht allerdings auszubüxen, doch ein paar der Luftwaffenhelden fahren ihm mit einem Munga hinterher. Das ist eine wilde Jagd, denn der Ami rennt wie ein Marathonläufer und schlägt Haken wie ein Hase. Aber er kann seinen aufmerksamen Häschern schließlich nicht entrinnen. Als ihn ein Feldwebel vom Munga aus am Kragen packen will, stößt der doch glatt mit einem Messer zu. NATO hin, NATO her, jetzt gibt's Haue! Da kennt man keine Verbündeten mehr! Zum Glück ist der Messerstich harmlos, und die Wunde wird an Ort und Stelle von einem Sani versorgt. Der Messerstecher kehrt mit einem Veilchen, einer verbeulten Nase und ein paar weiteren Blessuren zu seiner Einheit zurück. Wenn er schlau ist, kann er ja seinen

Leuten erzählen, dass er sich heroisch mit einer Horde ‚Krauts' herumgeschlagen hat, und das hat eben Spuren bei ihm hinterlassen.

Der Haeberle und sein Freund haben in dem ganzen Trubel überhaupt nicht gemerkt, dass ihr heftig um sich schlagender Gefangener ständig auf Deutsch flucht. Erst die Drohung Haeberles „i hau' dir eune auf d' Gosch, wenn d' net stat bischt, blöder Ami" bringt den gewünschten Erfolg. Das hätte ihn stutzig machen müssen, denn welcher Ami versteht schon Deutsch, geschweige denn Schwäbisch? Als man dann die ‚POWs' zusammentreibt, gibt es eine große Überraschung: Der Gefangene der tapferen Schwaben entpuppt sich als ein arg zerzauster deutscher Leutnant. Der hat sich doch tatsächlich im Wald herumgetrieben, um die Posten zu überprüfen. Das war keine gute Idee, denn dabei hätte er den Amerikanern in die Hände fallen können. Das wäre peinlich gewesen! Man ist allgemein der Ansicht, dass er sich den unweigerlichen Rüffel seines Vorgesetzten redlich verdient hat!

„Es ist bekannt", doziert der geschichtsbeschlagene Haag, „dass sowohl die von den Deutschen im 2. Weltkrieg gefangengenommenen Rotarmisten als auch die von den Sowjets, Polen, Tschechen, Serben und so weiter einkassierten deutschen Soldaten meist ein schreckliches Schicksal erwartete. Die wenigen davongekommenen Militärangehörigen waren für ihr Leben gezeichnet. Die Russen mussten sogar fürchten, nach Rückkehr in ihr Heimatland wieder in ein Lager zu wandern oder einfach erschossen zu werden. Stalin hielt sie nämlich allesamt für Spione ..."

„Da hatten es diejenigen deutschen Soldaten, die sich während des Krieges den westlichen Alliierten ergaben, wesentlich besser", fährt Haag fort, „denn die Bewacher hielten sich generell an die Genfer Konvention. Gegen Ende des Krieges gab es allerdings einige Gefangenenlager im Westen, in denen ebenfalls grauenvolle Zustände herrschten. Vor allem die Franzosen lieferten da ein negatives Beispiel. Bei denen ging das nach dem Motto: Entweder Fremdenlegion oder kein Futter."

„Davon habe ich auch gehört", wirft Rossner ein. „Weniger bekannt ist in Deutschland übrigens, dass sich auch die Japaner im Umgang mit ihren Kriegsgefangenen nicht mit Ruhm bekleckerten. Der Film ‚Die Brücke am Kwai' vermittelt nur einen schwachen Eindruck von der Brutalität der Gefangenenwärter. Überhaupt haben die Japaner, vor allem in China, Millionen Zivilisten buchstäblich über die Klinge springen lassen. Die japanische Regierung hat sich bedauerlicherweise bis heute noch nicht dazu durchringen können, offiziell jene Kriegsverbrechen zuzugeben, geschweige denn, sie zu verurteilen. Da galt der Ehrenkodex der Samurai, der unter anderem auch Güte gegenüber Schwachen forderte, absolut nichts. Die Ritter des Tenno tun sich anscheinend schwer zuzugeben, dass sie da ganz schön Mist gebaut hatten."

„Was ihr alles wisst!", lässt sich Haeberle vernehmen, der bislang schweigend zugehört hat.

Der Ruf der Berge … und andere

Sportliche Aktivitäten haben bei der Bundeswehr einen hohen Stellenwert. Nicht wenige halten davon jedoch gar nichts.

„Vorteilhaft ist bei dieser Art Körperertüchtigung auf jeden Fall, dass meist der gute, alte Waldlauf auf dem Programm steht", stellt Rossner befriedigt fest, „da der Wald praktischerweise direkt hinter dem Fliegerhorst beginnt. Da fällt das Spießrutenlaufen durch Scharen gaffender Zivilisten schon mal weg. Für diejenigen, die für die Natur etwas übrig haben, ist das wenigstens nicht langweilig. Außerdem ist es allemal besser, als unten in der Stadt im Stadion eine Runde nach der anderen zu drehen."

So geht es dann im Trab durch die Nebenwache Richtung Wald, der sich oberhalb des Pudelwirts erstreckt.

Wenn man Glück hat, kann man sich in die Büsche verdrücken, um sich nach einer Pause geschickt wieder in die zurückkehrende Horde einzufädeln. Das klappt tatsächlich ab und zu! Voraussetzung dafür ist allerdings, dass sich nicht zu viele der Waldläufer absetzen. Sonst fällt es dem Ober-Waldläufer irgendwann auf, dass sich seine Gefolgschaft in Luft aufgelöst hat und er alleine im Wald umherirrt. Findet die Sportstunde im städtischen Stadion hinter den Jordananlagen statt, gibt es kein Entrinnen, denn die Möglichkeiten, sich dort unauffällig abzusetzen, sind verschwindend gering. Erschwerend kommt hinzu, dass da ab und zu der unmögliche Oberfeldwebel aus der Kleiderkammer dabei ist. Der spielt dann immer den dienstgeilen Sportsachverständigen und stellt so schwachsinnige Fragen wie: „Wie viel Kilometer muss man bei einem Tausendmeterlauf zurücklegen?"

„Aua, das tut weh“, ruft einer aus der Anonymität der angetretenen Truppe.

Der Vorgesetzte möchte nun unbedingt wissen, wer der Übeltäter war. Er lässt nicht locker! Außer standrechtlicher Erschießung droht er alle möglichen Strafen an. Mit hochroter Birne steht er vor der feixenden Schar.

„Hör doch endlich auf mit dem Blödsinn“, weist ihn ein Hauptfeldwebel zurecht.

Da wirft er das Handtuch ...

Der Gefreite Pflüger kommt aus Stuttgart. Er war noch nie in den Alpen, kennt dafür aber die Pfalz und das Elsass gut. Die Eltern haben ihm einen VW-Käfer finanziert mit dem Hintergedanken, dass er möglichst oft nach Hause kommt. Das macht er anfangs auch fleißig.

„Du kennst dich hier doch aus“, sagt er eines Tages zu Rossner, „ich möchte mal nach Tirol rüber, spielst du den Reiseleiter?“

„Aber gerne!“

Am Samstagmorgen fahren sie ganz früh los, in Richtung Füssen. Hinter Marktoberdorf, auf den Höhen vor Rieder, haben sie Glück: Das atemberaubende Panorama der Alpen erstreckt sich im strahlenden Sonnenlicht vor ihren Augen.

„Wahnsinn ...“, ist alles, was Pflüger zunächst hervorbringt, als er überrascht den Käfer anhält.

„Ja, dieser Anblick zieht mich auch immer wieder in seinen Bann“, stimmt Rossner ihm zu.

Sie fahren weiter nach Füssen, halten kurz und sehen sich etwas um. Dann geht es über den türkisfarbenen Lech nach Schwangau.

„Wir werfen einen kurzen Blick auf die Königsschlösser“, sagt Rossner. „Besichtigen können wir sie ein andermal. Das würde heute zu viel werden.“

Der Anblick von Hohenschwangau und Neuschwanstein mit den Bergen im Hintergrund ist immer wieder erhebend. Anschließend fahren sie zurück und halten am Lechfall an.

„Das ist beeindruckend, wie das Wasser brodelnd und schäumend mit Getöse in der Schlucht verschwindet“, staunt Pflüger.

Sie passieren die österreichische Grenze und biegen vor der Ulrichsbrücke nach Pinswang ab.

„So", stellt Rossner fest, „jetzt sind wir wirklich in den Bergen, selbst wenn sie hier noch nicht so hoch sind. Jedenfalls ist das ein herrliches Fleckchen Erde. Dort vorne, vor Pinzwang in der senkrechten Felswand, befindet sich die Burgruine Loch, das ist eine der seltenen Höhlenburgen."

Weiter geht es durch duftende Wiesen, auf denen sich Kühe tummeln und wo die Bauern bei der Heuernte sind.

„Da vorne links ist die Sternschanze", macht Rossner den Fahrer aufmerksam, „dann kommt bald Pflach und dann Reutte."

Von Reutte mit seinen bunt bemalten, behäbigen Häusern fahren sie zum Plansee. Die Uferstraße bietet einen herrlichen Blick auf den See und die gegenüberliegenden Berge. In dem kleinen Ort Plansee steht das Hotel Forelle.

„Wir fahren über den Ammersattel nach Schloss Linderhof."

„Waas? Linderhof ... davon hat mein Großvater immer geschwärmt. Der war im Krieg dort."

Sie besichtigen das Schloss. Als sie wieder ins Freie treten, ist es düster, ein Gewitter hat sich zusammengebraut. Das Wetterleuchten lässt den schwarzen Himmel splittern. Sie machen sich auf die Rückfahrt und fahren vor dem Gewitter her, das aber an den Bergen hängenbleibt. In der Abenddämmerung erreichen sie Biessenhofen.

„Diesen Ort nenne ich gerne ‚Heimat der Bärenmarke', denn dort steht die große Fabrik", informiert Rossner seinen Begleiter. „Außerdem ist dort das Hotel Neue Post, das soll ein kulinarischer Tempel sein, und angeblich gar nicht mal so teuer."

„Da gehen wir doch glatt hin, ich lade dich ein", ruft Pflüger spontan aus.

„Das musst du doch nicht."

„Doch, du hast mir schließlich die Berge gezeigt und alles erklärt. Da möchte ich mich revanchieren."

Dagegen ist nichts einzuwenden. Pflüger vergnügt sich mit einem köstlich duftenden Zwiebelrostbraten, während Rossner genießerisch eine französische Zwiebelsuppe löffelt. Anschließend verdrückt er noch je eine Scheibe schwarzen und weißen Presssack. Das Essen ist wirklich ausgezeichnet.

*

Schießen ist angesagt. Die Versorgungsstaffel tritt an und verteilt sich nach der Befehlsausgabe auf die bereitstehenden LKWs. Motoren springen an, und es geht bei der Nebenwache hinaus. Der Konvoi strebt der Standortschießanlage hinter Oberbeuren zu. Unterwegs entbrennt eine heiße Diskussion, denn wenn mit Waffen geschossen wird, müssen diese hinterher wieder gereinigt werden. Das ist eine mühselige Arbeit, vor der sich jeder möglichst drücken möchte.

„Leute", sagt Rossner, „ich möchte euch einen Vorschlag machen, wie wir das mit dem lästigen Waffenreinigen vereinfachen können. Also, passt auf: Von euch sind ja immer einige klamm bei Kasse. Wenn nun diejenigen, die finanziell besser gestellt sind, ein paar Mark springen lassen, könnten Erstere das Waffenreinigen übernehmen."

Der Vorschlag kommt gut an, und während der Schießübung wird die Höhe der Waffenreinigungsgebühr ausdiskutiert. Das System wird im Laufe der Zeit noch ausgefeilt. Hauptgefreite, die UvD haben, schicken ihren GvD um 23 Uhr ins Bett. Der kann dann durchpennen. Dafür sind dann zwei kostenlose Waffenreinigungen drin.

Bei Übungen im Feld, wo nur mit Platzpatronen oder korrekt gesagt Manöverpatronen DM 28 geschossen wird, das sind die aus schwarzem Plastik, setzt man möglichst nur eine Knarre ein. Die macht dann unauffällig die Runde. Dabei ergibt sich allerdings ein Problem: Wohin mit den nicht verschossenen Patronen? Einfach wegwerfen? Das will man auch nicht machen. Da stellt sich heraus, dass es immer ein paar Bastler gibt, die ganz scharf auf das Pulver sind. Der eine möchte sich für Silvester eigene Knaller bauen, ein anderer konstruiert Raketen, wofür er das Pulver braucht.

Am darauffolgenden Samstag sind Pflüger und Rossner wieder unterwegs nach Reutte. Pflüger möchte, fasziniert von Rossners Schilderungen über die Festungen, die das ‚Tor nach Tirol' schützen, diese erwandern. Aber zuerst stärken sie sich mit einer Brotzeit im rustikalen Gasthof zum Schluxen in Pinswang, wo schon Ludwig II. hin und wieder abzusteigen pflegte.

„Du hast mir gesagt, unser heutiger Ausflug werde teilweise eine Herausforderung", meint Pflüger. „Ich möchte nach meiner Dienstzeit nicht nach Hause zurückkehren, ohne ein bisschen herumgekraxelt zu sein."

„Das kannst du haben", versichert Rossner.

Sie passieren Reutte und fahren zur Ehrenberger Klause, wo sie den Wagen abstellen. Die Klause ist befestigt und versperrte in früheren Zeiten Unbefugten den Zutritt ins Innere Tirols. Was man dort an alten Mauern sieht, ist jedoch nur ein Bruchteil eines einst riesigen Festungssystems, dessen obere Teile durch Baumbewuchs kaum sichtbar sind. Kommt man oben bei der alten Burgruine Ehrenberg an, sieht man eine Mauer, die nach links den steilen Berghang fast senkrecht hinaufführt.

„Da wollen wir hinauf?", fragt Pflüger skeptisch.

„Du wolltest doch eine Herausforderung haben", erwidert Rossner. „Wir sollten auf jeden Fall diesen senkrechten Aufstieg entlang der Mauer wagen. Du wirst sehen, das ist phantastisch."

„Jawohl, packen wir's an!"

Wie die Gemsen kletten sie hoch, jedoch nicht ganz so elegant. Die Mühsal lohnt sich, denn was die schweißgebadeten und keuchenden Wanderer dort oben erwartet, ist schlichtweg beeindruckend. Da erheben sich die Ruinen der riesigen Festungsanlage Schlosskopf mit Überresten von Gebäuden, Mauern, Kasematten, Durchgängen und Gräben. Es geht mehrere hundert Meter fast senkrecht hinab nach Reutte. Die Aussicht ist atemberaubend.

„Das war es wirklich wert", stellt Pflüger zufrieden fest.

„Dort drüben liegt der berühmte Hahnenkamm, gleich links davon die Gaichtspitze und unterhalb der Gaichtpass, der ins Tannheimer Tal führt. Hier rechts, auf der gegenüberliegenden Seite des Tales befindet sich eine weitere, allerdings wesentlich kleinere Befestigungsanlage", erklärt Rossner. „Diese heißt Fort Claudia. Das alles errichtete man mit gewaltigem Aufwand zwischen dem 16. und 18. Jahrhundert. Der ganze Festungskomplex stellte sozusagen den Schlüssel zu Tirol dar. Dazu gehört auch die Sternschanze hinter Pinzwang dazu. Man wollte damit ungebetene Gäste, wie Bayern, Schweden und Franzosen, davon abhalten, in Tirol einzufallen. Die Zeiten haben sich geändert, denn die damaligen Feinde sind heute als Gäste selbstverständlich hochwillkommen." Er macht eine Pause und sieht sein Gegenüber an. „Wollen wir auch zum Fort Claudia hinauf? Dann haben wir alles gesehen."

„Jawohl", ruft Pflüger aus. „Gelobt sei, was hart macht!"

Sie begeben sich wieder hinunter zur Klause und fahren ein Stück die Straße nach Heiterwang entlang. Neben den Bahngleisen zweigt der Wanderweg zum Fort Claudia ab ...

Am Sonntagnachmittag gehen sie in die Ranch. Dort reißen sie zwei flotte Bienen auf, die brünette Marlene und die blonde Konstanze, beide mit aufregenden Figuren. Die beiden jungen Männer tanzen abwechselnd mit den Mädels, wobei die Grazien ganz schön auf Tuchfühlung gehen.

„Puhhh ...", stößt Pflüger die Luft aus, als die Mädels auf der Toilette verschwinden, „die beiden Süßen schmeißen sich ja vielleicht ran, da wird einem auf der Tanzfläche ganz heiß. Für wen entscheidest du dich?"

„Ehrlich gesagt, ich habe keine Ahnung", antwortet Rossner, „die sind ja beide so schnuckelig, so richtig zum Anbeißen. Die Girls scheinen auch nicht recht zu wissen, wem von uns beiden sie ihre Zuneigung endgültig schenken sollen. Warten wir's ab."

In den Tanzpausen plätschert die Konversation seicht dahin. Die beiden Mädels scheinen nur Jungs, Mode, Peter Kraus und Roy Black im Kopf zu haben. Konstanze tut recht erwachsen und lässt zwischendurch immer mal schlüpfrige Bemerkungen fallen.

Sie laden die Mädels für den kommenden Samstagnachmittag ein, einen Ausflug zu unternehmen, falls das Wetter mitspielt.

„Können wir da nicht mal nach Denklingen ins Café Lechblick fahren?“, fragt Konstanze. „Das ist so herrlich dort, eine Aussicht, phantastisch, ihr werdet sehen! Die haben auch gutes Eis. Danach können wir noch einen Spaziergang machen.“

„Warum nicht?“, stimmt Pflüger zu.

Eder und ein paar andere Fußballfans sitzen beieinander. Die Gemüter erhitzen sich wieder einmal über das Ergebnis der 8. Fußballweltmeisterschaft vom Juli ’66. Im Endspiel England gegen Deutschland verlor die Bundesrepublik. Rossner hört nur mit halbem Ohr hin und wundert sich amüsiert: Das scheinen mir ja alle echte Fußballspezialisten zu sein. Jedenfalls kocht die Volksseele, als Eder auf das seiner Meinung nach unfaire sogenannte Wembley-Tor der 98. Minute zu sprechen kommt.

Schuster und Haag beteiligen sich ebenfalls nicht an der hitzigen Diskussion. Statt dessen diskutieren sie über das Fernsehen.

„Also ich sehe mir gerne die Sendung ‚Vorsicht Falle! Nepper, Schlepper, Bauerfänger’ von dem Eduard Zimmermann an“, berichtet Schuster. „Der beschäftigt sich mit Betrügereien in Geschäften und an der Haustüre. Was es da alles gibt! Daraus kann man echt etwas lernen.“

„Beim Fernsehen gibt es für mich nur den Krimi ‚Mit Schirm, Charme und Melone‘, mit Diana Rigg als Emma Peel. Die mit ihren extravaganten Klamotten, das ist der helle Wahnsinn! Das ist eine weibliche Ikone der Neuzeit! Die Handlung interessiert mich nicht weiter.“

Es ist Samstagnachmittag, als Pflüger und Rossner bei strahlendem Sonnenschein im Käfer in die Stadt hinabrollen. Marlene und Konstanze warten schon vor der Ranch auf sie. Entzückend sehen sie aus, in ihren dünnen Sommerkleidchen, die sich in der linden Luft an die wunderbaren Konturen der jungen Körper schmiegen. Zur Begrüßung bekommen die beiden jungen Männer züchtig Küsschen auf die Wangen. Sie gondeln hinten herum über die Dörfer Mauerstetten, Blonhofen, Gerbishofen und wie sie alle heißen. Auf den hügeligen Weiden tummeln sich die Kühe und hier und da ein Pferd. Durch die geöffneten Fenster streicht eine angenehme Luft. Sie erreichen Asch und fahren die B 17 hinunter, bis sie auf das Restaurant Café Lechblick stoßen. Pflüger lässt den Käfer am Parkplatz ausrollen. Sie betreten die gutbesuchte Terrasse. Bevor sie sich niederlassen, bleiben sie erst einmal überrascht stehen. Den Betrachtern bietet sich ein sagenhafter Blick auf den von Wäldern gesäumten Lech, der hier nach der Staustufe 11 eine breite Schleife bildet.

„Da kann man sich gar nicht satt sehen", entfährt es Rossner.

Sie bestellen jeder einen Eisbecher und löffeln ihn schweigend aus, während sie hinunter auf den Fluss blicken. Rossner ist jedoch auf einmal von anderen Naturschönheiten hingerissen: den im tiefen Ausschnitt von Marlenes Kleid gebetteten, großkalibrigen Kugeln, die er verstohlen mustert. Ob ich die jemals in ihrem ganzen Umfang zu sehen bekomme?, fragt er sich.

„Du machst so ein verklärtes Gesicht", holt ihn Pflügers Stimme in die Wirklichkeit zurück. „Was ist?"

„Ach, nichts, ich genieße nur die Naturschönheiten."

Auf der Rückfahrt geht es wieder durch duftende Wiesen über Ostendorf. Es ist Spätnachmittag geworden, die Schatten werden länger, das Sonnenlicht weicher. Während der Fahrt tuscheln die Mädels auf den Rücksitzen angeregt miteinander.

„Halt!", ruft Konstanze plötzlich unvermittelt, als sie gerade Dösingen passieren. „Wir könnten dort drüben in dem Wäldchen doch einen romantischen Spaziergang in der Abenddämmerung machen."

„Tolle Idee", pflichtet ihr die Freundin bei. „Habt ihr Jungs eine Decke im Auto, falls wir uns hinsetzen wollen?"

„Ich habe immer eine Decke dabei, für alle Fälle", antwortet Pflüger zweideutig, während er den Wagen anhält.

Marlene schnappt sich Rossner, und Konstanze klammert sich an Pflüger, dass es fast beunruhigend ist. Sie gehen eng umschlungen einen Weg entlang, der links und rechts von dunklen Tannenschonungen gesäumt ist, durch die nur hier und dort ein paar vereinzelte Sonnenstrahlen dringen. Dann stoßen sie auf eine kleine, grasbewachsene Lichtung. Es ist ein idyllisches Fleckchen.

„Hier ist es doch schön", ruft Konstanze aus, „da lassen wir uns ein wenig nieder."

Rossner breitet die große Decke aus. Ob es wohl jetzt zur Sache geht? ‚wundert er sich hoffnungsvoll. Tatsächlich geht eine wilde Knutscherei los, gleich nachdem sie sich auf der Decke niedergelassen haben. Marlene bietet Rossner verlangend ihre feuchten, roten Lippen dar. Er schiebt seine rechte Hand in den Ausschnitt ihres Kleides und liebkost die warmen, festen Brüste. Gleichzeitig wandert seine linke Hand nach unten und schiebt den Saum des Kleidchens hoch. Nun tasten die Finger die glatten Nylons aufwärts und stoßen auf ein Strumpfhalterband. Gleich bin ich am Ziel, durchzuckt es ihn heiß, während er die nackte Haut sanft streichelt ...

„Marlene!", kreischt Konstanze unvermittelt, während sie aufspringt. „Was tut ihr da? Wenn das unsere Eltern erfahren!"

Marlene schiebt erschrocken Rossners Hände weg, streicht ihr Kleidchen glatt und erhebt sich ebenfalls. „Was hast du mit mir vorgehabt, du Wüstling?", herrscht sie Rossner an. „Ja, schämst du dich denn nicht?"

„Hä ...", stößt dieser völlig verdattert hervor.

„Jetzt mal langsam. Ihr seid doch alt genug", versucht Pflüger die aufgebrachten Grazien zu beruhigen. „Ihr tut ja so, als ob wir euch vergewohltätigen wollten. Mal ehrlich, euer ganzes bisheriges Verhalten hat doch als Einladung auf uns Männer gewirkt."

„Ich habe auch erst nur an ein bisschen rumknutschen gedacht", weiter kommt Rossner nicht ...

„Schweinkram!", herrscht ihn Konstanze wenig damenhaft an. „Fahrt uns sofort nach Kaufbeuren zurück."

Da gibt es nichts mehr zu diskutieren. Wortlos begibt sich die nun nicht mehr fröhliche Gesellschaft zurück zum Auto. Der Rest der Fahrt verläuft schweigend, die Mädels sitzen mit versteinerten Mienen stocksteif hinten im Auto. Sie erreichen Kaufbeuren.

„Lasst uns an der Ludwigstraße raus", zischt Konstanze.

„So eine miese Tour", platzt Pflüger heraus, als die beiden Mädchen grußlos ausgestiegen sind, „erst machen die uns ganz scharf, dann kneifen sie. Ich glaub' ich spinne, was sollte das?"

„Ich denke mal, die haben Angst vor der eigenen Courage bekommen“, vermutet Rossner.

„Da könntest du recht haben“, bestätigt sein Begleiter. „Und ich hatte sicherheitshalber schon eine Lümmeltüte eingesteckt ... So, Schwamm drüber, jedenfalls sind wir um eine Erfahrung reicher geworden. Ich bin hungrig. Wie wäre es, wenn wir ins Kappl gingen, da gibt's spitzenmäßiges Schaschlik.“

„Alles klar.“

Sie parken den Käfer am Neptunbrunnen und laufen die paar Meter zum Kirchplatz hinüber. Im Kappl tauchen sie ab ins rustikale Kellergewölbe. Zu den Klängen von „Yesterday man“ von Chris Andrews, „Mister tambourine man“ von den Byrds, „I feel fine“ der Beatles und so weiter genießen sie die von Insidern so geschätzten Balkanspieße.

*

„Du kennst dich doch mit Pilzen und so Zeug aus“, sagt Hübner zu Rossner.

„Ja, warum?“

„Ich habe von einem Einheimischen einen Geheimtipp bekommen. Da hinten bei Apfeltrang geht es rechts ab nach Wenglingen. Im Salva- und im Wenglinger Wald soll's massenhaft Pilze geben. Das Wetter ist ideal, feucht und noch verhältnismäßig warm. Ich weiß das noch von meinem Großvater.“ Hübner verdreht verzückt die Augen, und ein verklärtes Lächeln tritt auf sein Gesicht. „Was hat Opa immer köstliche Pilze gebrutzelt!“

„Der Pflüger macht da bestimmt mit“, vermutet Rossner, „denn ohne fahrbaren Untersatz ist das ganz schön weit zu den Schwammerljagdgründen.“

Selbstverständlich ist Pflüger dabei. Durch die Hauptwache geht es hinunter nach Apfeltrang. Am Gasthof Hubertus biegen sie rechts ab.

„Übrigens, im Hubertus haben sie jetzt auch eine Kegelbahn“, informiert Rossner die Mitfahrer. „Außerdem, wer Wildbret mag, ist hier ebenfalls richtig, denn der Wirt geht selbst auf die Jagd.“

Nun tuckert der Käfer den Hügel hinauf, Richtung Wenglingen. Auf üppige grüne Viehweiden folgen dichte Wälder, links und rechts der Straße. Der nasse Asphalt glänzt in der Sonne.

„Auf zur Schwammerlpirsch!“, ruft Rossner ausgelassen. „Es hat allerdings keinen Wert, wenn wir hier breitflächig ausschwärmen, denn ihr kennt euch mit Pilzen nicht aus und würdet nur unnötige Mengen unbrauchbarer Arten ausreißen.“

Die Knobelbecher und die Amistiefel sind im feuchten Wald genau das richtige Schuhwerk. In nicht einmal eineinhalb Stunden haben die eifrigen Pilzsammler beide Einkaufsnetze gefüllt. Steinpilze, Maronenröhrlinge, Sandröhrlinge und Butterpilze liegen einträchtig nebeneinander, dazwischen spitzen sogar einige gelbe Pfifferlinge hervor

„Leute, Leute, das gibt ein köstliches Mahl“, jubelt Rossner, während sie die Pilze gleich an Ort und Stelle putzen.

„Nach diesem erfolgreichen Jagdzug haben wir uns ein kühles Bier verdient, oder?“, fragt Hübner. „Der Biergarten vom Hubertus ist ja noch offen.“

Da stimmen seine beiden Begleiter zu. Sie lassen sich nieder und bestellen drei Gläser Bier. Rossner sieht sich um. Neben ihnen sitzt ein Ehepaar mittleren Alters mit zwei halbwüchsigen Gören, die kichernd und tuschelnd zu den jungen Männern blicken. Gerade bringt die Bedienung das Essen. Drei saftige Hirschrückenmedaillons mit hellbrauner Nusskruste gekrönt, gruppieren sich um grünen Rahmwirsing. Das Ensemble ist garniert mit längsgeschnittenen, glasierten Karotten. Aus der hellbraunen Soße spitzen vorwitzig rote Preiselbeeren. Auf dem Tellerrand steht in grünen Schriftzügen ‚Landgasthof Hubertus‘.

„Wenn wir unseren nächsten Wehrsold bekommen“, sagt Pflüger mit unterdrückter Stimme, den verführerischen Bratenduft schnuppernd, „dann investiere ich einiges für so einen Hirschrücken.“

„Gute Idee“, stimmen ihm Hübner und Rossner wie aus einem Mund zu.

Als sie zum Fliegerhorst zurückgekehrt sind, bereitet Rossner die Pilze zu. Es wird wahrhaftig eine köstliche Schlemmerei ...

Die NPD

Haag platzt herein. „Die NPD hält am Samstag eine Großversammlung im Stadtsaal ab. Da sollten wir hin. Der Fritz Thielen, Erster Bundesvorsitzender der Partei, tritt auf. Wenn wir dort hingehen, können wir vielleicht ein bisschen mitmischen." Er reibt sich erwartungsvoll die Hände.

„Eine sehr gute Idee", stimmt Rossner ihm zu. „Wir haben ja schon oft über diese Ewiggestrigen diskutiert."

„Ja, es ist immer vorteilhaft, seine Gegner zu kennen, das sagte schon der alte Clausewitz", meint Haag.

Sie begeben sich also hoch zum Stadtsaal an der Augsburger Straße. Zwei Türschließer beargwöhnen sie misstrauisch.

„Die könnten glatt von der SA sein", raunt Haag Rossner zu.

Zu ihrem Erstaunen ist der Saal proppenvoll. Das Publikum besteht größtenteils aus Männern mittleren Alters und darüber. Erstaunte Gesichter mustern die jungen Männer.

„Meine Güte", entfährt es Rossner halblaut, „sind etwa alle von denen ehemalige Kommissköpfe und Nazis?"

Sie setzen sich an einen Tisch und blicken sich um. Sie sind tatsächlich die einzigen jungen Leute im Saal, soweit sie feststellen können. Als Erster tritt Hermann Donat ans Rednerpult, der Bezirksvorsitzende der NPD von Schwaben und Bürgermeister von Stockheim. Er begrüßt die Versammlung und überreicht Thielen während seiner Ausführungen ein Geschenk der Ortsgruppe Kaufbeuren-Neugablonz.

Nun spricht Thielen. Entgegen den Erwartungen bleibt er recht moderat und wird nicht ausfallend. Er geht auf die Bundeswehr ein, hinter der er stehe, wolle diese jedoch unter ausschließlicher Kommandogewalt der Bundesrepublik sehen. Dann greift er die Waffenkäufe in den USA an, wo man jeden Schrott übernehme. Er hackt noch ein wenig auf den USA herum. Dann spricht er davon, dass die Bundesrepublik wirtschaftlich möglichst autark werden müsse. Das geht gut eineinhalb Stunden so. Als Thielen endet, brandet lebhafter Beifall auf.

Bei der anschließenden Diskussion melden sich auch die Soldaten zu Wort. Rossner möchte Näheres über die Autarkievorstellungen Thielens wissen.

„Kommen Sie doch nachher mit Ihren Bekannten ins Hotel Goldener Hirsch, wo wir abgestiegen sind“, lädt Thielen ihn ein. „Dort können wir in Ruhe weiterdiskutieren.“

„Danke für die Einladung, das machen wir doch glatt“, antwortet Rossner.

Sie verlassen den Saal und sehen gerade noch, wie die NPD-Führung in mehreren Fahrzeugen davonbraust.

„Die Großtuer hätten uns doch mitnehmen können“, mault Pflüger.

„Wärst du dann in die Partei eingetreten?“, fragt Haag hinterhältig.

„Gott bewahre“, antwortet Pflüger entrüstet.

Also machen sie sich auf den Weg durch die Augsburger und die Gutenbergstraße stadteinwärts, an der Ranchbar vorbei zur Kaiser-Max-Straße. Sie betreten das Hotel und sagen an der Rezeption, dass sie mit Thielen verabredet seien. Der Hotelangestellte telefoniert eine Weile herum, um dann resigniert zu sagen: „Herr Thielen ist unabkömmlich, er hat leider keine Zeit.“

„Das habe ich mir doch gleich gedacht“, schimpft Haag, „der will uns aus dem Weg gehen.“

„Alles Schwindel“, flucht Rossner.

So ziehen sie unverrichteter Dinge ab und diskutieren bei einem Bier oben im Adlerkeller über die Pleite.

„Da fällt mir ein“, sagt Haag, „der Thielen tritt doch morgen in Bad Wörishofen auf. Dem Wortbrüchigen bleiben wir auf den Fersen.“

Außer Rossner scheint jedoch keiner der Anwesenden so rechte Lust zu haben, sich an der Jagd nach Thielen zu beteiligen.

Am Sonntag fahren dann auch nur Haag und Rossner mit dem Bus nach Bad Wörishofen. Vor dem Saal, wo die NPD ihre Versammlung halten will, stehen schon einige Leute. Es sind wiederum fast ausschließlich ältere Männer. Kaum nähern sich Rossner und Haag dem Eingang, schießen die beiden SA-Typen vom vorherigen Tag auf sie zu.

„Sie haben hier keinen Zutritt", schnauzt sie der eine an, während der andere, ein bulliger, untersetzter Kerl, breitbeinig in Boxerstellung vor ihnen steht.

Rossner wendet sich an einen gerade eintreffenden Polizeibeamten und informiert ihn über die Situation.

„Tut mir leid, aber die NPD hat die Veranstaltung rechtmäßig angemeldet und den Saal gemietet", informiert ihn der Beamte. „Die haben Hausrecht und können Ihnen deshalb jederzeit den Zutritt verweigern."

Haag kann es nicht lassen und ruft den beiden Türstehern zu: „Einen schönen Gruß an den Herrn Thielen. Wenn er zu feige ist, mit uns zu reden, dann sollte er uns erst gar nicht einladen."

Lieb' Vaterland magst ruhig sein ... (Max Schneckenburger, 1840)

„Mal gespannt, was uns das Jahr 1967 bringt", fragt sich Hübner, als er vom Heimaturlaub zurückkehrt.

„Also für mich hat das neue Jahr sehr mies angefangen", jammert Holzmann.

„Ja, um Himmels willen, was ist denn passiert?", erkundigt sich Hübner besorgt.

„Was passiert ist? Ich habe an Silvester Wache geschoben!"

„Hast du wenigstens mitgeballert mit deinem G 3 oder besser mit einer Signalpistole?", erkundigt sich Pflüger grinsend.

Rossner ist wieder einmal an der Reihe: Er muss UvD spielen. Er weiht den Flieger Scherer, der sein Adjutant sein wird, in die Mysterien des UvD- und GvD-Dienstes ein: „Der UvD, das ist ein schier unerschöpfliches Thema. Jede Kompanie oder Staffel der Bundeswehr hat ihren Unteroffizier vom Dienst, der vor allem nachts für das Wohl und Wehe seiner Einheit verantwortlich ist. Damit man einen UvD auch gleich erkennt und der nicht lange erklären muss, wer er ist, bekommt er als Zeichen seiner Autorität jene dicke, hellblaue, geflochtene Schnur, die über der linken Schulter hängt. Dem UvD wird ein Gefreiter vom Dienst beigestellt. Das ist dann ein Flieger wie du, aber kein Pilot, oder ein Gefreiter. Wir werden, wie sollte es auch anders sein, im UvD-Zimmer residieren. Das ist jener Raum, der gleich neben dem Haupteingang der Unterkunft liegt. Darin befinden sich eine Barriere und dahinter ein Schreibtisch, ein Radio, ein Bett mit Matratze und ein Telefonvermittlungskasten mit Telefonen. Dort bringt man die Telefonverbindungen durch Umstöpseln zahlreicher Bananenstecker zustande. Da kommt mancher geistig unterbelichtete Bundeswehrler schon mal ins Schleudern, wenn er versucht eine Verbindung herzustellen."

Rossner und sein Adlatus Scherer stehen also in besagtem Raum, um ihren Dienst anzutreten.

„Die Telefonvermittlung sieht aus wie auf alten Fotos aus der Zeit des 1. Weltkriegs", stellt Scherer fest. „Das wäre ja ein Ding, wenn die Anlage tatsächlich aus der glorreichen Zeit von Willi Zwo stammen sollte."

Lustig sehen auch die Feldtelefone in den Bakelitkästen mit der Handkurbel aus, mit deren Hilfe man den Teilnehmer am anderen Ende der Leitung anklingelt.

„Der Dienst des UvD erstreckt sich über 24 Stunden", informiert Rossner seinen GvD, während er sich die hellblaue Schnur umhängt. „Meist ist nicht viel zu tun, und so ergibt sich die Gelegenheit, Briefe zu schreiben oder ein Buch zu lesen. Nachts können wir abwechselnd auf dem Bett pennen. Es hat sich aber bei uns eingebürgert, dass der UvD seinen GvD etwa um 23 Uhr in sein Bett auf der Stube entlässt. Als stillschweigende Gegenleistung erledigen die niederen Dienstgrade dann Arbeiten für die höheren. Das funktioniert ganz gut. Über dem UvD steht in der Hierarchie der OvD, der Offizier vom Dienst", fährt Rossner fort. „Das kann zum Beispiel auch ein Stabsfeldwebel sein."

„Mit diesen alten Kriegern kommt man meist gut zurecht", wirft der hinzugetretene Hübner ein. „Unangenehm für den UvD kann es werden, wenn er einen dienstgeilen OvD erwischt hat. Das trifft allerdings meist nur auf junge Leutnants zu, aber von denen gibt es, Gott sei Dank, nicht allzu viele hier. Ich hab das mal erlebt. Da rief doch einer von den jungen Oberhelden mitten in der Nacht an und wollte wissen, ob zum Beispiel die Waffenkammertüre verschlossen, die Beleuchtung vor der Unterkunft vorschriftsmäßig brannte und lauter so Zeug. Dann musste ich schweren Herzens meinen GvD wecken und mich auf Tour begeben."

„Ich hab da auch mal etwas Nettes erlebt", berichtet Rossner. „Da war ein OvD, der brachte es doch tatsächlich fertig, mich gegen 2 Uhr morgens bei strömendem Regen rauszujagen – ich sollte gefälligst überprüfen, ob die Feuerhydranten dicht waren. Von diesem Moment an nannte man den Leutnant, der Kleinmann hieß, was Wunder, nur noch „Wassermann". Dafür habe ich gesorgt, darauf bin ich stolz.

Einmal wollte ein ganz diensteifriger OvD spät abends angeblich einen Schatten gesehen und komische Geräusche gehört haben. Da hat er mich umgehend auf das Gespenst gehetzt. Er selbst hielt sich wohlweislich zurück. Ich machte mich fluchend auf den Weg, fand nach einiger Sucherei zwar kein Gespenst, aber stattdessen einen stinkbesoffenen Gefreiten, der mit einem fürchterlichen Schluckauf schwankend an eine Hauswand pinkelte. Ich schleifte den schwer angeschlagenen Krieger, der immer wieder „Taxi ... Heidestraße zehn" – das war seine Heimatadresse – vor sich hin lallte und sich partout hinsetzen wollte, mühsam in sein Bett. Anschließend meldete ich dem OvD vorschriftsmäßig: ‚Keine besonderen Vorkommnisse'. Genau genommen war dies natürlich ein Verstoß gegen die im Soldatengesetz festgelegte Wahrheitspflicht. Man konnte es aber auch so sehen: Einen besoffenen Gefreiten kann man ja beim besten Willen wirklich nicht als ein ‚besonderes Vorkommnis' bezeichnen!"

Hübner und Scherer müssen lachen ...

*

„Stellt euch vor", platzt Pflüger, eine Zeitung hochhaltend, herein. „In Griechenland haben konservative Obristen am 21. April einen Militärputsch angezettelt."

„Unglaublich!", empört sich Haller. „Und das mitten in Europa, das muss man sich einmal vorstellen."

Dieses Ereignis bildet die Grundlage für länger anhaltende Diskussionen. Die allgemeine Meinung tendiert dahin, dass so etwas in der Bundesrepublik wohl kaum möglich ist.

Hurra! Der Führerschein … und das Moospflänzchen

Wie bei anderen jungen Männern seines Alters, ist es der sehnlichste Wunsch des Hauptgefreiten Rossner, möglichst bald seinen Führerschein zu erwerben. Da dies bei der Bundeswehr nichts kostet, muss er sich in Geduld fassen, bis seine Chance kommt, auch wenn das noch so schwer fällt. Nun ist es tatsächlich soweit! Der Fahrschulunterricht lässt sich recht locker an, und mit den Fahrlehrern kommt Rossner gut zurecht. Die sind vom gleichen Haufen – das verbindet! Die Fahrstunden sind eine reine Freude, jetzt in der Sommerzeit. Der Munga der Fahrschule rollt über die sanften Hügel des Allgäus, mit Panoramablick auf die Alpen. Das Verdeck des Munga bleibt meist zurückgeklappt, Fahrschüler und Fahrlehrer sind nach einer Woche braungebrannt. Freitags mittags kehren sie irgendwo in einem der rustikalen Gasthäuser ein, um ein kühles Bier zu trinken, ausgenommen natürlich derjenige, der zurückfahren muss. Beliebt sind der Obere Wirt in Pfronten, die Post in Nesselwang, das Gasthaus zum Weißen Röss'l in Leinau und so weiter.

„Mit dem Cabriolet durch das Allgäu, ist das nicht traumhaft?", ruft Rossner aus.

Aber zuerst einmal wird fleißig auf dem Fliegerhorstgelände mit dem legendären Borgward-Kübelwagen geübt, der beim Bund offiziell als LKW 0,75 t gl (4x4), Typ B 2000 A/O eingesetzt wird. Der olivgrüne Kübel hat allerdings ein Manko, das recht gewöhnungsbedürftig ist: Das Getriebe ist nicht synchronisiert, so dass beim Schalten immer Zwischengas gegeben werden muss. Da knirscht und rappelt es manchmal ganz schön im Getriebe. Richtig aufregend wird es dann in der Sandgrube, hinten, am Ende der Start- und Landebahn. Da geht es mit Vierradantrieb steil rauf und runter.

„Jesses!“, ruft da ein Fahrschüler erschrocken aus, als das Fahrzeug scheinbar umzukippen droht.

Bei der steilen Bergauffahrt sieht man nach vorne über die Motorhaube geradewegs in den Himmel. Das ist schon ein mulmiges Gefühl!

Sie kommen am Freitagnachmittag bei strahlendem Sonnenschein auf der B 16 von einer Fahrschulfahrt aus Memmingen, Mindelheim und Bad Wörishofen zurück.

„Männer“, sagt der Fahrlehrer, Feldwebel Meisner, als sie durch Pforzen fahren, „wir machen diesmal unsere Pause im Weißen Röss'l in Leinau. Uffz Schaller fährt uns anschließend hoch zum Fliegerhorst. Der muss diesmal in den sauren Apfel beißen und darf keinen Alkohol trinken. In den Gasthof kommen übrigens immer mal Leute aus München, die in der Wertach angeln. Die stolzen Petrijünger lassen dann ihre Beute von der Wirtin des Weißen Röss'l braten. Auch Gablonzer kommen gerne her.“

Sie erreichen die Kreuzung, die rechts nach Irsee und links nach Leinau führt. Rossner, der gerade am Steuer sitzt, biegt nach Leinau ab und fährt über die Wertachbrücke. Nach wenigen Minuten sind sie am Ziel angelangt. Rossner lässt den Munga ausrollen. Die Soldaten lassen sich in dem kleinen Biergarten an einem der Holztische nieder.

Am Nachbartisch sitzen vier gestandene Mannsbilder, das fünfte ist ein Krischperl, wie man im Allgäu und anderen Gegenden Süddeutschlands so schön sagt, eben ein Mann von kleiner, schmächtiger Statur. Es scheinen Einheimische zu sein, Leinauer Bauern, die in ein Kartenspiel vertieft sind. Das Krischperl stänkert die ganze Zeit herum. Rossner vernimmt schmunzelnd, was sich am Nachbartisch tut.

„Du wenn jetzt it bald schtill bisch, verhau i di“, warnt einer der Mitspieler den Störenfried.

„Dann flack i na und na kasch zala“, antwortet der Schmächtige vorwitzig.

Da steht der Mitspieler, der ihn gewarnt hatte auf, hebt das Krischperl hoch in die Luft, schüttelt ihn kräftig durch und setzt ihn wieder auf seinen Stuhl. Anschließend fordert er ihn auf: „So, und jetzt kasch saga, was des koschd!"

„Schüttla koschd nix", erwidert das Krischperl kleinlaut.

Danach kehrt Ruhe ein, und das Kartenspiel kann fortgesetzt werden.

Die Soldaten machen sich über die bestellten Brotzeiten her.

Als sie ein andermal eine Fahrschulfahrt nach Kempten führt, fahren sie über Betzigau nach dem zwischen Kemptener Wald und Wertach malerisch gelegenen Görisried.

„Wir machen im Gasthof ‚Zum Hirsch', der übrigens meinen Namen trägt, Mittagspause", schlägt der Fahrlehrer, Feldwebel Hirsch, der seinen Kollegen, Feldwebel Meisner, vertritt, seinen feixenden Fahrschülern vor. Dann fängt er an zu lachen. „Wissen Sie, das ist ulkig, der Wirt ist waschechter Berliner, den es in diese herrliche Ecke verschlagen hat. Die kulinarischen Spezialitäten beschränken sich auf Landjäger mit Gurke und Eisbein. Das schmeckt aber klasse."

Sie erreichen den Kirchplatz in Görisried, wo der behäbige Gasthof steht. Der Obergefreite Wallner lenkt den Munga auf die gegenüberliegende Straßenseite, wo sich das Sommerhaus mit Biergarten befindet. Sie lassen sich an einem Tisch nieder und geben bei der sogleich herbeieilenden Kellnerin ihre Bestellungen auf. Während sie genussvoll die einfache, aber köstliche Mahlzeit zu sich nehmen, unterhalten sie sich.

„Ich muss sagen, Herr Feldwebel", stellt Rossner fest, nachdem er ein Paar Landjäger verdrückt hat, „Sie haben nicht übertrieben, es schmeckt prima."

Die beiden anderen Fahrschüler stimmen Rossner zu.

„Das freut mich", antwortet der Fahrlehrer. „Ich habe übrigens eine nette Geschichte über den Gasthof ‚Zum Hirsch' und dessen Wirt gehört. Zur Sperrstunde um Punkt Mitternacht muss das Wirtshaus schließen. Die Polizei kontrolliert das auch oft. Da hat der findige Wirt in der Wirtsstube einen Nagel halb in eine

Wand hineingeschlagen. Kurz vor 24 Uhr fragt er dann üblicherweise die Gäste, ob sie noch etwas möchten. Sie erhalten das Bestellte. Die Folge ist, wenn die Polizei kommt, muss er Strafe zahlen. Daraufhin kassiert der Wirt von jedem Gast zwei Mark ein, und heftet den Strafzettel an den Nagel."

Irgendwann einmal naht der Tag der Fahrprüfung. Jetzt wird es ernst! Die theoretische Prüfung haben alle ausnahmslos mit Bravour bestanden, die praktische soll nun in Kempten über die Bühne gehen.

„Nach vierzig Fahrstunden brauchen wir vor der Fahrprüfung auch keine Angst mehr zu haben", stellt der Uffz Schaller selbstsicher fest. Er hat doppelten Grund, so sicher zu sein, denn er hat drüben in den Staaten während der Ausbildung einen US-Führerschein gemacht und ist dort fast ein Jahr in der Prärie rumgegondelt. „Mit einem Mords-Amischlitten, so einem richtigen Schlachtschiff", versichert er.

Die Fahrlehrer sind plötzlich nervös, stecken die Köpfe zusammen und machen ernste Gesichter, als sie den Namen des Fahrprüfers in ihren Unterlagen entdecken.

„Himmel", ruft Feldwebel Meisner aus. „Warum müssen die ausgerechnet uns diesen scharfen Hund schicken?"

„Der lässt doch fast alle durchfallen, habe ich gehört", sagt sein Kollege Braun entmutigt. „Es wirft ein schlechtes Licht auf uns Fahrlehrer, wenn die meisten Fahrschüler nicht durch die praktische Prüfung kommen."

„Das ist nicht gut für unsere weitere Karriere", seufzt Meisner mit gramvoller Miene.

Da taucht der „scharfe Hund", ein Stabsfeldwebel à la Steiner aus dem Roman von Willi Heinrich „Das geduldige Fleisch", auch schon auf. Hochgewachsen, drahtig, mit angegrauten Haaren, offensichtlich schlachtenerprobt, stellt er das Urbild des schneidigen Soldaten alter Schule dar.

Zu der gedrückten Stimmung passt auch das Wetter, denn nach einer ganzen Zeit mit Sonnenschein und fast ausschließlich strahlend blauem Himmel haben die Fahrschüler jetzt auch noch das

Pech, dass es ausgerechnet am Prüfungstag regnet. Das Verdeck des Munga ist aufgebaut, die Türen sind montiert. Jeder weiß, dass dadurch die Rundumsicht, vor allem bei Regen, nun erheblich eingeschränkt ist. Die erste Gruppe, bestehend aus zwei Fahrschülern, dem Prüfer und einem Fahrlehrer, steigt ein. Der Munga dreht seine Runden. Nach der Rückkehr steigen die Fahrschüler mit enttäuschten Gesichtern aus. Sie sind gnadenlos durchgerasselt, das kann ja heiter werden! Die Gesichter der Fahrlehrer sprechen Bände.

So weit also die Situation, als Rossner auf die Schlachtbank befohlen wird. Nun heißt es überlegt handeln und jeden Fehler zu vermeiden, fährt es ihm durch den Kopf, während er die Fahrertüre öffnet, einsteigt, und sie wieder schließt.

„Fahren Sie los!", befiehlt der Prüfer militärisch knapp.

Statt jedoch loszufahren, steigt Rossner wieder aus und wischt die Regentropfen vom Rückspiegel. Dann steigt er wieder ein und schließt die Türe – gebanntes Schweigen ...

„Fahren Sie endlich los, Mann", bellt der Prüfer unwirsch.

Wieder fährt Rossner nicht los. Statt dessen öffnet er erneut die Türe und blickt nach hinten. Dann schließt er die Türe und fährt los.

„Wenn Sie das nicht getan hätten, hätte ich Sie durchfallen lassen", hört er den Prüfer sagen.

Rossner fährt weiter und sieht schließlich rechts schemenhaft das Kornhaus und links die Basilika St. Lorenz und die Residenz vor sich liegen.

„Fahren Sie gleich die Straße rechts rein", befiehlt der Fahrprüfer. „Dann können Sie sich aussuchen, wo Sie noch ein wenig in der Altstadt herumfahren wollen."

Rossner erkennt das Schild, auf dem Wartenseestraße steht, und kurbelt äußerst konzentriert durch ein paar Gässchen hinter dem Kornhaus, bis er auf die Memminger Straße stößt. Da steht auch schon der VW-Bus, der sie hergebracht hat.

„Halten Sie hinter dem Bus an", hört er die Stimme des Stabsfeldwebels. Ganz nebenbei fügt er hinzu: „Sie haben bestanden. Lassen Sie den nächsten Aspiranten ans Steuer."

Wortlos vor Überraschung krabbelt Rossner wie im Traum aus dem Munga. Die beiden Fahrlehrer blicken ihn fragend an.

„Ich habe meinen Führerschein."

„Gott sei Dank!", ruft Feldwebel Meisner erleichtert aus. „Wenigstens schon mal einer hat den Lappen."

Der Uffz Schaller ist am Boden zerstört. Er versteht die Welt nicht mehr und jammert: „Bis San Francisco bin ich in den USA auf den Highways getuckert. Da kann man doch logischerweise von mir erwarten, dass ich das Autofahren beherrsche!"

Von zehn Mann sind acht durchgefallen. Fünf von ihnen hatten in Amerika ihren Führerschein gemacht. Wie sich später noch herausstellt, hat das Verhalten des Prüfers ein Nachspiel. Nach dieser Pleite ist man wohl höheren Ortes zu der Einsicht gelangt, dass dieses Verfahren nicht sehr effektiv ist und der Bestand an ausgebildeten Fahrern zwangsläufig sinken muss, wenn man den Prüfer auf seinem Posten belässt. Da musste gehandelt werden. Gerüchte besagen denn auch, dass man den gestrengen Herrn Prüfer irgendwo in die Prärie verbannt hat.

„Der Lappen muss gefeiert werden", ruft Rossner übermütig aus, auf den neuen Führerschein anspielend. Sich an den geknickten Schaller wendend, sagt er: „Ich lade dich in den Ringkeller ein, da werde ich dich wieder aufbauen. Ein paar Bier und heiße Musik helfen allemal."

Der Uffz nimmt die Einladung gerne an.

Hurra! Nun ist es endlich soweit: Mit dem Führerschein in der Tasche kann Rossner sich endlich auf die Suche nach einem fahrbaren Untersatz machen. Der ist auch bald gefunden: Ein VW-Bus oder vielmehr VW-Transporter mit Fensterscheiben. Ganze 600 Mark kostet der Spaß. Allerdings befindet sich der Bulli, wie zu erwarten, nicht mehr in der allerbesten Verfassung, kein Wunder bei vier Vorbesitzern. Der Lack ausgebleicht, Dellen und Kratzer rundherum und Löcher im Boden. Letztere verschließt Rossner ganz einfach mit alten Lappen, die er vorher mit Farbe getränkt hat. Dass die Heizung nicht funktioniert, ist höchstens im Winter ein Ärgernis. Da muss improvisiert werden. Es führt schließlich dazu, dass Mitfahrer Grablichter anzünden, um etwas Wärme zu erhaschen. Die Heizung ersetzt es bei weitem nicht, sieht aber bei Dunkelheit recht romantisch aus.

Nicht lange danach begibt sich Rossner auf große Fahrt ins Pegnitztal zu den Eltern. Es wird Zeit, dass er sich dort wieder einmal blicken lässt. Und diesmal kommt er sogar mit dem eigenen Auto! Er fährt über Augsburg und Schrobenhausen nach Langenbruck auf die A 9. Bei Hersbruck verlässt er die Autobahn und gondelt gemütlich das herrliche Pegnitztal entlang. Über Vorra geht es nach Rupprechtstegen.

Ein besonders malerisches Bild bietet sich dem Betrachter, der durch die Bahnunterführung von Rupprechtstegen her kommt. Rechter Hand, scharf an der Straßenkante, sprudelt munter die Pegnitz dahin, und an der Flussschleife liegt das idyllische Kleinod Lungsdorf. Die Zeit scheint dort stehen geblieben zu sein. Wie lange wird diese Idylle wohl noch bestehen? Selbstverständlich hat auch dieser Ort sein Original. Ach ja, da vorne mit der Schubkarre, das ist er, der mit dem speckigen Hütchen.

Auch das kleine Städtchen Velden befindet sich in einer reizvollen landschaftlichen Lage. Als er schließlich Neuhaus mit der Burg Veldenstein und die darunter befindliche Kirche St. Peter und Paul vor sich liegen sieht, kommt es ihm in den Sinn: Da kommen all die anderen Orte durch die ich jetzt gefahren bin nicht mit. Die Burg macht schon was her, das ist sozusagen das i-Tüpfelchen auf einem herrlichen Ensemble. Nach der Bahnunterführung fährt er gleich den steilen Bauerberg hoch.

Bei seiner Ankunft ist das Erstaunen über das Moospflänzchen selbstverständlich groß, denn in Neuhaus gibt es nur wenige Fahrzeughalter, und schon gar keinen, der solch einen Hippie-Bus sein eigen nennt! Der Stiefvater kann nur verständnislos den Kopf schütteln. Die Mutter drängt darauf, dass das auffällige Gefährt schnellstmöglich in der Garage verschwindet, bevor die Nachbarn aufmerksam werden. Rossner fährt also langsam los ... Aber ach, da ertönt ein schreckliches, metallisches Kreischen, das durch Mark und Bein geht, etwa so: „Krrrriiiik ...“ Was ist geschehen?

Ganz einfach: Die Einfahrt wird durch das niedrige Garagentor blockiert. Der Bus hängt erst einmal fest. Nur mit Mühe kann Rossner das malträtierte Moospflänzchen wieder herausbringen. Hoffentlich ist kein Loch im Dach, schickt er ein Stoßgebet gen Himmel. Er holt sich eine Leiter und begutachtet den Schaden. Ein tiefer Kratzer ist alles. Er pinselt etwas Rostschutzfarbe darauf. Eine richtige kleine Vogeltränke, amüsiert er sich. Nun bleibt der Bus eben draußen stehen! Am nächsten Tag fährt Rossner seine Mutter nach Velden zur Apotheke.

„Parke den Bus möglichst unauffällig in irgendeiner Ecke", bittet sie händeringend ihren Sohnemann, „damit uns ja niemand damit sieht."

Ja, ja, das Fahrzeug verursacht in der Provinz schon mal einen Menschenauflauf, genauso wie später in Schwabing vor dem PN. Manchen kommt das vielleicht so unwirklich vor wie das „Raumschiff Orion". Sogar die Landpolizei zeigt einmal Interesse. Die Beamten mustern den Bus mit skeptischer Miene, gefolgt von einigem Kopfschütteln.

„Herrlich! So etwas ist denen noch nie untergekommen, die wissen wirklich nicht, was sie davon halten sollen", sagt Rossner lachend zu seiner Mutter. „Die denken wohl, die Revolution könne auf das flache Land überschwappen."

„Revolution!", ruft sie erschrocken aus. „Sag doch so etwas nicht."

Also so zeigt sich auch hier deutlich der Generationenunterschied: Die Jungen finden das toll, während die Alten ihre Schwierigkeiten damit haben.

Olivgrüne Impressionen

Die einzelnen Komponenten des Waffensystems Pershing sind auf Kettenfahrzeugen oder Carriern verlastet. Auf einem abgelegenen Teil des Fliegerhorstes üben die Fahrer mit unbeladenen Kettenfahrzeugen. Als Übungsplatz dient ein Streifen der Taxiway vor einigen splittersicheren Flugzeughangars aus dem 2. Weltkrieg. Da können die begeisterten Zuschauer die tollsten Fahrmanöver beobachten, so zum Beispiel Drehen auf der Stelle, Walzer tanzen, Vollbremsungen und andere Spielchen. Das rasselt, klirrt, rumpelt und quietscht nur so. Auf den Betonplatten entstehen die schönsten Figuren, verursacht durch den schwarzen Abrieb der auf den Ketten montierten Gummistollen.

„Richtige Kunstwerke sind das", stellt der Gefreite Scherer, der gerade seinen Führerschein für Kettenfahrzeuge gemacht hat, bewundernd fest.

„Ich weiß nicht recht", meint Rossner zweifelnd, „aber dieses Rasseln, Quietschen und Klirren von Panzerketten finde ich irgendwie unheimlich, es jagt mir Schauder über den Rücken. Das erinnert mich an die Szenen mit den amerikanischen Sherman-Panzern in dem Film ‚Die Brücke' von Bernhard Wicki."

Eine Steigerung des Fahrgefühls scheint den Beteiligten kaum mehr vorstellbar. Aber weit gefehlt! Es findet sich immer ein Hartgesottener, der auf den ultimativen Kick aus ist. So auch hier.

„Ja, was macht der denn?", ruft Scherer, der aufgesprungen ist und auf den nächstgelegenen Splitterschutzbunker deutet.

Es bietet sich ein imposantes Schauspiel, wie das schwere Kettenfahrzeug die eine Seite hinaufkriecht, wobei es fürchterliche, schwarze Qualmwolken ausstößt. Auf dem Dach angekommen, bleibt es stehen, und der Fahrer winkt fröhlich. Dann gibt er Gas, der Carrier kippt vornüber und rollt auf der anderen Seite hinunter. Lebhafter Beifall für den tollkühnen Fahrer brandet auf.

Niemand kommt auf die Idee, dass „Unbefugte“ das einmalige Schauspiel beobachtet haben könnten. Aber weit gefehlt! So hat keiner damit gerechnet, dass auf dem meilenweit entfernten Tower aufmerksame Beobachter sitzen, die jede verdächtige Bewegung registrieren. Das Unheil naht denn auch in Gestalt zweier VW-Busse, die mit hohemTempo und blinkenden Blaulichtern heranbrausen. Da gibt es nichts zu vertuschen, zumal die Kenn-Nummer groß und mächtig auf beiden Seiten des Carriers prangt. Der tollkühne Fahrer ist dran und verschwindet für einige Zeit in einer der Arrestzellen der Hauptwache.

Rossner hat eine elternlose Maus geschenkt bekommen. Das putzige Tierchen besitzt ein dunkelbraunes Fell und bekommt deshalb den Namen des ermordeten kongolesischen Präsidenten Patrice Lumumba verpasst. Lumumba erweist sich als sehr zutraulich, hält sich gerne in der linken Jackentasche auf und krabbelt auf den Ärmel und auf die Schultern Rossners, wo er in der Gegend herumschnuppert. Bei den samstäglichen Besuchen in der Ranchbar gehört es ab und an zur Krönung des Abends, wenn Lumumba auf der sich drehenden Schallplatte des Diskjockeys entgegen dem Uhrzeigersinn herumrast.

„Der kleine Lumumba stiehlt sogar dem Woody Woodpecker ab und zu die Show“, stellt der feixende Diskjockey fest.

Einige der Mädels kreischen zwar, als sie die Maus erblicken, trotzdem findet die Mehrzahl der Gäste diese Vorstellung recht spaßig.

Einige wohlmeinende Freunde Rossners glauben, Lumumba müsse sich doch so alleine recht einsam fühlen. Da ist sicher was dran, gesteht sich Rossner ein, die Maus muss einen Partner bekommen, wenn sie schon als Waise aufgewachsen ist. So besorgt er sich in der Zoohandlung in der Pfarrgasse eine weitere Maus. Diese hat ein weißes Fell, damit man die beiden besser auseinanderhalten kann, und wird wegen ihrer roten Augen nach dem Großen Vorsitzenden der Chinesischen Volkspartei, Mao Tsetung, einfach Mao getauft. Da es nicht erlaubt ist, Tiere in der Kaserne zu halten, sind die beiden Mäuse im Moospflänzchen in einem massiven Käfig zur Untermiete eingezogen. Der Käfig enthält Heu und Stroh, damit die Mäuse sich ein kuscheliges Nest bauen können, und ein paar Äste zum Herumklettern. Gefüttert wird, wie gesagt, mit Panzerplatten und Kupplungsscheiben, ab und zu mal eine Weintraube, eine Karotte oder anderes Grünzeug. Die beiden Mäuse vertragen sich prächtig, genau wie die echten Namensträger. Ob sie jedoch tatsächlich die gleichen politischen Ziele verfolgen, ist verständlicherweise nicht feststellbar. Da sich kein Nachwuchs einstellt, liegt der Schluss nahe, es müsse sich entweder um zwei Männchen oder zwei Weibchen handeln.

Rossner meint zu träumen, denn die größte anzunehmende Unwahrscheinlichkeit ist eingetreten: Die Kameraden haben ihn doch tatsächlich zum Vertrauensmann der Staffel gewählt – und die Vorgesetzten haben das ohne Murren akzeptiert!

„Ist das nicht verwunderlich?", fragt er Scherer kopfschüttelnd. „Schließlich habe ich genug Dinger gedreht, die nicht immer ganz koscher waren. Dass ich so vertrauenswürdig bin, hätte ich nie gedacht."

„Sieh es mal so", antwortet Scherer, „du hast noch niemanden in die Pfanne gehauen. Das ist schon mal ein gewaltiger Pluspunkt und einer der Hauptgründe, warum dir die Kameraden ihr Vertrauen geschenkt haben."

„Das ist ein Ding", stellt Rossner fest, „da stehe ich auf einmal so mir nichts, dir nichts, vor einer echten Herausforderung, die es zu nutzen gilt!"

Wie heißt es so schön im Soldatengesetz, § 15: ‚Der Vertrauensmann soll zur verantwortungsvollen Zusammenarbeit zwischen Vorgesetzten und Untergebenen sowie zur Erhaltung des kameradschaftlichen Vertrauens innerhalb des Bereichs, für den er gewählt ist, beitragen ... Der Disziplinarvorgesetzte hat den Vertrauensmann bei der Erfüllung seiner Aufgaben zu unterstützen."

Vor allem letzterer Satz geht Rossner wie Öl hinunter. Herrlich!, jubiliert er. Jetzt habe ich endlich brauchbare Instrumente zur Hand, den letzten unangenehmen Zeitgenossen unter den Vorgesetzten das Leben sauer zu machen.

Nun beginnt Rossner das bereits bestehende, auf gegenseitigem Respekt beruhende Verhältnis zum Spieß in eine Art Vertrauensverhältnis auszubauen. Das ist bei dem alten Fuchs nicht unbedingt einfach, aber der ist ja mehr oder weniger dazu verdonnert, den neuen „Berater" nicht einfach links liegen zu lassen. Rossner kann nämlich kraft seines Amtes, wenn er will, ohne große Schwierigkeiten sogar bis zum Kommandeur vorstoßen. Hoch lebe die Demokratie! Um etwas Positives erreichen zu können, vertieft sich Rossner erst einmal in die Lektüre der „Wehrbeschwerdeordnung" – die hat immerhin 24 Paragraphen –, um die hohe Kunst des ordnungsgemäßen Beschwerens zu erlernen.

Erfreulicherweise kommt es dank des immer auf Ausgleich bedachten Spießes nie zu ernsthaften Schwierigleiten.

Eine denkwürdige Party

Im Cortina lernt Rossner die Schwestern Karin und Gitta kennen. Karin ist Fotografin, und Gitta arbeitet im „Wuschwusch", wie sie das Kaufhaus Woolworth scherzhaft nennen. Zusammen mit anderen Jungs und Mädels bildet sich im Laufe der Zeit eine nette Clique. Rossner muss bei den Eltern der „Pauli-Sisters" genannten Mädchen einen guten Eindruck hinterlassen haben, denn er kann die zwei samstagsabends immer wieder loseisen. Der Vater ist Beamter der alten Schule und kennt keinen Spaß im Hinblick auf die Erziehung und den Umgang seiner Töchter. Die Ältere muss denn auch samstags abends pünktlich um 23 Uhr wieder zu Hause sein. Bei Nichtbefolgung gibt es Ausgehverbote und weitere erzieherische Maßnahmen. Gitta kann Sonntag nachmittags in die Ranch mitkommen.

Da die beiden Mädels also von zu Hause kurz gehalten werden, sehnen sie den Tag herbei, an dem die Eltern in den lange vorbereiteten Urlaub entschwinden. Der erlösende Tag kommt denn auch. Nun kann die langersehnte Party endlich steigen! Sie treffen sich vorher mit Freunden im Cortina, um Einzelheiten zu besprechen.

„Hört mal alle her", bittet Karin um Aufmerksamkeit. Dann erteilt sie strengste Anweisungen: „Dass mir ja niemand in der Wohnung etwas verändert oder liegen lässt, beschädigt oder gar Zigarettenkippen irgendwo hinschmeißt oder ausdrückt. Und zieht die Schuhe aus ..."

„Pinkelt nicht in die Ecken", kräht Edmond.

„Kotzt nicht in die Blumentöpfe", ergänzt Rossner feixend.

Da müssen alle lachen, und selbst Karin kann nicht mehr ernst bleiben.

„Seid doch nicht so laut", beschwört Inge die fröhliche Schar, „sonst weiß gleich die ganze Stadt von der Party."

Jeder Partygast bekommt nun eine Liste der Dinge in die Hand gedrückt, die sie oder er beizusteuern hat. Schließlich sollen die Kosten gleichmäßig verteilt werden.

„Ich steure noch ein paar Flaschen Wein bei", verkündet Rossner großzügig.

An einem bestimmten Samstagmittag schleichen sich die ersten Partygäste einzeln, möglichst leise und unauffällig, in das Haus in der Wörishofener Straße. Die Wohnung liegt im Parterre, was die ganze Aktion ungemein erleichtert. Die Fete findet sicherheitshalber nicht im Wohnzimmer, sondern im Esszimmer statt. Den großen Tisch und die Stühle schaffen emsige Teilnehmer ins Wohnzimmer. Dann rollen sie noch den Teppich zusammen und schaffen ihn ebenfalls hinaus. Sämtliche zerbrechlichen Gegenstände wie Vasen, Uhren und anderer Nippes kommen ins Schlafzimmer der Eltern. Martha, Rossner und Brüderchen helfen fleißig mit.

„Das gibt es nicht!", Karin kommt herbeigestürmt und wedelt mit einem geöffneten Brief. „Der Hendrik will zur Party kommen. Er trampt von Amsterdam hierher."

„Ist das nicht süß?", flötet ihre Schwester.

Hendrik ist Karins holländischer Freund.

„Wahre Liebe muss schön sein und kann Berge versetzen", schwärmt Martha. „Aber die Party steigt ja schon heute. Ob er das wohl schafft?"

Er ist fast auf die Minute pünktlich, und Karin ist selig.

Rossner hat sich bereit erklärt, einen großen Topf seiner berühmten französischen Zwiebelsuppe zu kochen. Er begibt sich in die Küche, um zunächst heroisch die tränentreibenden Vorarbeiten, das heißt das lästige Zwiebelschälen und -schneiden, zu erledigen.

„Verdammt!", flucht er lautstark vor sich hin, während ihm die Tränen über die Wangen kullern. „Warum habe ich nicht meine

ABC-Schutzmaske mitgebracht? Hier hätte ich testen können, ob das Ding überhaupt etwas taugt."

Das Wasser in dem großen Topf kocht bereits, und da die Temperatur in der Küche rasch ansteigt, öffnet er das Fenster. Die Wohnung liegt, wie schon gesagt, im Parterre und deshalb kann ein Fußgänger vom Gehweg aus fast die ganze Küche überblicken

„So geht es mir auch immer", vernimmt Rossner plötzlich eine Stimme von draußen. Er blickt zum Fenster hinaus. Auf dem Gehsteig steht ein gutgekleideter älterer Herr, der sich vor Lachen krümmt. Vermutlich spielt der zu Hause auch den Hausmann, denkt Rossner amüsiert.

Jedenfalls gelingt die Zwiebelsuppe vorzüglich, und der Hobbykoch ist mächtig stolz auf sein Werk ...

Später berichtet Rossner von dem lustigen Zwischenfall. Die meisten Männer halten es ja für unter ihrer Würde, im Haushalt auch nur einen Finger zu krümmen. Die Partygäste sitzen auf dem Boden des Esszimmers und löffeln begeistert die Suppe.

Wie üblich in diesem Kreis, entwickeln sich schnell heiße Diskussionen über Gott und die Welt, immer wieder unterbrochen durch witzige Anekdoten und irgendwelche Albernheiten. Die Party erreicht einen ihrer Höhepunkte, als Edmond und Brüderchen sich in den Armen liegen und grölend die Stones imitieren: „I can't get no satisfaction ... and I cry, and I cry ..." Die anderen lachen sich kaputt! Und als sie dann noch, zusammen mit Rossner, gar die Supremes mit „Stop in the name of love before you break my heart, think it over ..." übertönen, ist die Gaudi perfekt. Es dauert eine ganze Weile, bis wieder einigermaßen Ruhe einkehrt.

„Herrlich, diese Diana Ross und die anderen brown sugar babes", schwelgt Rossner verträumt.

„Sie leben hoch!", ruft Edmond pathetisch aus.

Von den braunen Mädchen kommen sie auf die Soldaten aus Nigeria zu sprechen, die 1966 oben auf dem Fliegerhorst stationiert waren.

„Dazu kann ich auch etwas sagen", lässt sich Karin vernehmen. „Ich bin letztes Jahr einmal abends mit einer Freundin aus dem

Cortina gekommen. Wir waren auf dem Weg nach Hause. Bei der Weberei sind auf einmal zwei Gestalten hinter uns hergelaufen. Was haben wir uns erschrocken, als wir unter einer Laterne die schwarzen Gesichter sahen! Es waren nigerianische Soldaten. Wir beschleunigten unsere Schritte, da liefen sie auch schneller. Plötzlich waren sie bei uns. Einer packte meine Freundin am Arm. Bevor der andere mich anpacken konnte, bin ich in Panik laut schreiend davongerannt, auf ein Haus zu. Da ging gleich die Türe auf und ein, zwei Männer kamen heraus. Es waren Griechen, die verscheuchten die Nigerianer. Wir waren fertig, kann ich euch sagen."

Tiefgründige Gespräche verebben allerdings langsam, der Alkoholpegel steigt. Der Deckenleuchter ist ausgeschaltet, statt dessen verbreiten Kerzen ein romantisches Licht. Da vernimmt man The Troggs „With a girl like you". Dann wird es richtig sentimental: Lieblich wie ein Engel singt Francoise Hardy „Frag den Abendwind".

„Herrlich ...", seufzt Martha.

Es folgt Percy Sledge „When a man loves a woman". Da kann Karin endlich ohne Störungen mit ihrem holländischen Freund rumknutschen, und auch andere Partygäste finden zusammen.

Wer wann und in welchem Zustand die Party verlässt, lässt sich hinterher nicht mehr so recht rekonstruieren. Einige bleiben einfach da und pennen in irgendwelchen Ecken.

Am Morgen des Sonntags beginnt Karin mit der akribischen Inspektion der elterlichen Wohnung. „Himmel! Wie sieht das hier aus!", ist alles, was sie zunächst fassungslos hervorbringt. Als sie sich wieder gefasst hat, trommelt sie die Schnapsleichen zusammen, und das große Aufräumen beginnt. Danach kann sie sich beruhigt zurücklehnen: Nichts ist beschädigt oder gar zerstört worden, und Brandflecken, verursacht durch glimmende Zigaretten, gibt es auch nicht. Der einzige Schaden, wenn man das so nennen kann, den man nach strengster, mehrfacher Überprüfung feststellt, ist ein leicht verbogener Schrankschlüssel.

Nachdem alles tipp-topp in Ordnung ist, fahren sie mit Rossners Moospflänzchen in die Stadt, die Mädels wollen nämlich später in die Ranch zum Sonntagnachmittagstanz.

Revolution, Mao und Rocker

Da kommt doch tatsächlich jemand auf die glorreiche Idee, dass es sicher interessant sei, sich Unterlagen wie die Mao-Bibel und anderes Material von einem potenziellen Feind zu besorgen, um zumindest einigen der herumschwirrenden neuen Ideologien folgen zu können. Rossner wird dazu ausersehen, den Brief nach Peking zu schreiben, was er denn auch tut. Wochen vergehen, und keine Antwort aus Peking trifft ein.

„Vermutlich ist der große gelbe Vorsitzende viel zu sehr mit anderen Dingen beschäftigt", vermutet Rossner, „als ein paar kleinen deutschen Soldaten sofort zu antworten. Das ist aber nicht sehr clever von ihm, denn am Ende hätte er sogar mit einer blitzschnellen Aktion eine revolutionäre Zelle in der Bundeswehr aufbauen können? Vielleicht verpassen hier die Chinesen die einmalige Chance, die westlichen Streitkräfte zu unterwandern?"

Die Eingeweihten lachen ...

„Wozu hatte der Große Vorsitzende eigentlich in seiner Mao-Bibel von Revolutionären geschrieben", möchte einer der Abiturienten wissen, „die sich wie ‚Fische im Wasser' unter der Bevölkerung bewegen sollten?"

Die ganze Sache mit den Mao-Bibeln ist schon fast in Vergessenheit geraten, als Rossner plötzlich den Befehl erhält, zum Rapport beim Kommandeur anzutreten. An sich hat er kein schlechtes Gewissen, da er sich nicht entsinnen kann, in der letzten Zeit eine größere Schandtat begangen zu haben. Man wird eben reifer ... Rossner betritt das Büro des Kommandeurs, der nach der Begrüßung sogleich auf seinen Schreibtisch deutet. Als Rossner die zwei kleinen, rot eingebundenen Büchlein und mehrere Bilder, Poster und Schriftstücke sieht, dämmert es ihm. Vor allem das große Poster mit dem lächelnden Großen Vorsitzenden Mao Tsetung lässt keine Zweifel aufkommen: Dies ist die schon fast vergessene Post aus dem fernen Peking. Rossner erklärt dem Kommandeur den Sachverhalt und weist ausdrücklich darauf hin, dass dieses Material ja letztlich der politischen Schulung dient und es doch von Vorteil sei, wenn man seine potenziellen Gegner kennt.

„Letzteres kann ich Ihnen nicht so ganz abnehmen", meint der Kommandeur lachend. „Ich persönlich habe ja nichts gegen das Material, lediglich das Aufhängen der Plakate innerhalb des Fliegerhorstes ist nicht erlaubt. Von meiner Seite wäre soweit alles klar. Da ist allerdings noch der Sicherheitsoffizier, der hat Bedenken geäußert, das kann ich nicht einfach ignorieren. Sie müssen sich leider bei ihm melden." Der Kommandeur gibt ihm noch den guten Rat, die Sache mit dem politischen Interesse herauszustreichen. Damit ist er entlassen.

Rossner meldet sich also bei dem Sicherheitsoffizier, der im Gegensatz zum Kommandeur anscheinend ein finsteres, wenn nicht gar gefährliches, kommunistisches Komplott wittert und die Angelegenheit, seinem gestrengen Gesichtsausdruck nach zu urteilen, sehr ernst nimmt. Eine ausgedehnte Diskussion folgt, mit dem Ergebnis, dass der Sicherheitsoffizier das seiner Meinung hochbrisante Material beschlagnahmen und ein Disziplinarverfahren einleiten will.

„Das ist doch die Höhe!", empört sich Rossner. „Ich bestehe in aller Form darauf, dass der Kommandeur hinzugezogen wird."

Dies geschieht denn auch, und nach langem Hin und Her einigt man sich darauf, die Plakate und andere Schriftstücke einzubehalten, die beiden Mao-Bibeln werden Rossner jedoch mit ein paar mahnenden Worten überlassen. Auch das Disziplinarverfahren biegt der Kommandeur ab. Rossner zieht triumphierend mit seinen beiden Mao-Bibeln, in Deutsch und Chinesisch, ab. Mit der chinesischen Fassung kann man leider nichts anfangen.

Im Nachhinein kann Rossner das Verhalten des Sicherheitsoffiziers irgendwie verstehen. Vielleicht ist er verunsichert, von dem was um ihn herum geschieht. Die ‚geistige Unruhe', von der Neuen Linken inszeniert, wird wohl nicht vor den Kasernentoren Halt machen. Der Standort Kaufbeuren, in der tiefsten Provinz, ist da bestimmt noch nicht gefährdet, aber andere, die in oder in unmittelbarer Nähe von Großstädten liegen, können schon wesentlich leichter vom Virus neomarxistischer Ideen infiziert werden.

Mit Interesse blättern nun einige Soldaten in der deutschen und der chinesischen Version der Mao-Bibel. Der genaue Titel lautet: „Worte des Vorsitzenden Mao Tse-Tung." Die chinesische Version ist vor allem wegen der herrlichen Schriftzeichen faszinierend, doch kann sie keiner lesen.

Werden die braven Bundesbürger durch aufmüpfige Studenten und Jugendliche beunruhigt, was schon schlimm genug ist, schwappt in den sechziger Jahren auch noch das Rockertum von den USA nach Deutschland über. Zwar ist in der Vergangenheit viel Gutes über den Großen Teich gekommen, man denke nur an die Carepakete nach dem Krieg, aber auf die Auswüchse à la Hell's Angels könnte man wirklich verzichten. Wen verwundert es, dass es hin und wieder auch zu Zusammenstößen zwischen Soldaten und Rockern kommt? Es soll nicht verschwiegen werden, dass es Provokationen von beiden Seiten gibt, und auch mancher Soldat schlägt da schon mal zu. Als dann aber die Rocker einen Soldaten nach einem solchen Scharmützel brutal mit Ketten malträtieren und der bei der „Sonderbehandlung" schwer verletzt wird, hört der Spaß auf. Eine Gruppe aufgebrachter Gastsoldaten von der Marineluftwaffe schmeißt ein paar Lederkluft-Typen kurzerhand in den Neptunbrunnen. Die wollen sich rächen. Da gibt es Alarm am Fliegerhorst. Die Polizei in der Provinz tut sich im Gegensatz zu ihren Großstadtkollegen schwer, entsprechend vorzugehen, da fehlt einfach die Erfahrung.

Soldaten, die ausgehen, bewaffnen sich mit brauchbaren Schlaggegenständen und Walkie-Talkies, den US-Hand-Sprechfunkgeräten, um ihrerseits Rocker aufzumischen und um Verstärkung herbeirufen zu können. Dieser unhandliche Feldfunksprecher, wie das Ding offiziell heißt, vom Typ PRC – 6, hat die sagenhafte

Reichweite von 1,5 Kilometern. Die Batterie hält gerade mal 20 Stunden.

Die lokalen Rocker sollen ihr Nest in Neugablonz haben. Gerüchten zufolge halten sie sich in den Ruinen des Kohlekraftwerkes der ehemaligen Munitionsfabrik an der Gewerbestraße auf. Allein die Präsenz zahlreicher Gruppen von Soldaten reicht zunächst aus, um Ruhe einkehren zu lassen. Allerdings gibt es da die schon erwähnten Rabauken unter den Uniformierten, die einem Schlagaustausch nicht aus dem Wege gehen. So ist es nicht verwunderlich, dass der Kleinkrieg weiter schwelt. Es hat den Anschein, dass die Polizei die Selbstschutztruppe nicht ungern sieht – eine Information, die man selbstverständlich nur hinter verschlossenen Türen und unter vorgehaltener Hand erhält.

Die Rocker machen wieder einmal Druck, und als an einem Samstag zwei Pkws mit Soldaten vom Fliegerhorst unterwegs sind, um eine Kneipentour zu beginnen, sehen sie vor der Spittelmühlkreuzung plötzlich einen Rocker in schwarzer Lederkluft auf dem Motorrad dahinrollen. Eine wunderschöne Gelegenheit, Rache zu nehmen! Der vordere PKW überholt elegant den Rocker. Schnell klemmt man den Feuerstuhl des verdutzten Lederwamsträgers zwischen die beiden Autos ein, die Rollkommandos springen heraus, und ehe der Höllenengel-Verschnitt sich versieht, haben die Soldaten die Reifen seines Motorrads zerstochen. Der Geschädigte flucht fürchterlich mit der heiseren Stimme eines Spirituosenvertreters.

Solche und ähnliche Vorfälle tragen zur Eskalation bei, und die lokalen Rocker drohen schließlich sogar damit, an einem bestimmten Wochenende Verstärkung aus Augsburg herbeizuholen. Die Soldaten des Fliegerhorstes kontern damit, indem sie ihrerseits die Fallschirmjäger aus dem nahegelegenen Altenstadt nach Kaufbeuren einladen. Die Elitetruppe richtet sich für das besagte Wochenende bei den Kameraden der Luftwaffe ein. Als die Rocker dies hören, lässt sich keiner von ihnen blicken. So endet der Rockerkrieg so schnell, wie er begonnen hat.

Die BHIGMIPS und die Caddy Group

Das bekannte niedrige Mauerstück gegenüber dem Nackten Mann entwickelt sich zum Treffpunkt der immer größer werdenden Clique, die sich nun „BHIGMIPS“ nennt, nach den Initialen der Gründungsmitglieder. Vor allem an Wochenenden mit schönem Wetter treffen dort samstags und sonntags ab etwa 14 Uhr die ersten Freunde ein. Während der kälteren Jahreszeit wird dann das Cortina oder eine andere Lokalität zum Treffpunkt auserkoren. Dort beratschlagt man, was man am Wochenende unternehmen könnte.

Durch die Mädels lernen Larsen und Rossner die Jungs kennen, die Musik machen. Wie sich herausstellt, klingt das gar nicht einmal so übel.

„Die können wirklich was“, meint Larsen, „denn heute meint jeder, wenn er einer Klampfe schräge Töne entlocken könne, müsse er gleich eine Band gründen.“

Manuel, Terry, Charly und Winterling haben wirklich etwas drauf. Die Idee, hier etwas Professionelleres auf die Beine zu stellen, ist bald geboren, und so übernehmen Larsen und Rossner sozusagen das Management. Da die Mitglieder der Band als Lehrlinge oder Schüler keine fahrbaren Untersätze besitzen, kommen Rossners Moospflänzchen und Larsens Ford 20M wie gerufen. Hinzu kommt noch, dass die beiden ein paar Jahre älter als die Mitglieder der Band sind und so auch ab und zu einmal ein vernünftiges Wort mit den meisten Eltern sprechen können, die ja zunächst gegen die „schreckliche“ moderne Musik opponieren.

„Die Jungs sehen noch richtig unverdorben aus", stellt Larsen fest, „das macht sich immer gut, da werden die Girls in Scharen kommen."

Schwierigkeiten gibt es vor allem mit dem Vater von Charly, einem alten Kommisskopf. Sein Sohn ist gut in der Schule, und der Vater kann froh sein, dass Charly in einer harmlosen Gruppe untergekommen ist. Das sollte man zumindest annehmen. Aber Rossner muss sich mehr als einmal ins Zeug legen, um den Jungen loszueisen. Das stellt sich jedesmal als eine nervenaufreibende Angelegenheit heraus, zumal Rossner und der Stabsfeldwebel sich dienstlich kennen und sich aus irgendwelchen Gründen, die nicht mehr nachvollziehbar sind, schon von daher nicht unbedingt mögen. Ein Nachteil, mit dem man leben muss.

Anfangs übt die Band auf dem Dachboden des Fliegerheims, den die Standortverwaltung netterweise zur Verfügung stellte. Dann findet sich ein Asyl in einer Holzbaracke beim Offizierskasino. Keine Frage, ohne die Großzügigkeit hätte die Band Probleme gehabt, denn nichts ist schwieriger, als einen Übungsraum zu finden, in dem ungestört Krawall gemacht werden kann.

„Das haben wir nur deinem Vater zu verdanken", sagt Larsen zu Terry, „der hat den Übungsraum organisiert."

Nun beginnt eine ereignisreiche und unvergessliche Zeit. Larsen und Rossner organisieren jedes zweite bis dritte Wochenende Aufritte für die Band. Die Städte und Dörfer in der näheren und weiteren Umgebung werden abgeklappert. Meist kann man mit der Anzahl der Besucher zufrieden sein. Es gibt allerdings leider auch ein paar Veranstaltungen, bei denen die Band in einem fast leeren Saal spielt. Egal, Spaß macht es aber fast immer. Und dann die Mädels ... Man kann nicht unbedingt von Groopies sprechen, aber manch eine von ihnen schmeißt sich ganz schön ran, sehr zum Ärger der mehr oder weniger festen Freundinnen der Bandmitglieder, deren Managern und Anhängern.

Larsen hat einen guten Auftrag für die Band an Land gezogen. Die soll an einem Samstag zum Abschlussball eines Gymnasiums im benachbarten MOD, pardon, Marktoberdorf auftreten.

An besagtem Tag, gegen 15 Uhr, werden die Instrumente in Larsens Ford 20M und das Moospflänzchen verladen, und ab geht es, am Bärensee vorbei, über Biessenhofen oder „Bären-Marke-City“, wie Rossner es nennt, nach Marktoberdorf. Neben den Mitgliedern der Band, Larsen und Rossner sind Karin und noch einige Mädels von der Clique mitgekommen. Diesmal lässt sich eine Genehmigung der Eltern leicht erhalten, und es fällt nicht einmal der berühmte Satz von wegen „... in einem Stück und unbeschädigt bis Schlag 23 Uhr zu Hause abliefern!“ Es kann sogar eine Verlängerung herausgeholt werden. Der Grund für diese völlig unerwartete Kulanz ist selbstverständlich das Stichwort Gymnasium, denn die Eltern meinen, in solch einer Institution seien ihre Töchter gut aufgehoben.

„Na ja!“, stellt Rossner grinsend fest, „das wollen wir einmal dahingestellt lassen, ob es sich da um eine Klosterschule handelt.“

An der höheren Lehranstalt geht es zu wie im Taubenschlag, und nur mit Mühe kann der Direktor aufgetrieben werden.

„Schön, dass Sie gekommen sind, um unserem Abschlussball einen würdigen musikalischen Rahmen zu verleihen. Also, zunächst einmal möchte ich darum bitten“, weist er in salbungsvollen Worten darauf hin, „dass Sie mir nur keine zu laute Musik machen, und um Gotteswillen auch nicht dieses moderne Gedudel und schon gar nicht die von diesen Pilzköpfen aus Liverpool.“

Diese wohlgemeinten Ratschläge lassen Larsen und Rossner zunächst kalt. Eine problematische Situation entwickelt sich völlig unerwartet, als der Oberpauker die weiblichen Anhängsel der Band erblickt, die zum Teil Miniröcke tragen und auch noch geschminkt sind! Oh wie süüüß schau'n sie aus, die Zuckerpuppen, denkt Rossner ganz hingerissen ... aber nicht so der Direx. Oh Gott! Dem fällt die Kinnlade runter, er scheint einem Schlaganfall nahe.

„Das ist ja unmoralisch“, ruft der gestrenge Pädagoge aus, als er sich wieder gefasst hat. Dann erklärt er kategorisch: „Ich kann den jungen Damen den Zutritt zum Saal keinesfalls gestatten, so leid es mir tut. Diese Mädchen üben möglicherweise einen negativen Einfluss auf meine Schutzbefohlenen aus.“

„Ein Skandal, diese Sittenlosigkeit", stimmt ihm eine ältere Kollegin, Typ Blaustrumpf, zu, „das können wir unmöglich dulden."

„Wenn unsere Mädels nicht mit in den Saal dürfen, werden wir das Konzert abblasen", stellt Larsen kategorisch fest.

„Jawohl", bekräftigt Rossner, „dann ist der schöne Abschlussball im Eimer."

Nun befindet sich der Direktor in einer Zwickmühle. Die Diskussion geht noch eine Weile hin und her, während sich der Saal füllt. Schließlich muss der er zähneknirschend klein beigeben, denn innerhalb der nächsten Stunde wird er kaum Ersatz finden.

Der Saal ist nun voll mit festlich gekleideten Leuten, die Show kann beginnen. Nach allerlei salbungsvollen Ansprachen kommt also der große Augenblick: Die Jungs von der Band beginnen mit einigen langweiligen Darbietungen. Wie zu erwarten, blicken die Eltern und der Lehrkörper zufrieden durch den Saal, während die jungen Leute sich ganz offensichtlich langweilen.

„Jetzt reicht es mit dem seichten Klampfencocktail", sagt Rossner zu Charly, „legt mal einen Zahn zu."

Langsam steigert sich die Caddy Group in modernere Weisen und geht schließlich auf Beatmusik über. Da langt Charly fröhlich grinsend kräftig in die Saiten. Terry und Manuel folgen, während Winterling ekstatisch sein Schlagzeug bearbeitet. Als die Jungs „Help" von den Beatles schmettern, ist die Tanzfläche rammelvoll mit zuckenden, sich verrenkenden jungen Leuten.

Wie der Blitz wechselt die Situation: Die Alten finden das skandalös, die Jungen sind hellauf begeistert. Es geht auch weiterhin rund auf der Tanzfläche! Da kann der Direx sich die wenigen Haare raufen und jammern, wie er will ... So wird der Abschlussball, zumindest für die jungen Teilnehmer, ein unvergessliches Erlebnis. Zu bedauern ist nur, dass der Schuldirektor während seiner Amtszeit die Band nie mehr engagiert.

Vierzehn Tage später, in Eggenthal, ist die Stimmung im Gasthof Friedenslinde, in dem die Band auftritt, auch ganz gut. Der Saal ist voll. Das ist nach der Euphorie im Zusammenhang mit dem gelungenen Auftritt in MOD ebenfalls recht erfreulich.

„Das baut die Jungs auf, da kommt doch wenigstens etwas in die Kasse“, stellt Larsen trocken fest. „Bei aller Euphorie dürfen wir nicht vergessen, dass nicht jeden Tag eitel Sonnenschein ist.“

Die Party bei Ute in der Mauerstettener Straße geht auch in die Annalen der Geschichte ein. Sie steigt an einem Samstag, als Utes Eltern unterwegs sind und garantiert nicht vor Sonntag am späten Abend wieder auftauchen werden. Es treffen nach und nach so viele Leute ein, dass beschlossen wird, trotz der Kälte im Freien vor und teilweise im Gartenhäuschen zu feiern. Rossner bemerkt eine ganze Reihe ihm unbekannter Gesichter und kann sich des Eindrucks nicht erwehren, dass sich da einige Fremde eingeschlichen haben. Die ganze Zeit herrscht eine eigentümliche Atmosphäre. Damit es richtig warm wird, entfachen einige Partygäste ein riesiges Feuer, um das herum gewaltige Mengen Bier konsumiert werden. Dabei ertönt Mordskrawall, und mancher hat „d' Sau naus g'lassn“.

Die Sache scheint etwas außer Kontrolle zu geraten, und nur mit Mühe gelingt es einigen besonnen Typen, die Ordnung einigermaßen aufrecht zu halten. Was Utes Eltern nach ihrer Rückkehr von den Nachbarn zu hören bekommen, kann man sich vorstellen. Das ist bestimmt nichts Positives. Morgens gegen drei Uhr fährt Rossner, selbst ganz schön angedüdelt, einige Schnapsleichen nach Hause. Er muss sich verdammt zusammenreißen. Gott sei Dank geht alles gut! Eine der Schnapsleichen ist so voll, der hatte wahrscheinlich nur noch „3,0 Promille Blut im Alkohol!“ Diesen Transport kann man ja irgendwie als gute Tat ansehen, beruhigt Rossner sich selbst. Trotzdem: Schande über sein Haupt – so betrunken zu fahren!

Für die Mitglieder der Band fertigen die Mädels sogar Phantasieuniformen à la Beatles an. Genau genommen macht die Hauptarbeit Ulrikes Mutter. Die Klamotten sehen richtig toll aus! Man merkt, dass die Arbeit mit viel Liebe und Hingabe vollbracht wurde. Ja, sogar Blut, wenn auch kein Herzblut, wurde dabei vergossen, denn Martha stach sich mit einer Nadel heftig in den linken Daumen!

„Du hast doch eine Filmkamera“, sagt Karin zu Rossner. „Da könnten wir doch Aufnahmen machen. Die Beatles haben ja auch verschiedene Filme gedreht. Das müsste doch auch möglich sein“

„Klasse!“, ruft Charly begeistert aus

„Jawohl, das wär's doch“, stimmt Terry zu.

Alle halten das für eine gute Idee, denn Rossner hat ja die Super 8 Filmausrüstung mit allem Zubehör. An einem herrlichen Wintertag fahren die Mitglieder der Band samt Anhang nach Füssen und tragen die Filmausrüstung und Requisiten hinauf zum Schloss Hohenschwangau. Im Moospflänzchen ist es übrigens dank der primitiven Heizung, die Rossner konstruiert hat, nicht mehr ganz so eisig kalt. Unter den besten Voraussetzungen entsteht so ein Film von zwanzig Minuten Länge. Er zeigt die Jungs mit und ohne Instrumente im hohen Schnee vor und im Schloss und mit dem Alpenpanorama im Hintergrund.

Das Trampen ... eine herrliche, abenteuerliche Sache. Danach kann man direkt süchtig werden, selbst wenn man einen eigenen fahrbaren Untersatz hat. Jedenfalls kommt das Trampen, vor allem in Richtung Süden, bei den Freunden mehr und mehr in Mode und wird schließlich zu einer beliebten Freizeitbeschäftigung. Das läuft so ab: Jeweils ein Pärchen stellt sich am Straßenrand auf, und man schließt Wetten ab, wer zum Beispiel zuerst in Füssen eintrifft. Einmal erwischen Karin und Brüderchen einen Österreicher, der sie mitnimmt. Diese Fahrt bleibt den Beteiligten unvergesslich, denn der Alpenländler fährt „wia a gsengte Sau“, und seine Mitfahrer sind heilfroh, als sie schließlich in Füssen käsebleich und mit wackligen Knien heil aus dem Auto stolpern.

Von Füssen führt der Weg an den Lechfall. Dort blödeln sie ein wenig herum, veräppeln Touristen, und Karin macht ein paar Fotos. Dann wandern sie hinüber nach Schwangau, dem „Dorf der Königsschlösser“, zu den berühmten Schlössern des unvergessenen „Kini“ Ludwig II., Neuschwanstein und Hohenschwangau. Anschließend geht es zum Schwansee. Im hochgelegenen Hohenschwangau hatte der König seine glücklichsten und bittersten Stunden verbracht. Dieses Schloss hat auch sein ganz eigenes

Flair. Einen phantastischen Blick auf die beiden Schlösser hat man von der oberhalb gelegenen, 45 Meter hohen Marienbrücke mit Wasserfall, die man über die Pöllatschlucht erreicht.

Neuschwanstein ist der Inbegriff eines romantischen Schlosses schlechthin. Es wird auch schon mal als ein „steingewordener Wagnertraum" bezeichnet. Und das nicht zu Unrecht, denn zahlreiche im Schloss zu sehende Gemälde zeigen Motive aus den Opern Richard Wagners. Es ist einfach ein Schloss der Superlative, von innen und von außen. Ungeheure Massen von Besuchern aus aller Welt wollen das Schloss besichtigen, um dem „Kini" richtig nahe zu sein. Da muss man manchmal Stunden warten, bis man eingelassen wird. Wer alle Attraktionen um Füssen und Schwangau abklappern will, muss schon einiges Geld mitbringen. Vielleicht kommt daher der Ausdruck „mein lieber Schwan"?

Mit der Rückfahrt haben sie Glück, denn der Fahrer eines leeren Reisebusses nimmt sie mit. Die Dämmerung setzt ein, als sie Kaufbeuren erreichen.

Abends in der Ranch unterhalten sie sich über Ludwig II. Das ist ein schier unerschöpfliches Thema.

„Erläutere uns doch mal deine Theorie über den Drang des Königs zu bauen", fordert Karin Rossner schmunzelnd auf. „Das ist so lustig."

„Gerne", stimmt Rossner zu. „Über die Bauwut des Monarchen ist viel gerätselt worden. Das ist meiner Ansicht nach ganz einfach zu erklären, denn die Wurzeln dafür lassen sich in seiner Kindheit finden. Der junge Ludwig soll nämlich in zartem Kindesalter mit Bauklötzen gespielt haben, denn Legosteine gab es damals noch nicht. Da er bei dieser Tätigkeit rüde unterbrochen wurde – das heißt, er musste den verwaisten Thron seiner Vorväter besteigen –, konnte er sich diesem Hobby zunächst nicht mehr widmen. Wen wundert es da, dass er dann später wie ein Besessener weiterbaute?"

Der DJ legt eine Platte auf. „A whiter shade of pale" von Prokol Harum ertönt.

„Was zum Anschleichen", ruft Rossner halblaut, sich erhebend. Die anderen folgen ihm. Er tanzt mit Gitta. Süßes Ding, denkt

Rossner verträumt, auf dem Weg zur Frau. Schmelzend singt Scott McKenzie „San Francisco". Dann folgt „Massachusetts" von den Bee Gees.

„Traumhaft ...", haucht Gitta.

Die absolute Krönung bildet Bob Dylans „Like a rolling stone". Diesmal schreiten die Söhne des Besitzers der Ranch nicht ein, als sich ein vielstimmiger Chor vernehmen lässt: „How does it feel ... how does it feel to be on your own like a rolling stone ..." Für einen Moment ist Ruhe, dann brandet Beifall auf.

Beliebte Ausflugsziele sind auch die wildromantischen Burgruinen Eisenberg und Hohenfreyberg, „die zwei Gleichen", von denen aus man einen atemberaubenden Blick auf das Alpenpanorama und die Königsschlösser hat.

„Wie ich das genieße", schwärmt Rossner, „in so alten Gemäuern wie der Hohenfreyberg hier herumzukrabbeln."

An der Eisenberg vorbei wandern sie hinab zur unterhalb der Burgruinen gelegenen Schlossbergalm, von Insidern scherzhaft auch „Weißbieralm" genannt. Da sitzen sie in der Sonne, trinken zum Gebimmel der Kuhglocken gemütlich ein Weißbier und blicken hinüber auf die Berge. Das sind unvergessliche Szenen ...

Dann ist da zum Beispiel der Auerberg im Pfaffenwinkel, wo die berühmten Autorennen abgehalten werden. Rossner hat einen Super-8-Film mit Ausschnitten von einem der Rennen. Herrlich, diese Flitzer, mit den unvergesslichen Namen Glas, NSU und so weiter. Oben am Berg befindet sich der Ort Bernbeuren mit der Pfarrkirche St. Nikolaus. Man kann den Turm hinaufsteigen und gelangt auf eine Plattform, von wo man ebenfalls einen unvergleichlichen Blick auf das Voralpenland und die Alpen hat. Schon die Römer mit ihrem sicheren Gespür für schön gelegene Orte hatten dieses herrliche Fleckchen Erde besetzt, und man kann heute noch auf dem von ihnen errichteten Erdwall wandern. Es gibt den Forschern allerdings immer noch Rätsel auf, warum die Römer ihre Siedlung auf dem Auerberg nach verhältnismäßig kurzer Zeit verlassen haben.

Obwohl nun einige Fahrzeuge in der Gruppe vorhanden sind, bleibt das Trampen immer noch eine beliebte Freizeittätigkeit. Es ist einfach „der Spaß an der Freud", wie die Bayern sagen. So trampen Rossner und seine süße kleine blonde Freundin Ute einmal nach Augsburg, um dort eine Jugendveranstaltung zu besuchen. Es ist Hochsommer und eine Affenhitze herrscht. Müde und durstig kommen sie gegen Abend wieder zurück nach Kaufbeuren, um schnurstracks in den Stadtsaal zu eilen. Dort spielen nämlich die Hot Dogs, jene berühmte bayerische Jazzband, die mit ihrem Song von den „Alten Rittersleut" Karriere machte. Barfuß wird dann die Nacht durch getanzt. Was für wunderbare Erinnerungen!

Eine aufgekratzte Gesellschaft strebt Samstagmittag mit dem Moospflänzchen der bayerischen Landeshauptstadt entgegen. Sie wollen ins legendäre PN hit-house. Die Küken Katrin und Gitta sind auch dabei. Zur Tarnung haben sie ihren Eltern gesagt, dass sie ins Ringcafé gehen. Wie immer entwickeln sich angeregte Diskussionen über alles Mögliche, während der Bus über Landsberg dem Ziel zustrebt.

„A propos München", lässt sich Rossner vernehmen, „da fällt mir ein, dass im Münchner Leberkäs gar keine Leber drin ist."

„Was kommt jetzt schon wieder?", wundert sich Gitta.

„Nichts als die Wahrheit, die reine Wahrheit", ruft Rossner theatralisch aus.

Hinter ihm geht ein Gelächter los.

„Der Witz ist der, der einzige Leberkäs, den man in München bekommt und der Leber enthält, nennt sich seltsamerweise Stuttgarter Leberkäs. Übrigens, in München gibt es noch andere Sachen zu essen, wie zum Beispiel Hans-Girgln, Dradiwixpfeiferl ..."

Weiter kommt er nicht, denn da bricht wieder Gelächter aus.

„Ich bin übrigens in München eine Zeitlang zur Schule gegangen", informiert Katrin die Mitreisenden, als das Gelächter abebbt.

Es geht mitten hinein in das Gewühl der Großstadt. Rossner stellt das Moospflänzchen in der Leopoldstraße knapp vor dem PN ab. Im Nu versammeln sich Neugierige um den VW-Bus.

„Leute, da seht ihr mal“, verklickert Rossner den Gaffern stolz, „auch in der Provinz ist etwas los, nicht nur bei euch in München.“

Die Jüngeren lachen, die Älteren schütteln die Köpfe.

„Da müsst's noch a bissl mehr drauf moaln“, schlägt ein Langhaariger vor.

„Keine Sorge“, antwortet Rossner, „das kommt schon noch.“

„Geht ihr schon mal rein“, sagt Katrin. „Da vorne ist eine Telefonzelle, da rufe ich ein paar von meinen ehemaligen Schulfreundinnen an. Ich komm dann gleich nach.“

Schon ist sie weg ...

Sie betreten das PN und bleiben staunend stehen. Eine Lichtorgel zaubert ein farbiges Feuerwerk, das wegen der hohen Decke ungeheuer beeindruckend wirkt. Aus den überdimensionalen Lautsprechern ertönt die Stimme von Wilson Pickett mit seinem Song „In the midnight hour“, gefolgt von James Brown mit „Papa's got a brand new bag“. Es ist viel zu früh, da ist noch nichts los. Ein paar Typen hängen gelangweilt rum. Auf der riesigen Tanzfläche führt ein schwarzes Pärchen zu der Soul Musik eine akrobatische Show der Spitzenklasse vor.

„Das können nur die Schwarzen“, sagt Rossner anerkennend, „die haben Musik im Blut ...“ Weiter kommt er nicht, denn da singen die Supremes „My world is empty without you babe“.

„Schade, dass hier nicht mehr los ist“, lamentiert Gitta enttäuscht.

„Also, ich war ja schon mal hier drin“, sagt Rossner, „da war ja mords was los. Wir sind halt einfach viel zu früh da. Die Musik ist jedenfalls gut. Entspann dich und nimm doch ganz einfach die Atmosphäre auf.“

Als Katrin hereinkommt, singt Otis Redding „Fa-fa-fa-fa-fa ...“

„Waaahnsinn ...“, entfährt es ihr. „Ein Sound ist das, der haut einen glatt um!“

Jedenfalls ist das für jene, die noch nie in einem solchen Beatschuppen waren, ein Erlebnis besonderer Art. Außerdem drängen nun immer mehr Gäste herein, Stimmung kommt auf.

Leider müssen sie aber jetzt schon den Heimweg antreten. Lachend und singend fahren sie durch die Nacht. Nicht weit von

Landsberg entfernt stottert auf einmal der Motor. Rossner hält den Wagen an. Mit viel Glück und gutem Zureden springt das Moospflänzchen wieder an, und sie erreichen problemlos Kaufbeuren

*

Eine weitere Party am Bärensee soll steigen. Diesmal hat man glücklicherweise ein Motto: „Rossners Geburtstag". Die Teilnehmer verstauen ein Fass Bier, Bratwürste und andere notwendige Dinge in den roten R 4 von Heinz. Von der B 16 geht es über einen Feldweg an eine flache Uferstelle mit einem Streifen Sand. Gerade als die ausgelassene Schar dabei ist, die Sachen aus dem Auto auszuladen, erscheint ein Streifenwagen auf der Bildfläche. Zwei Beamte steigen aus und kommen auf die fröhliche Gesellschaft zu.

„Tut mir leid", sagt einer der jungen Beamten, „aber ein Bauer hat bei uns auf der Wache gemeldet, eine Gruppe junger Leute halte sich unerlaubt auf seinem Grundstück auf." Er hält einen Moment inne, bevor er mit verschwörerischer Stimme fortfährt: „Etwas weiter vorne gibt es einen anderen, öffentlichen Zugang zum See hin."

„Wenn ich das hier so sehe", sagt sein Kollege, „würde ich gerne mitfeiern."

Also packen sie ihren Krempel wieder ein. Der neue Standort erweist sich ebenfalls als geeignet. Die Abenddämmerung setzt ein, die Bratwürste über dem offenen Feuer duften verführerisch, und das Bier schmeckt ebenfalls gut. Die Stimmung steigt mit dem Alkoholpegel, und plötzlich kommt jemand auf die Idee, schwimmen zu gehen. Welch ein Gefühl, nach fünf Flaschen Bier im Wasser herumzuplanschen! Die Orientierung geht verloren – das ist nicht ohne ...

Im Laufe des Abends tauchen dann überraschend noch ein paar Freunde auf, und schon beginnen die Biervorräte zur Neige zu gehen. Zum Glück haben die Neuankömmlinge einen Karton billigen Rotwein mitgebracht. Dies erweist sich aber im Nachhinein als keine besonders gute Idee, wie Rossner am nächsten Morgen zu seinem Leidwesen feststellen muss – er wacht mit einem fürchterlichen Brummschädel auf. Den anderen geht es nicht viel besser, die leiden unter den gleichen Symptomen.

Rossner hätte am liebsten eine Anzeige mit folgendem Wortlaut in die Zeitung gesetzt: „Ich möchte allen Freunden gratulieren, die meinen Geburtstag überlebt haben, wenn auch in einem fürchterlichen Zustand."

Ein paar der Feldwebel und Unteroffiziere haben sich das Angeln am Bärensee zum Hobby auserkoren. Dieses Hobby ist offensichtlich höchst infektiös und wird, wie das manchmal so ist, auf einmal zu einer richtigen Manie. Für diesen Sport brauchen die Angler natürlich entsprechend große Mengen Köder. Da kommt schnell ein Deal mit einigen Wehrpflichtigen zustande, die sich als Regenwurmjäger betätigen. Die großen Rasenflächen um die Unterkünfte haben ja unzählige unterirdische Bewohner, die dort ein meist segenreiches Werk verrichten. Zu ihnen zählen die wohlbekannten Regenwürmer. Die Jagd auf diese ist denkbar einfach: Da braucht man nur zwei Eisenstangen in den Boden zu rammen, Kabel anzuschließen und 220 V Spannung draufgeben. Schon kommen die Regenwürmer reihenweise zitternd zum Vorschein und brauchen nur noch geerntet zu werden. Falls dann die Angler bei ihren Fischzügen am Bärensee Erfolg haben, erhalten die Regenwurmjäger den einen oder anderen Fisch, eine willkommene Ergänzung zu der wenig berauschenden Diät, die es in der Kantine des Fliegerhorstes gibt.

Ein Fischfang muss aber nicht unbedingt immer wahre Freuden bereiten. Das erfahren Katrin, Uschi, Inge und Manuel, die mit Rossner eines Tages zum Wandern an den Bärensee fahren. Nach einiger Zeit knurrt allen der Magen.

„Leute", verkündet Rossner, „wir werden uns jetzt wie die Jäger und Sammler von dem ernähren, was die Natur uns beschert."

„Sollen wir etwa Beeren und Pilze sammeln gehen?", fragt Katrin. „Ich kenne mich da nicht so gut aus."

„Keine Sorge", beruhigt Rossner sie, „wir werden angeln gehen. Das haben wir früher bei den Pfadfindern ab und zu gemacht. Erlaubt ist es natürlich nicht, deshalb möchte ich euch bitten, Ausschau zu halten, ob jemand kommt. Manuel, du könntest inzwischen nach Regenwürmern buddeln", empfiehlt Rossner, während er ihm einen Klappspaten reicht. Rossner kramt nun im Moospflänzchen herum. Dann kommt er wieder heraus, hält triumphierend eine Nylonschnur und einen Angelhaken hoch und sucht dann einen Stock, an dem er alles befestigt. Manuel war inzwischen erfolgreich und reicht ihm einen fetten, sich windenden Regenwurm, den Rossner auf den Angelhaken spießt.

„Igitt!", ruft Martha entsetzt aus, das Gesicht verziehend. „Was malträtierst du denn den armen Regenwurm?"

„Ja, so ist das Leben nun mal, der arme Kerl muss leiden, damit wir keinen Hunger leiden", erklärt Rossner philosophisch.

Die anderen blicken skeptisch drein.

„Typisch Stadtkinder", fährt Rossner lachend fort, „die glauben, Gurken wachsen im Glas. Zurück zur Natur, heißt die Devise." Während er das sagt, umklammert er den Stecken mit der rechten Hand, holt weit aus und schleudert den Angelhaken mit dem zappelnden Wurm durch die Luft. Mit einem leisen, klatschenden Geräusch prallt der Todeskandidat samt Angelhaken und Schnur auf der Wasserfläche auf und versinkt langsam.

„Petri Heil!", ruft Inge übermütig.

Nun wird es spannend. Hoffentlich beißt einer an, denkt Rossner, sonst blamiere ich mich. Nach mehreren Versuchen spannt sich die Nylonschnur plötzlich und bewegt sich wie durch Geisterhand hin und her. Langsam holt Rossner die Leine ein, und da hängt doch tatsächlich ein zappelndes, in der Sonne silbrig glänzendes Schuppentier.

„Toll ...", flüstert Gitta.

Weitere Versuche bleiben allerdings erfolglos und so muss sich die Gesellschaft mit dem einen Fisch begnügen. Der ist leider sozusagen auch noch gar nicht richtig erwachsen. Rossner macht ein Feuerchen, nimmt den Fisch aus, steckt ihn auf einen Spieß und brät ihn. Während dieser Prozedur schrumpft er auch noch und sieht noch kleiner aus. Er riecht aber nicht schlecht!

„Leider geht es nicht wie in der Bibel mit der Speisung der Fünftausend", verkündet Rossner bedauernd, „aber jeder bekommt einen Happen. Hier sind noch Pfeffer und Salz."

Nach etwa einer Stunde fühlen sich die Teilnehmer der Schlemmerei unwohl, nur Rossner seltsamerweise nicht. Er bringt die Maladen nach Hause. Erfreulicherweise sind alle bald wieder wohlauf!

Am Sonntagnachmittag holt Rossner Karin und ihre Schwester von zu Hause ab. Die beiden wollen in die Ranch. Es ist mehr ein Höflichkeitsbesuch, den er abstattet, denn um diese Tageszeit können die Schwestern nun ohne Einwände der Eltern hingehen.

In der Ranch treffen sie Katrin, die gerade aus der Toilette kommt und einem anderen Mädchen einen Lippenstift und weitere Kosmetika reicht. Aha, denkt Rossner amüsiert, die hat Kriegsbemalung angelegt! Das hat sie doch gar nicht nötig, sie sieht auch ohne schon zum Anbeißen aus. Sie begrüßen sich reihum.

„So, Mädels", sagt Rossner, „ich komme kurz mit euch rein um zu sehen, wer da ist, dann muss ich aber in den Ringkeller. Dort treffe ich mich mit Hans, einem vom Fliegerhorst oben. Der hat nämlich die Idee, dass wir nächstes Jahr, wenn wir vom Bund entlassen werden, hier in Kaufbeuren oder Umgebung eine Tankstelle mit Werkstatt pachten."

„Du bleibst tatsächlich hier?", ruft Karin erfreut aus.

„Das ist toll", meint auch ihre Schwester.

Die Mädels suchen einen Tisch in dem noch halbleeren Beatschuppen. Rossner schlendert ein wenig umher und plaudert noch mit ein paar Leuten. Er kommt auch an dem Tisch vorbei, wo die Freunde sich niedergelassen haben. Neben Karin, Gitta, Katrin und anderen sitzt da auch Heinz, der kräftige Naturbursche mit dem R 4, dieser dunkle Typ. Nette Eltern hat er, erinnert sich Rossner, Lehrer, so richtiges Allgäuer Urgestein.

„Wenn ich jemanden von unseren Leuten auf dem Mäuerchen sitzen sehe", ruft er Karin zu, „sage ich Bescheid, dass sie in die Ranch kommen sollen." Er hebt kurz die Hand zum Gruß und macht sich davon.

Im Ringkeller ist auch noch nicht allzuviel los. Da sieht er Hans sofort. Der sitzt an der Bar und trinkt ein Bier.

„Ich habe interessante Neuigkeiten", platzt Hans heraus, „ab nächstes Jahr im Herbst wird an der Mindelheimer Straße eine

Tankstelle frei. Ich bin mit einer bekannten Mineralölfirma in Kontakt, die würden uns als Pächter akzeptieren. Der Norbert macht auch mit. Es sieht also alles ganz gut aus ..."

*

Kurz vor Weihnachten 1967 ... auf der A 9 ... Rossner ist unterwegs mit dem Moospflänzchen in die Heimat. Er hat einen Passagier dabei, den Beatle, der aus Amberg stammt. Er hat ausgemacht, dass ihn einer seiner Leute in Plech an der Autobahnausfahrt abholt. Da die Heizung des Moospflänzchens immer noch nicht richtig funktioniert, hat Beatle die Füße in eine alte Einkaufstasche gesteckt, in der ein Kissen liegt. Da hat er warme Füße und einen kühlen Kopf. Die selbstgebastelte Heizung dreht Rossner sicherheitshalber nicht an, wenn niemand hinten sitzt und darauf aufpassen kann. Der Beifahrer hat die ehrenvolle Aufgabe, während der ganzen Fahrt die ständig beschlagenen Innenscheiben trockenzureiben. Das ist ganz schön anstrengend. Jedesmal, wenn Rossner die Pumpe der Scheibenwaschanlage betätigt, dringt ein Hauch von Spiritus ins Fahrzeug.

„Da wird man ja ganz besoffen", lamentiert Beatle.

„Du weißt ja, wie kalt das war die ganzen Tage, da ist fast nur Brennspiritus im Behälter", erklärt Rossner, „sonst wäre das alles schon eingefroren."

Bis jetzt ist die Fahrt ereignislos verlaufen, es herrscht mäßiger Verkehr, der Himmel ist bedeckt, die Fahrbahnen sind frei. Links und rechts am Fahrbahnrand wird der Schnee langsam schmutzig. Sie passieren das Nürnberger Kreuz. Hinter Lauf ist, abgesehen von dem einen oder anderen finnischen oder schwedischen Lastzug, die durch die DDR ihrer Heimat zustreben, fast kein Fahrzeug mehr zu sehen, und es wird langsam dunkel.

„Plopp, plopp ... plopp, plopp ... plopp, plopp ...", macht das Moospflänzchen, als es über die Betonplatten am Hienberg hüpft.

„Eine Erinnerung an sogenannte glorreiche Zeiten, die so viel Leid über die Menschheit brachten", stellt Rossner fest, „wir fahren nämlich auf einer der ‚Straßen des Führers', wie man die Autobahnen bei den Nazis nannte."

Ein weißer Wartburg mit DDR-Kennzeichen überholt sie. Vier Mann sitzen drin.

„Das sind garantiert zwei Monteure von einer Fabrik drüben, die bei uns im Westen Maschinen installieren", sagt Rossner.

„Und was ist mit den anderen beiden?", will Beatle wissen.

„Die sind von der Stasi, die passen auf, dass die Monteure nicht den Verlockungen des goldenen Westens erliegen."

Die ersten Schneeflocken tanzen im Scheinwerferlicht.

„Verflucht!", schimpft Rossner. „Muss das ausgerechnet jetzt anfangen zu schneien? Als ob das nicht hätte warten können, bis wir heimatliche Gefilde erreicht haben."

An der Raststätte Hienberg machen sich zwei Schneeräumfahrzeuge einsatzbereit. Ihre gelben Warnleuchten flackern gespenstig im stärker werdenden Schneegestöber. Kurz vor der Ausfahrt Plech sind die Fahrbahnen schon fast gänzlich mit Schnee bedeckt. Sie verlassen die Autobahn.

„Da sind meine Leute, in dem Wagen, der gerade auf die Unterführung zurollt." Beatle öffnet die Türe, nimmt sein Gepäck und springt hinaus in den Schneesturm. Schattenhafte Gestalten ... ein verwehter Gruß: „Vielen Dank und frohe Weihnachten ...", schon ist der Spuk vorbei.

Rossner wendet und fährt Richtung Plech. Was für ein Glück, ein Schneepflug ackert vor ihm durch die weiße Pracht! Er hängt sich dran, fährt hinterher. Da, ... erleuchtete Fenster ..., das muss Plech sein. Ab Höfen lässt der Schneesturm nach, nur wenige Flocken sind im Scheinwerferlicht zu sehen, dann spitzt der Mond durch die Wolken. Linker Hand glänzt das schmale Band der Pegnitz, rechts ragt der hohe Felsen empor, auf dem die Burg Veldenstein steht. Rossner atmet auf, er ist im Dorf der Eltern angelangt ...

*

Anfang 1968 ist die Katze aus dem Sack: Der Generalinspekteur der Bundeswehr, General de Maizière, wird dem Fliegerhorst einen Truppenbesuch abstatten. Der alte Kämpe aus dem 2. Weltkrieg soll am 1. Februar eintrudeln.

„Himmel!“, ruft Rossner entsetzt aus. „So ein Mist, dass ich das auf meine alten Tage beim Bund noch erleben muss.“

Er weiß, wovon er spricht, denn da herrscht zunächst einmal Ausnahmezustand bei den höheren Chargen. Das pflanzt sich leider fort wie die Schockwellen eines Erdbebens, die rasch auch das Unteroffizierscorps erschüttern. Es folgen zahlreiche erbauende Putz- und Fegstunden, im Bundeswehrjargon auch Aktion Ajax, Aktion Spüli und so weiter genannt. Der Spieß teilt Rossner geschickterweise zur Aufsicht ein, darauf bauend, dass es diesem gelingt, die solche Aktionen begleitende Motzerei und das Gemaule einigermaßen einzudämmen. Nur sehr zögernd nimmt er das Angebot an. Der alte Fuchs weiß ganz genau, dass ich mit den Jungs gut zurechtkomme, vermutet Rossner. Anschließend erfolgen Prüfungen mit den auf die Nerven gehenden Appellen. Zum Schluss durchkämmen sie das Gelände um die Unterkunft nach jedem Fitzelchen Papier, Zigarettenkippen und anderen achtlos weggeworfenen Dingen.

„Das ist eine Arbeit für die Frischlinge“, sagt Rossner, „die können sich jetzt in Geländekunde üben.“ Damit hat er die schon länger dienenden Kameraden auf seiner Seite.

Der große Tag kommt. Alles steht bereit, den Gast, gemäß seinem hohen Dienstgrad, würdig zu empfangen. Einige Raketenstufen sind vor dem alten Flugzeughangar aus den Containern gezogen worden und das technische Personal steht in Habachtstellung daneben. Der General schreitet, begleitet vom Kommandeur und weiteren Offizieren, gemessenen Schrittes an den reglos dastehenden Soldaten vorbei, deren Gruppenführer salutieren. Anscheinend sind alle Fragen zufriedenstellend beantwortet worden, denn General de Maizière blickt zufrieden auf die Männer und ihr gefährliches Spielzeug. Bis jetzt scheint ja alles gut gelaufen zu sein.

Nun nähert sich der General samt Gefolge Rossners Gruppe. Jetzt wird es spannend! Schließlich bleibt der hohe Besucher vor Rossner stehen und blickt ihn fragend an.

„Hauptgefreiter Rossner mit vier Mann zur Inspektion angetreten", verkündet dieser militärisch knapp, die rechte Hand zum Gruß ans Schippchen legend, das er trägt.

Der General grüßt zurück, verzieht aber dabei sein Gesicht zu einem spöttischen Lächeln. Die Offiziere um ihn herum blicken mit versteinerten Mienen auf Rossner.

„Wo sind denn Ihre Leute?", fragt der General.

Rossner dreht sich erstaunt um ... da ist niemand. Plötzlich vermeint er ein Kichern zu vernehmen, das aus dem Container kommt. Da kommt ihm die Erleuchtung! „Raustreten, ihr Lumpenpack, und stillgestanden!" Dann wendet er sich dem Generalinspekteur zu. „Entschuldigen Sie, Herr General!" Nun macht er nochmals Meldung: „Hauptgefreiter Rossner mit vier Mann zur Inspektion angetreten!"

„Danke!", sagt der General. „Jetzt erklären Sie mir kurz und knapp, was Sie und Ihr Lu..." Er hält lachend inne und korrigiert sich: „ ... und Ihre Leute machen."

Rossner hält ihm einen kurzen Vortrag über die 1. Raketenstufe und deren Wartung.

„Interessant! Machen Sie so weiter mit Ihren Leuten." Dann wendet er sich an den Kommandeur und sagt: „Ich möchte keinesfalls, dass diese Soldaten bestraft werden. Scherz muss sein, und außerdem war das recht interessant, was der Hauptgefreite mir da erzählt hat. Es zeigt mir, dass Ihre Leute sich auskennen."

*

Stuffz Larsen und Rossner sind zufällig gemeinsam dienstlich mit einem Munga unterwegs nach Memmingen, um dort einen VW-Bus abzuholen.

„Übrigens, hast du eigentlich schon einmal die Stadt Memmingen erkundet?", fragt Larsen Rossner.

„Nein", antwortet Rossner, „komischerweise bin ich da immer nur durchgefahren."

„Also, Memmingen ist auf jeden Fall einen Besuch wert", berichtet Larsen. „Dort lebt ein recht trinkfreudiges Völkchen. Die

Stadt soll mit die höchste Kneipendichte in der Bundesrepublik haben. Die Memminger feiern gerne Feste. Das größte davon ist der Fischertag, der seit Jahrhunderten abgehalten wird. Im Stadtbach tummeln sich dann Hunderte von Freizeitfischern mit ihren Gabelnetzen. Das ist eine Mordsgaudi, und mancher nimmt ein unfreiwilliges Bad. Jeder ist bemüht, den schwersten Fisch zu fangen, denn dann wird ihm die große Ehre zuteil, für ein Jahr Fischerkönig zu sein. Steht dann der neue Fischerkönig fest, erhält sein Vorgänger noch gnädig eine Wegzehrung, bestehend aus Bier, Brot und Wurst, bevor er dann mit einem Tritt in den Hintern verabschiedet wird."

„Tatsächlich?", fragt Rossner ungläubig.

„Ja, das ist kein Scherz", bestätigt Larsen. „Auf diesen Akt wartet jeder, und die Spannung ist ungefähr so groß wie bei dem Ritter Götz von Berlichingen, wenn der seinen berühmten Spruch von wegen ‚... sag deinem Herrn, er kann mich im A... lecken', loslässt. Nachdem der neue Fischerkönig gekrönt ist, fließen dann am Bach und an anderen Stellen der Stadt buchstäblich Ströme von Bier."

„Na, das muss ich mir doch auch einmal ansehen", beschließt Rossner.

„Das würde ich auch sagen. Auf jeden Fall machen wir uns heute einen gemütlichen Tag", sagt Larsen.

„Au ja! Die haben übrigens am Fliegerhorst die neuen Starfighter, diese Superdinger", stimmt Rossner ihm zu, „die schauen wir uns an. Darauf bin ich schon gespannt Der Starfighter ... Wahnsinn ..."

Sie passieren die Hauptwache mit dem markanten Turm.

Larsen hält den Munga an. Er und Rossner blicken sich um ...

Da stehen sie schon wie auf einer Schnur aufgereiht auf der Taxiway, diese herrlichen, schlanken Maschinen, voller geballter Kraft, denen man die hohe Geschwindigkeit von über Mach 2 direkt ansieht! Dies bedeutet einen Quantensprung zur F-84, die weniger als halb so schnell ist. Die F-84 absolvierte ihren Erstflug 1946, die F-104 1954, d. h. gerade mal acht Jahre später!

Das Wartungspersonal macht sich an den Maschinen zu schaffen und schließt sie an Generatoren an, um die Stromversorgung am Boden sicherzustellen. Andere Spezialisten schaffen Ausrüstungsgegenstände, Ersatzteile und weiteres Gerät herbei. Waffenmixer befassen sich an der Kanone mit rotierenden Läufen.

Nicht weit von den Jagdbombern entfernt parken zwei Noratlas-Transportmaschinen, in die Gabelstapler gerade durch das geöffnete Heck große Kisten fahren. Eine weitere Noratlas landet gerade. Ihr sonores Dröhnen erfüllt die Luft. Nachdem sie ausgerollt ist, wird sie von einem gelb-oliv gestreiften FOLLOW ME empfangen. Der VW-Bus dirigiert die große Maschine mit Umsicht zu ihrem Parkplatz.

Da, plötzlich ertönt starker Lärm. Eine F-104 G steht mit heulenden Triebwerken am Beginn der Startbahn. Man erkennt deutlich die Kennung 22+58 der auf der Oberseite mit Tarnfarbe gestrichenen Maschine. Die Zusatztanks an den Flügelspitzen sind orangefarben. Nun bewegt sie sich, schneller und schneller werdend, dem Ende der Startbahn entgegen, dabei wird der Lärm infernalisch. Dann plötzlich hebt die Maschine ab und steigt steil in die Höhe, während das Fahrwerk einfährt. Die Luft hinter dem röhrenden Triebwerk flimmert.

Nachdem sie sich satt gesehen haben, fahren sie zum Motorpool, um den VW-Bus abzuholen. Der ist nagelneu.

„Was gäbe ich darum, wenn ich mir so etwas leisten könnte“, sagt Rossner seufzend, während er verträumt über den olivgrünen Lack streicht.

Fasching in Todendorf

Auf einem Faschingsball in dem benachbarten schicken Kneippkurort Bad Wörishofen lernt Rossner eine entzückende und recht emanzipierte junge Dame kennen und verknallt sich Hals über Kopf in sie. Sie heißt Josephine und hat eine sagenhafte Figur. Zunächst ist alles reines Turteltauben-Paradies, mit Händchenhalten, zärtlichen Küssen, liebestrunkenem Geflüster, dahingehauchten Seufzern ... einfach herrlich!

Plötzlich, wie aus heiterem Himmel, kommt der Befehl: Einige Soldaten sollen einen Fliegerabwehrlehrgang absolvieren. Das ist zwar nichts Anrüchiges, da jedoch die Närrische Zeit gerade so richtig in Schwung kommt und die meisten Soldaten ihre Freizeit für Faschingsbälle schon verplant haben, ist es recht ärgerlich, denn das heißt, dass man irgendwo in der Pampa auf einem weit abgelegenen Truppenübungsplatz landen wird. Mit Spannung wird nun erwartet, wer zu der Gruppe der Unglücklichen gehören soll, und vor allem, wohin es geht. Schließlich werden die Namen der zwölf Soldaten bekannt gegeben. Acht sind von der Sicherungsstaffel und vier von der Versorgungsstaffel. Rossner hat das Pech, dass sein Name „nach dem Gesetz der größten Gemeinheit", wie er sich ausdrückt, auch auf der Liste steht. Gütiger Himmel!, denkt er, nicht schon wieder mit der Sicherungsstaffel! Dabei verzieht er schmerzlich das Gesicht.

„Sie brauchen nicht so verzweifelt zu schauen", sagt der Spieß beruhigend zu ihm. „Ich habe das schon geregelt, dass der Uffz Schirner von der Sicherungsstaffel nur während der Hin- und Rückfahrt das Kommando hat, ansonsten befehligen Sie die drei Kameraden unserer Versorgungsstaffel."

Rossner fällt ein Stein vom Herzen!

Die Suche nach dem Ort Todendorf, wo sich das Fliegerabwehr-Etablissement der Bundeswehr befinden soll, dauert ein wenig. Schließlich findet Rossner es in der Hohwachter Bucht in der Ostsee, nördlich von Lütjenburg.

„Himmel! Das ist ja am A... der Welt", ruft der Gefreite Schwarzer, ein Teilnehmer der Fahrt, verzweifelt aus. Der Singerl stimmt ihm aus vollem Herzen zu.

Eines Morgens ist es so weit. Mit der Bahn geht es den langen Weg nach Norden, nach Hamburg und dann ins Schimmelreiterland. Hoffentlich ist das nicht wie vor vier Jahren, da oben in Diepholz, mit dem ständigen Nebel, denkt Rossner wenig erfreut. Die Fahrt dauert einen ganzen Tag. Uffz Schirner entpuppt sich als echter Stinkstiefel, zumindest seinen eigenen Leuten gegenüber. Die armen Schweine! Rossner und dessen Gruppe gegenüber ist er jedoch vorsichtig. In Lütjenburg holt sie ein olivgrüner Bus ab. In der Abenddämmerung erreichen sie dann endlich das Tor des kleinsten Truppenübungsplatzes der Republik.

Gleich am nächsten Morgen geht es los mit dem Unterricht zur „Fliegerabwehr aller Truppen". Der Vortragende ist ein Hauptfeldwebel. Der gebraucht seltsame Ausdrücke wie Vorhaltestrecke, Vorhaltepunkt, Vorhaltemaß und so weiter. Das macht er den Laien einigermaßen verständlich. Schließlich ist es ja wichtig zu wissen, dass die Flugbahn eines MG-Geschosses zum Beispiel kürzer ist als ein mit Überschallgeschwindigkeit fliegender Düsenjäger. Die beiden sollen, so sieht es jedenfalls die Dienstvorschrift vor, irgendwann und irgendwo einmal zusammentreffen.

„Um das ganz realistisch darzustellen", berichtet der Hauptfeld, „werden in ein paar Tagen Schleppsäcke und Schleppkörper an bis zu 6.500 Meter langen Seilen hinter einmotorigen Flugzeugen am Himmel hergeschleppt. Das Sperrgebiet umfasst Teile der Kieler Bucht und der Hohwachter Bucht. Es ist offiziell ausgewiesen und durch Seezeichen markiert. Die Überwachung geschieht mittels Radar und Sicherungsbooten. Signalstellen entlang der Küste und auf Booten informieren über den Schießbetrieb. Ein Problem sind unvorsichtige und draufgängerische Freizeitkapitäne. Wegen diesen müssen die Übungen immer mal unterbrochen werden."

Freizeitmäßig sieht es mies aus im Schimmelreiterland. Außer einem 08/15-Soldatenheim gibt es absolut nichts, was etwas Abwechslung verspricht.

Der Singerl aus Schongau wird schon melancholisch. Das sieht man daran, wie er verzweifelt in sein leeres norddeutsches Mini-Bierglaserl starrt. „Entsetzlich!", stöhnt er dabei herzerweichend.

Halt! Da gibt es einen Schießdom, in dem sich eine 40-mm-Flak, Marke Bofors, befindet. Ein Film wird abgespielt, auf dem Flugzeuge hin und her kurven. Da kann man munter drauf losballern, der Munitionsverbrauch ist ja nur rein theoretisch, und mit etwas Glück kann man eines der Gespensterflugzeuge vom Gespensterhimmel herunterholen.

Unternehmungslustige Typen wie Rossner raffen sich schon mal zu einem abendlichen Spaziergang auf. Das gestaltet sich jedoch nicht unbedingt erbaulich. Der Nebel ist teilweise tatsächlich so dicht, dass Rossner fast an einen plötzlich auftauchenden Leuchtturm stößt. Das Meeresrauschen sagt ihm, dass die Ostsee nahe sein muss – aber sehen kann er sie nicht. Da bleibt also nichts anderes übrig, als sich ungewohnterweise freiwillig mehr mit dienstlichen Dingen zu beschäftigen.

Am dritten Tag lichtet sich der Nebel für ein paar Stunden ein wenig. Da montieren sie die Maschinengewehre auf dreibeinige Gestelle und schießen auf Scheiben. Gefährlich für Rossner wird es einmal, als er die Aufsicht führt. Ein mit dem Maschinengewehr nicht unbedingt gut vertrauter Flieger von der Sicherungsstaffel zieht den Abzug durch und lässt nicht mehr los. Der Lauf der tödlichen Waffe schwenkt bedrohlich hin und her.

„Volle Denkung!", brüllt Rossner, ein Ruf, dem die Anwesenden umgehend folgen. Dann folgt Rossners Anweisung: „Lass' die Griffel vom Abzug, du Idiot!" Das rettet die Lage, denn der Flieger kommt zur Besinnung und stellt das Feuer umgehend ein.

„Dass dich ausgerechnet in Todendorf der Tod fast auf seine Schippe genommen hat, finde ich schon makaber", kommentiert ein Witzbold in Richtung Rossner.

Uffz Schirner ist stocksauer und brüllt den Unglücksraben an.

„Lassen Sie doch den armen Kerl in Ruhe", geht Rossner dazwischen. „Es ist nichts passiert. Wir haben ja sowieso nichts zu tun, da werde ich den Kameraden ein wenig am MG unterweisen, damit er nicht noch einmal einen solchen Fehler macht."

Schirner dreht sich wortlos um ...

Ausgerechnet am Aschermittwoch soll das Schießen auf Schleppscheiben durchgeführt werden, denn die Meteorologen haben tatsächlich besseres Wetter angesagt. Die Bundeswehr hat die Gespanne Flugzeug-Schleppscheibe von einer Privatfirma gechartert. Da sollen nun die kleinen Maschinen mit den großen Schleppscheiben in einiger Höhe parallel zum Strand fliegen. Fluchend schleppen sie zwei Maschinengewehre, die schweren Dreibeine, gefüllte Munitionskästen und ein Feldtelefon an den Strand und bauen alles auf. Die Leitung für das Feldtelefon ist erfreulicherweise schon gelegt. Die milchig-graue Nebelwand wird heller und heller.

„Da wird doch wohl nicht die Sonne durchkommen?", wundert sich der Leutnant vom Standort, der die Aufsicht führt. Sie kommt nicht ganz durch, aber die Sicht wird deutlich besser.

Der Leutnant ist übrigens ein ganz patenter Typ. „Sie sind doch ein Franke", sagt er zu Rossner.

„Ja, ich bin gebürtiger Erlanger."

„Und ich komme aus Bayreuth."

Sie unterhalten sich weiter, und es stellt sich heraus, dass der Leutnant ab und zu Neuhaus an der Pegnitz besucht. Er ist ganz vernarrt in die dortigen Kommun-Brauereien mit dem süffigen Bier und der deftigen fränkischen Hausmannskost.

„Die Ostsee!", ruft der Singerl plötzlich ganz hingerissen. „Endlich sieg ich amoal des Meer."

Tatsächlich schält sich die nun hell leuchtende Wasseroberfläche mit den weißen Katzenköpfen aus dem Dunst.

„Da hat doch wenigstens schon mal einer ein Erfolgserlebnis", stellt Rossner zufrieden fest.

Nun warten sie alle gespannt mit gespitzten Ohren auf Motorengeräusche. Nichts tut sich. Die Stimmung geht langsam, aber sicher, in den Keller hinunter. Die heiß ersehnten Maschinen kommen und kommen nicht. Mittags öffnen sie dann die mitgenommene Einsatzverpflegung. Ein Blick auf den Inhalt hebt die Stimmung kaum. Doch Rossner hat, er weiß auch nicht warum, vier Paar Bauernseufzer mit auf die Reise mitgenommen. Da bekommt jeder von seinen drei Kumpels von der Versorgungsstaffel eine.

„Herr Leutnant", wendet sich Rossner an den jungen Offizier, „darf ich Ihnen einen Bauernseufzer original aus Neuhaus, vom Metzger Sichelstiel, anbieten?"

„Gerne! Vielen Dank für den Gruß aus der Heimat!"

Gegen 14 Uhr betätigt der Leutnant die Kurbel des Feldtelefons und ruft bei seiner Einheit an. Nach einigem Herumtelefonieren legt er kopfschüttelnd den Hörer auf und sagt: „Alles mal herhören! Die Schießübung wird abgeblasen. Die zivilen Piloten haben gestern am Faschingsdienstag einen über den Durst getrunken und sind im wahrsten Sinne des Wortes flugunfähig. Tut mir leid, ich weiß, es ist Ihr letzter Tag heute hier, Sie werden also unverrichteter Dinge wieder zu ihrer Einheit zurückfahren. Es mag immerhin ein Trost für sie sein, dass es wieder gen Heimat geht."

Lange Gesichter ringsum! Aber die ruhige, bestimmte Art des Leutnants beruhigt die Nerven. Inzwischen ist es dunkler geworden, und leichter Nieselregen setzt ein. Sie packen ihren Kram zusammen, verlassen den tristen Stand und marschieren zurück zur Unterkunft. Rossner hat wohlweislich einen US-Poncho mitgebracht, in den sie ihr Maschinengewehr packen. Da wird es nicht nass und braucht nicht getrocknet, gereinigt und eingeölt zu werden. Die armen Kerle von der Sicherungsstaffel werden wohl eine Menge Arbeit haben, ihre Waffe auseinanderzunehmen und alles zu trocknen.

Abends kommt der Leutnant noch kurz vorbei und bringt doch tatsächlich für Rossner und seine drei Kumpels je eine Flasche Bier!

Am nächsten Morgen geht es ganz früh los, Richtung Süden. Mit Sehnsucht sehen alle der Rückkehr ins schöne Allgäu entgegen, wo hoffentlich bald der Frühling Einkehr hält. Spät abends fährt der Zug in Kaufbeuren im Bahnhof ein.

„I möcht' vor Freud' den Heimatboden küssen", jubelt der Singerl. Er macht doch glatt Anstalten, auf die Knie zu fallen!

„Spinnst du?", sagt Rossner verblüfft, „du bist hier im Allgäu und nicht in Oberbayern."

Da feixen die umstehenden Kameraden ...

Am folgenden Abend braust Rossner nach Bad Wörishofen. Die entzückende Josephine hat auf ihn gewartet. Rossners Herz hüpft vor Freude. Sie ist ja so ein liebes Mädel.

*

Mancher Unteroffizier und Feldwebel unter den Zeitsoldaten bereitet sich bereits intensiv auf das Zivilleben vor. Auf die Erfahrungen mit der modernen Technik der Pershing bauend, gilt das Hauptaugenmerk der Elektronik, denn das ist etwas absolut Neues und hat Zukunft. Wohl mit Recht sehen die meisten Dienstgrade gute berufliche Chancen, wenn sie sich dort ranhängen. Ein paar ganz wenige Soldaten wollen erst mal ausspannen, bevor es wieder ans Malochen geht. Einer will doch tatsächlich ernsthaft Berufsgammler werden!

Unter denjenigen, die alles erst mal abenteuerlich angehen wollen, befindet sich auch Rossner. Er hat sich vorgenommen, mit Hans und Norbert eine ausgedehnte Reise in den Orient zu unternehmen, bevor sie bei der Tankstelle einsteigen.

„Mit dem Moospflänzchen können wir solch eine Reise nicht unternehmen", erklärt Rossner.

„Die Rostlaube würde uns wohl schon bei der Überquerung der Alpen auseinanderfallen", stimmt ihm Hans lachend zu.

„Mit was wollen wir fahren?", wundert sich Norbert.

„Also, ich habe vor, mir wieder einen Bus zu kaufen", sagt Rossner. „Ihr müsst mir natürlich für die zu erwartende Abnützung während der Reise einiges bezahlen. Außerdem sind eine Menge Dinge zu besprechen. Wir sollten zum Beispiel einen kompletten Satz Ersatzreifen mitnehmen. Die würde ich jetzt zum Beispiel nicht kaufen, da ich nur einen Bus kaufen werde, bei dem alles perfekt in Ordnung ist."

Die beiden Mitreisenden stimmen ihm zu. Dann ist noch die Frage der Verpflegung zu klären. Da kommen sie jetzt schon überein, Einsatzverpflegung vom Bund zu horten, auch wenn man sich normalerweise nicht leicht damit anfreundet.

Abends, beim Betreten des Ringkellers, wird Rossner, als er die Türe öffnet, sofort wieder mit einer undurchdringlichen Qualmwolke konfrontiert. The Doors schmettern „Light my fire" und Rossner schmunzelt amüsiert. Da mache ich die Türe auf, und da singen die Doors. Dann stolpert er im schummrigen Licht fast über Edmond und Brüderchen. Die sind wieder einmal in eine heiße Diskussion verwickelt.

„Da bin ich ja gerade richtig gekommen", freut sich Rossner händereibend. „Das bereitet doch immer wieder Freude."

„Ja, das ist sozusagen die Würze des geistigen Lebens", stellt Edmond fest.

Sie unterhalten sich über die Ereignisse der Ostertage des Jahres 1968, als die Massenproteste gegen den Springer-Konzern begannen. Vorausgegangen war der Anschlag des Anstreichers Josef Bachmann, eines rechten Außenseiters, auf den SDS-Sprecher Rudi Dutschke am 11. April. Die Springer-Presse verbreitete hasserfüllte Berichte über die Studenten, die man schon mal als „langbehaarte Affen" bezeichnete. Egal, was man vom Haupthaar Studenten hielt, das war jedenfalls starker Tobak!

„Die Proteste schwappten ja zeitweilig sogar hier auf die Provinz über", erinnert sich Rossner. „Des Volkes liebste Lektüre, die Bildzeitung des Medienzars Axel Springer, haben wir aufgekauft und öffentlich verbrannt. Da war ich begeistert mit dabei. Gott sei Dank haben das meine Vorgesetzten oben im Fliegerhorst nicht mitbekommen, sonst wäre ich eventuell in Schwierigkeiten geraten. Aber egal ... Welch ein berauschendes Gefühl war das! Hier wurde Geschichte geschrieben – und Spaß hatte man auch dabei! Siegessicher wähnten wir uns in den Fußstapfen der 1848er Revoluzzer. Da fällt mir ein, der Drogist bei meinen Eltern in Neuhaus nennt die Bildzeitung, wenn er sie verkauft, gerne die Bildungszeitung. Wie dem auch sei, die Freude währte nicht lange, denn die neue Revolution auf dem Land erwies sich, genauso wie die alte, als ein Fehlschlag. Die Lage spitzte sich zu, als gefährlich wirkende Bauernhorden auftauchten. Schließlich waren wir jungen Revoluzzer froh, als einige nette Landpolizisten uns vor dem aufgebrachten Landvolk schützten, das Anstalten machte, mit Mistgabeln und Dreschflegeln auf uns loszugehen."

„Wahnsinn!", kräht Brüderchen. „Die Fortsetzung der Bauernkriege."

Brüderchen hat die Freunde zu sich zu Hause am Bienenberg eingeladen. Er und sein Busenfreund Edmond sind bereits voll wie die Haubitzen, bevor die Fete überhaupt richtig losgeht. Getränke sind reichlich vorhanden

„Bin isch hier rischdsch bei der Bordy?", fragt Rossner sächselnd, als Edmund ihn reinlässt. Der kann vor lauter Lachen erst mal nichts sagen.

„Aber Spaß beiseite", stellt Rossner nach der Inspektion des Kühlschranks fest, „mit Futter sieht es ja nicht gerade rosig aus. Käse, Butter und Milch, das ist alles. Wie bei den Bergbauern."

„Ddden hätten deine Eltern ruhig ordentlich vovovoll machen können, bevor sie in Urlaub gefahren sind", lallt Edmond empört.

„Ei verbibbsch! Do gibt's heut äbn nur ä bissl Budderbemme mit Gäse, nä wahr?", sächselt Rossner weiter, während er Brote für die Mädels zurechtmacht.

Karin bekommt einen Lachanfall, was zur Folge hat, dass die anderen unweigerlich auch lachen müssen, denn sie stößt dabei die für sie charakteristischen Schnarcher aus, während ihr die Tränen über die Wangen kullern.

Nachdem sich alle wieder beruhigt haben, beginnen, wie üblich, ganz automatisch heiße Diskussionen über Gott und die Welt.

Die Party ist insofern bemerkenswert, als Manuel hier das erste Mal mit seiner heißgeliebten Marianne zusammenkommt. Beide hatten keine leichte Kindheit. Vor allem Marianne hat böse Dinge erlebt. Ob das wohl gutgeht?

Reserve hat Ruh'

Hans, Norbert und Rossner haben beschlossen, nach der Entlassung vom Bund eine WG, eine Wohngemeinschaft, zu gründen. Das ist finanziell für eine Zeit sicher eine gute Lösung. Es findet sich recht schnell eine geeignete Bleibe in Jengen, einem Dorf nicht weit von Kaufbeuren entfernt. Es ist ein kleines Austragshaus auf einem riesigen, verwilderten Grundstück, von Bauernhöfen umgeben. Die Anekdoten, die sich um dieses Haus und seine Nachbarschaft ranken, verdienen es unbedingt, festgehalten zu werden. So etwas hört man schließlich nicht jeden Tag!

Der Bauernhof hinter dem Haus gehört der Vermieterin. Diese hatte doch tatsächlich einen Flüchtling aus den ehemaligen deutschen Ostgebieten geheiratet, was man im Dorf nicht gerne gesehen hat.

Der Bauernhof vor dem Austragshaus gehört einem gewissen Schubert. Obwohl Schubert und die Vermieterin miteinander verwandt sind, verkehren sie seit Jahren nicht mehr miteinander, allerhöchstens schriftlich. Das hat aber anscheinend nicht mit dem Saupreiß'n zu tun, sondern Schubert will unbedingt das Grundstück mit dem Austragshaus haben. Auch ein anderer Verwandter ist scharf darauf. Noch ist nicht abzusehen, wer das Rennen letztlich gewinnt. Um zunächst einmal etwas Ruhe vor den impertinenten Verwandten zu haben, vermietet die Gattin des Saupreiß'n das Haus lieber an Fremde. Das halten Rossner und seine Freunde selbstverständlich für eine gute Lösung.

Der Schubert-Bauer haust mit Frau, Schwager und zwei Töchtern auf dem stattlichen Hof. Die Töchter kann man, vorsichtig ausgedrückt, nicht unbedingt als Schönheiten bezeichnen. Aber darüber lässt sich selbstverständlich streiten. Davon abgesehen ist so etwas ja bekanntlich Geschmackssache.

Vermutlich als Folge jahrhundertelanger dörflicher Inzucht ist der Schwager des Bauern Schubert zwar geistig etwas zurückgeblieben, aber sonst ein lieber, netter Kerl. Er lebt in einem Verschlag im Kuhstall. Da ist es im Winter wenigstens schön warm, und der Schubert hat weniger für Heizkosten aufzubringen. Auch sonst ist der Schwager recht genügsam und begnügt sich mit Knödelsuppe und einem Kanten Brot. Dass es dem Bauern gut geht, kann man an der Zahl der im Familienbesitz befindlichen fahrbaren Untersätze ersehen. Die Schuberts besitzen nämlich neben den üblichen landwirtschaftlichen Fahrzeugen bereits drei Autos und ein Moped. Es ist also kein Geheimnis.

Hat der Schubert mit offiziellen Stellen zu tun, versucht er trotzdem zu verheimlichen, dass er gut betucht ist. Wenn er also zum Beispiel ins Landratsamt nach Kaufbeuren muss, um dort etwas zu erledigen, leiht er sich den total verdreckten Kittel und die Stiefel seines Schwagers aus, schwingt sich auf sein betagtes Moped und fährt los. Taucht er mit seinem knatternden und qualmenden Moped dann vor dem Landratsamt auf, feixt schon alles über den „armen" Bauersmann. Wenn er dann allerdings eine der Amtsstuben betritt, vergeht den Beamten schnell das Grinsen, denn es stinkt penetrant nach Kuhmist. Aus ist es mit dem gemütlichen Schlendrian und Büroschlaf, man reißt die Fenster auf, um den Mief aus den Amtsstuben zu vertreiben. Der Gestank ist Schuberts Geheimwaffe, denn die Beamten wollen ihn schleunigst wieder loshaben. So bekommt er oft, ganz unbürokratisch und meist auch schnell, was er benötigt.

Noch ein paar Worte zur neuen Bleibe: Es handelt sich um ein einstöckiges Gebäude, das von außen noch einen ganz passablen Eindruck macht, obwohl dem Putz etwas frische Farbe sicher gut tun würde. Der rechts angebaute hohe Schuppen sieht allerdings weniger gut aus. Er lehnt sich recht windschief, aber anscheinend vertrauensvoll, an die Giebelwand.

Wenn man das Haus betritt, steht man in einer großen Diele mit rustikalen Holzbalken an der Decke. Norbert kam auf die Idee, die Diele Rittersaal zu nennen. An der rechten Wand lehnt eine Holzleiter, auf der es hinauf zum Dachboden geht. Dort liegt und steht so manches alte, verstaubte bäuerliche Gerät und Werkzeug herum: Altertümliche Kraxen, Dreschflegel, Sensen, eine Maisschälmaschine, mehrere Schubkarren und Sackkarren sowie anderer Kram geben sich hier ein Stelldichein. Ein Karton, gefüllt mit vergilbten Briefen und alten Fotografien, hat leider Wasser abbekommen und ist total verdorben.

„Schade darum!", murmelt Rossner, als er beim Aufräumen darauf stößt.

Unter einer Luke im Fußboden gibt es ein kleines Kellergewölbe, das aus Bruchsteinen hochgezogen ist. Rossner nennt es das Verlies. Eine etwas morsche Treppe führt hinab. Neben der Luke befindet sich eine Türe, hinter der sich das stille Örtchen verbirgt. Es ist kein WC mit Porzellanschüssel, vielmehr steht da ein Holzkasten mit einem runden Loch mit Deckel – ein Plumpsklosett, oder eine „Haimlichkeit", wie die alten Rittersleut' sagen würden. Geradeaus geht es in die Küche mit dem alten Herd, einer uralten gusseisernen Spüle und einem noch älteren Schrank. Dahinter liegt ein kleines Zimmer, der Rosa Salon. Von der Diele geht es linker Hand ins Wohnzimmer, Blauer Salon genannt, und von dort in einen weiteren, größeren Raum, den Grünen Salon. So hat jeder der drei Bewohner ein Zimmer.

Jedesmal, bevor eine der zahlreichen Parties steigt, die in dem Austragshaus im Laufe der Zeit gefeiert werden, gibt Rossner kostenlose Instruktionen über die Benutzung des Plumpsklosetts. Es versteht sich wohl von selbst, dass er den wichtigsten Teil der Demonstration nicht öffentlich vorführt, sondern nur rein theoretisch durchgeht! Das ist im wahrsten Sinne des Wortes eine „Trockenübung", denn es gibt ja keine Wasserspülung. Vielmehr steht im stillen Örtchen ein alter Eimer, gefüllt mit einer Mischung aus Asche und Kalk und ein paar anderen Stoffen, die Rossner nach zahlreichen Versuchen kreiert hat, um den üblen Geruch, der solche Orte nun mal umgibt, möglichst zu unterdrücken.

In dem verbeulten Eimer steckt eine alte Kohlenschaufel. Nach erledigtem Geschäft wirft der Benutzer eine Schaufel voll mit der Mischung in das Plumpsklosett. Das staubt zwar etwas und es ist nicht unbedingt empfehlenswert, das Plumpsklosett sofort für die nächste Sitzung freizugeben, denn sonst kriegt die/der nächste Benutzerin/Benutzer möglicherweise einen schwarzen Hintern. Den Mädels deswegen schwarze Unterwäsche zu empfehlen, wäre wohl unschicklich gewesen! Ansonsten sind die Benutzer mit dieser Einrichtung offensichtlich zufrieden.

Der Keller beherbergt wertvolle Schätze: Einmannrationen der Bundeswehr. Unzählige Dosen mit Fleisch, Wurst, Kupplungsscheiben und Tuben mit Marmelade lagern neben Panzerplatten, Schweineschmalz und kompletten Einmannrationen in dem niedrigen Gewölbe. Diese bei den Soldaten wenig beliebte Verpflegung haben die Hausbewohner ja wohlweislich während der vergangenen Monate beim Bund gehortet.

„Gut, dass du seinerzeit daran gedacht hast", sagt Hans zu Rossner, „das Zeug können wir für unsere geplante Orientreise sicher gut gebrauchen."

Wie sich das so gehört, hat das Haus auch seine gruselige Geschichte. Der Schubert-Bauer erzählt von der Vorbesitzerin, die in betagtem Alter der Schlag getroffen hat.

„A schönr Tod, abr ka schönr Anblick", befindet er.

Kein Wunder, denn man entdeckte die Leiche erst nach einer Woche, und das im Hochsommer! Sie lag tot auf dem Küchenboden, vor dem Herd. Schubert zeigt den Jungs auch die Stelle. Da kann man tatsächlich noch ganz schwach die Spuren der Kreideumrisse sehen, die von den Beamten der Spurensicherung seinerzeit angefertigt wurden, da man zunächst von einem Verbrechen ausging.

Norbert, der von Hause aus fromm und etwas ängstlich ist, bekreuzigt sich jedesmal, wenn er die Küche betritt. Er behauptet auch steif und fest, dass die Oma nachts herumspukt. Das nimmt selbstverständlich keiner so recht ernst, denn dafür fehlen Norbert die nötigen Zeugen oder Beweise. Manch einer findet das allerdings bedauerlich, denn was wäre es doch schön gewesen, einmal so einem Geist über den Weg zu laufen. Viele der Freunde meinen, ein Poltergeist hätte auf jeden Fall als Abrundung zu dem Häuschen gepasst.

„Das ist also alles recht lustig“, sagt Norbert zu einem Bekannten, „nur im Winter kann es vor allem nachts sehr ungemütlich werden, denn bei minus 20 Grad reichen die Heizkapazitäten absolut nicht aus, um den alten Schuppen richtig durchzuwärmen. Es gibt lediglich einen Ofen im Wohnzimmer und den Herd in der Küche, die morgens trotz aller Tricks eiskalt sind. So kommt es vor, dass vor allem im Rosa Salon die nach außen liegende Wand von einer Eisschicht überzogen ist. Also vergraben wir uns unter Bergen von Decken und Kissen, aus denen nur die Nasenspitze herausschaut. Wir haben vereinbart, dass jeden Morgen einer von uns in den sauren Apfel beißen muss, um im Turnus zumindest den Wohnzimmerofen anzuheizen, während die anderen noch in den Federn liegen. Vor Kälte schnatternd, schleicht dann eine verschlafene Gestalt durch die Räumlichkeiten, um Holz und Briketts herbeizuschaffen und das Feuer im Ofen anzuzünden. Da gibt es einen Trick, dass morgens, mit viel Glück, vielleicht noch ein winziges bisschen Glut im Wohnzimmerofen vorhanden ist. Das geht so: Abends, kurz vor dem Zubettgehen, schiebt man einen in feuchtes Zeitungspapier eingewickelten Brikett in den Ofen. So lässt sich dieser mit ein wenig Geschick am nächsten Morgen schneller wieder auf angenehme Temperaturen bringen.“

Wie bereits erwähnt, befindet sich das Haus auf einem riesigen, völlig ungepflegten Grundstück. Alle Bemühungen der Bewohner, hier so etwas wie eine gepflegte Gartenanlage im Stile des Schlossparks von Versailles auf die Beine zu stellen, scheitern einfach an der Größe und an den spärlichen Kenntnissen im Hinblick auf Landwirtschaft und Gartenbau.

„Man müsste da wohl ein professioneller Landwirt oder ein fanatischer, zu allem entschlossener Kleingärtner sein“, sagt Rossner resigniert zu einem Bekannten, „um da etwas zuwege zu bringen. Ein weiteres Manko ist, dass es keinen offiziellen befahrbaren Zugang zu dem Grundstück gibt. Man kann es nur über einen schmalen Pfad erreichen. Den darf der Schubert-Bauer allerdings nicht sperren, denn hier herrscht Gewohnheitsrecht. Das will er auch gar nicht, denn wie sonst käme er da zu seiner abendlichen Schnapsration?"

„Wieso denn das?"

„Na ja, der Bauer trinkt eben gerne mal einen oder mehrere Schnäpse", erklärt Rossner, „was seine Alte gar nicht mag. Die flucht dann wie ein Droschkenkutscher, wenn ihre bessere Hälfte wieder einmal zur Flasche greift, und das kann man dann manchmal bis hinüber ins Austragshäuschen hören. Um dem ständigen Streit und Zank aus dem Weg zu gehen, bat der Schubert uns um Unterstützung. Die haben wir ihm nicht verwehrt, und so deponiert er immer eine Flasche im Austragshaus. Nun kommt er fast jeden Abend kurz zu Besuch, um sich einen zur Brust zu nehmen. Dabei bringt er dann immer ein paar Eier, selbstgebackenes Brot, Gemüse und andere leckere Dinge mit."

Auf einmal steht die ersehnte Entlassung aus der Luftwaffe vor der Tür. Eine Menge Dinge müssen noch geregelt werden, bevor sich die Kasernentore für immer hinter Rossner schließen.

*

Die liebreizende Josephine hat ausgespielt. Sie hat nicht mit Gerdi, der hübschen Freundin ihrer jüngeren Schwester, gerechnet. Die hat es schon einige Zeit auf Rossner abgesehen, himmelt ihn an. Der spannt das gar nicht, so sehr ist er in Josephine verliebt.

„Hast du Tomaten auf den Augen?", möchte Norbert wissen.

„Warum?", fragt Rossner erstaunt.

„Das sieht doch ein Blinder mit Krückstock, dass die Gerdi auch in dich verknallt ist", klärt Norbert ihn auf.

„Himmel! Was soll ich machen?", will Rossner wissen.

„Das weiß ich auch nicht. Jedenfalls hast du jetzt ein Problem."

Jawohl, das hat er! Je länger er die süße Teenie-Maus verstohlen mustert, desto mehr zieht es ihn zu ihr hin. So hat es die Gerdi leicht, ihn der Josephine auszuspannen. Klasse sieht sie aus, mit ihrer tollen Figur. Da hat es bei Rossner eingeschlagen! Ja, ja, da zeigt sich wieder einmal, wie die Männer wirklich sind: Der Geist ist willig, das Fleisch schwach. Ganz ehrlich, das hat die süße Josephine nicht verdient! Rossner findet sich schließlich nach nicht allzu langer Zeit sogar mit der hübschen Gerdi offiziell verlobt.

*

Rossner spielt mit dem Gedanken, einen Nachfolger für das doch recht betagte Moospflänzchen zu finden, das zwar nur ein kurzes, dafür aber prägnantes Gastspiel gegeben hatte. Der Rost nagt und frisst, das Fahrzeug fällt langsam, aber sicher auseinander. Bevor nun größere Instandsetzungsarbeiten anfallen, ist es sicher empfehlenswert, sich nach einem neuen Bus umzusehen. Da entdeckt er im Juli '68 tatsächlich ein besonderes Gefährt: einen echten VW-Bus jenes Typs, dem man damals den schwungvollen Namen Samba-Bus verpasst hat. Es ist ein echtes Schmuckstück, die untere Hälfte rostrot, die obere schwarzbraun lackiert. Das Fahrzeug besitzt ein Schiebedach aus Stoff, das von der Fahrerkabine bis nach ganz hinten geöffnet werden kann. Vor allem im Sommer ist das eine feine Sache, und man fühlt sich wie in einem Jumbo-Cabriolet. Oben, an der gewölbten Dachkante, befinden sich rundherum schmale Fenster. Ebenso wie das Moospflänzchen hat der Samba-Bus zwei leicht abschraubbare Sitzreihen. Allerdings hat die Sache, wie alles im Leben, zwei Seiten: So fesch der Bus ausschaut, mit der Geschwindigkeit ist es nicht weit her, obwohl der Motor statt 30 PS sagenhafte 34 PS hat. Als er das Radio ausprobiert und „I'm a believer" von The Monkees aus dem Lautsprecher erklingt, sind die mickrigen 34 PS aber erst mal vergessen.

*

Auf der Mindelburg in Mindelheim ist eine riesige Party geplant. Da soll die Caddy Group spielen. Larsen hat es eingefädelt.

„Klasse!", ruft Rossner aus. „Das hast du prima hinbekommen."

Larsen winkt ab ...

„Sei doch nicht immer so bescheiden."

„Die Veranstalter sind wirklich großzügig", wundert sich Larsen, „wir können da mit unserem ganzen Anhang antanzen, egal, wie viele Leute. Alles umsonst, Essen, Getränke und so weiter."

Die ganze Burg wimmelt nur so vor festlich gekleideten Leuten, auch ein paar echte Stars, wie zum Beispiel Mario Adorf und Sternchen aus dem Show-Geschäft sollen da sein. Einige der Damen haben ganz schön mit Stoff gespart und diesen durch Tüll und hauchdünne Schleier ersetzt. Die Caddy Group wird im zweiten Stockwerk des riesigen Treppenhauses spielen. Da ist auch genügend Platz, um das Tanzbein zu schwingen. Aber zunächst gibt es erst einmal eine Stärkung für die Musiker samt Anhang.

„Wahnsinn!", ruft Terry aus, als er die Pracht sieht.

„Kaviar, Austern ... gibt es Besseres?", schwärmt Charly.

„Und wie das dekoriert ist!", staunt Marja, die Schwester von Winterling. Der hebt sein Sektglas und deklamiert laut:

Er stand auf seines Daches Zinnen,
Und schaute mit vergnügten Sinnen
Auf zehn belegte Brötchen hin.
Dies alles ist mir viel zu wenig,
So sprach er zu Ägyptens König,
Gesteh, dass ich gefräßig bin.
Prost!

Die Umstehenden lachen, einer verschluckt sich, prustet los.

Nun machen sie sich über die Köstlichkeiten her.

„Komm mit", fordert Rossner Gerdi auf, nachdem sie überall ein wenig probiert haben, „wir schauen uns die Burg an. Wann hat man schon Gelegenheit, sich so ein altes Gemäuer in Ruhe von oben bis unten genauer anzusehen? Vielleicht stoßen wir gar auf ein Burggespenst?"

„Uhhh ... wie schaurig", meint Gerdi, sich schüttelnd. Dabei klammert sie sich an Rossner fest.

Sie ziehen los und tauchen hinab in die tiefer liegenden Gewölbe.

Wieder einmal stellt Rossner fest, dass sich mit der attraktiven Gerdi an der Seite ganz schön Staat machen lässt. Wenn sie auftritt, drehen sich die Männer um, und die dazugehörigen Frauen stoßen ihren Begleitern mit verkniffenem Gesicht den Ellbogen in die Rippen. Angesichts dieser Vorstellungen verzeiht er der süßen Gerdi wieder einmal, wenigstens für den Augenblick, ihre schrecklichen Eifersüchteleien und den anderen nervtötenden Backfischkram.

Sie kommen schließlich in den riesigen Weinkeller. Er muss mehrere hundert Quadratmeter groß sein. Die Weinflaschen lagern auf kammartigen Regalen. Es müssen Tausende, wenn nicht gar Zehntausende von Flaschen sein. Ein Vermögen! Staunend betrachten sie die Etiketten, die teilweise vor Alter fast unleserlich sind.

Da ertönt der Ruf: „Feuerwerk!"

„Ist es tatsächlich schon Mitternacht?", fragt Rossner erstaunt.

Alles strömt nach oben, um sich das brillante Feuerwerk anzusehen. Bis drei Uhr morgens spielt die Caddy Group. Sie haben viel improvisiert, es ist eine gute Übung! Bis sie schließlich alles aufgeräumt haben und nach Hause fahren, ist es vier Uhr.

Rossner krabbelt erst zur Mittagszeit aus der Kiste. Im gleichen Moment klingelt es. Er schleppt sich in den Flur und öffnet die Haustüre. Da steht Larsen.

„Mir ist der Kaffee ausgegangen, gibt's bei dir welchen?"

„Aber sicher! Komm rein."

„Das war ja vielleicht eine Show gestern", schwärmt der sonst so nüchterne Larsen bei der ersten Tasse des belebenden Getränkes. „Der Terry lag selig schlummernd mit einem Lächeln im Gesicht und einer Rose in der Hand bei mir hinten im Wagen. Die Rose hat er von einer Verehrerin bekommen, das habe ich noch gesehen. Der Manuel hat wirres Zeug geredet, von wegen, dass es in einigen Ecken heiß herging, nicht ganz jugendfrei. So jedenfalls habe ich ihn verstanden."

„Na ja, die waren halt angetütelt", sagt Rossner lachend. „Außerdem war es schon verdammt spät."

München 68

Rossner möchte einen technischen Lehrgang absolvieren. Den bekommt er noch vom Bund bezahlt. Er liebäugelt mit der Schweißtechnik. „Das ist so faszinierend, wenn die Funken sprühen", schwärmt er Gerdi vor, „wie die Sterndlspucker. Da schlägt das Technikerherz höher. Ich habe mich erkundigt: In München gibt es eine Institution, die entsprechendes Wissen vermittelt. Das Problem ist nur: Wo kann ich für ein paar Wochen möglichst billig oder gar kostenlos pennen?"

„Der Karl studiert doch in München", sagt Gerdi, „den werde ich mal fragen, vielleicht kann er helfen."

Rossner erinnert sich an Karl. Das ist doch dieser nette, ruhige Typ, fällt ihm ein, mit dem saßen wir doch neulich zusammen und diskutierten über die 68er.

„Ich habe mit Karl gesprochen", berichtet Gerdi nach ein paar Tagen, „stell dir vor, du kannst bei ihm unterkommen. Er hat ein Eineinhalb-Zimmer-Apartment in Schwabing. Am Wochenende fährt er immer heim nach Bad Wörishofen. Da komme ich zu dir, da haben wir sturmfreie Bude. Ach ja, du musst allerdings auf einer Matratze auf dem Fußboden pennen."

„Das macht doch nichts", ruft Rossner erfreut aus, „Hauptsache, ich habe eine Bleibe."

An einem Samstag fahren Gerdi und Rossner nach Schwabing. Karl hat ihnen die Schlüssel für die Liebeslaube gegeben, denn er ist ja zu Hause bei den Eltern. Sie stehen vor dem Wohnblock. Rossner stutzt. Auf den dicht geparkten Autos liegen überall Zigarettenkippen, und zahlreiche Brandspuren sind zu sehen.

„Guck mal, Gerdi", sagt Rossner, „hier sollte man sein Auto nicht stehen lassen, die schmeißen hier überall ihre Kippen zum Fenster raus."

Sie müssen hinauf zum dritten Stock, dann geht es einen endlosen Flur entlang, links und rechts sind numerierte Türen.

„Da ist es", Gerdi bleibt stehen und öffnet die Türe.

Am ersten Wochenende kommen sie kaum aus dem Bett raus, die Turteltauben. Heiße Gefühle steigen wieder einmal in ihm hoch, wenn er sie so in ihrer langhaarigen Üppigkeit wie Venus aus der Badewanne steigen sieht. Einfach umwerfend ist sie ...

Die Schulung in der Schweißtechnik lässt sich gut an. Das gedrängte Programm erfordert höchste Aufmerksamkeit, ist aber sehr interessant. Trotzdem versäumt Rossner nicht, sich in allerlei abendliche und nächtliche Unternehmungen zu stürzen. Es wird aber auch tatsächlich etwas geboten in München. Man spürt direkt den Puls der neuen Zeit. Man stößt dort teilweise auf eine interessante Mischung aus bayerischer Bodenständigkeit und Moderne. Vor allem die Kneipen in Schwabing bieten dem Kenner einiges. Ganz oben auf der Liste steht das Wirtshaus Weinbauer, ein gastronomisches Urgestein in dem Eckhaus in der Fendstraße, wo die Revoluzzer friedlich und gemütlich ihr Bierchen schlürfen. Dunkle, holzgetäfelte Wände, Deckenbalken und eine typisch bayerische Wirtshauseinrichtung sorgen dafür, dass sich der Gast, wie die Münchner sagen, sauwohl fühlt. Und dann erst das Essen! Eine Spezialität des Hauses ist die Münchner Schlachtschüssel. Auch Einheimische sind im Weinbauer zu finden.

Eine ausgesprochene Künstlerkneipe ist die Seerose in der Feilitzschstraße. Da hängen an den Wänden viele Fotos von namhaften und weniger namhaften Künstlern und Schriftstellern. Thomas Mann war übrigens auch hier. In der gleichen Straße befindet sich auch das Restaurant Drugstore, das 1967 von Johnny Saffari eröffnet wurde. Dort wurden verschiedene Szenen für den Film „Zur Sache, Schätzchen" mit der süßen Uschi Glas gedreht. Im 1. Stock befindet sich das Kammertheater.

Aber nicht nur Kneipentouren sind angesagt. Karl hat die Zeitschrift Konkret abonniert, die Rossner schon von Erlangen her kennt. Er macht sich gleich an die Lektüre.

„Gut so", stellt Karl schmunzelnd fest, „das ist die einzig wirklich linke Zeitschrift der Republik."

„Kommst du mit zu einem sit-in heute Abend?", fragt Karl seinen nicht bezahlenden Untermieter. „Ich weiß, dass du politisch interessiert bist, schließlich hast du schon in der Provinz an einer Anti-Springer-Kampagne teilgenommen. Mach' dich auf chaotische Szenen gefasst."

„Klar", sagt Rossner, sich die Hände reibend, „spielen wir Revolution. Sit-in, go-in, teach-in, sleep-in, alles wird mitgemacht."

Viele junge Leute sind auf der Straße, es herrscht großes Gedränge. Rossner hat Mühe, Karl zu folgen, und er verliert langsam die Orientierung. Karl steuert nach einer Weile auf den Eingang eines Gebäudes aus der Gründerzeit zu. Drinnen im Saal ist die Hölle los, anscheinend alles Studenten, die da diskutieren und krakeelen. Am provisorischen Rednerpult steht ein blasser, langhaariger Jüngling mit spärlichem Kinnbart.

„In Frankreich marschiert die Arbeiterschaft seit Mai 1968 geschlossen mit den Studenten", ruft der Redner ins Publikum. „Das müssen wir hier bei uns auch erreichen ..."

„Proletarier aller Länder, vereinigt euch", unterbricht ihn eine anonyme Stimme aus der Menge.

„Arbeit adelt – da bleibe ich gerne Prolet", ruft ein hochgewachsener Blondschopf.

„Warum funktioniert das mit Arbeitern und Studenten in Fronkreisch, aber bei uns in Dehland nicht?", will ein anderer wissen.

„Lasst mich doch ausreden. Wir sollten uns ernsthafte Gedanken machen, wie wir an die Arbeiter rankommen. Hat jemand eine Idee?" Der Langhaarige blickt sich fragend um.

Nun reden alle durcheinander.

„Leute ... Leute! Hört her!", ruft Karl, sich Gehör verschaffend. „Der Rossner hier kommt aus der Arbeiterschaft. So ein Glücksfall. Lasst ihn zu Wort kommen!"

„Hört, hört, ein Arbeiter ... das gibt es nicht ... der soll reden ... gebt ihm eine Chance ...“, tönt es rundum.

Rossner weiß nicht recht, wie ihm geschieht. Vor ihm in der Menge öffnet sich eine Gasse, durch die er von zahlreichen Händen geschoben wird. Er stolpert an das Rednerpult und blickt in die Runde. Erwartungsvolle Gesichter schauen zu ihm herauf. Wie ein exotisches Insekt starren die mich an.

„Die Sache ist nicht einfach“, beginnt er „Das Problem ist, der deutsche Arbeiter ist bereits sehr im Establishment eingebettet, er ist sozusagen zum Wohlstandsbürger geworden ...“

„Da fehlt eindeutig der revolutionäre Elan!“, kreischt eine Rothaarige dazwischen. Triumph liegt in ihrer Stimme.

Rossner blickt fasziniert zu ihr hinüber. Die sieht aus wie eine leibhaftige Hexe, mit ihren weit nach allen Seiten wegstehenden Haaren, denkt er. „Völlig richtig!“, stimmt er ihr zu und spricht unbeirrt weiter. „Aber wir müssen das ganz realistisch sehen. Was interessiert den Arbeiter? Er hockt abends vor der Glotze, schlürft sein Bierchen, knabbert Chips und schaut sich die Sportschau oder irgendein seichtes Spektakel an. Am Samstag oder Sonntag geht er auf den Fußballplatz und danach ins Vereinsheim oder in irgendeine Kneipe zum Stammtisch. Zu seinen Hobbys zählen Skatspiel, Briefmarken, Brieftaubenverein, Schrebergarten und Ähnliches. Im Sommer verbringt er seinen Urlaub auf Balkonien oder im Schrebergarten, an der Nordsee oder Ostsee, in den Bergen oder gar Bella Italia. Da wird es schwer sein, revolutionären Schwung reinzubringen ...“

Weiter kommt er nicht, er wird niedergeschrieen.

„Verräter! Der verunglimpft die Arbeiterschaft“, posaunt einer mit mächtiger Stimme, mit der er sich momentan Gehör verschafft. „Schon Karl Marx hat ...“, weiter kommt er allerdings nicht. Ein gewaltiger Chor von Buhrufen übertönt selbst sein durchdringendes Organ.

Rossner verkrümelt sich vom Rednerpult. Karl zerrt ihn am rechten Arm durch die Menge aus dem Saal.

„Dein erster Auftritt als revolutionärer Redner war gar nicht mal so schlecht“, stellt Karl anerkennend fest, als sie wieder an der frischen Luft sind. „Das Problem ist nur, dass die dir da drinnen das nicht recht abgenommen haben.“

„Ich bin eben nicht so ein Genie wie Lenin“, antwortet Rossner. „Denke nur an seine berühmte Rede, als er 1917 aus dem Exil in der Schweiz zurückkehrte.“

„Es wird viel zu viel geschwafelt bei uns, no Action“, stellt Karl fest. „Komm, wir gehen ins Domicile, das ehemalige Pussycat, in der Siegesstraße. Da treten fast jeden Tag die Turtles mit Olaf Kübler und seinem Saxophon auf.“

Es ist tatsächlich eine gute Idee, und sie verbringen einen netten Abend im Domicile. Während der Pausen informiert Karl Rossner über weitere Lokalitäten: „Da ist zum Beispiel der Kult-Kiosk St. Moritz in der Gunezrainerstraße, wo das original dörfliche Schwabing noch zu sehen ist. Dann das sogenannte „Schwabinger Eck“, das Zentrum der süddeutschen Beat- und Rockkultur mit dem PN hit-house in der Leopoldstraße. Da gibt es täglich live-music. Und dann das Big Apple ...“

„Das kenne ich“, wirft Rossner ein.

„Die Leopoldstraße beherbergt übrigens die Schwabinger Künstlerkolonie. Dann ist da noch das berühmte Blow-up am Elisabethplatz“, fährt Karl fort. „Das ehemalige Kino nennt sich Action Center. Da gibt es psychedelische Lichtorgien, Go-Go-Girls, täglich Bands, und von der Galerie kann man auf die tobende Masse blicken. 2.000 Leute passen rein. Die Eintrittspreise, die tatsächlich Verzehrbons sind, bewegen sich zwischen 1,10 und 6,60. Der billigste Drink kostet eine Mark.“

„Das ist ein Wort!“

Zu vorgerückter Stunde kommen ein paar Kommilitonen von Karl herein und setzen sich zu ihnen. Sie sind nicht mehr ganz nüchtern. Schon geht es mit den revolutionären Sprüchen munter weiter.

„Gehorsam, kriecherischer, untertäniger Respekt“, fängt einer von ihnen an, „Frömmigkeit, Keuschheit und Sittsamkeit, Bescheidenheit, alles wird in den Staub getreten, wir müssen uns neu organisieren. Aber der Aufbruch in eine neue Zeit zeichnet sich bereits ab. Wir schaffen den freien Menschen, der selbst bestimmt, wo's langgeht, ohne sich von den Oberen in die Suppe spucken zu lassen. Hoch lebe die freiheitliche, demokratische Welt, in der jeder seine Persönlichkeit frei entfalten kann."

„Revolution ist großartig, alles andere ist Quark", ruft ein anderer.

„Brecht dem Staat die Grä..., verdammt, wie geht der Spruch weiter?", fragt wieder ein anderer mit schwerer Zunge.

„Brecht dem Staat die Gräten – alle Macht den Räten", vollendet Karl den Slogan. An Rossner gewandt, sagt er hastig: „Los, lass uns zahlen und verschwinden, ich habe für heute genug von dem Zeug."

„Jawohl", antwortet Rossner, sich erhebend, „der Revolution ist für heute Genüge getan. Die Vorstellung ist beendet. Aber eines möchte ich noch sagen: Ich glaube, unsere Gesellschaft ist noch nicht so recht reif für so viel Freiheit und Selbstverantwortung."

„Da könntest du recht haben", sagt Karl nachdenklich, „das sollte man im Auge behalten."

Kurz vor Beendigung seines technischen Lehrgangs lädt Rossner Karl zu einer Münchner Schlachtschüssel ins Wirtshaus Weinbauer ein.

„Ich möchte mich wenigstens ein bisschen revanchieren für deine Gastfreundschaft und die interessanten Exkursionen durch Kneipen und politische Happenings", sagt Rossner zu Karl.

„Das wäre doch nicht nötig gewesen", entgegnet dieser.

„Papperlapapp, du bist heute mein Gast", erklärt Rossner kategorisch. „Übrigens, die Jungs gestern Abend waren ja zum Schluss ganz schön voll."

„Ja, die haben gesoffen, bis ihre Haarwurzeln im blanken Alkohol lagen", bestätigt Karl lachend.

In diesem Augenblick kommt eine fesche, blonde Bedienung im Dirndl und stellt ein dampfendes, gusseisernes Bratreindl auf den Tisch. Rossner mustert interessiert den Inhalt. Auf der Unterlage aus hellem Sauerkraut und einer halbierten, mit Nelken gespickten Zwiebel ruhen in fingerdicke Scheiben geschnittenes

Schweinernes, Wammerl und Schweinszüngerl. Leberwürste und Blutwürste vervollständigen das Gericht. Garniert ist dieser Augenschmaus mit schwarzen Wacholderbeeren und braungrünen Lorbeerblättern ... und duften tut das ...

„Phantastisch!“, entfährt es Karl, während sein Blick wohlwollend auf den kulinarischen Köstlichkeiten ruht.

„Nichts wie ran, bevor es kalt wird“, schlägt Rossner vor, Messer und Gabel ergreifend.

„Ich bin mal gespannt, wie das mit dem Prager Frühling weitergeht“, überlegt Karl, als sie fertig gegessen haben.

„Nachdem der Reformkommunist Alexander Dubcek am 5. Januar 1968 zum Parteichef gewählt wurde, hat er gleich im Februar die Pressezensur aufgehoben“, stellt Rossner fest.

„Der Dubcek hat dann den ‚Sozialismus mit menschlichem Antlitz‘ propagiert und wirtschaftliche und politische Reformen eingeleitet. Er will im Kommunismus individuelle Freiheiten durchsetzen.“

„Sollte der kommunistische Block auseinanderbrechen?“, wundert sich Rossner. „Die Sowjets werden das wohl nicht zulassen.“

„Das fürchte ich auch“, meint Karl mit ernstem Gesicht.

„Davon abgesehen, die Chinesen haben ja seit 1966 ihre Große Proletarische Kulturrevolution.“

„Es ist das vollendete Chaos“, meint Karl. „Der Führung in Peking gelang es erst kürzlich mit Hilfe der Armee, die Roten Garden zu demobilisieren. Nun zu etwas anderem: Du wirst ja bald zu deiner Orientreise aufbrechen. Ich hoffe, du berichtest mir nach der Rückkehr darüber.“

„Selbstverständlich!“

Das große Orientabenteuer

Hans, Norbert und Rossner sind über eine große Karte gebeugt, um die Reiseroute festzulegen.

„Wir fahren jetzt erst einmal über die Alpen zum Wurzenpass nach Jugoslawien", doziert Hans. Dort geht es auf die Autoput, Titos Autobahn. Wenn wir dann erst mal hinter Belgrad sind, können wir die weitere Route festlegen." Weiter kommt er nicht.

„Ju ... Juju ... Jugoslawien?", stammelt Norbert, aufspringend. „Da bringen mich keine zehn Pferde hin!"

Das merkwürdige Verhalten ist rasch erklärt: Nachdem er vom Bund ausschied, verbrachte er einen ausgedehnten Urlaub in Jugoslawien. Dabei verknallte er sich in eine lokale Schöne – und zog zu ihr ins Elternhaus. Die Turtelei wurde jäh unterbrochen, als die Brüder des Mädchens von bevorstehender Verlobung und Hochzeit sprachen. Da geriet der unbedarfte Liebhaber in Panik und machte sich bei Nacht und Nebel aus dem Staub. Hans und Rossner mussten ihm hoch und heilig versprechen, ohne anzuhalten die Autoput entlang bis Griechenland durchzufahren.

Die Orientreise wird zum unvergesslichen Abenteuer, vom ersten bis zum letzten Kilometer. Bilder von bizarren Landschaften, orientalisch geprägten Städten und eine Fülle von unterschiedlichen Kulturen stürmen auf die staunenden Reisenden ein. Hinter Ankara gibt es keine geteerten Straßen mehr, sondern nur noch Schotterpisten. Die Anatolier auf dem Land sind teilweise so arm, dass es oft schwierig ist, Lebensmittel zu beschaffen. Dank der mitgeführten, gehorteten Bundeswehr-Konservenbestände müssen sie nicht verhungern!

Am heiligen Berg Ararat geht es vorbei in den Iran, dem Reich des Reza Pahlevi, von Beruf Schah-in-Schah Aryamer, König der Könige und Licht der Arier. Die Rückfahrt führt durch die Länder des Balkan, wo sie ein kalter Hauch des Kommunismus streift.

Nach der Rückkehr gibt es natürlich jede Menge zu erzählen. Bei jedem klingt das etwas anders. Bei Hans jedenfalls nach Tausendundeiner Nacht. Er hat halt eine grenzenlose Fantasie.

„Hier haben wir ein anschauliches Beispiel dafür, wie Märchen entstehen", kommentiert Norbert trocken.

„Die Gebrüder Grimm hätten sicher ihre Freude gehabt", stimmt Rossner ihm zu. „Man kann aber wirklich ohne Übertreibung sagen, dass wir einige phantastische Dinge erlebt haben. Wenn ich nur an den biblischen Berg Ararat denke, wie dessen schneebedeckte Spitze geheimnisvoll aus dem Dunst aufgetaucht ist. Wenn man sich während der Fahrt umdrehte, konnte man ihn weit bis in den Iran hinein hinter sich erblicken."

Larsen und Rossner setzen sich zusammen und Larsen berichtet, was inzwischen so alles mit der Caddy Group los war. Die hatte inzwischen nämlich ein paar Auftritte.

„Die Jungs haben in Türkheim auf einem Fest in einem Bierzelt gespielt. Da war leider nicht so viel los. Außerdem gab es Missverständnisse. Der Betreiber dachte, wir würden eine Show aufführen. Wir hatten keine Ahnung, was für eine Show er gemeint hat. Da hat der Terry halt sein Hemd ausgezogen und die Felljacke übergestreift. Dann sind die Jungs ein bisschen auf der Bühne rumgehüpft. Die fanden das natürlich blöd, aber was soll's. Und dann hatten wir noch einen Auftritt in Kempten Sankt Mang. Da war das Publikum dünn gesät. Mir hat es um die Jungs leidgetan, so in einem fast leeren Saal zu spielen."

„Ja, das ist frustrierend!"

„Dann kam der Auftritt im Offizierskasino bei der Army in Augsburg. Das war etwas Besonderes! Die Amis sind voll auf die Musik der Caddy Group abgefahren. Die Schwarzen haben Rhythmus im Blut, da war vielleicht was los, kann ich dir sagen."

„Prima!", antwortet Rossner. „Da sind ja die Pleiten wettgemacht worden."

„Bevor ich es vergesse", fügt Laren noch hinzu, „vom 15. bis 17. August fand in den USA das Woodstock Music and Art Festival statt. Es war schlichtweg gigantisch, massenhaft Bands und Sänger. Ihr habt sicher unterwegs davon gehört."

„Davon gehört?", fragt Rossner erstaunt. „Mann, wir waren in islamischen und dann in kommunistischen Ländern unterwegs, da erfährst du von solchen Ereignissen nichts."

Die Drei von der Tankstelle

Hans hat also die Tankstelle an der Mindelheimer Straße, gleich unterhalb des Städtischen Krankenhauses, gepachtet. Ebenfalls über ihnen, nicht weit vom Krankenhaus entfernt, liegt übrigens die HUPFLA, die Heil- und Pflegeanstalt oder besser das Nervenkrankenhaus, dessen Pflegepersonal teilweise auch zur treuen Kundschaft der Tankstelle gehört.

Sie besichtigen also ihr neues Reich an der Mindelheimer Straße. Besonders beeindruckend ist die Tankstelle nicht, jedenfalls von der Größe her. Der oberhalb gelegene, wuchtige Krankenhausbau scheint die kleine Tankstelle fast zu erdrücken. Über dem Verkaufsraum prangt prominent der Schriftzug der Mineralölfirma mit der stilisierten Muschel, und über der etwas zurückgesetzten, höheren Halle steht in kleineren Buchstaben PFLEGEDIENST.

„Also, wenn ihr mich fragt, ich hatte mir das alles etwas größer vorgestellt", meint Norbert. Es schwingt Enttäuschung in seiner Stimme mit.

„Was willst du, hast du etwa einen Monumentalbau erwartet? Da ist doch alles dran", sagt Hans enthusiastisch und etwas großspurig, wie das nun mal seine Art ist. „Ich muss es schließlich wissen, ich bin doch vom Fach. Wir machen jetzt erst einmal eine Betriebsbegehung."

„Betriebsbegehung ...", murmelt Norbert verblüfft.

Rossner hat sich bisher zurückgehalten. Er blickt Norbert an. Der zuckt nur mit den Schultern, was resigniert wirkt. Das ist ja nicht unbedingt ein erbaulicher Anfang, stellt Rossner fest.

Hans öffnet die Türe, und sie betreten den lichtdurchfluteten, mit großen Glasscheiben ausgestatteten Verkaufsraum. An der Rückwand befinden sich leere Regale, rechts steht die Kasse, und in der Mitte ist eine weitere Türe. Norbert macht sie auf und blickt neugierig in den dahinterliegenden Raum.

„Das ist das Büro mit einem großen Fenster nach hinten raus und einem kleinen zum Verkaufsraum", erklärt Hans. „Hinter der linken Wand sind der Heizraum und die Toiletten. Diese Räumlichkeiten sind nur von draußen zu betreten. Hier ins Büro werden wir neben einem Tisch und Stühlen noch ein Bett reinstellen, wo man zur Not übernachten kann."

„Sieh an, sieh an, ein Liebesnest!", ruft Norbert begeistert aus.

„Für so etwas haben wir anfangs wenig Zeit", warnt Hans ihn. „Da wird erst mal in die Hände gespuckt und malocht." Er öffnet die nächste Türe. „Hier haben wir die Werkstatt mit der Reifenauswuchtmaschine. Dafür werde ich euch in den kommenden Tagen einen Lehrgang verpassen. So, jetzt schalte ich den Kompressor ein, damit ich dann die Hebebühne betätigen kann. Das müsst ihr sehen." Der Kompressor schnurrt sein Lied, während Hans die Türe zur Halle öffnet.

Die macht auf jeden Fall, da sie sehr hoch und völlig leer ist, einen recht imposanten Eindruck. Das versöhnt doch etwas, kommt es Rossner in den Sinn. Die Wände sind bis oben gefliest, und durch die großen Fenster des Hallentores und die Milchglasscheiben rechter Hand und an der Rückwand flutet Tageslicht herein. Im ebenfalls gefliesten Boden ist die Hebebühne eingelassen. Drumherum ist ein Gitterrost, unter dem sich der Wasserablauf und der Ölabscheider befinden.

„Ich werde die Hebebühne jetzt betätigen", verkündet Hans. Seine Stimme hallt gespenstisch durch den leeren Raum. Er bewegt einen Hebel an der Wand, und fast lautlos fährt die Hebebühne in die Höhe. „Das werde ich euch noch alles näher erklären, vor allem auch die Sicherheitsbestimmungen."

Die Tage vor der Eröffnung werden hektisch. Hans weiht Norbert und Rossner in die Geheimnisse des Tankstellenbetriebs ein. Dann trifft die Ware ein, die die Regale im Verkaufsraum füllen soll. Das hat Hans alles herausgesucht, denn der weiß ja, was an einer Tankstelle gebraucht wird: Aus den Kartons holen sie Erste-Hilfe-Kästen, Warndreiecke, Autopflegemittel, Scheibenputztücher, Birnen für die Autobeleuchtung, Sicherungen, ein paar Standard-Keilriemen, Straßenkarten und so weiter. Als sich die Regale füllen, sieht der Verkaufsraum gleich recht imposant aus.

„Schöne Sachen sind das", urteilt Norbert mit glänzenden Augen. „Das macht doch was her."

Dann kommt der Tag der Eröffnung. Der Liter Benzin kostet 61,9 Pfennige. Die ersten Kunden sind ein junges Pärchen mit einem Zündapp R 50 Motorroller mit 2,6 PS. Dann folgt ein Goggomobil Isar Kombi 700. So geht es also los ...

„Hört mal her", sagt Hans zu Norbert und Rossner, „ich habe noch mal eine ganze Reihe ehemaliger Kameraden angesprochen, die wollen also in Zukunft mit ihren Autos zu uns kommen."

„Prima!", ruft Norbert. „Nun kann ja nichts mehr schiefgehen."

„Somit haben wir doch ganz automatisch schon mal neben dem, den wir von unserem Vorgänger übernommen haben, einen weiteren soliden Kundenstamm", freut sich Rossner. „Da kann man ja gelassen in die Zukunft blicken."

Aber leider, leider haben sie sich zu früh gefreut. Es wird eine bittere Lehre sein, diese allzu menschliche Verhaltensweise, ohne lange zu überlegen, alles Mögliche zuzusagen und dann nicht einzuhalten. Zwar kommt hin und wieder einer der ehemaligen Kameraden vom Fliegerhorst zu einem Plausch vorbei – das ist aber auch alles. Halt! Da ist einer mit einem Ford 12 M, der tankt wenigstens für zehn Mark. Als Bundeswehrsoldaten schauen sie schon genau hin, wo das Benzin am billigsten ist, und das ist eben nicht der Fall bei den alten Kumpels in der Tankstelle mit Markenbenzin an der Mindelheimer Straße. Die „Weißen", das heißt die unabhängigen Tankstellen, sind 5 bis 10 Pfennige billiger. Das ist die erste Enttäuschung ... Mit der Fahrzeugpflege sieht es ähnlich aus. Im Motorpool oben auf dem Fliegerhorst kann man mit ein bisschen Beziehungen fast kostenlos Wagenpflege betreiben. Auch das ist eine herbe Enttäuschung ...

„Immerhin ist der Liter Sprit bei uns noch billiger als eine Halbe Bier“, versucht Hans seine beiden Mitstreiter aufzumuntern, „denn die kostet 65 Pfennige.“ Als er in deren skeptische Gesichter blickt, fällt ihm im Moment auch nichts mehr weiter ein.

Es gibt allerdings einen Lichtblick: Erfreulicherweise haben sie, wie bereits angedeutet, fast alle Stammkunden ihres Vorgängers, die nahe der Tankstelle wohnen, übernehmen können. Da schlägt wieder einmal die Stunde von Hans. Anhand der Kundenliste besucht er die Stammkunden und macht guten Wind.

„Hoffentlich übertreibt er nicht“, meint Norbert besorgt. „Du weißt ja, wie unser Hans quatscht und quatscht. Das mögen manche Leute nicht unbedingt.“

„Ich sehe das nicht so eng“, antwortet Rossner. „Lass doch unserer Quasseltante ihren Spaß. Der Hans hinterlässt auf jeden Fall einen bleibenden Eindruck, das ist doch wenigstens etwas.“

„So kann man es auch sehen“, stimmt Norbert lachend zu.

„Ja, was kommt denn da für ein Schlitten?“, ruft Rossner erstaunt aus, als er den silbergrauen Straßenkreuzer heranrollen sieht.

„Das ist ein Opel Diplomat V 8 Coupé“, erklärt Hans, der gerade von den Kundenbesuchen zurückgekehrt ist, mit Kennerblick, „der hat 230 PS unter der Haube. Von Null auf Hundert schafft der das in 9,5 Sekunden.“

Im gleichen Moment biegt ein knallroter Messerschmitt-Kabinenroller in die Tankstelle ein und hält hinter dem Opel.

„Das ist ja ein Bild für Götter“, feixt Norbert, „das riesige Schlachtschiff und der kleine Schneewittchensarg!“

*

Im Café Weberhaus an der Kaiser-Max-Straße hat sich ein interessanter Debattierklub gebildet. Angeregt hat das Horst, seines Zeichens Journalist bei einer lokalen Zeitung. Rossner kennt ihn vom Fliegerhorst, wo er als Leutnant der Reserve vor fast einem Jahr eine Wehrübung absolviert hatte. Ein Kollege von ihm aus Landsberg, Ulf, arbeitet an einem Artikel über Gastarbeiter.

„Ich habe gerade eine türkische Familie besucht, die wohnen in einem Altbau, neun Personen in fünf Zimmern, plus Küche, Bad und Toilette", berichtet er. „Ist das nicht skandalös?"

„Jetzt mach' mal halblang", hakt Rossner ein. „Warst du schon mal in Anatolien und hast gesehen, wie die Leute dort teilweise hausen?"

„Nein."

„Also, da will ich dir kurz einmal ein Beispiel über Wohnverhältnisse im hintersten Anatolien erzählen", sagt Rossner.

„Au ja", sagt Horst händereibend, „du warst ja erst kürzlich dort."

„Richtig!", bestätigt Rossner. „Es war sozusagen im Schatten des Berges Ararat, als wir eines Abends Halt machten. Die Dunkelheit war bereits hereingebrochen, ich erkannte jedoch im bleichen Licht des Mondes einen flachen Hügel unmittelbar neben der Straße. Ich fuhr den Bus hinauf, denn das erschien mir sicherer als am Straßenrand, wo man immer mit Räubern rechnen musste. Wir stiegen aus und stellten unsere Feldbetten neben einem Steinhaufen auf, denn wir waren hundemüde. Beim Einschlafen dachte ich noch, ich hätte entferntes Blöken von Schafen und Gackern von Hühnern gehört ..."

„Die Wölfe haben nicht geheult?", fragt Ulf grinsend.

„Gott sei Dank nicht. Aber Wölfe gab es dort schon, wir haben sie manchmal weit entfernt heulen hören. Jedenfalls bin ich in der Morgendämmerung aufgewacht und stellte zu meinem Erstaunen fest, dass der vermeintliche Steinhaufen ein Schornstein war, aus dem Rauch aufstieg. Ich lief hinab zur Straße, und ihr könnt euch mein Erstaunen vorstellen, als ich eine massive Holztüre auf der Vorderseite des Hügels entdeckte, hinter der ich Stimmen vernahm. Ich rannte den Hügel hinauf, um die Freunde zu wecken. Wir hatten doch tatsächlich auf einem Hausdach oder vielmehr einer Wohnhöhle übernachtet. Ich ließ den Bus ganz langsam den Hügel hinabrollen. Dann begaben wir uns zu der Türe, klopften und riefen: „Almani ... Almani!" Nach einer Weile ging sie einen Spaltbreit auf, und ein kleiner Junge spitzte heraus. Dann wurde die Türe ganz geöffnet. Neben Dutzenden von Schafen und Hühnern, die im hinteren Teil der Höhle hausten, wohnte vorne ein ganzer Klan, ich glaube, mindestens zwanzig Personen. Die Klamotten hingen an den Wänden, an denen auch die niedrigen Schlafpritschen standen, die bei Tag als Sitze dienten. In der Mitte war eine große Feuerstelle, von Felsbrocken eingerahmt. Soweit über Wohnverhältnisse in Anatolien. Im Iran haben wir dann zum Beispiel im Süden von Teheran ebenfalls Erdhöhlen gesehen, in denen Menschen wohnten. Es war ein faszinierender Anblick, denn über diesen primitiven Behausungen spannten sich die Hochspannungsdrähte, die Teheran mit Strom versorgten."

*

Brüderchen kommt mit seinem Vater an der Tankstelle vorbei. Sie tanken und kaufen Autowachs, Polierwatte und ein Warndreieck.

„Hast du das schon gehört, unser Bundeskanzler hat a Watschn bekommen", berichtet Brüderchen Rossner.

„Nein ... wie und wo?"

„Auf dem Bundesparteitag der CDU am 7. November 1968 in Berlin. Eine gewisse Beate Klarsfeld, die Ex-Nazis den Kampf angesagt hat, hat ihn geohrfeigt, wobei sie rief: „Nazi, Nazi!". Sie wollte öffentlich darauf aufmerksam machen, dass Kurt Georg Kiesinger ehemaliges NSDAP-Mitglied und bei Goebbels Mitarbeiter in leitender Position der Auslandsrundfunkpropaganda war."

„Das habe ich gewusst", antwortet Rossner, „aber dass die ihm gleich eine runterhauen muss, das finde ich nicht so gut. Einen Beutel mit brauner Farbe hätte ich besser gefunden."

Die Enttäuschung über die ehemaligen Kameraden oben vom Fliegerhorst geht weiter. Der Einzige, der regelmäßig kommt, ist Larsen mit seinem 20 M. Das hat aber mehr mit den Gemeinsamkeiten im Zusammenhang mit der Caddy Group zu tun. Da packt Hans der Ehrgeiz, und er legt sich noch mal ins Zeug, vor allem bei seinen früheren Unteroffizierskollegen.

„Ich habe das beobachtet, von denen leisten sich immer mehr ein Auto", berichtet Hans. „Das müsste doch mit dem Teufel zugehen, wenn wir da nicht wenigstens ein paar von ihnen als Kunden gewinnen könnten."

„Lass bloß den Teufel aus dem Spiel", bittet Norbert, der ja bekanntlich recht abergläubisch ist.

Jetzt, in der kalten Jahreszeit, kommen dann doch einige vom Fliegerhorst. Sollte Hans mit seinen Bemühungen Erfolg gehabt haben? Es stellt sich heraus, dass es meist jene sind, denen am Auto einiges eingefroren ist und die möglichst nichts für Auftauhilfe bezahlen wollen. Da ist zum Beispiel der Stabsunteroffizier Hainzel, der mit Hans doch so speziell war. Der kommt spät abends händeringend an die Tankstelle, da seine Scheibenwaschanlage eingefroren ist. Er will am folgenden Tag zu seinen Eltern nach Köln fahren. Hans erklärt sich bereit, Hainzels Wagen über Nacht in die Halle zu fahren und dort abzustellen, damit alles auftauen kann. Am nächsten Morgen will der Stuffz sein Auto abholen und bringt eine Flasche Frostschutzmittel für die Scheibenwaschanlage von der Konkurrenz mit! Als Heinz fünf Mark für die Hallenbenutzung verlangt, inklusive Reinigung des Fußbodens, auf dem schmutziges Schneewasser steht, ist Hainzel verschnupft!

„Was soll man dazu sagen?" wundert sich Norbert.

„Nichts", seufzt Rossner resigniert.

*

Vierzehn Tage vor dem Weihnachtsfest: Katrin hat ihr Baby bekommen – ein Mädchen! Mutter und Kind sind wohlauf. Nachmittags eilt Rossner hinauf ins Krankenhaus, um die beiden zu besuchen. Das ist ja jetzt eine richtige kleine Familie, denkt Rossner, Katrin, Heinz und die Kleine.

Das Moospflänzchen findet vorläufig einen würdigen Platz – oder eine würdige Ruhestätte? – neben der Tankstelle, denn leider hat sich bislang noch kein Käufer gefunden.

„Ich bezweifle, ob sich noch jemand für die Rostlaube interessiert", sagt Hans, „vor allem nach fünf Vorbesitzern ..."

„Wahrscheinlich hast du recht", stimmt ihm Rossner zögernd zu, „vielleicht sollten wir den Bus verschrotten. Aber das können wir uns nächstes Jahr überlegen. So viele schöne Erinnerungen sind damit verbunden", fügt er bedauernd hinzu.

„Na ja, das erste Auto, da hängt man dran", meint Hans.

An Weihnachten fährt Rossner nach Neuhaus zu den Eltern. An sich fühlt er sich der jedes Jahr wiederkehrenden Weihnachtssentimentalität, die an den Feiertagen auf der Lauer liegt, ein wenig hilflos ausgeliefert. Das muss wohl von glückseligen Kindertagen mit den Besuchen in Frankfurt bei den Tanten herkommen, denn da war die heimelige Weihnachtswelt trotz der Trümmerwelt drumherum so kurz nach dem Krieg noch in Ordnung.

Am 1. Weihnachtsfeiertag findet der obligatorische Winterspaziergang statt. Er führt zu den Fischteichen hinter der Kapelle St. Magdalena bei Ranna. Der frisch gefallene Schnee dämpft die Schritte, als liefe man in Pantoffeln. Ein Schwarm schwarzberockter Krähen streicht krächzend über die Felder am Waldrand. Nun führt der Weg durch den tief verschneiten Wald zu den Teichen. An einigen Abschnitten des ersten Teiches hat der Wind den Schnee von der Oberfläche des Eises weggewischt. An einer Stelle mit glasklarem Eis erkennt man wie in einem Aquarium erstarrte Frösche, die auf dem schlammigen Grund liegen. Sie blicken die neugierigen Beobachter mit geöffneten Augen kalt an.

*

„Mal gespannt, was das Jahr 1969 für uns bereithält", fragt sich Rossner, als er in den Verkaufsraum der Tankstelle kommt, um sich aufzuwärmen. Er blickt seufzend zur Decke hinauf. „Hoffentlich hat der da oben ein Einsehen mit uns."

„Amen!", murmelt Norbert salbungsvoll, während er ein Verkaufsregal umräumt.

Hans liest wie üblich die Tageszeitung. „Leute, das ist ein Ding, das müsst ihr euch anhören", verkündet er. „Gestern, am 20. Januar, ist das Standortmunitionsdepot des Fallschirmjägerbataillons 261 in Lebach im Saarland von Unbekannten überfallen worden. Vier Soldaten wurden im Wachlokal erschossen und einer wurde schwer verletzt. Von den Tätern fehlt jede Spur."

„Das ist ja fürchterlich", ruft Norbert erschrocken aus, „so etwas hätte uns auch passieren können, als wir beim Bund waren. Ich darf gar nicht daran denken. Stellt euch vor: Auf Wache erschossen ... entsetzlich!"

„Ganz genau", stimmt Rossner ihm zu. „Ich war immer halb in Trance bei diesem blödsinnigen vierstündigen Wechsel. Warum kann man das Procedere nicht ändern? Ich wäre da wahrscheinlich auch nicht fähig gewesen, schnell zu reagieren."

Wieder einmal strebt Rossner dem Ringkeller entgegen. Dort herrschen der übliche Trubel und undurchdringlicher Qualm. Aus der Music Box ertönt der Ohrwurm „Yummy, yummy, yummy, I got love in my tummy" von Ohio Express. Ein Gast singt für seine Begleiterin mit: „... and I feel like kissing you ..." Die süße, dunkelhaarige Teeny-Maus strahlt über das ganze Gesicht. Entzückend ... Rossner sieht sich weiter um. Von den Freunden ist niemand da, also nimmt er an der Bar Platz. Er kommt mit dem neben ihm sitzenden Typ ins Gespräch. Der war doch tatsächlich 1961/62 als Lenkwaffenmechaniker bei der 1. FKGrp. 11 oben am Fliegerhorst stationiert. Die hatten die Rakete TM 61 C Matador, die Vorgängerin der Pershing. Sein Name ist Sigmund Kühne.

„Es war eine schöne Zeit", schwärmt Kühne. „Stellen Sie sich vor, wir hatten sogar unseren eigenen ‚Missile-Marsch' kreiert". Er rezitiert: „Die Erde erzittert, das Triebwerk dröhnt. Mit donnerndem Getöse die Rakete sich erhebt ... Und in der zweiten Strophe: Und wenn wir am Abend in's Städtchen runtergehn, da kann man uns're Männer mit den schönsten Mädchen sehn."

„Herrlich! Endlich treffe ich wieder einmal jemanden, der nicht nur negativ über seine Zeit beim Bund denkt", antwortet Rossner erfreut.

„Wir hatten unsere Stellung hinten bei Apfeltrang", berichtet Kühne. „Dort werkelten wir an der Matador herum. Von der ständigen Arbeit im Freien war ich braugebrannt wie ein Neger. Die Leute dachten ich käme aus dem Urlaub."

Sie müssen ihr Gespräch unterbrechen, denn die Music Box wummert los. Zuerst kommt John Fred & His Playboy Band mit „Judy indisguise" und dann die Small Faces mit „Lazy Sunday afternoon ..."

Rossner wendet sich seinem Bier zu, als ihm jemand auf die Schulter klopft. Er dreht sich um. Da stehen Karin und Brüderchen.

*

Rossner ist buchstäblich auf den Hund gekommen! Dina heißt die junge Schäferhündin. Sie ist brav, gutmütig und wohlerzogen. Das Herrchen braucht sie nur anzusehen, und schon spitzt sie die Ohren, um seinen Befehlen zu lauschen. Oft genügt eine Handbewegung, um ihr zum Beispiel anzudeuten, dass sie sich in einer Ecke niederlassen soll, wo sie dann manchmal stundenlang ganz ruhig liegt und keinen Mucks von sich gibt.

Dina ist lediglich sauer, wenn ihr Herrchen am Bärensee sein Spielchen mit dem Ertrinken treibt. Das geht so: Rossner schwimmt weit hinaus, wirft plötzlich die Arme in die Luft und ruft laut: „Hilfe!" Wie der Blitz springt Dina auf, rast ins Wasser, das sie sonst gar nicht recht mag, und krault im Eiltempo zu Rossner hinaus. Der empfängt das brave Tier mit einem schäbigen Lachen. Da schaut sie ihn den ganzen Tag nicht mehr an und kehrt ihm den Rücken zu! Als Rossner diesen üblen Scherz das erste Mal vorführt, springen neben Dina noch zwei Männer ins Wasser, um den vermeintlich Ertrinkenden zu retten. Um weitere Missverständnisse dieser Art nicht erst wieder aufkommen zu lassen, sind Freunde und Bekannte angewiesen, die Umstehenden über den wahren Sachverhalt zu informieren.

Ansonsten wird Dina der Liebling aller Tankstellenkunden. Sie ist freundlich zu jedem, aber nicht aufdringlich. Kinder mag sie anscheinend besonders gerne. Auf der anderen Seite ist sie erstaunlicherweise aber auch ein ausgezeichneter Wachhund. Einmal steht sie knurrend und zähnefletschend vor einem Typen, der einen Drehmomentenschlüssel klauen wollte.

Es ist Frühling geworden. Die Geschäfte laufen nicht schlecht. Endlich ein Lichtblick! Millionäre werden sie allerdings nicht werden, und Rossner grübelt, wie er durchkommen könnte, falls er irgendwann eine Familie gründen sollte. Familie gründen? fragt er sich. Mit der Gerdi etwa? Warum ertappe ich mich dabei, diesen Gedanken beiseite zu schieben?

Was ihn am meisten irritiert: Er hat wegen der Schufterei an der Tankstelle keine Zeit mehr für die Caddy Group. Das ist besonders bitter, denkt er, diese herrlichen, aufregenden Zeiten sind anscheinend vorbei.

„Die haben uns doch schon wieder einmal neue Schmierpläne geschickt", stellt Hans seufzend fest, als er die Post durchgeht, „ich werde sie nachher einsortieren."

Rossner, der gerade eine kurze Pause macht, sieht ihm zu. Plötzlich springt Hans wie von der Tarantel gestochen ganz unvermittelt auf und rast an dem verdatterten Norbert vorbei, der gerade in den Verkaufsraum kommt. Norbert blickt ihm hinterher, dann wendet er sich Rossner zu.

„Der geile Bock scharwenzelt doch wieder um die Frau Leisner herum, um der in den Ausschnitt zu stieren."

Rossner blickt hinaus. Da steht das knallrote Alfa Romeo Cabriolet mit der wie immer todschick gestylten Frau Leisner am Steuer. Diesmal trägt sie ein Kopftuch, passend zur Farbe des Autos, um die sicher teure Frisur zu schützen. Den tollen Schlitten hat sie neulich von ihrem Mann, der einen Opel Diplomat fährt und zur Stammkundschaft gehört, zum Geburtstag geschenkt bekommen. Das hat er jedenfalls stolz erzählt. Während der Zapfschlauch im Tank steckt, wienert Hans die Frontscheibe des offenen Sportflitzers. Dabei redet und redet er ...

„Der steile Zahn soll ja mal Klamotten bei Modeschauen vorgeführt haben", sagt Rossner.

„Jetzt geifert er wieder rum, unser Adonis", stellt Norbert verächtlich fest, „wie ein Rüde hinter einer ..."

„Mensch, lass das, wenn das jemand hört", unterbricht ihn Rossner, „das sind immerhin sehr gute Stammkunden von uns."

Als der Wagen weg ist, kehrt Hans in den Verkaufsraum zurück.

„Na, hast du ihr wieder in den Ausschnitt gestiert?", fragt Norbert unverblümt.

„Nein, viel besser, was glaubst du, was ich gesehen habe?", fragt er, dabei fährt er sich mit der Zungenspitze über die Lippen. „Die hat heute einen Mini angehabt, da konnte ich den rosa Spitzenschlüpfer hervorblitzen sehen." Seine Augen glänzen, das Gesicht verzieht sich zu einem süffisanten Lächeln.

Auf einmal taucht Werner an der Tankstelle auf. Er kommt immer mal am späten Nachmittag vorbei und fachsimpelt mit Hans. Norbert und Rossner achten erst gar nicht darauf.

„Du kennst doch den Hans", sagt Norbert feixend zu Rossner, „wenn der nur babbeln kann, dann ist er glücklich."

„Ein bisschen mehr Arbeit statt dem meist unnötigen Gequatsche würde ihm sicher nicht schlecht stehen", antwortet Rossner, der gerade den Vergaser am Wagen eines Kunden einstellt.

„Wie wahr, wie wahr", antwortet Norbert seufzend.

Ein paar Tage lang läuft Hans mit geheimnisvoller Miene umher, dann lässt er die Katze aus dem Sack: „Aufgepasst, Leute!" fängt er an ...

„Stillgestanden!", unterbricht ihn Norbert schelmisch.

„Du erkennst wieder einmal den Ernst der Stunde nicht", fährt Hans salbungsvoll fort, wobei wieder einmal dieses ihm eigene überhebliche Lächeln auf seinem Gesicht steht. „Was ich erklären will, ist Folgendes: Der Werner ist Kfz-Meister und sucht eine Werkstatt, wo er samstags und sonntags immer mal in einer Halle einen Wagen zurechtmachen kann, den er dann verscherbelt. Er würde uns eine Benutzungsgebühr bezahlen. Außerdem können wir ihn bei schwierigen Arbeiten heranziehen. Da wird auch mancher gute Rat für uns abfallen."

„Wenn sich das rentiert, warum nicht", stimmt Rossner ihm zu.

„Hört sich jedenfalls gut an", meint auch Norbert. „Wir müssen nur darauf achten, dass er den normalen Betrieb nicht stört."

Das funktioniert tatsächlich ganz gut. Werner ist ein begnadeter Autospezialist, ein regelrechter Künstler. Wie der Zauberer Merlin scheint er alles zu können, zumindest was Autos betrifft.

Ein Kunde ist ganz verrückt nach dem Sambabus. Rossner verkauft das Fahrzeug an ihn, bekommt dafür einen Opel Rekord und noch Geld dazu.

„Da hast du ja ein ganz gutes Geschäft gemacht", stellt Hans anerkennend fest.

„Wie man's nimmt", antwortet Rossner. „Der Lack des Opels ist stumpf, hat wohl nie ein Poliermittel gesehen, aber sonst ist er anscheinend noch recht gut in Schuss, vor allem ist nichts weiter durchgerostet. Pass auf, den werde ich nach Feierabend zurechtmachen, vor allem neu lackieren, ein wenig fahren und dann verscherbeln. Damit für die Tankstelle auch etwas abfällt, werde ich einiges in Fußmatten, einen Lenkradschoner, einen neuen Erste-Hilfe-Kasten, eine elektrisch ausfahrbare Antenne und so weiter investieren. Ist das ein Vorschlag?"

Da können Norbert und Hans nur zustimmen.

Rossner steht eine große Herausforderung bevor, denn er will den Opel ja selbst lackieren. Das kann er ohne den Rat von Werner nicht bewerkstelligen. Der erklärt ihm alle wichtigen Tricks. Nach umfangreichen Vorbereitungen ist es so weit. Rossner steht in der voll beheizten Halle und schwingt in eleganten Bögen die Farbspritzpistole. Das Ergebnis kann sich sehen lassen: Ein strahlend weißes Fahrzeug steigt wie Phönix aus der Asche.

„Nur eine einzige Tropfnase habe ich beim Lackieren produziert", sagt Rossner stolz, „aber die sieht man kaum."

Der Opel wird zum Versuchskaninchen. Werner kennt einen Mechaniker bei Alpina, der für einen Apfel und ein Ei allerlei „modifications", wie die Amis sagen, an dem Opel durchführt. Auf gut Deutsch wird der Motor schlicht und einfach frisiert. Das Frisieren ist übrigens fast Nationalsport, vor allem bei jungen Mopedfahrern. Der Mann von Alpina scheint vom gleichen Schlag wie Werner zu sein: ein begnadeter Autospezialist. Der Ansaugkrümmer des Vergasers wird poliert und verchromt, der Zylinderkopf abgeschliffen und allerlei andere Manipulationen werden vorgenommen, so dass der Motor laut Werner gut 100 PS haben dürfte. Die folgende Probefahrt, die Werner und Rossner durchführen, scheint diese Schätzung zu bestätigen.

„Der helle Wahnsinn!“, ruft Werner aus, als sie wieder zur Tankstelle zurückkehren. „Beim Kavaliersstart an den Ampeln haben wir alles hinter uns gelassen, Alfa Romeos, BMWs, NSU Prinz und so weiter. In MOD, nach der einen Ampel, haben wir doch glatt einen 356er Porsche abgehängt. Der Fahrer hat ungläubig hinter uns hergestarrt. Ich habe sein Gesicht im Rückspiegel beobachtet.“

*

3. Juli 1969: Brian Jones von den Rolling Stones ist tot. Wie die Presse berichtet, ertrank er im Swimming Pool seines Hauses. Da sollen Drogen im Spiel gewesen sein. Zwei Tage später geben die Stones ein kostenloses Erinnerungskonzert im Londoner Hyde Park. 250.000 Fans sollen gekommen sein! Die Caddy Group hat am 20. Juli einen großen Auftritt im Stadttheater Landsberg. Das ist wesentlich bescheidener. Die Jungs spielen als Begleitband der JEMZ soul-show band, einer der besten Soulbands der BRD! Die Veranstaltung nennt sich „Pop & Lyrik“, bei der zwei Schulkameraden von Charly Gedichte vortragen. Charly hat Rossner eine Einladung geschickt. Bereits nachmittags erfolgt ein Auftritt auf dem Platz vor dem im wahrsten Sinne des Wortes malerischen Rathaus in Landsberg.

Rossner kommt spät, weil er noch bei einem Stammkunden war, dessen Fahrzeug am Nachmittag dummerweise zusammengebrochen ist. Da sie auf solche Leute angewiesen sind, musste er eben in den sauren Apfel beißen. Die Vorstellung hat bereits begonnen, als Rossner ins vollbesetzte Stadttheater stürmt. Er wird Zeuge einer spektakulären, perfekten Show. Die Caddy Group ist in Höchstform, die raffinierte Beleuchtung bringt das Bodypainting, das der bekannte Münchner Maler Herbert Schneider den Oberkörpern der Jungs verpasst hat, voll zur Geltung. Der helle Wahnsinn ... Manuel und Winterling sind allerdings nicht mehr dabei. Deren Plätze werden nun von Manfred und Georg eingenommen. Das ist also leider auch der Grabgesang der Originalband, denkt Rossner betrübt. Aber vielleicht ist es ja auch ein neuer Anfang, möglicherweise kommen mit neuen Leuten neue Inspirationen rein? Spielen können die Neuen verdammt gut.

Die Show ist jedenfalls perfekt, dann jedoch kommt es zu einem kleinen Skandal, als einer der Schulkameraden von Charly in die Menge ruft: „Ficken und sterben, das ist alles!" Auf so etwas sind die Leute in der Provinz halt noch nicht gefasst ...

Die Apollo 11 Rakete mit den Astronauten in der Kommandokapsel Columbia ist unterwegs zum Mond. Die an Bord befindlichen Astronauten sollen mit der Mondfähre Eagle auf dem Erdtrabanten landen. Die Namen der wagemutigen Männer gehen um die Welt: Neil Armstrong, Edwin Aldrin und Michael Collins. Letzterer wird allerdings in der Columbia verbleiben und den Mond umkreisen, während die beiden anderen mit dem Eagle auf der Oberfläche landen.

„Der wird getobt haben wie ein kleines Auto", meint Norbert grinsend.

Hans, Norbert und Rossner haben es sich also am 21. Juli 1969 in der Tankstelle gemütlich gemacht und sich im Hinblick auf die lange Nacht mit Spirituosen und Essen eingedeckt. Auf dem „Delewischn" flimmern Schwarz-Weiß-Bilder.

„Man stelle sich vor, die halbe Welt sitzt vor der Glotze", sagt Hans pathetisch.

„Hoffentlich stören die den Mann im Mond nicht", wirft Rossner ein, „und der ist sauer und knipst das Licht aus."

„Und was machen die Verliebten?", fragt Norbert. „Da ist nichts mehr drin mit romantischen Spaziergängen im Mondschein."

„Ihr seid vielleicht Spinner!" kommentiert Hans knapp.

Dann ist es so weit: Um 3 Uhr 56 MEZ betritt Neil Armstrong den Boden eines anderen Himmelskörpers. „Ein kleiner Schritt für einen Menschen, aber ein großer Schritt für die Menschheit", kommentiert er.

„Papperlapapp!", ruft Rossner aus. „Die sollen erst mal den großen Schritt unternehmen, den Vietnamkrieg zu beenden."

Zweiundzwanzig Minuten später folgt Aldrin, als zweiter Mensch auf dem Mond.

Während sie ihr Bier austrinken, hält Hans eine seiner salbungsvollen Reden, diesmal darüber, ob der Mensch nach den Sternen greifen und so in die göttliche Ordnung eingreifen solle.

„Du hättest Pfaffe werden sollen ...", kommentiert Norbert respektlos.

„ ... oder Schmierenkomödiant oder besser noch Politiker", hakt Rossner ein.

„Ihr seid doch elende Banausen!", empört sich Hans. Dann dampft er beleidigt ab, auf die Toilette.

„Endlich haben wir ihn mal kalt erwischt", sagt Norbert triumphierend zu Rossner, als Hans verschwindet.

„Hast du gesehen?", fragt Rossner. „Seine Augen haben sich verdreht, wie bei einer angeschossenen Wildsau."

Da wiehert Norbert vor Vergnügen los ...

Larsen und Rossner sitzen zusammen und unterhalten sich über die Caddy Group.

„Ich wollte dir schon vor einiger Zeit sagen, dass mir die Arbeit mit der Caddy Group langsam zu viel wird, nachdem du ausgefallen bist", eröffnet Larsen. „Ich habe dich nur nicht erwischt, denn du warst ja mit Gerdi in Marokko. Wie bist du denn darauf gekommen, und wie hat es dir gefallen?"

„Na ja, genau genommen ist Alfred Hitchcock mit seinem Film „Der Mann, der zu viel wusste" daran schuld."

Dann berichtet Rossner kurz, was er während des Urlaubs erlebt hat.

„Zurück zur Caddy Group", sagt Larsen betrübt. „Das ist ja dann wohl das Ende unseres Engagements in der Musikszene."

„Ja, schade, es war eine herrliche Zeit!"

Nachdenklich gehen sie auseinander.

Das Ende einer Vision ...

Trotz aller Schufterei sind die Drei von der Tankstelle bislang noch nicht recht weitergekommen. Sie können zwar einigermaßen von dem leben, was an Gewinn abfällt, aber weiter reicht es nicht. Dabei sind sie alle drei nicht sehr anspruchsvoll. Nun ist Hans als Fachmann gefordert. Er soll sich Gedanken machen, wie man weitere Geldquellen im Zusammenhang mit dem Tankstellengewerbe erschließen könnte.

„Mir ist da eine Idee gekommen", informiert Hans seine Mitstreiter einige Zeit später. „Ich habe lange herumtelefoniert, und bin tatsächlich fündig geworden. Also passt auf: Was haltet ihr davon, wenn wir uns noch einen Autoverleih zulegen? Ich habe da schon ein internationales Unternehmen an der Hand."

„Dagegen ist nichts einzuwenden", sagt Rossner erfreut, „wenn das Kohle bringt, ist das doch in Ordnung."

„Es ist ja sowieso immer jemand an der Tankstelle", bekräftigt Norbert. „Das spricht natürlich für uns."

Bald prangt ein Schild mit dem einprägsamen Namen der größten amerikanischen Autoverleihfirma an der Tankstelle.

„Diesen Namen liebe ich von Herzen", kommentiert Norbert, schelmisch grinsend.

Aber leider, leider läuft dieser neue Geschäftszweig nur recht schleppend an. Was ist zu tun?

„Ich bin guter Hoffnung", erzählt Hans jedem, der es hören will. „Wir müssen das nur richtig publik machen."

„Dein Wort in Gottes Ohr", antwortet Rossner. „Vergiss aber bitte nicht, dass unser Werbeetat gleich Null ist."

Werner ist immer auf der Suche nach günstigen Fahrzeugen, die er aufmöbeln und dann wieder verscherbeln kann.

„Ich habe mich bei unserer Autoverleihfirma erkundigt", sagt Hans zu Rossner, „die haben immer lädierte Fahrzeuge dastehen. Die soll man sehr günstig kaufen können. Also, wenn wieder einmal ein Leihwagen nach Frankfurt zu bringen ist, kannst du ja mit Werner hinfahren. Vielleicht findet ihr etwas Geeignetes, so dass Geld reinkommt. Deine Fahrtkosten bezahlen die sowieso."

„Vielleicht hat das mit dem Autoverleih doch sein Gutes", meint Rossner nachdenklich, „denn Autos aufmöbeln können wir ja inzwischen."

Werner kommt so richtig in Form, als er und Rossner vierzehn Tage später einen durch einen Kunden beschädigten Leihwagen nach Frankfurt an den Flughafen fahren. Dort hat die Autoverleihfirma eine riesige Halle, in der defekte und unfallbeschädigte Fahrzeuge stehen. Die sind alle nicht älter als ein bis zwei Jahre – und supergünstig zu haben.

„Mensch, da nehmen wir doch glatt diesen BMW 1600ti da vorne mit", schlägt Werner vor. „Das ist ein Prachtstück."

„Das kann man wohl sagen", stimmt Rossner ihm zu. „Da sollten wir wirklich zuschlagen."

Der orangefarbene Flitzer hat allerdings eine Eigentümlichkeit: Die rechte Seite sieht aus wie neu, die linke ist von vorne bis hinten zerschrammt. Eine genauere Untersuchung zeigt, dass kaum etwas ausgebeult werden muss, da genügt etwas Kosmetik in Form von Spachtelmasse, Schmirgelpapier und neuem Lack.

„Das ist nur eine Fleißaufgabe", stellt Werner mit fachmännischem Blick fest, „außerdem braucht der bloß unterhalb der Zierleisten lackiert zu werden. Das ist schon mal gut."

„Ist der von einem Panzer geküsst worden?" wundert sich Rossner, bevor er mit dem zuständigen Angestellten der Autoverleihfirma ins Gespräch kommt. Der ist sehr kulant. Er will ihm den BMW zu einem äußerst günstigen Preis abgeben, und das noch auf Kommissionsbasis. Da greift Rossner zu, ohne lange zu überlegen.

„Ich nehme den Bauernporsche da mit", sagt Werner, auf einen beigefarbenen VW-Käfer deutend, dessen Schnauze etwas lädiert ist.

Zufrieden fahren sie im Konvoi wieder nach Kaufbeuren zurück. Nach der Rückkehr machen sie sich umgehend an die Arbeit. Der Käfer geht tatsächlich weg wie eine warme Semmel. Die Arbeit an dem BMW dauert länger, denn die großflächige Spachtelei und Schleiferei ist doch recht aufwendig. Schließlich ist Werner zufrieden mit der Arbeit und lackiert die ausgebesserten Stellen an einem Sonntag in der Halle. Das Ergebnis ist ausgezeichnet. Nur ein Fachmann kann eventuell erkennen, dass da etwas gemacht wurde.

„Na, wäre das nicht ein Fahrzeug für dich?", fragt Rossner den neben ihm stehenden Hans. „Das ist doch etwas anderes als deine Qualmkiste, dieser Dreizylinder-Zweitakter, wo die Vordertüren sich nach vorne öffnen."

„Hast du etwas gegen meinen DKW 3=6?", fragt Hans mit hochgezogenen Augenbrauen.

„Nichts Persönliches", kontert Rossner, „denn der hat ja immerhin 38 PS."

Es findet sich jedenfalls rasch ein Käufer für den auffälligen, rassigen BMW-Flitzer.

„Das hat sich rentiert", sagt Hans zufrieden, als er das Geld einstreicht, das der Kunde bar auf den Tresen gelegt hat.

Hans hat wieder einmal eine Eingebung: Er will Kosten sparen. Dagegen ist prinzipiell nichts einzuwenden. Tagelang schleicht er herum, macht sich Notizen und trägt eine geschäftige Miene zur Schau.

„Da kommt doch garantiert nichts dabei heraus", orakelt Norbert abfällig, „der sollte lieber was schaffen."

„So richtig in wildem Betätigungsdrang habe ich unseren Hans auch noch nicht erlebt", stimmt ihm Rossner zu.

Tatsächlich ist das Ergebnis der Anstrengungen von Hans eher mager. Außer ein paar tropfenden Wasserhähnen, die Norbert abdichtet, bleibt von den hochfliegenden Ideen nur eine übrig: Sie werden sich ein paar Hühner zulegen.

„Wie freue ich mich schon auf das tägliche Frühstücksei", verkündet Hans händereibend.

„Und wo wollen wir das Federvieh unterbringen?"

„Na, in deinem Moospflänzchen. Da bekommt es eine würdige Aufgabe, statt einfach so vor sich hinzurosten", schlägt Hans vor. „Wir stellen die Karre hinter die Tankstelle ab."

„Au ja!", ruft Norbert begeistert aus. „Hühnereier ... Hühnerbraten ..."

Sie schieben also das Moospflänzchen hinter die Tankstelle und bauen den Motor und andere Teile aus, die man mit etwas Glück sicher verscherbeln kann. Zunächst einmal ist es ein netter Zeitvertreib, die putzigen, gelben Wollknäuel von Küken zu beobachten. Was die Kleinen aber auch an Körnern und anderem Zeug verputzen, ist beachtlich.

„Glaubst du, das rentiert sich jemals?", fragt Rossner Hans mit hochgezogenen Augenbrauen.

„Aber immer!", versichert Hans.

„Wenn du meinst", sagt Rossner skeptisch. „Ich gehe jetzt los und hole die nächste Kiste zum Aufmöbeln, damit Geld in die Kasse kommt."

„Himmel, was willst du denn mit dieser Rostlaube", fragt Norbert, als Rossner nach etwa zwei Stunden mit einem Karmann Ghia Cabriolet auf den Hof rollt.

„Zurechtmachen will ich den", ruft Rossner fröhlich, „was wohl sonst? Den habe ich fast nachgeschmissen bekommen. Zugegeben, vor allem vorne an der Schnauze und um die Scheinwerfer herum schaut er böse aus, da hat der Rost genagt, und unten am Bodenblech muss ich auch ein wenig schweißen, aber das kriege ich schon hin. Die Karre ist eben wenig gepflegt worden. Eine neue Lackierung muss auch noch her."

„Die Sitze sind total verdreckt, als ob ein Müllkutscher damit gefahren wäre", lästert Norbert.

„Kommt Zeit, kommt Rat", antwortet Rossner mit geheimnisvoller Miene. „Ich habe da schon eine Idee ..."

Er macht sich also an die Arbeit. Die Roststellen behandelt er vorsichtig mit Batteriesäure, dann lötet er die Löcher und Risse zu und überzieht die maroden Oberflächen ebenfalls mit Lötzinn. Dann wird alles schön verspachtelt und geschliffen. Die Löcher im Bodenblech schweißt er. Mit der Farbe hat Rossner durch einen Bekannten einen tollen Anstoß erhalten: Er wird das Cabriolet in Lamborghini-Gelb spritzen. Gesagt, getan.

„Wahnsinn!" ist alles, was Norbert hervorbringt, als Rossner mit dem frisch lackierten Karmann aus der Halle rollt.

Die Hühner sind tot – alle dahingemeuchelt! Ein entsetzliches Blutbad! Ist da etwa ein Marder in das Moospflänzchen eingedrungen und hat diesen Massenmord inszeniert? Kopfschüttelnd inspizieren die Drei von der Tankstelle den Tatort. Schnell ist klar – es war kein Marder, sondern die sonst sanftmütige Dina. Die Drei von der Tankstelle stehen vor einem Rätsel. Aber die Beweislage ist eindeutig: Die Schnauze, das Brustfell und die Vorderpfoten sind voller Blut, und im Fell hat Dina sogar noch massenhaft Federchen stecken

„Da ist der Wolf, der Vorfahre der Hunde, wieder durchgekommen", bringt Hans es auf den Punkt.

„Der Jagdtrieb hat sie wohl gepackt", stimmt Norbert ihm zu.

Rossner hält Dina eine Standpauke: „Mörderin!", herrscht er sie an. „Was hast du dir dabei gedacht? Das arme Federvieh! Hast du das etwa gemacht, weil ich dir keine Hühnerknochen gebe? Schäm' dich, geh in die Ecke, ich will dich den ganzen Tag nicht mehr sehen."

Das treue Tier schleicht mit eingeklemmtem Schwanz davon und lässt sich tatsächlich den ganzen Tag nicht mehr blicken.

Das ist das Ende der Hühnerfarm an der Tankstelle!

Ja, mit dem Karmann Ghia fällt man schon auf, sogar im Schickimicki Bad Wörishofen. Gerdi hat den Flitzer mit der auffallenden Lackierung kuschelig mit Hasenfell ausgekleidet. Das stammt tatsächlich aus den 40er Jahren von einem Verwandten aus Usingen im Taunus. Der war dort Förster. Als Rossner zu den Eltern fahren will, wird die Freude an dem schönen Flitzer gedämpft, denn er bleibt mit Motorschaden auf der Autobahn liegen. Hans schleppt ihn zurück nach Kaufbeuren. Sie begeben sich zu einem Schrotthändler in Marktoberdorf. Dort finden sie tatsächlich einen Motor! Rossner baut ihn ein; und alles sieht gut aus. Vierzehn Tage später ist auch dieser Motor kaputt! Eine genaue Untersuchung zeigt, dass Rossner in diesem Fall von dem Schrotthändler übers Ohr gehauen wurde. Bei dem Motor waren nämlich die Lager ausgeschlagen und man hatte, um dies zumindest beim Kauf zu verschleiern, Fett in das Motorgehäuse gespritzt! Das sind so die üblichen Spielchen. Auch Bananenschalen werden eingesetzt.

„Dem Typ von Schrotthändler werden wir auf die Pelle rücken", bekräftigt Werner entschlossen.

Sie nehmen den Motor mit. Der Schrotthändler ist ein sehenswerter Charakter: fett wie ein chinesischer Buddha, mit birnenförmigem Glatzkopf, der nahtlos in kräftige Hamsterbacken übergeht. Die großen Glubschaugen ruhen gelangweilt auf den Besuchern. Seine Miene verfinstert sich jedoch, als Werner ihm nachweist, dass an dem Motor manipuliert wurde. Schließlich kann der Schrotthändler sich diesen Argumenten nicht verschließen, und Rossner bekommt einen anderen Motor.

„Ich habe mir das alles mal durch den Kopf gehen lassen", sagt Werner, „wir wissen immer noch nicht, warum der erste Motor verreckt ist. Ich würde deshalb vorschlagen, dass wir den Motor nach Einbau immer wieder im Stand laufen lassen um zu überprüfen, ob eine Überhitzung stattfindet. Ich bringe dafür ein paar Temperaturfühler mit."

So machen sie das auch. Tatsächlich wird der Motor wieder heiß. An einem Wochenende untersuchen Werner und Rossner den Motor und den Motorraum akribisch. Dann finden sie den Fehler: Ursache ist eine Isoliermatte, die hinter dem Motor zum Fahrgastraum angebracht ist. Diese ist locker, und wenn Vollgas gegeben wird, saugt das Kühlgebläserad des Motors die Matte an und blockiert so den Kühlkreislauf. Der Motor überhitzt.

Bei Rossner kommt keine rechte Freude auf, obwohl der Fehler leicht behoben ist. Er hat einfach den Spaß an dem Karmann verloren. Er kann ihn mit gutem Gewinn gleich verkaufen und schafft sich dafür einen zugegebenermaßen etwas ramponierten, knallroten Porsche 356 an. Einen Porsche! Da muss er zwar wieder einige Arbeit reinstecken, aber das Ergebnis kann sich sehen lassen. Die Probefahrt führt nach Bad Wörishofen.

„Der Wagen läuft einwandfrei“, verkündet Rossner nach der Rückkehr von der Probefahrt den erwartungsvoll dreinblickenden Kollegen von der Tankstelle. Er fügt hinzu: „Ich möchte euch bitten, Gerdi und ihrer Mutter nichts von dem Porsche zu sagen. Ich habe die beiden Damen für kommenden Samstag in das Restaurant Jagdhof in Schlingen eingeladen. Da möchte ich sie natürlich mit dem Porsche hinfahren.“

„So, so, den großen Maxe spielen und Eindruck schinden, bei der zukünftigen Schwiegermutter“, meint Hans mit einem schäbigen Grinsen im Gesicht.

„Lass ihm doch seinen Spaß“, wirft Norbert ein. „Der Jagdhof, das ist doch das tolle Restaurant an der B 16, das im Januar eröffnet wurde.“

An besagtem Tag zieht Rossner dann die große Show ab: Er fährt mit dem blitzblank gewienerten roten Porsche 356 nach Bad Wörishofen und holt die Schwiegermutter in spe und seine Verlobte ab. Die Überraschung ist vollkommen!

„Einen Porsche haben wir!“, ruft Gerdi verzückt aus, während sie Rossner um den Hals fällt.

Ihre Mutter steht staunend vor dem prächtigen Gefährt. Der hellerleuchtete Jagdhof scheint ein Magnet erster Klasse zu sein, das erkennt man schon an den Fahrzeugen, die davor parken.

„Der Porsche passt doch glatt zu diesem besonderen Ambiente“, stellt Rossner stolz fest, als er und seine Begleiterinnen das geschmackvoll eingerichtete Restaurant betreten. Die Speisekarte ist beeindruckend.

„Also, ich schlage Froschschenkel vor“, erklärt Rossner hinterhältig grinsend, wohl wissend, wie die Reaktion sein wird.

Die ist dann auch entsprechend: Gerdi verzieht das Gesicht, ihre Mutter wird bleich. Aber schließlich entscheidet sich Gerdi für Rehragout und ihre Mutter für Wildschweinbraten. Rossner widmet sich der Spezialplatte Jagdhof. Die ist sehenswert: Filets vom Rind, Kalb und Schwein, Gemüse, Pilze, hausgemachte Spätzle mit Cognac-Pfefferrahm-Soße.

„Das war doch ein göttliches Mahl", stoß Rossner theatralisch hervor, als er fertig ist. Damit spricht er auch seinen Begleiterinnen aus dem Herzen.

*

Ein Schreiben der Stadt mit einer Hiobsbotschaft trudelt ein. Es stimmt also tatsächlich: Die Mindelheimer Straße soll gründlich saniert werden, dafür wird sie für einige Wochen total dichtgemacht! Gerüchte darüber gab es vorher schon genug, aber keiner der Betroffenen wollte es so richtig wahrhaben.

„Das ist das Ende", stellt Rossner ohne Pathos fest. „Machen wir uns nichts vor, die Geschäfte sind ja, trotz aller Anstrengungen, nicht so toll gelaufen. Und nun das ..."

Trotz Durchhaltewillens der Freunde sieht es schlecht aus und es ist wohl nur noch eine Frage der Zeit, bis der erste der Drei von der Tankstelle das Handtuch wirft.

„Ihr elenden Miesmacher!", ruft Hans aufgebracht aus. „Ich werde nebenbei Zeitungen für einen Lesezirkel ausfahren."

Norbert blickt verdattert drein.

„Außerdem", fährt Hans großspurig fort, „werde ich ins Rathaus gehen. Mit denen werde ich Tacheles reden. Die müssen uns finanziell über die Durststrecke helfen, wenn sie uns schon den Hahn zudrehen."

„Langsam, langsam. Ich habe mich bereits bei unserer Konkurrenz erkundigt", dämpft Rossner den Enthusiasmus von Hans, „die sagen, da besteht keine Chance, jeder muss selbst sehen, wo er bleibt."

„Papperlapapp ... den Sesselfurzern im Rathaus werde ich schon Beine machen", sagt Hans großspurig. „Diesen Paragraphenreitern werde ich zeigen, wo der Hammer hängt." Dann steigt er in seinen DKW 3=6 und braust knatternd davon, eine bläuliche Auspuffwolke hinterlassend, die nach verbranntem Öl riecht.

„Das ist der Geruch des Todes einer Tankstelle", unkt Norbert.

Als Hans nach mehreren Stunden zurückkommt und aus seinem Wagen steigt, macht er ein finsteres Gesicht.

„Na, was macht der Hammer des Zeus?", fragt Rossner, zugegebenermaßen etwas schadenfroh.

„Wumm ...", knallt die Türe hinter Hans zu, als er sich kommentarlos in den Verkaufsraum verzieht.

Die Mindelheimer Straße wird also gesperrt, und es herrscht bald die übliche Atmosphäre einer Großbaustelle. Gewaltige Löcher tun sich auf, Erdhügel entstehen, geschaffen von imposanten Baumaschinen. Für die Anwohner mag es ein interessanter Zeitvertreib sein, den Bauarbeiten zuzusehen, den Geschädigten dreht sich der Magen um. Aber zumindest leiden alle unter dem Staub, der durch sämtliche Ritzen dringt.

Hans ist unterwegs nach Marktoberdorf, um für einen Kunden dessen Wagen über den dortigen TÜV zu bringen. Solche Aktionen bringen wenigstens etwas Geld in die Kasse. Das macht Hans auch gerne. Da wird er die Prüfer so lange belabern und haarsträubende Argumente vorbringen, vermutet Rossner, dass die alles durchgehen lassen und froh sind, wenn er wieder verschwindet. Trotz des Ernstes der Lage kann sich Rossner ein Schmunzeln nicht verkneifen, während er eine Broschüre über neue Schmiermittel studiert. Da platzt Norbert herein.

„Ich mag nicht mehr", sagt er völlig unvermittelt resigniert, „ich hab' die Schnauze voll. Ich geh' wieder nach Hause. Dort suche ich mir einen vernünftigen Job."

Rossner fällt aus allen Wolken und braucht eine Weile, bis er hervorbringt: „Und warum das?"

„Ganz einfach: Der Hans hockt da wie ein Pascha, liest Zeitung ..."

„Wenn er nur wenigstens die ‚Konkret' lesen würde", unterbricht Rossner ihn grinsend.

„Hör auf, mir ist nicht zum Scherzen zumute. Wo war ich stehen geblieben? Ach ja, Hans spuckt große Töne, und wir schuften wie die Verrückten. Und was kommt raus dabei? Nicht allzuviel! Wenn ich mir überlege, dass ein Automechaniker einen Stundenlohn von 4,80 DM brutto hat ... Und dann auch noch diese Bauarbeiten. Da sind unsere Chancen gleich Null. Das ist alles so hoffnungslos, da mache ich nicht mehr länger mit!"

„Du hast das völlig richtig erkannt", stimmt Rossner ihm zu. „Ich werde mich wohl auch neu orientieren müssen."

Die Mindelheimer Straße ist zwar wieder offen, aber Rossner ist dabei, ernsthafte Überlegungen anzustellen, wie er sich absetzen könnte, denn auch er sieht keine Zukunft mehr mit dem Tankstellengeschäft. Die Verluste, die ihnen durch den Straßenbau entstanden sind, holen sie nie wieder herein. Sie sind ja jetzt schon pleite! Außerdem, wenn Hans und er allein übrig bleiben, sieht es mit der Freizeit ganz schön mau aus, denn so eine Tankstelle muss auch sonn- und feiertags geöffnet sein. Während er sorgenvoll vor sich hingrübelt, kommt ihm der Zufall zu Hilfe. Ein Mercedes mit dem Kennzeichen HH rollt vor eine der Zapfsäulen.

„Die Zündung will nicht so recht", sagt der Fahrer im dunklen Anzug. „Ich will nicht riskieren, eine Werkstatt zu suchen und dabei liegen zu bleiben. Können Sie mal nachsehen?"

„Klar, mache ich."

Sie kommen ins Gespräch. Der Mercedesfahrer arbeitet für ein Handelskontor in Hamburg, das von Düngemitteln bis Fabrikanlagen alles nach Afrika liefert.

„Gerade bin ich in Nigeria zugange", berichtet er, „die werden nach dem sicher bald beendeten Biafrakrieg einen irren Nachholbedarf haben. Da liegt sozusagen das Geld auf der Straße, und man kann alles verscherbeln. Das Problem ist nur, wir haben immer Schwierigkeiten, deutsche Fachleute zu finden, die für ein paar Jahre dort runtergehen, um die Maschinen und Anlagen zum Laufen zu bringen und die Produktion sicherzustellen."

Da wird Rossner hellhörig. Er deutet an, dass er einen neuen Job sucht, egal wo. Während Rossner ihm Namen und Adresse mitteilt, findet er auch den Fehler an der Zündung: Die Isolierung eines Zündkabels ist durchgescheuert und hat ab und zu Kontakt mit dem Motorblock. Er isoliert das Kabel und erklärt dem Kunden den Weg zur Mercedeswerkstatt.

„Sie hören in den nächsten vierzehn Tagen von mir“, verkündet der Mercedesfahrer, drückt dem verdutzten Rossner einen Zwanzigmarkschein in die Hand und braust davon.

„Zwanzig Mark“, murmelt Rossner ehrfürchtig, „wenn das mal kein gutes Omen ist.“

Tatsächlich kommt keine vierzehn Tage später ein Brief aus Hamburg mit einem Flugticket. Rossner jubelt innerlich vor Freude, ein Stein fällt ihm vom Herzen. „Jetzt gehe ich in den Ringkeller und mache einen drauf“, sagt er zu sich selbst, „und genieße die Atmosphäre, wer weiß, wie lange ich noch hier bin. Die Gerdi kann mir heute mal gestohlen bleiben.“

Er lässt den Wagen an der Tankstelle stehen und macht sich wohlweislich per pedes auf den langen Weg zum Ringkeller. Und wen trifft er dort? Natürlich Edmond, Brüderchen und ein paar andere, die er mehr oder weniger nur so vom Sehen kennt. Es ist jedenfalls eine lustige Gesellschaft, die Wellen schlagen hoch.

„Wo habt ihr denn eure beiden scharfen Engländerinnen gelassen?“, will Rossner von Edmond und Brüderchen wissen.

„Hör mir bloß auf mit denen!“, ruft Edmond empört aus.

„Was ist denn los?“, will Rossner wissen. „Ihr habt doch im siebten Himmel geschwebt.“

„Von wegen siebter Himmel“, sagt Brüderchen, „die haben uns einen Tripper angedreht. Diese ...“

Weiter kommt er nicht, denn da grölen die Teilnehmer der fröhlichen Runde los. Ja, ja, denkt Rossner schmunzelnd, wer den Schaden hat, braucht für den Spott nicht zu sorgen. Nachdem sich alle wieder beruhigt haben, kommen sie auf das Thema Frauen zu sprechen, kein Wunder, denn auf einem der Barhocker räkelt sich eine Blondine im Mini – so ein richtiger Hingucker!

„Dass die Kleine Feuer im Ofen hat, merkt selbst ein Eisblock“, kommentiert Edmond.

„Diese Miniröcke sind schon was Besonderes“, schwärmt Brüderchen mit glänzenden Augen, aber schon mit schwerer Stimme, „vor allem wenn deren Trägerin schöne schlanke Beine hat. Nur das Drüber ... diese Strumpfhosen wirken doch eindeutig reizmindernd, genau wie Aschenputtelbuxen."

„Den heißen Feger kenne ich doch", wirft Gustav ein. „Die hat ihr Hirn irgendwo, aber nur nicht da, wo es normalerweise hingehört."

„Ich weiß, wo die das hat", kräht Brüderchen, „zwischen den Bei ..."

Weiter kommt er nicht, denn nun ertönt Creedence Clearwater Revival mit „Proud Mary". Das geht so: „Left a good job in the city...", da fallen Brüderchen, Edmond und Rossner begeistert in den Refrain ein: „Big wheel keep on turnin' proud, Mary keep on burnin', rollin', rollin', rollin' on the river ...". Anschließend kommen die Stones mit „Nineteenth nervous breakdown". Alle fallen wieder in den Refrain ein: „Here it comes, here it comes, here it coomes, here it cooomes, here comes your nineteenth nervous breakdown ..."

„Ich brech' auch bald zusammen!", grölt einer.

„Wahnsinnsmusik", sprudelt Rossner euphorisch heraus, als der Geräuschpegel wieder sinkt. „Davon abgesehen, ich mag auch klassische Musik. Wenn ich da zum Beispiel an die Ouvertüre von Mozarts ‚Zauberflöte' denke. Das ist traumhaft."

„Höre ich zwischendrin auch ganz gerne", bestätigt Brüderchen. Dann wird er nachdenklich. „Ich hab lange über die Beatles nachgedacht. Ihr unglaublicher Einfluss geht mir nicht aus dem Sinn. Aber irgendwie haben sie es versäumt, junge Menschen, unsere ganze Welt, nachhaltig positiv zu verändern. Sie hätten es gekonnt, da bin ich mir fast sicher."

„Vielleicht sind sie nicht reif genug?", überlegt Rossner.

„Das wird es sein", stimmt Edmond ihm zu.

In diesem Stil geht es weiter. Es wird ein unvergesslicher Abend, zumindest bis zu dem Filmriss, den irgendwann alle Beteiligten haben ... Rossner wacht am nächsten Morgen in Edmonds Zimmer auf. Brüderchen ist auch dort ...

Silvester 1969/70. Rossner feiert den Jahreswechsel bei Gerdi und ihrer Mutter. Endlich ist er wieder froher Hoffnung. Die Zukunft sieht nicht mehr so trüb aus. Das Abenteuer winkt, Karl May lässt grüßen! Er wird nach Nigeria gehen. Vorher muss er jedoch noch einige Schulungen bei einem Maschinenhersteller in Offenbach absolvieren, danach geht es nach Schwarzafrika. Und Gerda? Das ist im Moment der einzige Schatten, der auf seine Zuversicht fällt. Es sind gemischte Gefühle, die in seiner Brust wogen. Auf der einen Seite ist das Verlangen nach ihr, auf der anderen gehen ihm ihre Eifersüchteleien langsam, aber sicher total auf den Geist. Wenigstens hat er während der Silvesterparty für einen Moment seinen Spaß: Mit einem selbstgebastelten Feuerwerkskörper sprengt er ein Stück der hölzernen Balkonbrüstung der Schwiegermutter in spe weg. Das ist vielleicht eine Gaudi! Die Geschädigte findet das natürlich nicht so gut.

In der Ranch schmeißt Rossner eine kleine Abschiedsfeier. Karin, ihre Schwester, Brüderchen und noch ein paar andere Freunde sind dabei. Als „Massachusetts" von den Bee Gees schmelzend aus den Lautsprechern erklingt, wird es Rossner ganz melancholisch zumute. Nun ist es so weit: Der taufrische Schmelz der Jugend ist endgültig dahin, denkt er mit Trauer im Herzen. Bundeswehr hin oder her, im Großen und Ganzen war es eine herrliche Zeit in Kaufbeuren. Das nächste Lied, „Oh happy day" von den Edwin Hawkins Singers, stimmt ihn trotz des Titels auch nicht fröhlicher, genauso wenig wie „Hey Jude" der Beatles.

„Wir bleiben doch in Kontakt", reißt ihn Karin aus seinen trüben Gedanken. „Hoffentlich vergisst du uns nicht. Du musst mir doch berichten, wie es dir in Afrika ergeht."

„Das ist vollkommen klar", beteuert Rossner, „ich werde dir auf jeden Fall schreiben. Du kannst die Kontaktperson spielen, das ist einfacher. Außerdem werde ich dich und die anderen auch besuchen, sobald ich wieder zurück bin."

„Da bin ich ja beruhigt."

„Was soll ich nun mit Dina, dem lieben, anhänglichen Tier machen?", fragt Rossner Hans und Werner. „Das bereitet mir wirklich Sorge. Wenn ich nur jemanden wüsste, dem ich das Tier unbesorgt anvertrauen kann."

„Ich glaube, ich habe da eine Idee", verkündet Werner. „Vielleicht erinnert ihr euch: Bekannte von mir kommen ab und zu zum Tanken. Das sind die mit dem Borgward Isabella Kombi ..."

„Richtig", unterbricht ihn Rossner, „ein bildschönes Fahrzeug!"

„Ja, das ist wirklich ein eleganter Kombi", bestätigt Werner. „Jedenfalls haben ihre beiden Kinder doch immer mit Dina gespielt. Die sind ganz vernarrt in das Tier, das alles geduldig mit sich anstellen lässt. Außerdem hat die Familie einen großen Garten. Ich werde die mal fragen."

„Das wäre nett von dir", antwortet Rossner erleichtert.

Tatsächlich klappt die Sache. Rossner fällt ein Stein vom Herzen. Dina geht erst einmal probehalber für ein Wochenende zu der Familie. Das funktioniert prima, vermutlich hauptsächlich wegen der Kinder, die Dina total beschäftigen. Aber dann naht der Tag des endgültigen Abschieds. Dina ahnt, was geschieht. Ihr gequälter, tieftrauriger Blick verrät: „Du lässt mich im Stich, du, für den ich alles machen würde", sagt er. Diesen Blick wird Rossner nie vergessen ...

Im Gegensatz zu dem Film „Die Drei von der Tankstelle" gibt es also kein Happy End ... nur ein etwas bitterer Geschmack bleibt zurück ... Hans will allerdings eisern auf seinem Posten verharren und weitermachen.

Ach ja, für Kaufbeuren geht eine Epoche zu Ende: die Ära Wiebel. Am 30. April 1970 gibt Dr. Karl Wiebel seinen Job als Oberbürgermeister der Stadt auf. Zweiundzwanzig Jahre war er im Amt! Er hat die schwierige Nachkriegszeit zum Wohle der Gemeinde gemeistert.

Epilog

Das vorliegende Buch ist eine Hommage an die unvergesslichen, turbulenten 60er Jahre, die inzwischen schon Kultstatus genießen. Es stellt einen zivilmilitärischen Mix oder besser gesagt, eine olivgrün angehauchte, unterschwellige Liebeserklärung an das Allgäu dar. Es ist sozusagen mit Herzblut geschrieben, das in diesem Fall allerdings nicht für das Vaterland vergossen wurde. Wer es nicht glauben kann, dass die Bundeswehr, eine malerische Landschaft und nette Eingeborene (fast) perfekt harmonieren können, sollte einen Blick in dieses Buch werfen. Da wird er eines Besseren belehrt. Es war eine herrliche Zeit.

Von wenigen Ausnahmen abgesehen wurde davon Abstand genommen, die richtigen Namen der beteiligten Personen zu nennen. Das hat verschiedene Gründe: Zum einen handelt es sich um eine fiktive Erzählung mit autobiographischen Passagen, zum anderen sind natürlich die Erinnerungen an manche Ereignisse nur noch vage und mögen nicht unbedingt korrekt wiedergegeben sein. Kein Wunder, denn das alles liegt nun über vierzig Jahre zurück! Jeder sieht das von seiner eigenen Warte, und da könnte es sehr leicht passieren, dass mancher verschnupft ist. Das wäre doch schade. Selbstverständlich unterliegt man, wie andere Autoren auch, menschlichen Schwächen und manches wird zum Beispiel durch die bekannte rosarote Brille gesehen. Deshalb sollte eine gewisse künstlerische Freiheit erlaubt sein. Das führt dazu, dass einige Vorkommnisse überspitzt dargestellt oder hingebogen wurden. Jedenfalls wird ziemlich alles, was die 60er Jahre ausmacht, geboten.

Wie kommt man eigentlich dazu, ein Buch dieser Art zu schreiben? Ganz einfach: Die Freuden und Leiden des Soldatenlebens in Friedenszeiten verdienen endlich einmal von einem Soldaten der unteren Ebene der Militärhierarchie festgehalten zu werden. Friedenszeiten? In den 60er Jahren hat die Welt mehr als einmal am Rande eines Atomkrieges gestanden. Das darf man nie vergessen! Last but not least soll hier dem modernen Soldaten Schwejck ein Denkmal gesetzt werden.

Eine besondere Rolle bei der Erhaltung der Traditionen kommt einem gewissen betagten Gartenhaus im Hinterhof eines Anwesens, Ecke Sudetenstraße/Gablonzer Ring, in Neugablonz zu. Das spielte, wie die Amis so schön sagen, die Rolle des „think tank", wo die „egg heads" ausgelassen bei Wein und Bier und viel Gelächter sozusagen „brain storming" betrieben und die alten Geschichten wieder und wieder rezitiert und festgehalten wurden („... weißt du noch ... ?").

Mein Dank für viele Informationen und Geschichten
gilt insbesondere folgenden Personen:

Karin Hartig, Karin & Hartmut („Casey") Dowidat,
Thomas („Thommy") Schmidt, Michael („Micha") Sydow,
Volker Schneemann, Gustav Adam, Michael („Mike") Taatz,
Hartmut Dernedde, Siegfried Kyek, F. J. Güthoff,
Peter Wodniok, Angelika Seidl, Thomas Petrich,
Wilhelm Maucher, Lars Orlamünde, Alexander Steinhauser,
Thomas Keiß, Florian Knüsli

Lindemanns Bibliothek
Literatur und Kunst im Info Verlag
herausgegeben von Thomas Lindemann

Titelgestaltung unter Verwendung eines
Photochromdruckes, um 1890

Bibliografische Information der Deutschen Nationalbibliothek
Die Deutsche Nationalbibliothek verzeichnet diese Publikation in der
Deutschen Nationalbibliografie; detaillierte bibliografische Daten
sind im Internet über http://dnb.d-nb.de abrufbar.

Käppelestraße 10 · 76131 Karlsruhe
www.infoverlag.de

Lindemanns Bibliothek · Band 127
ISBN 978-3-88190-630-2